ପଥ ବହୁଦୂର

ସୁରେନ୍ଦ୍ର ମିଶ୍ର

BLACK EAGLE BOOKS

BLACK EAGLE BOOKS

7464 Wisdom Lane
Dublin, OH 43016
E-mail: info@blackeaglebooks.org
Website: www.blackeaglebooks.org

First Published in 2015 by Subarnarekha

Second published by
BLACK EAGLE BOOKS, 2019

Patha Bahudura by Surendra Mishra

Copyright © **Surendra Mishra**

Cover and Interior Design: Ezy's Publication

ISBN-978-1-64560-005-3

Printed in United States of America

ପ୍ରାୟ କୋଡ଼ିଏ ବର୍ଷ ତଳେ ଗୋଟେ ଆଲୋଚନା ସଭାରେ ମୋତେ ମୋର 'କଥାଦର୍ଶ' ବିଷୟରେ ପଚରାଯାଇଥିଲା। ସେଠି ମୁଁ ଯାହା କହିଥିଲି ପରେ ଦୈନିକ ସମ୍ବାଦରେ ତା' ପ୍ରକାଶ ପାଇଥିଲା। ଏବେ, ମୋର ନୂଆ ଗପ ବହିର ପ୍ରକାଶ ଅବସରରେ ମୁଁ ଅନୁଭବ କରୁଛି, ସେତେବେଳେ ମୋ ଗପଲେଖା ପଛରେ ଯେଉଁ ତାଡ଼ନା ରହିଥିଲା ଏବେ ବି ସେହି ପ୍ରେରଣା ରହିଛି। ତେଣୁ, ସେହି ଲେଖାଟିକୁ ମୁଁ ବହିର ଅଗ୍ରଲେଖ ଭାବେ ପ୍ରକାଶ କରୁଛି।

ମୋର କଥାଦର୍ଶ

ନିରନ୍ତର କୋଲାହଲ ଭିତରେ ଜୀବନର ବିନର୍ବ୍ୟୟକୁ ମୁଁ ଅନେକ ଦିନ ଧରି 'ବଞ୍ଚିବା' ବୋଲି ଗ୍ରହଣ କରି ନେଇଥିଲି। ସ୍ତ୍ରୀ, ସଂସାର, ଡାଲି-ଲୁଣ ଓ ହସ-କାନ୍ଦ ଦେଇ ଦିନଟାକୁ କୌଣସି ପ୍ରକାରେ ଡେଙ୍ଗାଇଯିବା ଲାଗୁଥିଲା ସବୁକିଛି। ଏଇ ଦୌଡ଼ାଦୌଡ଼ି ଓ ଘୋ-ଘା ଭିତରେ ଗୋଟାଏ ଗୋପନ ନିରବତା ମତେ ବେଲେବେଲେ ଆକ୍ରମଣ କରୁଥିଲା। କାନରେ ଅବୁଝା ମନ୍ତ୍ରଟିଏ ଫୁଙ୍କୁଥିଲା। ମନ୍ତ୍ରଟା ଧୀରେଧୀରେ ମତେ କବଳିତ କଲା। ବାରମ୍ବାର ପ୍ରଶ୍ନଟିଏ ମନକୁ ଆସିଲା– ମୁଁ କିଏ?

ଆଗରୁ ମୁଁ ଜୀବନର ଯେଉଁ ରଙ୍ଗକୁ ସତ୍ୟ ବୋଲି ଭାବିଥିଲି ଏଇ ପ୍ରଶ୍ନ ସହିତ ସେ ରଙ୍ଗଟି ଫିକା ପଡ଼ିଗଲା। କିଛି ନୂତନ ଚିନ୍ତା ମନକୁ ଆସିଲା ଓ

ସତ୍ୟର ଏକ ନୂତନ ରୂପ ମୋ ଆଗରେ ପ୍ରତିଭାତ ହେଲା । ମୋ ଅକ୍ଷତା ବିଷୟରେ ମୁଁ ଧୀରେଧୀରେ ଅବଗତ ହେବାକୁ ଆରମ୍ଭ କଲି ।

ଜନ୍ମଠାରୁ ମୃତ୍ୟୁ ପର୍ଯ୍ୟନ୍ତ ମତେ ନେଇ ଘଟିଥିବା ବା ଘଟିବାକୁ ଥିବା ମୁଖ୍ୟ ଘଟନାମାନଙ୍କରୁ କୌଣସିଟି ମୋର ମତାମତର ଅପେକ୍ଷା ରଖେ ନାହିଁ କି ରଖିବ ନାହିଁ । ମୋ ଜନ୍ମ ପଛରେ ମୋର ହାତ ନ ଥିଲା । ମୁଁ ଯେଉଁ ଜୀବନଟି ବଞ୍ଚୁଛି ସେ ଜୀବନଟି ମୋ ଅନୁସାରେ ଚଲୁ ନାହିଁ । ମୁଁ କିଏ ବୋଲି ନିଜକୁ ଜାଣିବା ପୂର୍ବରୁ ମୁଁ ମରିଯିବି ଓ ସେ ମରିବା ମୋ ଦ୍ୱାରା ନିୟନ୍ତ୍ରିତ ହେବ ନାହିଁ । ଏପରି ଜୀବନ, ଯେଉଁ ଜୀବନ ଉପରେ ମୋର ଆଦୌ କର୍ତ୍ତୃତ୍ୱ ନାହିଁ, ତାକୁ ମୁଁ ବୋହି ଚାଲିଛି କାହିଁକି ?

ଏପରି ପ୍ରଶ୍ନମାନଙ୍କର ଉତ୍ତର ପାଇଁ ମୁଁ ଯେତେ ବ୍ୟାକୁଳ ହୁଏ ଉତ୍ତର ବଦଳରେ ଆହୁରି ଆହୁରି ପ୍ରଶ୍ନ ମୋ ଉପରେ ଲଦି ହୋଇପଡ଼େ । ଶେଷକୁ ପ୍ରଶ୍ନ ଘେରରେ ମୁଁ ଛନ୍ଦି ହୋଇଯାଏ ।

ଆଶ୍ଚର୍ଯ୍ୟର କଥା, ଏ ସବୁ ସତ୍ତ୍ୱେ, ଯଦି କେହି ଜଣେ ମତେ ଚାହିଁ ହସିଦିଏ, ପ୍ରତି ବଦଳରେ ମୁଁ ବି ହସେ । ହୃଦୟଟା ଫିଟି ପଡ଼େ । କୋଇଲିର ଡାକ ମତେ ବିହ୍ୱଳ କରେ । ନଡ଼ିଆ ଗଛ, ଆକାଶ, ଜହ୍ନ ସମସ୍ତେ ମତେ କିମିଆ କରନ୍ତି । ମୁଁ ଖୁସୀ ହୁଏ ।

ଯନ୍ତ୍ରଣା, ଅପମାନ, ହସ, କାନ୍ଦ, କ୍ରୋଧ, ପ୍ରେମ ଓ ଘୃଣା ପରି ଜୀବନର ମୌଳିକ ଅନୁଭୂତିଗୁଡ଼ିକ ମୋ ହୃଦୟକୁ ମଥ୍ଥୁ ପକାଏ । ରାଜନୈତିକ ଦଲ ବଦଲ, ସାମାଜିକ ବ୍ୟଭିଚାର, ଯୁଦ୍ଧ, ଅଶାନ୍ତି, ହତ୍ୟା, ପ୍ରତାରଣା ମତେ ଅଥୟ କରେ । ଅକ୍ଷମାନେ ଯେତେବେଳେ ବିଜ୍ଞମାନଙ୍କୁ ପରାମର୍ଶ ଦିଅନ୍ତି ଓ ମାନସିକ ବିକାରଗ୍ରସ୍ତମାନେ ଯେତେବେଳେ ସୁସ୍ଥ ମସ୍ତିଷ୍କଧାରୀମାନଙ୍କୁ ଯୁଦ୍ଧ କ୍ଷେତ୍ରକୁ ପଠାଇ ତାଙ୍କ ଦ୍ୱାରା ହତ୍ୟା, ଧ୍ୱଂସ ଓ ଲୁଣ୍ଠନ ଆଦି କରାନ୍ତି ସେତେବେଳେ ମୁଁ କିଂକର୍ତ୍ତବ୍ୟବିମୂଢ଼ ପାଲଟିଯାଏ ଓ ଗପଟିଏ ଲେଖି ପକାଏ ।

ଗପଟି ପାଇଁ ମୁଁ ବାହାବାଃ ଲୋଡ଼େ ଓ ବେଲେବେଲେ ମତେ ବାହାବାଃ ମିଲେ । ବାହାବାଃ ଟକ କାନ୍ଧରେ ଝୁଲେଇ ଖଣ୍ଡମଣ୍ଡଳ ବୁଲି ଆସିବାକୁ ମତେ ଭଲ ଲାଗେ । ସେତେବେଳେ ମୋର ଅହଂ ମତେ ସମ୍ପୂର୍ଣ୍ଣ ରୂପେ ଗ୍ରାସ କରିଯାଏ ।

ବଜାର ଛକରେ ନେଙ୍କେଡ଼ା ଖଣ୍ଡକରେ ଗଡ଼ୁଥିବା କୁଷ୍ଟାଟିର ଚିକ୍ରାର ଶୁଣି ମୁଁ ଚମକେ । କୁଷ୍ଟାଟିର ଉଦଣ୍ଡ ଚିକ୍ରାରରେ ଚକ୍ଷୁ ନ ଥିବା କି ତା' ଆଡ଼କୁ ପଇସାଟିଏ ଫିଙ୍ଗୁ ନ ଥିବା ପଥକଟିକୁ ସେ କ୍ରୁଦ୍ଧ ସ୍ୱରରେ ଗାଳିଦିଏ । ସେତେବେଳେ ମୁଁ ଭାବେ, ଯେତେସବୁ ବାହାବାଃ ମୁଁ ମୋର କାନ୍ଧ ଉପରେ ଲଦି ଚାଲିଛି ସେ ସବୁତକ ବାହାବାଃ କୁଷ୍ଟାଟିର ପଇସାକର କାମରେ ଆସି ପାରିବ କି ? ବିକ୍ରି ଉଦ୍ଦେଶ୍ୟରେ ସଦ୍ୟ ବେକ ମୋଡ଼ା ହୋଇ ପଡ଼ିଥିବା ମୃତ କୁକୁଡ଼ାଟିର କୌଣସି ଉପକାରରେ ଆସି ପାରିବକି ମୋ ଗପ ?

ଊଃ !

ପୁଣି ଚିନ୍ତା, ପୁଣି ଦଂଶନ, ପୁଣି ଯନ୍ତ୍ରଣା, ପୁଣି ଅନ୍ୱେଷଣ, ପୁଣି ପ୍ରଶ୍ନ । ତେବେ, ଏସବୁକୁ କ'ଣ ଆପଣ ଗପର ଆଦର୍ଶ ବୋଲି କହିବେ ？

ଯେତେଯେତେ ବିଫଳତା ମୋର
ଅହଂ ଆଉ ଅଭିମାନ
ସବୁକୁ କାନିରେ ବାନ୍ଧି
ଓଦାଓଦା ଅନୁରାଗରେ
ମତେ ସିକ୍ତ କରି ଚାଲିଥିବା
ଛବି'କୁ

ସୂଚୀ

ପ୍ରଜାପତି

ପପୁର ଆଖ୍ ଦିଓଟି ଠିକ୍ ପୁଷ୍ପାଙ୍କ ଆଖ୍ ପରି । ବେଶ୍ କମନୀୟ । ଢଳଢଳ । ଲୋକେ କହନ୍ତି ମା'ର ଆଖ୍କୁ ଛଡ଼େଇ ଆଣିଛି । ପିଲାଟା ମା'ର ଆଖ୍ ସିନା ଆଣିଲା, କିନ୍ତୁ ଦୃଷ୍ଟି ଆଣିଲା ବାପର । ମୋଟା ବୁଢ଼ିଆଙ୍କ ପରି ଖାଲି ବଲବଲ କରି ଅନେଇଥ‌ିବ ।

"କାହିଁକି ମତେ ଇମିତି କଲବଲ କରି ମାରୁଛୁ କହିଲୁ ? କହ, ସ୍ପେଲିଙ୍ଗ୍ କଲୁ, ଏ...ରୋ...ପ୍ଲେ...ନ୍ ।" ପୁଷ୍ପା ପୁଅକୁ କରୁଣ ଦୃଷ୍ଟିରେ ଅନେଇଲେ ।

ପପୁ ମୁହଁ ଉଠେଇଲା । 'ଏରୋପ୍ଲେନ୍' ବନାନ ଚେଷ୍ଟାରେ ତା'ର କଅଁଳିଆ ଓଠ ଥରଥର କମ୍ପି ଅଛ ମେଲା ହେଲା । ତା'ର ଭସାଭସା ଆଖ୍ ଦିଓଟି ପୁଷ୍ପାଙ୍କ ମୁହଁ ଉପରେ ପହଁରିଯାଇ ତାଙ୍କ ଆଖ୍ ଉପରେ ସ୍ଥିର ହୋଇଗଲା ।

ଗୁମ୍ କରି ବସିଲା ପପୁ ପିଠିରେ ଗୋଟେ ବିଧା, "ତତେ ନେହୁରା ହୋଉଛି ମତେ ସେମିତି ଅନାନା ।"

ମାଡ଼ର ଓଜନରେ ପପୁର ପିଠି ଟିକିଏ ନଇଁଗଲା। କିନ୍ତୁ, ମାଡ଼ ଅନୁପାତରେ ଉଚ୍ଚସ୍ୱରରେ ନ କାନ୍ଦି ସେ ଜଣେ ବିଚାରବନ୍ତ ପରି ନମ୍ର ସ୍ୱରରେ ବାହୁନିଲା ଓ ମା'କୁ ଚାହିଁଲା।

ପୁଷ୍ପା ନିଜ ଆଖିରୁ ଲୁହ ପୋଛିଲେ, ପପୁକୁ କୋଳକୁ ନେଲେ, ତା' ପିଠି ଆଉଁଶି ଦେଇ ଲୁଗାକାନିରେ ତା' ମୁହଁ ପୋଛିଦେଲେ, "ମୋ ଧନଟା ପରା... ମନଦେଇ ପାଠ ପଢ଼ିଲେ ସିନା...।"

ଛାତ ପଲସ୍ତରାରୁ ପୁଲେ ଖସିପଡ଼ିଲା। ପୁଷ୍ପା ଉପରକୁ ଅନେଇଲେ। ଛାତରେ ଠାଆକୁ ଠାଆ ଖଣ୍ଡିଆ। ଯୋଉଠି ଖଣ୍ଡିଆ ନାହିଁ ସେଠି ପଲସ୍ତରା ଫୁଲା ଫୁଲା ହୋଇ ଖସିପଡ଼ିବାକୁ ଅପେକ୍ଷା କରିଛି। କାନ୍ଥୁରେ କେବେ ଚୂନ ଦିଆ ହୋଇଥିଲା କେଜାଣି? ସେମାନେ ଏ ଘର ଭଡ଼ା ନେବାର ଆଠବର୍ଷ ହେଲା। ତା'ର ବହୁ ପୂର୍ବେ କେବେ ଯଦି ଦିଆ ହୋଇଥିବ ହୋଇଥିବ।

ସେ ପପୁକୁ କୋଳରୁ ଓହ୍ଲାଇ ଦେଇ ଝରକା ପାଖକୁ ଆସିଲେ। ଝରକା କବାଟକୁ ସାଧ୍ୟମତେ ଠେଲି ମେଲା କରିବାକୁ ଚେଷ୍ଟା କଲେ। କିନ୍ତୁ, ଖରା ଓ ପାଣି ଖାଇ ଝରକାର କବ୍‌ଜା ଏପରି ଅଖଞ୍ଜ ହୋଇଯାଇଛି ଯେ ସେହି ଝରକାଟି ସର୍ବଦା ଅଧା ମେଲା ହୋଇ ରହେ। ନା ପୂରା ବନ୍ଦ ହୁଏ ନା ପୂରା ଖୋଲେ। ତଥାପି ପୁଷ୍ପା ଦିନରେ ଥରେ ଦି' ଥର ତାକୁ ଠେଲନ୍ତି ଓ ହତାଶ ହୁଅନ୍ତି।

ଝରକା ସେପଟରେ ଛୋଟିଆ ରାସ୍ତାଟିକୁ ଡେଇଁଗଲେ 'ରାଜବିହାର'। ଫାଟକ ପାଖରୁ ପାଚେରି କଡ଼େ କଡ଼େ ଫୁଲଗଛ। ମଝିରେ ପରିଛନ୍ନ ଘାସର ଗୋଟେ ପଡ଼ିଆ। ପଡ଼ିଆ ଚାରିପାଖରେ ଚୌକି। ପଡ଼ିଆ ପରେ ଗୋଟେ ଛାଉଣୀ। ତା' ତଳେ ଧାଡ଼ିଧାଡ଼ି ଗାଡ଼ି। ତା'ପରେ ମହଲା ପରେ ମହଲା ଏମିତି ଦଶ ମହଲାର ଘର। ପ୍ରତି ମହଲାରେ ଛଅଟି ଖଣ୍ଡା। ବଡ଼ବଡ଼ କୋଠରି, ଚଉଡ଼ା ଚଉଡ଼ା ଝରକା, ସଫା ସଫା କାନ୍ଥ, ମନଲୋଭା ରଙ୍ଗ। ତା' ଭିତରେ ସୁନ୍ଦର ସୁନ୍ଦର ଆଖି, ତେଜସ୍ୱୀ ଦୃଷ୍ଟି।

ପୁଷ୍ପାଙ୍କ ଝରକା ପଟୁ ଚାହିଁଲେ ସିଧା ଯେଉଁ ଘରଟି ଆଖିରେ ପଡ଼େ ସେଇଟା ତାଙ୍କ ଭାଇଙ୍କର। ଲମ୍ବା ଚେହେରା। ପୁଷ୍ପାଙ୍କ ଆଖି ପରି ଆଖି। ତୀବ୍ର ଦୃଷ୍ଟି। ଇଂରାଜୀରେ ପ୍ରଖର ଜ୍ଞାନ। ପପୁ ବୟସର ହେଲା ବେଳକୁ ସେ ଇଂରାଜୀ ଖବର କାଗଜ ପଢ଼ି ପାରୁଥିଲେ। ଜମା ଟୁଣ୍ଟୁ ନଥିଲେ। ତାଙ୍କ ପୁଅ ବୁବୁନ୍‌ ବି ତାଙ୍କପରି ପାଠରେ ବିଚକ୍ଷଣ। ପୁଷ୍ପାଙ୍କ ଭାଇ

ଆଇ.ଏ.ଏସ୍.ଛାଡ଼ି କମ୍ପାନୀ ଚାକିରିରେ ପଶିଛନ୍ତି। ଉଭା କେତେ ପୋତା କେତେ ସେ ହିସାବ ସେ ହିଁ ଜାଣନ୍ତି। ପୁଷ୍ପାକର ତାଙ୍କ ସହ ସମ୍ପର୍କ ନାହିଁ। ଭାଇ ତାଙ୍କ ବାହାଘର ପରଠୁ ଘରୁ ଅଲଗା ହୋଇଯାଇଛନ୍ତି।

"କହିଲୁ ବାପା, ଏ...ରୋ...ଓ...ପ୍ଲେ...ଏ...ନ୍" ପୁଷ୍ପା ଝରକା ଛାଡ଼ି ପପୁକୁ ପଚାରିଲେ। ପପୁ ତା'ର ଢଳଢଳ ଆଖି ଦୁଇଟିକୁ ବହୁ କଷ୍ଟରେ ଉପରକୁ ଉଠେଇଲା, "ଏ...ଏଁ....ଏଁ...ଏ...ର...ଏଁ...ଏ...।"

"ନିଆଁ, ପାଉଁଶ... ସେଇମିତି ଜଳଜଳ କରି ଅନେଇଥା, ଆଉ ଏଁ ଏଁ କରି କୁନ୍ଦୋଉଥା..." ପପୁର ଖାତାଟାକୁ ଜୋରରେ କଟାଡ଼ି ଦେଇ ପୁଷ୍ପା ରୋଷେଇ ଘରକୁ ପଶିଗଲେ। ସେ ଚୁଲିରେ କ୍ଷୀର ବସେଇ ଦେଇ ପପୁକୁ ଏରୋପ୍ଲେନ୍ ବନାନ ଘୋଷେଇବାକୁ ଯାଇଥିଲେ। କିନ୍ତୁ, ତାଙ୍କ ଫେରିବାଯାଏ ଅପେକ୍ଷା ନକରି କ୍ଷୀର ଉତୁରି ପଡ଼ିଥିଲା। ସେ ତରତରରେ କ୍ଷୀର ଡେକ୍ଚିକୁ ତଳକୁ ଓହ୍ଲେଇଲେ।

ରୋଷେଇ ଘରର କାନ୍ଥଗୁଡ଼ାକୁ ଠେଲି ଯଦି ଘରଟାକୁ ଟିକିଏ ବଢ଼େଇ ହୁଅନ୍ତା, ଏ ଫଟା କାନ୍ଥଗୁଡ଼ାକ ବୁଜି ହୋଇ ଯାଆନ୍ତା ଯଦି, ଯଦି ଅସରପା ଓ ଝିଟିପିଟି ଏଠି ସାଲୁବାଲୁ ନ ହୁଅନ୍ତେ, ଯଦି ଏ କ୍ଷୀରଟକ ଉତୁରିଯାଇ ନ ଥାନ୍ତା... ଈଏ ଯଦି ଯୋଗ୍ୟ ହୋଇଥାନ୍ତେ...।

ଗାଧୁଆ ଘରୁ ପାଣି ଆସି ରୋଷେଇ ଘରେ ପଶିଲା। ଯେତେ ମନାକଲେ ବି ପ୍ରମୋଦ ଗାଧୁଆ ଘରେ ଲୁଗାଧୁଆ ପାଣିକୁ ଆସ୍ତେ ଆସ୍ତେ ନ ଢାଳି ଏକାଥରେ ଭୁସ୍କି ଢାଳିଦେବେ। ସେଥରୁ ଅଧା ପାଣି ଆସି ରୋଷେଇଘରେ ପଶିବ। ଗାଧୁଆଘରଟା ଯଦି ଟିକିଏ ଡାଙ୍ଗର ହୋଇଥାନ୍ତା! ରୋଷେଇଘର ସେପଟ କଣକୁ ଟିକେ ଜାଗା। ସେହି ଗଲିଜାଗାରେ ପଟାଟାଏ ଘେରେଇ ତାକୁ ଗାଧୁଆ ଘରର ମର୍ଯ୍ୟାଦା ଦବାକୁ ପଡ଼ିଛି।

ପୁଷ୍ପା ଅଖା ଖଣ୍ଡକରେ ରୋଷେଇଘର ପାଣିକୁ ପୋଛିବାକୁ ଲାଗିଲେ। ପ୍ରମୋଦ ଗାଧୁଆଘର ପଟା କବାଟାକୁ ଗୋଟେ ଗୋଇଠାରେ ମେଲା କରି ମୁଣ୍ଡ ପୋଛିପୋଛି ସେଠୁ ବାହାରି ଆସିଲେ।

"ଅଙ୍କଗୁଡ଼ା ସାରି ଦେଇଛୁ ବାବା ? ଆଣିଲୁ ଖାତା ?"

ଇଂରାଜୀ, ବିଜ୍ଞାନ, ସାମାଜିକ, ସାହିତ୍ୟ ଆଦି ଖାତା ଭିତରୁ ଅଙ୍କଖାତାଟିକୁ ବାହାର କଲା ପପୁ।

"ହାତ ଫୁର୍ଜ କର।" କହି ପ୍ରମୋଦ ତା' ହାତରୁ ଖାତାଟା ନେଇଗଲେ। "କ'ଣ କରିଛୁ? ସବୁ ମିଶାଣ ଭୁଲ। ପାଞ୍ଚରେ ତିନି ମିଶିଲେ କେତେ?"

ପପୁ ତା' ଡାହାଣ ହାତର ପାଞ୍ଚ ଆଙ୍ଗୁଲି ନିଜ ଆଖ୍ୟ ଆଗରେ ସିଧା କରି ରଖିଲା। ତା'ପରେ ବାଁ ହାତର ପାଞ୍ଚୋଟିଯାକ ଆଙ୍ଗୁଲିକୁ ତା' ସାଙ୍ଗରେ ମିଶେଇଦେଲା। କିଛି ସମୟ ଦୁଇ ହାତର ଆଙ୍ଗୁଲିଗୁଡ଼ାକୁ ଚାହିଁ ସେ ଅସ୍ୱସ୍ତ ସ୍ୱରରେ ହିସାବ କଲା, "ପାଁ...ଞ୍ଚ...ଏକ..., ଦୁ..." ତା'ପରେ ସେ ପ୍ରମୋଦଙ୍କୁ ଚାହିଁଲା, "ଇ...ତି...ତି...ତି...ଏକ...।"

"ଡରୁଛୁ କାହିଁକି, କହ?" ପ୍ରମୋଦ ତାକୁ ଉସ୍ଥାହିତ କଲେ। "ତି...ନି...ଚା...ନା...ପାଞ୍ଚ...ଏକ..." କହି ପପୁ ତା' ଆଙ୍ଗୁଲି ଆଡ଼ୁ ଦୃଷ୍ଟି ଫେରେଇ ଦୁଆରକୁ ଚାହିଁଲା।

ଗାଲରେ ଠୋ'କରି ଗୋଟେ ଚଟକଣା। ଆର ଗାଲରେ ଆଉ ଗୋଟେ। ପପୁ ହିସାବ ପାଇଁ ଉଠେଇଥିବା ଆଙ୍ଗୁଲିଗୁଡ଼ାକୁ ଆତ୍ମରକ୍ଷା ଉଦ୍ଦେଶ୍ୟରେ ଦେଖେଇ ତ୍ରସ୍ତଭାବେ କହିଲା, "ଦ...ଦଶ...ପାଞ୍ଚ...ପାଞ୍ଚ...ଦଶ...ବାର।"

"ମୁଣ୍ଡ ଗଣ୍ଠି!... କେତେଥର ତତେ କହିଲେ ହବ? ତୋ ମା' ଢଙ୍ଗ ଛାଡ଼। ଗୋଟେ ଆଡ଼େ କାମ ଆଉ ଆଡ଼େ ନଜର। ସେମିତିରେ କିଛି ହବନି। ଆଉ କହିଦେଉଛି, ଅଙ୍କରେ ମନ ନଦେଲେ ଜୀବନରେ ତୁ କିଛି କରି ପାରିବୁନି।" ହଠାତ୍ ପ୍ରମୋଦଙ୍କର ନଜର ଅଧାମେଲା ଝରକାଟା ଉପରେ ପଡ଼ିଲା। ସେ ଜାଣନ୍ତି ଝରକାଟା ଚିରକାଳ ଅଧାଖୋଲା। ତଥାପି କହିଲେ, "କିଏ ଖୋଲିଲା ଏ ଝରକା?" ତା'ପରେ ସେ ଉଠି ଆସିଲେ ଝରକା ପାଖକୁ। ବନ୍ଦ କରିବା ଉଦ୍ଦେଶ୍ୟରେ ଝରକାର ଦୁଇ ଫାଳକୁ ଟାଣିଲେ। କିନ୍ତୁ ସିଏ ହୁଁକିବାକୁ ରାଜି ନୁହେଁ। ଯଦି ସାଧ ଥାଆନ୍ତା, ପୁରା ଝରକାକୁ ଶାବଲରେ ତାଡ଼ି ଆଉ ଗୋଟେ ଅର୍ଖ ନୂଆ ଝରକା ଲଗେଇ ଦିଅନ୍ତେ ସେ। ଏ ଭଡ଼ାବାଲୀ ବୁଢ଼ୀର ସବୁ ହୁକୁମକୁ ଗୋଟାଏ 'ଫୁ...ଇ...ଉ'ରେ ଉଡ଼େଇ ଦିଅନ୍ତେ। ସିଏ ଆଗ ରହନ୍ତେ କାହିଁକି ଏ ଘରେ? ପୁଣି ଭଡ଼ାରେ! ଅଙ୍କରେ ସେ ପୋକ। ଇଂଜିନିଅରିଂ ପଢ଼ିବାକୁ ଡାକରା ପାଇଥିଲେ। ଯଦି ସେ ପଢ଼ି ପାରିଥାନ୍ତେ ଇଂଜିନିଅରିଂ? ଯଦି ତାଙ୍କ ବାପା ଅକାଳରେ ମରିଯାଇ ନ ଥାନ୍ତେ? ହୀନସ୍ତା କିରାଣି ନ ହୋଇ ଯଦି ସେ ବୈଜ୍ଞାନିକ ହୋଇଥାନ୍ତେ... ଯଦି ସେ ବର୍ଷାକୁମାରୀକୁ

ବାହା ହୋଇପାରିଥାନ୍ତେ... ପ୍ରମୋଦ ନାହି ପାଖରୁ ଟାଣି ଆଣିଲେ କିଛି ପବନ ଓ ନାକବାଟେ ଛାଡ଼ିଦେଲେ, ଯେମିତି ଏ ପବନ ଦମକାଏ ନିହାତି ଅନାବଶ୍ୟକ ଭାବେ ତାଙ୍କ ଭିତରେ ରହିଯାଇଥିଲା। ଝରକା ପାଖରୁ ଫେରିଆସି ସେ ପୟୁକୁ କୋଳକୁ ନେଲେ, "ଆମର ଆଉ କ'ଣ ଅଛି କହିଲୁ? ତୁ ତ ବାପା ଆମର ସବୁ। ଧନ, ରତ୍ନ, ଜୀବନ। ମନଦେଇ ପାଠ ପଢ଼। ବଡ଼ ମଣିଷ ହବୁ। ଇଂଜିନିୟର। ବଡ଼ ଇଂଜିନିୟର। ବହୁତ ଟଙ୍କା। ଆମେ ଯାହା କହୁଛୁ ସବୁ ତୋରି ଭଲ ପାଇଁ କହୁଛୁରେ ବାପା। ତୁ ଏମିତି ଡରିକି କାହିଁକି ଅନୋଉଛୁ? ଜମା ଡରନା। ମନଦେଇ ପଢ଼। ସ୍କୁଲ ତ ଛୁଟି ଅଛି ଆଜି। ମୁଁ ଅଫିସରୁ ଆସିଲାବେଳକୁ ଏ ମିଶାଣ ଫେଡ଼ାଣତକ କରିକି ରଖୁଥବୁ।"

"ଆସ ଖାଇବ! ଡାକିଲେ ପୁଷ୍ପା।"

କି ଖାଇବା ଇଏ? ନାକରେ କାନରେ ଗଣ୍ଡେ ପୂରେଇ ଦେଇ ବାହାରି ପଡ଼ିବା କଥା। ପ୍ରମୋଦ ଖାଇସାରି ସାଇକେଲ ବାହାର କଲେ। ବୁଢ଼ିର ଆଦେଶ-ଉପରୁ ତଳକୁ କି ତଳୁ ଉପରକୁ ସାଇକେଲ ନେବାବେଳେ ଗଡ଼େଇ ଗଡ଼େଇ ନେଇପାରିବ ନାହିଁ। ଟେକି ଟେକି ନେବାକୁ ପଡ଼ିବ। ନହେଲେ ପାହାଚ ଆଞ୍ଜୁଡ଼ି ହୋଇଯିବ। ଆହାଃ! ଗନ୍ଧମାର୍ଦ୍ଧନ ଟେକିବା ପରି ଏଇ ଯେ ସେ ସାଇକେଲଟିକୁ ମୁଣ୍ଡେଇ ଉପରୁ ତଳକୁ ଚାଲିଛନ୍ତି, ବୁଢ଼ିଟା ଏତିକିବେଳେ ତଳୁ ଉପରକୁ ଉଠନ୍ତା କି? ପ୍ରମୋଦ ସାଇକେଲଟିକୁ ଛାଡ଼ି ଦିଅନ୍ତେ ତା' ଉପରେ। ବୁଢ଼ି ଆଉ ସାଇକେଲ! ଗଡ଼ାଗଡ଼ି ହୋଇ ଯାଇ ପଡ଼ନ୍ତେ ତଳେ। ଯଥେଷ୍ଟ ସମ୍ଭାବନା, ବୁଢ଼ିଟା ଖତମ୍ ହୋଇଯାନ୍ତା। ବୁଢ଼ି ଖତମ୍ ହୋଇଗଲେ ତା' ପୁଅ ସାଙ୍ଗେ ସାଙ୍ଗେ ଏ ଘର ବିକ୍ରି କରି ଦିଅନ୍ତା। ରାଣ୍ଡିପୁଅ ଅନନ୍ତା ହୋଇଛି। ସିନେମା ନିଶା ଘାରିଛି। ଘର ବିକି ବଯ୍ୟେ ଯିବ। ଏ ଘର ଚାଲିଗଲେ କୋଉଠି ରହିବେ ପ୍ରମୋଦ? ଏତେ କମ୍ ଭଡ଼ାରେ ଆଉ ଘର ମିଳିବନି। ନା, ବୁଢ଼ିଟା ବଞ୍ଚୁଥାଉ। "ହେଇପା ମାଉସୀ। ଆପଣ କୋଟିଏ ବର୍ଷ ବଞ୍ଚିବେ। ନିଇତି ଶିବଙ୍କ ଉପରେ ମୁଁ ବେଲପତ୍ର ଚଢ଼ୋଉଛି।" ପ୍ରମୋଦ ତଳେ ଘରବାଲୀ ବୁଢ଼ିକୁ ଦେଖି ଗଦଗଦ ହସରୁ ମୁଏ ତା' ଉଦ୍ଦେଶ୍ୟରେ ବିଶ୍ୱଦେଇ ସାଇକେଲ୍ ଚଢ଼ିଲେ।

ପୁଷ୍ପା ହସିବା ଅବସ୍ଥାରେ ନ ଥିଲେ। ବୁଢ଼ି ଉପରେ ନଜର ପଡ଼ିଲେ ଅତି ନିକୁଞ୍ଚରେ ନକଲି ହସଟେ ଫୋପାଡ଼ି ଦବାକୁ ପଡ଼ିବ। ସେହି ନକଲି ହସର ଦାଉରୁ ମୁକ୍ତି ପାଇବାକୁ ସେ ତତ୍‌କ୍ଷଣାତ୍ କବାଟ ଦେଇଦେଲେ।

"ମୋ ଧନରେ, ଟିକେ ପାଠରେ ମନ ଦେ। ଇଂରାଜୀଟା ଜମା କଷ୍ଟ ନୁହେଁ। ଖାଲି ବନାନଗୁଡ଼ା ଘୋଷିଦେଇ ଶବ୍ଦ ମନେ ରଖିଦେଲେ ହେଲା। ମୋର ଏଇ ଗୋଟିଏ କଥା ମନେରଖ–ଇଂରାଜୀ ଯଦି ଶିଖିଯିବୁ ତା'ହେଲେ କୋଉଠି ହାରିବୁ ନାହିଁ। ଏ ଥେଣ୍ଟେଇ ବୁଢ଼ୀ ପାଖରେ ନୁହେଁ କି ଏ ମାଲା ଝରକା ପାଖରେ ନୁହେଁ।" ପୁଷ୍ପା ଝରକାକୁ ଆଉ ଟିକେ ଠେଲିବାକୁ ଚେଷ୍ଟା କଲେ।

ରାଜବିହାର ଫାଟକ ପାଖରେ ବସିଛି ନିଶୁଆ ଜଗୁଆଳି। ରାଜବିହାରରୁ ଗୋଟିଏ ଗୋଟିଏ ପିଲା ବାହାରି ବୋଧହୁଏ ସେପଟ ପଡ଼ିଆକୁ ଯାଉଛନ୍ତି। ବୁବୁନ୍ ବି ଗଲା। ଦି ପକେଟ୍‌ରେ ହାତ ପୂରେଇ, ଦର୍ପିଲା ଛାତି ଦେଖେଇ ଗୋଡ଼ ଦି'ଟାକୁ ରାଜପୁତ୍ର ପରି ପକେଇ ପକେଇ ସେ ଚାଲୁଛି।

ପୁଷ୍ପା ପଚାରିଲେ, "ଖେଳିବାକୁ ଯିବୁ?"

ଏ ବଡ଼ ଆଚମ୍ବିତ କଥା। ପପୁର ସନ୍ଦେହ ହେବା ସ୍ୱାଭାବିକ। ଏରୋପ୍ଲେନ୍, ଫେରୋପ୍ଲେନ୍ ବନାନରୁ ମୁକ୍ତି ଦେଇ ମା' ତାକୁ ଖେଳିବାକୁ ପଠେଉଛି। "ସତ ନା ମତେ କବୁଲୋଉଛୁ ଲୋ?" ମନେମନେ ପ୍ରଶ୍ନଟି ପଚାରି ସନ୍ଦେହ ଭର୍ତ୍ତି ଆଖି ଦିଇଟିକୁ ମା' ଉପରେ ଥୋଇଦେଲା ପପୁ।

ପୁଷ୍ପା ଏତେ ବିରକ୍ତ ହୋଇଗଲେ ଯେ ନିଜ ଉପରେ ତାଙ୍କର ଦୟା ଆସିଲା। ସେ କହିଲେ, "ଏଇ ଗୁଣଟା ତତେ ଛାଡ଼ିବାକୁ ହବ। ତୁ ଯା। ରାଜବିହାର ଛୁଆମାନେ ସେପଟ ପଡ଼ିଆକୁ ଗଲେଣି। ତାଙ୍କ ସାଙ୍ଗରେ ଟିକେ ଖେଳିଦେଇ ଆସିବୁ ଯା।"

ଏଥର ପପୁର ବିଶ୍ୱାସ ହେଲା। ସେ କହିଲା, "ମୁଁ ସେଠିକି ଯିବିନି। ଇଆଡ଼େ ଯିବି।"

"କାହିଁକି ଯିବୁନି ସେଠିକି?"

"ସେମାନେ ମତେ ଖେଳାନ୍ତିନି।"

"ନ ଖେଳାନ୍ତୁ। ତୁ ଯା। ବୁବୁନ୍ ବି ଯାଇଛି।"

"ସିଏ ମୋ ସାଙ୍ଗରେ କଥା ହୁଏନି।"

"କାହିଁକି ସିଏ କଥା ହବ ତୋ ସାଙ୍ଗରେ? ସିଏ କ୍ଲାସରେ ଫାଷ୍ଟ ହେଉଛି ନା ତୁ ହେଉଛୁ? ମୋ ସୁନାଟା ପରା। କଥା ବୁଝ। ମୁଁ ତୋ ମା'। ତୁ ଯଦି ମୋ କଥା ନ

ବୁଝିବୁ... ଆଉ କିଏ ମୋର ଅଛି କହିଲୁ ? ତୁ ଯା। ଯଦି ସିଏ ତତେ ନ ଖେଳାନ୍ତି ତୁ ଖାଲି ସେଠି ଛିଡ଼ାହବୁ। ବୁବୁନକୁ ଦେଖିବୁ। ଦେଖିବୁ କେମିତି ସେ ଛିଡ଼ା ହେଉଛି। କେମିତି ଚାଲୁଛି। କେମିତି କଥା କହୁଛି। କେମିତି ଚାହୁଁଛି। ଅନେଇବୁ ତା' ଆଖିକୁ – ପାଖରୁ, ଭଲକରି, ମନଦେଇ। ଶୁଣିବୁ ତା' କଥା। ନ ଖେଳାନ୍ତୁ। ଖେଳିବା ଦରକାର ନାହିଁ। ଖାଲି ଦେଖିବା ଦରକାର। ଦେଖିକି ବୁଝିବା ଦରକାର। ବୁଝିଲୁ ନା' ମୋ କଥା ? ବୁବୁନ୍ ପଳେଇଲା ମାତ୍ରେ ତୁ ଫେରିଆସିବୁ।"

ମା'ର ବିଚାର ବଦଳିଯିବା ଆଗରୁ ପପୁ ଉଠି ପଡ଼ିଲା। ସିଡ଼ି ଦେଇ ତଳକୁ ଓହ୍ଲେଇଲା। ଘର କଡ଼େ କଡ଼େ ଯାଇ ପଛପଟର ଛୋଟିଆ ରାସ୍ତାଟିକୁ ଡେଇଁଲା। ରାଜବିହାର ପାଚେରି। ଟିକିଏ ଆଗରେ ଫାଟକ। ନିଶୁଆ ଜଗୁଆଳି। ତାକୁ ଟପିଗଲା ପପୁ। ତା'ପରେ ଆଉ ଦିଶିଲା ନାହିଁ ପୁଷ୍ପାଙ୍କୁ।

ଏପଟରେ କୃଷ୍ଣାଚୂଡ଼ା ଗଛରେ ନଦି ହୋଇଛି ଫୁଲ। ଭାଉଜ ଆସିଲେ ବାଲ୍‌କୋନିକୁ। ଅଳସେଇ ରାଜକନ୍ୟା ପରି। ମୁକୁଳା ବାଳ। କଡ଼ ବାଳଗୁଡ଼ାକ ଫୁର୍ ଫୁର୍ ହୋଇ ଉଡ଼ି ଆସୁଛି ଆଗକୁ। ସେ ତାକୁ ସାଉଁଲେଇ କରି ପଛକୁ ଠେଲି ଦେଉଛନ୍ତି। ସାନ, ମଝିଆଁ, ବଡ଼, ତାଠୁ ବଡ଼, ଆହୁରି ବଡ଼ ଏମିତି ଛଅଟା ଖଣ୍ଡ ହାର ବେକରେ। ସବା ବଡ଼ଟା ଝୁଲି ଆସିଛି ନାହିଯାକେ। ବାଲ୍‌କୋନି ବାଡ଼ା ଉପରେ ନଇଁପଡ଼ିଲେ ସବା ବଡ଼ ହାରଟା ବାଜେ କାର୍ପେଟ୍‌ରେ। ଫୁଲେଇ ! କୋଉଥିପାଇଁ ଏତେ ଗର୍ବ ! ଗୋରା ରଙ୍ଗ ପାଇଁ ନା ବରର ଧନ ପାଇଁ ?

ଆରାମ ଚୌକିରେ ବସିଲେ ମହାରାଣୀ। ଓଃ ! ସୁକୁମାରିଆ ପାଦ ଦି'ଟା ତଳେ ଥୋଇ ହବନି ପରା ! ଗୋଟେ କିଏ ମୁଣ୍ଡେଇ ଧରରେ। ହୁଁ। ଛୋଟ୍ ବଇଠା ଉପରେ ଥୁଆହେଲା ପାଦ ଯୋଡ଼ାକ। ଚାକର ନେଇକି ଆସିଲା ମଗ୍‌ଟେ। ପାଖ ସେଣ୍ଟର ଟେବୁଲ୍‌ରେ ଥୋଇଲା। ଫୁଲେଇ ରାଧିକା ପିଇବେ। କ'ଣ ଥିବ ସେଥିରେ ? ଚା', କଫି, କ୍ଷୀର, ହର୍‌ଲିକ୍, ବୋର୍ଣ୍ଣଭିଟା ନା' ନିଆଁ ପାଉଁଶ ?

ଅନେଇଲେଣି ଇଆଡ଼େ। କାଲେ ତାଙ୍କ ଉପରେ ନଜର ପଡ଼ିଯିବ, ପୁଷ୍ପ ସେଥିପାଇଁ ନିଜକୁ ଝରକା ପଛରେ ଲୁଚେଇଦେଲେ। ବହିଗୁଡ଼ା ଛିନ୍ନଛତ୍ର ହୋଇ ପଡ଼ିଛି। ବାପ ଗୁଣ ଯଦି ନଛାଡ଼େ କ'ଣ କରିବ ଏ ପିଲା ଜୀବନରେ ? ପୁଷ୍ପ ବହିଗୁଡ଼ା ସଜେଇ ରଖିଦେଲେ।

କୋଉଠି ଟିକେ ମିଳନ୍ତା ଖୋଲା ପବନ ! ଫର୍ଙ୍ଗା ଜାଗା । କବାଟ ଖୋଲି ରାସ୍ତାକୁ ଅନେଇଲେ ହୁଅନ୍ତା । କିନ୍ତୁ, ଆଖ୍ ପଡ଼ିବା ମାତ୍ରେ ବୁଢ଼ୀ ଛାଡ଼ିଦିବ ଗଣ୍ଡେ ଛଅଟା ଉପଦେଶ । ଦିହରେ ଫୋଡ଼ି ହୋଇଯିବ । ସୁତରାଂ, ସେଇ ବଖୁରିକିଆ ଅନ୍ଧାରିଆ ଘର । ଶୋଇବା, ବସିବା, କଳି କରିବା, ପପୁର ପଢ଼ିବା ଓ ଏକାଏକା ଦହଗଞ୍ଜ ହେବା ପାଇଁ ସେଇ ଏକମାତ୍ର ବଖରା ।

ଛୋଟ ଚଢ଼େଇଟିଏ ଆସି ତାଙ୍କ ଝରକା ପାଖରେ ବସିଲା । ପୁଷ୍ପାଙ୍କୁ ଚାହିଁଦେଇ ପୁଣି ଉଡ଼ିଗଲା । ଚାହିଁଲା ନା ଖଟେଇ ହେଲା ମ ! ଆରେ ! ପିଲାମାନେ ଫେରି ଆସିଲେଣି ଖେଳରୁ । ଭଲ ପିଲାଙ୍କର ଏଇ ଲକ୍ଷଣ । ରୁଟିନ୍‍ରେ ଉଠ, ରୁଟିନ୍‍ରେ ଖାଅ, ରୁଟିନ୍‍ରେ ପଢ଼, ରୁଟିନ୍ ଅନୁସାରେ ଖେଳ । ଜଣକ ପରେ ଜଣେ ରାଜବିହାର ଫାଟକ ଭିତରେ ପଶିଲେ । ବୁବୁନ୍ ବି ଗଲା । ପପୁ! ପପୁର ବି ଫେରିଆସିବା କଥା । ସେ ଫେରୁନି କାହିଁକି ? ସେ କହିଥିଲେ ବୁବୁନ୍ ଆସିବା ମାତ୍ରେ ତୁ ପଳେଇ ଆସିବୁ । ବୁବୁନ୍ ତ ଆସିଲା । ପପୁ! କାହିଁକି ମତେ ଜଳେଇ ଜଳେଇ ମାରୁଛୁରେ ଚଗଲା !

ଅଧ ଘଣ୍ଟା ଗଲା । ଘଣ୍ଟେ ଗଲା । ଆଜି ଆସୁ ପାଜି । ରାଗ ଚଢ଼ିଚଢ଼ି ମୁଣ୍ଡଯାଏ ଗଲା, ତା'ପରେ ମୁଣ୍ଡରୁ ଖସିଖସି ଗୋଡ଼ଯାଏ ଆସିଲା । କୁଆଡ଼େ ଗଲା ମୋ ଧନ ? ନା, ବେଶୀ ଧୈର୍ଯ୍ୟ ଠିକ୍ ନୁହେଁ । ପୁଷ୍ପା ବାହାରକୁ ଆସି କବାଟରେ ତାଲା ପକାଇଲେ । ସିଡ଼ିରେ ଓହ୍ଲେଇ ଛୋଟିଆ ରାସ୍ତାଟିକୁ ପାରହୋଇ, ରାଜବିହାର ଫାଟକ ଡେଇଁ ପଡ଼ିଆକୁ ଆସିଲେ । ଶୂନ୍ୟ ପଡ଼ିଆକୁ ଦେଖି ତାଙ୍କ ହଳକ ଶୁଖିଗଲା- ପପୁ! ଏତେ ବଡ଼ ପଡ଼ିଆରେ ଆଉ କେହି ନ ରହିଲେ ନାହିଁ, ମୋ ପପୁଟି ଛିଡ଼ା ହୋଇନଥାନ୍ତା ? ମୁଁ ତ ତାକୁ ଏଇଠିକି ପଠେଇଥିଲି । ସମସ୍ତେ ଫେରିଲେ । ସେ ?

ପୁଷ୍ପା ରାଜବିହାର ଫାଟକ ପାଖକୁ ଫେରିଲେ । ନିଶ୍ଵାସ ଜଗୁଥିଲି ।

"ମୋ ପୁଅ ପପୁ! ୭ ବର୍ଷର । କଳା ପେଣ୍ଟ, ହଳଦିଆ ଗଞ୍ଜି । ତମ ଏଇ କଲୋନୀ ବସନ୍ତ ସାହେବଙ୍କ ପୁଅ ବୁବୁନ୍ ପରି । ଏଇଠିକି ଖେଳିବାକୁ ଆସିଥିଲା । କୁଆଡ଼େ ଗଲା ?"

"ବାହାର ପିଲା ଏ ପଡ଼ିଆରେ ଖେଳିବାକୁ ମନା ଆଜ୍ଞା !... ଗୋରା ହୋଇ ? ବୋକାଙ୍କ ପରି ଅନାଏ ?"

"ତୋତୁ ଚାଲାଖ୍‍ରେ ପୋଡ଼ାମୁହାଁ । ମୋ ରତ୍ନ ସିଏ ।" ମନେ ମନେ ଏତକ ଗୁଣି ହୋଇ ପୁଷ୍ପା କହିଲେ, "ହାଁ । କୁଆଡ଼େ ଗଲା ?"

"ସେଇଆଡ଼େ ଯାଇଛି ।" ଜଗୁଆଲି ଆଙ୍ଗୁଲି ବଢ଼େଇ ଦେଲା ପଡ଼ିଆ ସାମନା ରାସ୍ତାଆଡ଼କୁ ।"

ତା'ହେଲେ ସେ ବୁବୁନ୍ ପାଖକୁ ଜମା ଆସିନାହିଁ । ଘରକୁ ବି ଫେରିଲା ନାହିଁ । ସିଆଡ଼େ କୁଆଡ଼େ ଗଲା ?

ରାସ୍ତା ଦି'ପଟରେ ଛୋଟଛୋଟ ଘର । ସାମନାରେ ଗୋଟେ ବସ୍ତି । ବସ୍ତିଟା ଏତେ ବଢ଼ିଗଲାଣି ନା ? ଜମା ଦି'ତିନିଟା ଘର ଏଠି ଅଛି ବୋଲି ସେ ଭାବିଥିଲେ । ଏବେ କାନ୍ଥକୁ କାନ୍ଥ, ଝରକାକୁ ଝରକା, ଦୁଆରକୁ ଦୁଆର ଲଗାଲଗି ହୋଇ କୋଡ଼ିଏ ପଚିଶ ଘର । ଘର ଉପରେ ଖପରୁଲି । ଖପରୁଲି ଉପରେ ଛିଣ୍ଡାକନ୍ଥା, ଅଖା, ଘଷି, କଖାରୁ ଆଉ ମାଙ୍କଡ଼ । ଘର ଆଗରେ ନର୍ଦ୍ଦମା । ନର୍ଦ୍ଦମାରେ ଆବର୍ଜନାର ସୁଅ । ସେଇ ସୁଅରେ ଗୋଡ଼ ଧୋଉଛି ଗୋଟେ ଟିକି ଝିଅ । ପପୁ ! ଇଆଡ଼େ କୁଆଡ଼େ ଖୋଜିବେ ତାକୁ ? ଆଉ ରାସ୍ତା ଦିଶିଲା ନାହିଁ ତାଙ୍କୁ । ସେ ପୁଣି ଫେରିଲେ ଜଗୁଆଲି ପାଖକୁ ।

ଜଗୁଆଲି କହିଲା, "ବଡ଼ ଚାକୁଣ୍ଡା ଗଛ ପାଖରେ ଦେଖିଲେ କି ?"

ଗାଈଟିଏ ପାକୁଲି କରୁକରୁ ପୁଷ୍ପାଙ୍କ ଦେହରେ ଘଷିହୋଇ ଚାଲିଗଲା । ପୁଷ୍ପା ଚମକିବା ଅବସ୍ଥାରେ ନ ଥିଲେ । ରାସ୍ତାରେ ଚାଲିବାର ସତ୍କର୍ଣା ବି ସେ ଭୁଲିଗଲେ ।

ରାଜବିହାର ପଡ଼ିଆ ପଛପଟେ ନିଆଁଶୀ ମୋତି ବୁଢ଼ିର ଝିଅ । ତା'ଉପରେ ଗୋଟେ କୁଡ଼ିଆ, ଗୋଟେ ଚାକୁଣ୍ଡା ଗଛ ଓ ମଲାଏ ଖାଲିଜାଗା । ଏତିକି ହୁଣ୍ଟି ବୁଢ଼ୀ, ଜାଗାଟା ନ ବିକି ତୀର୍ଥ କରି ଚାଲିଗଲା । ଯାଇଛି ଯେ ଯାଇଛି । ଶୁଣାଯାଉଛି ମରିଗଲାଣି ବୋଲି । ଦାମିକା ଜାଗାଟା । କୁଡ଼ିଆ ଖଣ୍ଡକ ଭାଙ୍ଗି ମାଟିରେ ମିଶିବା ମିଶିବା ହେଲାଣି । ଚାରିପାଖର ଜାଗା ମାଲିକମାନେ ବୁଢ଼ିର ଝିଅ ଉପରକୁ ମାଡ଼ି ମାଡ଼ି ଆସୁଛନ୍ତି । ଚାରିପାଖରେ ଅଟ୍ଟାଲିକା, ବସ୍ତି, ନର୍ଦ୍ଦମା, ଅହଂକାର, ଅବସୋସ, କ୍ରୋଧ, କ୍ରନ୍ଦନ, ଆଶା, ଯନ୍ତ୍ରଣା ଓ କୋଲାହଲ ମଝିରେ ନିର୍ବିକାର ଭାବେ ଛିଡ଼ା ହୋଇଛି ବଡ଼ ଚାକୁଣ୍ଡା ଗଛ ।

"ଆରେ...ରେ...ରେ... ମୋ ଛୁଆ, ଛାଡ଼, ଛାଡ଼" ଅଧିକ ଚିତ୍କାର କରିପାରିବା ଭଳି ସମୟ ପୁଷ୍ପାଙ୍କ ପାଖରେ ନ ଥିଲା । ଦାଣ୍ଡିଆଟେ ମାରି ସେ ବଡ଼ ଚାକୁଣ୍ଡା ଗଛ ପାଖରେ ପହଞ୍ଚିଗଲେ । ପପୁ ଗଛକୁ ଆଉଜି ଛିଡ଼ା ହୋଇଛି । ଛିଡ଼ା ତ ହେଇନି ତାକୁ ଜବରଦସ୍ତ ଛିଡ଼ା କରାହୋଇଛି । ତାରି ବୟସର ଆଉ ଚାରିଟି ପିଲା, ଦି'ଜଣ ଦି'ପାଖରୁ ତା' ହାତ ଦି'ଟାକୁ

ଭିଡ଼ି ଧରିଛନ୍ତି । ଆଉ ଦି'ଜଣ ତାକୁ ମାରୁଛନ୍ତି । ପପୁ ଟାଣି ହେଉଛି । ସେମାନଙ୍କ ଉପରକୁ ଗୋଇଠା ଛାଟୁଛି । ଗାଳି ଦେଉଛି । ଅତ୍ୟାଚାରୀଙ୍କ ଉପରକୁ ଛେପ ପକେଉଛି ।

ପୁଷ୍ଟାଙ୍କ ବ୍ୟେଟ ଆଉଟି ହେଲା, ଛାତିରେ ନିଆଁ ଲାଗିଗଲା ଓ ତାଙ୍କ ଗଳା ଦୁହିଁ ହୋଇଗଲା, "ତମର ଏତେ ସାହସ ! ମୋ ଛୁଆକୁ...।"

ପୁଷ୍ଟାଙ୍କର ଉଗ୍ରମୂର୍ତ୍ତି ଦେଖି ଚାରିଜଣଯାକ ଆଖି ପିଛୁଲାକେ ଉଭାନ୍ ହୋଇଗଲେ । ପୁଷ୍ଟା ସେମାନଙ୍କ ଆଡ଼ୁ ନଜର ଫେରେଇ ପପୁକୁ ପାଖକୁ ଟାଣି ଆଣିଲେ, "କ'ଣ ହେଇଛି ତୋର ?"

"କିଛି ହେଇନି ।" ପପୁର ନିଦା ସ୍ୱର ପୁଷ୍ଟାଙ୍କୁ ଆଶ୍ଚର୍ଯ୍ୟ କରିଦେଲା । ସେ ତାକୁ ମୁହୂର୍ତ୍ତେ ଅନେଇଲେ, "ତତେ ସେମାନେ ମାରୁଥିଲେ କାହିଁକି ?"

"ମୁଁ ଛାଡ଼ିଛି କି ? ମୁଁ ବି ମାରିଛି ।" ଏ ଉତ୍ତରରେ ଆହୁରି ଆଶ୍ଚର୍ଯ୍ୟ ହେଲେ ପୁଷ୍ଟା ।

"ମାଡ଼ପିଟ ହେଲା କାହିଁକି ?"

"ସତୁ ଗୋଟେ ପ୍ରଜାପତି ଧରିଲା । ମୁଁ କହିଲି ଉଡ଼େଇ ଦେ । ସେମାନେ ତାକୁ ଗଛରେ ଲଗେଇଦେଲେ ।" ପପୁର ଦୃଷ୍ଟି ଯେଉଁଠି ଅଟକିଥିଲା ପୁଷ୍ଟା ସେଠିକି ଅନେଇଲେ ।

ଗଛ ଗଣ୍ଠିରେ ଲାଗିଛି ପ୍ରଜାପତିଟିଏ । ଦିପଟ ଡେଣାରେ ତା'ର କଣ୍ଟା ଫୋଡ଼ା ହୋଇ ଗଛରେ ଲଖା ହୋଇଛି । ତା' ଦେହର କୋମଳ ମାଂସରେ ବି କଣ୍ଟାଟିଏ ଫୋଡ଼ା ହୋଇ ତାକୁ ଗଛରେ ଯୋଡ଼ି ଦିଆହୋଇଛି । ତରଳ ପଦାର୍ଥ କିଛି ବୋହିଯାଇଛି ସେହି ଫୋଡ଼ା ପାଖରୁ ।

ପୁଷ୍ଟା ପ୍ରଜାପତିଟିର ଅତି ନିକଟକୁ ମୁହଁ ଆଣିଲେ । ପପୁ ଆସ୍ତେ କରି ତା' ଦୁଇ ଡେଣାରୁ କଣ୍ଟା ଦୁଇଟି ବାହାର କଲା । ତା'ପରେ ତା' ଦେହର କଣ୍ଟାକୁ ଅତି ଯତ୍ନରେ ଧୀରେଧୀରେ କାଢ଼ିଲା । ପ୍ରଜାପତିଟିକୁ ନିଜ ବାଁ ହାତ ପାପୁଲି ଉପରେ ଥୋଇ ଡାହାଣ ହାତରେ କଅଁଳେଇ କରି ଆଉଁଶିଲା । ତାକୁ ଫୁଙ୍କିଲା । କିଛି ସମୟ ଏପରି କରିବା ପରେ ସେ ହଠାତ୍ ମା'କୁ ଅନେଇଲା, "ଆଉ ଉଡ଼ିବନି କି ଏଇଟା ?"

ପୁଷ୍ଟା, ପପୁ ହାତରୁ ପ୍ରଜାପତିଟିକୁ ନେଲେ, ତାକୁ ଦେଖିଲେ, ପୁଅ ମୁହଁକୁ କ୍ଷଣେ ଅନେଇଲେ, ବାଁ ହାତରେ ତା' ମୁଣ୍ଡ ଆଉଁଶି ଦେଲେ, "ସିଏ ମରିଗଲାଣିରେ ବାପା ।"

ଅବାସ୍ତବ

ମନୁ!... ମନୁ!!... ମନୁ.. ରେ...

ଜେଜେଙ୍କର ସ୍ୱର ଲମ୍ବି ଚାଲିଛି । ମନୁ ବାରଣ୍ଡାରେ ବସି ଅନେଇଥିଲା ଆମ୍ବଗଛକୁ । ପାଚିଲା ଆମ୍ବଟାକୁ କୁଆ ଖୁମ୍ପୁଛି । ପରଦିନ ଏ ଗଛରୁ ସେ ପାକଳ ଆମ୍ବଟ ବିଛେଇଥିଲା । ଏଇ ଆମ୍ବଟିକୁ ଛାଡ଼ି ଦେଇଥିଲା ପାଚିବା ପାଇଁ । ଗଛରେ ପାଚି ଆମ୍ବଟା ଝଡ଼ିଥାନ୍ତା । ସେ ତାକୁ ଗୋଟେଇ ଆଣି ଖାଇଥାନ୍ତା । ଖାଇସାରି ଟାକୁଆକୁ ମାଟିରେ ପୋତିଥାନ୍ତା । ଝଡ଼ିବା ପୂର୍ବରୁ ଏ ଚଣ୍ଡାଳ କୁଆଟା... ପ୍ରଥମେ ଆସି ଖୁମ୍ପିବାବେଳେ ସେ ତାକୁ ଗୋଡ଼େଇଦେଲା । କୁଆଟି ଟିକେ ଉଚ୍ଚକୁ ଉଡ଼ିଯାଇ କିଛି ସମୟ ଆକାଶରେ ପଇଁତରା ମାରି କିଛି ନ ଜାଣିଲା ପରି ପୁଣି ଆସି ଆମ୍ବ ପାଖରେ ବସିଲା । ତା'ପରେ ଆତୁର ହୋଇ ସେ ଆମ୍ବ ଉପରେ ଏମିତି ଘନଘନ ଠଣ୍ଟ ପ୍ରହାର କରିଚାଲିଲା ଯେ, ମନୁର ରାଗ ବଦଲରେ ହସ ଏବଂ ତା'ପରେ ମନରେ ଦୟା ଉଦ୍ରେକ ହେଲା, ଖାଉ ! ଦିନରେ ତିନି ବକ୍ତ ଖାଇବାକୁ ପାଉଥିବ ଇଏ, ନା ବଙ୍କେ,

ନା ଦି’ ତିନି ଦିନରେ ଥରେ, ପୂରୁଥିବ ପେଟ ? ସୁଆଦ ଖୋଜୁଥିବ ତା’ ପାଟି ! ଖା...
ଖାରେ... ଖାଇଯା... ମୋ ସଞ୍ଚୁଲା ଧନକୁ ତୋ ବାପ ସମ୍ପତି ଭାବି ସଫା କରିଦେ।

“ମନୁ !” ଜେଜେଙ୍କର ପାଟି।

“ଜେଜେ ସେତେବେଳୁ ଡାକୁଛନ୍ତି, ତତେ କ’ଣ ଶୁଭୁନି ମନୁ ?” ମଝିଘରୁ ପହଁରି
ଆସିଲା ବୋଉର ସ୍ୱର।

ମନୁ ଦିମାକିଆଙ୍କ ପରି କାନ୍ଥକୁ ଆଉଜି ବସିଲା। ‘ଉଃ ! ତତେ ଶୁଭୁନି କି ? ତୁ
ଚାଲିଯାଉନୁ ? ଧରିକି ଟିକେ ଉଠେଇବୁ। ବୁଢ଼ା ହଗିବ କି ମୂତିବ ତ, ଆଉ କ’ଣ ?
ଘରେ ଯେମିତି କେହି ନାହାନ୍ତି ?’ ମନୁ ମନକୁ ମନ କହିଲା। ଟାକୁଆଟା ପଡ଼ିଲା କୁଆ
ଥଣ୍ଡରୁ ‘ଖସ୍‌’।

“ମନୁ...!!” ଜେଜେଙ୍କର କ୍ଷୀଣ ବିକଳ ସ୍ୱର।

ନା, ଆଉ ହେବନି। ମନୁ ଉଠିଲା।

ବୈଠକ ଘର କଡ଼କୁ ଛୋଟ ବଖରାଟିଏ। ସେଇଟା ଭଣ୍ଡାରଘର ହୋଇପାରିଥାନ୍ତା।
ପୂଜାଘର ହୋଇପାରିଥାନ୍ତା। କିନ୍ତୁ, ତା’ ହୋଇନାହିଁ। ଦୁଇ ପଟ କାନ୍ଥକୁ ଲାଗି ଦୁଇଟି
ଖଟ ପଡ଼ିଛି। ପ୍ରତି ଖଟରେ ଜଣେ ହିଁ ଶୋଇପାରିବ। ସେଥିରୁ ଗୋଟିଏ ଜେଜେଙ୍କର।
ସିଏ ସେଇଠି ଶୁଅନ୍ତି, ସେଇଠି ଖାଆନ୍ତି, ସେଇଠି ହଗନ୍ତି, ସେଇଠି ମୂତନ୍ତି ଓ ସେଇଠି
ବିଳିବିଳାନ୍ତି। ଆର ଖଟଟିରେ ମନୁ ରାତିରେ ଶୁଏ, ଜେଜେଙ୍କୁ ଜଗେ, ସ୍ୱପ୍ନ ଦେଖିବାକୁ
ଚେଷ୍ଟା କରେ ଓ ଛାତିପିଟି ହୁଏ। ଦୁଇଟି ଖଟ ଓ ବିଛଣା ଛାଡ଼ିଦେଲେ କୋଠରିରେ
ଗୋଟେ ମୂତଥଳି, ଗୋଟେ ବେଡ୍‌ପ୍ୟାନ୍‌, ଫିନାଇଲ ଡବା, ଡେଟଲ ଶିଶି ଓ ଘର ଉଛୁଲି
ଉତୁରି ଆସୁଥିବା ଦୁର୍ଗନ୍ଧ।

ଜେଜେ ଆତୁର ଭାବେ ଚାହିଁଛନ୍ତି। ଉଦ୍ଧତ କଣ୍ଠରେ ମନୁ ପଚାରିଲା, “କ’ଣ
ହେଲା ?”

“ମୂତିବି।”

ମନୁ ମୂତଥଳି ଆଣି ଜେଜେଙ୍କୁ ସେହି ଅନୁସାରେ ସଜାଡ଼ି ଦେଲା। କର୍ମଟି ସରିଲା।
ମନୁ ଥଳିକୁ ନଳାରେ ଓଜାଡ଼ି, ସଫାକରି ତା’ ସ୍ଥାନରେ ରଖିଲା। ସେ ପୁଣି ଆସିଲା
ଜେଜେଙ୍କ ପାଖକୁ, “ଆଉ କିଛି ?”

“ନା।”

ମନୁ ଜେଜେଙ୍କ ଉପରେ ନଇଁପଡ଼ି ଏକପ୍ରକାର ତା’ ମୁହଁକୁ ଜେଜେଙ୍କ ମୁହଁରେ ଲଗେଇଦେଲା, “ତମେ କେବେ ମରିବ କହିଲ ? ମରିବ ନା ଦିନେ ଦି’ଦିନ ଭିତରେ... ?”

ଜେଜେ ତାକୁ ଚାହିଁଥିଲେ। ତାଙ୍କ ଓଠ ଅଣ୍ଟ ମେଲା ହେଲା। ଠକରା ଗାଲ ଦୁଇଟି ଭିତରକୁ ପଶିଗଲା। ସେ ନିରବରେ ହସିଲେ।

“ହସୁଥା।” ମନୁ ବାହାରକୁ ଚାଲିଆସିଲା।

ଦି’ବର୍ଷ ହେଇଗଲା। ମନୁ ବି.କମ୍. ପାସ୍‌କରି ଚାକିରି ଖୋଜା ଆରମ୍ଭ କଲା। ଜେଜେ ବେମାର ପଡ଼ିଲେ। ପାଇଖାନା ଯାଇଥିଲେ। ଗୋଡ଼ ଖସିଗଲା। ଗୋଟେ କଚଡ଼ା ଓ ଗୋଟେ ଟିକ୍‌ରା। ବାସ୍! ବୁଢ଼ା ଅଖଣ୍ଡ ହୋଇଗଲେ। ବାପା, ବୋଉ, ଭାଇ ଓ ସାନଭଉଣୀ ଟିକି– ସମସ୍ତେ ଦଉଡ଼ି ଆସିଲେ। ହାଉଲି ଖାଇଲେ, କାନ୍ଦିଲେ, ଆଉଁଶା ଘଷା, ଡାକ୍ତର ଓ ଔଷଧ ପାଇଁ ଦୌଡ଼ିଲେ। କିଛିଦିନର ଧାଁ ଦଉଡ଼ ପରେ କ୍ଲାନ୍ତ ହୋଇଯାଇ ଯେଠୋ ଧରଦାରେ ମାତିଲେ। ମନୁର ଅଲଗା ଧନ୍ଦା ନ ଥିଲା। ତେଣୁ ଜେଜେ ପୁରାପୁରି ତା’ରି ଉପରେ ପଡ଼ିଲେ। ସେହିଘରେ ଦିହିଁଙ୍କ ଖଟିଆ ପଡ଼ିଲା। ଜେଜେଙ୍କ ଦେହ ଗନ୍ଧ ସହିତ ତାଙ୍କ ମଳ, ମୂତ୍ର ଓ ବାୟୁର ଗନ୍ଧ କୋଠରି ଭିତରେ ଅଶନିଃଶ୍ୱାସୀ ହୋଇ ଆସି ମନୁର ଦେହ ଓ ନାକରେ ବାଡ଼େଇ ହେଲା। କେତେ କଠୋର ଆଉ ବାସ୍ତବ ଏଇ ଗନ୍ଧ! ବାସ୍ତବତାକୁ ମଣିଷ ଆଡ଼େଇଯାଏ କାହିଁକି ? ବାପା, ବୋଉ, ଟିକି ଓ ଭାଇ ଜଣ ଜଣ କରି ସମସ୍ତେ ଖସି ଯାଇଛନ୍ତି। ଇଚ୍ଛା ହେଲେ କେତେବେଳେ କେମିତି ସେମାନେ ମାଡ଼ି ଆସନ୍ତି ଜେଜେଙ୍କ କୋଠରିକୁ। ମନେମନେ ଅଟକଳ କରନ୍ତି, ଆଉ କେତେଦିନ ? ନିଜକୁ ଆଶ୍ୱାସନା ଦିଅନ୍ତି, ଆଉ ବୋଧେ ବେଶୀ ଦିନ ନୁହେଁ।

ଗତ ବର୍ଷ ଟିକିର ବାହାଘର ହୋଇଗଲା। ଏବେ ସେ ମୁମ୍ବାଇରେ। ଭାଇ ବି ଚାକିରି ପାଇ ଚାଲିଗଲାଣି ଦିଲ୍ଲୀ। ବାପା ଓ ବୋଉ ଅପେକ୍ଷା କରିଛନ୍ତି ଜେଜେଙ୍କ ମୃତ୍ୟୁକୁ, କିନ୍ତୁ ମୃତ୍ୟୁ ଆସିବ ଆସିବ ବୋଲି ଆସୁନାହିଁ।

ଅନ୍ୟମାନଙ୍କ ପରି ମନୁ ବି ଚେଷ୍ଟା କରିଛି ଏଥରୁ ଖସିଯିବାକୁ। କିନ୍ତୁ ପାରିନାହିଁ। ବାପା, ବୋଉ, ଭାଇ ସମସ୍ତେ ମିଶି ତାକୁ ବାରମ୍ବାର ସେ ଗନ୍ଧକୁ ଠେଲି ଦେଇଛନ୍ତି। ନିସ୍ତାର ଲୋଡ଼ା।

ବାରଣ୍ଡାରେ ବସିପଡ଼ିଲା ମନୁ । ସେ କୁଆଟି ସାଙ୍ଗରେ ଆଉ ଗୋଟିଏ କୁଆ ଆସି ମିଶିଛି । ମନୁ ସେ ଦୁହିଁଙ୍କୁ ଚିହ୍ନେ । ଦୁହେଁ ପ୍ରାୟ ଯୋଡ଼ି ହୋଇ ଆସନ୍ତି । ସେମାନେ ଆମ୍ବ ଖାଉ ନାହାନ୍ତି । ଥଣ୍ଟକୁ ଥଣ୍ଟ ଯୋଡ଼ି ବସିଛନ୍ତି । ଜଣେ ବେକ ଦେଖୋଇ ଦେଉଛି । ଆରଟି ତା' ବେକକୁ ଖୁମ୍ପୁଛି । ପୁଣି ଦ୍ୱିତୀୟଟି ଥଣ୍ଟ ଟେକି ତା' ଗଳା ଦେଖାଉଛି । ପ୍ରଥମଟି ସେଠାରେ ଦି' ତିନି ଖୁମ୍ପା ଦେଉଛି । ତା'ପରେ ଥଣ୍ଟ ଯୋଡ଼ି ଦୁହେଁ ବସିଯାଉଛନ୍ତି । ଦୁଃଖ ସୁଖ ହେଉଛନ୍ତି ! କୁଆ ଦିଓଟିଙ୍କର ପରସ୍ପର ପରିଚିତି କେତେ ପୁରୁଣା ? କେମିତି ଚିହ୍ନୁଥିବେ ଜଣେ ଆର ଜଣକୁ ?

ଡକାଡକି ହେଉଥିବେ ?

ପୁଲାଏ ମଧୁର ପବନ ସାଙ୍ଗକୁ କୋଇଲିର ଡାକ । ଗହଳ ପତ୍ର ସନ୍ଧିରେ କୋଇଲି । ମନୁର ମନ ଓ ଆଖି ତାଙ୍କ ଆମ୍ବ ଗଛ ଓ ପାଚେରି ଡେଇଁ ବିଶ୍ୱାଳ ମଉସାଙ୍କ ଘର ଆଗକୁ ଚାଲିଗଲା । ବିଶ୍ୱାଳ ମଉସାଙ୍କ ଝଙ୍କ ଆମ୍ବଗଛଟା ମରିଗଲା ବୋଧେ । ପ୍ରକୃତରେ ଗଛଟା ମରିସାରିଛି କି ମରୁଛି, ମନୁ ଠିକ୍ ଜାଣିପାରୁନି । ଏଇ ତ କାଲିପରି ! ବୋଧେ ପନ୍ଦର ବର୍ଷ; ହଁ ପନ୍ଦର ବର୍ଷ, ପନ୍ଦର ବର୍ଷଟା ଲାଗୁଛି କାଲିପରି- ହଁ, କାଲି ତ । ତାଙ୍କ ପାଚେରିକୁ ଲାଗି ବିଶ୍ୱାଳ ମଉସାଙ୍କ ଆମ୍ବଗଛ । ଗୋଟେ ଡାଲ ତାଙ୍କ ବାଡ଼ିକୁ ମାଡ଼ି ଆସିଥିଲା । ତିନୋଟି ପାଚିଲା ଆମ୍ବ ଝଡ଼ିଥିଲା ସେଠାରୁ । ମନୁ ଗୋଟେଇ ନେଲାବେଳେ ବିଶ୍ୱାଳ ମଉସାଙ୍କ ପୁଅ ସେପଟରୁ ଆମ୍ବ ଫେରେଇଦେବାକୁ କହିଥିଲା । ମନୁ କହିଥିଲା- ଆମ ବାଡ଼ିରେ ପଡ଼ିଛି, ଆମର । ସେଇଠୁ ଝଗଡ଼ା । ବିଶ୍ୱାଳ ମଉସା ବି ଗାଲି ଦେଇଥିଲେ ତାକୁ । ବିଶ୍ୱାଳ ମଉସାଙ୍କ ସାଙ୍ଗରେ ମାଉସୀ ମଧ ବାହାରି ଆସିଥିଲେ ଘରୁ । ଏପଟରୁ ବାପା ଓ ବୋଉ ଆଗେଇ ଆସିଲେ । ଝଗଡ଼ା ବଢ଼ିଗଲାରୁ ବାହାରିଲେ ଜେଜେ । ଜେଜେ ସେତେବେଳେ ଦଣ୍ଡିଲା ଥିଲେ । ସେ ଖାଲି ଚାହିଁଦେଲେ । ବାପା, ବୋଉ ଚୁପ୍ ହୋଇଗଲେ । ତା'ପରେ ବନ୍ଦ ହୋଇଗଲା ବିଶ୍ୱାଳ ମଉସା ଓ ମାଉସୀଙ୍କ ପାଟି । ଜେଜେ ତା' ହାତରୁ ତିନିଟିଯାକ ଆମ୍ବ ଛଡ଼େଇ ନେଇ ଫିଙ୍ଗିଦେଲେ ବିଶ୍ୱାଳ ମଉସାଙ୍କ ବାଡ଼ିକୁ । ତା'ପରେ ବାପାଙ୍କ ଆଡ଼କୁ ଅନେଇ ସେ ଆଙ୍ଗୁଲି ହଲେଇ ଦେଲେ । ସେଇ ଆଙ୍ଗୁଲି ହଲାରେ ବାପା, ବୋଉ ଓ ମନୁ ପଶିଗଲେ ଘରେ । ଜେଜେ ହଠାତ୍ ଚାଲିଗଲେ କୁଆଡ଼େ । ଫେରିଥିଲେ ଆମ୍ବ ଚାରାଟିଏ ଧରି । ସେଇ ଚାରାଟି ଆଜି ଏତେବଡ଼ ହୋଇଛି ।

ଭରପୂର ଦିଶୁଛି । ବିଶ୍ୱାଳ ମଉସାଙ୍କ ଗଛଟି ମରୁଛି ବା ମରିସାରିଛି ।

ଜେଜେଙ୍କ ପାଟି ଶୁଭିଲା, "ମନୁ ! ଏ ମନୁ ! ସୁବଳ ଆସିଛି ନା କ'ଣ ?"

ହଁ ତ ! ମନୁ ପିଣ୍ଢାରେ ବସିଛି । ସୁବଳ ମଉସା ତାକୁ ହେଳା କରି କେତେବେଳେ ଘର ଭିତରେ ପଶିଗଲେଣି- ବାପାଙ୍କ ସାଙ୍ଗରେ ଗପୁଛନ୍ତି- ସେ ଜାଣିପାରିନି, ଅଥଚ ଜେଜେ ଜାଣି ପକେଇଲେ । ଘ୍ରାଣ ଶକ୍ତି ପ୍ରଖର ।

ସେଇ ଗୋଟିଏ କଥା । ଗାଁ'ରେ ପିଲାଗୁଡ଼ାକ ଅମଣିଷ ହେଇଯାଇଥାଆନ୍ତେ । ସେଥିପାଇଁ ସୁବଳ ମଉସା, ସ୍ତ୍ରୀ ପିଲାଙ୍କୁ ଗାଁରୁ ନେଇ ଆସିଛନ୍ତି । ଭଡ଼ାଘରେ ରହୁଛନ୍ତି । ସହରରେ ସୁଯୋଗ ଅଛି । ଏଠି ରହିଲେ ପିଲାମାନେ ଆଗକୁ ବଢ଼ିଯାଇ ପାରିବେ । ଉପରକୁ ସହଜରେ ଉଠିଯାଇ ପାରିବେ । ମଉସାଙ୍କର ଏବେ ଜିଦି, ସେ ଆଉ ଭଡ଼ାଘରେ ରହିବେ ନାହିଁ । ତାଙ୍କର ଘରଟିଏ ଦରକାର । ନିଜ ଘର । ସେଥିପାଇଁ ସୁବଳ ମଉସା ତାଙ୍କ ଗାଁ' ଜମି ବିକି ଟଙ୍କା ରଖିଛନ୍ତି । ବାପା-ବୋଉ ମଧ ଏ ଘରଟି ସୁବଳ ମଉସାଙ୍କୁ ବିକି ଦେବାକୁ ମନସ୍ତ କରିସାରିଛନ୍ତି । କାରଣ, ଭାଇ ଚାହୁଁଛି ସମସ୍ତେ ଯାଇ ଦିଲ୍ଲୀରେ ତା' ପାଖରେ ରୁହନ୍ତୁ । ତା' କମ୍ପାନୀର ପ୍ରସ୍ତାବ ଥିଲା- ଯଦି ସେ କମ୍ପାନୀରେ ଅନ୍ୟୂନ ପାଞ୍ଚବର୍ଷ କାର୍ଯ୍ୟ କରିବା ପାଇଁ ଚୁକ୍ତି କରେ, ତା'ହେଲେ କମ୍ପାନୀ ତାକୁ ମାଗଣାରେ ଫ୍ଲାଟ୍‌ଟିଏ ଦେବ । ଚୁକ୍ତି କରିବ କି ନାହିଁ ବୋଲି ସେ ବାପାଙ୍କର ମତ ଲୋଡ଼ିଥିଲା । ବାପା ମନସ୍ଥିର କରିବା ପୂର୍ବରୁ ସେ ଜଣେଇଲା ଯେ କମ୍ପାନୀର ଏତେ ଭଲ ପ୍ରସ୍ତାବକୁ ପ୍ରତ୍ୟାଖ୍ୟାନ କରି ନ ପାରି ସେ ଚୁକ୍ତି କରିଦେଲା । ସୁବିଧା ସହିତ ଚାରି ବଖରାର ଘର । ସେଥିରେ ରହିବା ପାଇଁ ତ ଲୋକ ଦରକାର । ଗୋଟିଏ ଲୋକ ସେ ଯୋଗାଡ଼ କରିସାରିଛି । ତା'ରି କମ୍ପାନୀରେ ଚାକିରି କରୁଛି ଝିଅଟି । ଭାଇ ଚିଠିରେ ଲେଖିଛି- ସେ ସିନା ପସନ୍ଦ କରିଛି, କିନ୍ତୁ ବାପା-ବୋଉ ପସନ୍ଦ କଲେ ଯାଇ ବାହାଘର ହେବ । ତା'ସହିତ ସେ ଲେଖିଛି- ଝିଅଟି ଏତେ ଗୁଣର ଯେ ବାପା-ବୋଉ ତାକୁ କେବେ ବି ଅପସନ୍ଦ କରି ପାରିବେନି । ଦିଲ୍ଲୀରେ ଲୋକ ଗୁଣ ଚିହ୍ନନ୍ତି । ତେଣୁ, ମନୁ ପାଇଁ ସେଠି ସାଙ୍ଗେ ସାଙ୍ଗେ କାମ ମିଳିଯିବ । ବାପା ବି ବେକାର ବସିବେ ନାହିଁ । ଏ କଥା ଶୁଣିବା ଦିନୁ ବୋଉ ଆଖିରେ ଆଉ ନିଦ ନାହିଁ । ସେ ଆଉ ଏଠି ରହିବ ନାହିଁ । ସେ ଦିଲ୍ଲୀ ପଳେଇବ । ନ ହେଲେ... ଟୋକାଟା ଯଦି ମନକୁ ମନ ବାହା ହୋଇପଡ଼େ, ବାପା-ବୋଉଙ୍କ ମାନ ମହତ ଆଉ ରହିବ ? ଆଉ ତ ଉପାୟ

ନାହିଁ। ଜେଜେଙ୍କୁ ବି ସାଙ୍ଗରେ ନେଇଯିବ। କିନ୍ତୁ, ଜେଜେ ଏଠୁ ଯିବାକୁ ରାଜି ନୁହଁନ୍ତି କି ସେ ମରୁ ବି ନାହାନ୍ତି। ଜେଜେ ରାଜି ନ ହେଲେ କିଛି କରିବାର ଉପାୟ ନାହିଁ। କାରଣ ଏ ସମ୍ପତ୍ତିଟକ ତାଙ୍କ ନାଁ'ରେ !

ବାପା ଓ ସୁବଳ ମଉସା ଜେଜେଙ୍କ କୋଠରିକୁ ପଶିଲେ। ମନୁ କାନ ଡେରିଲା। ଜେଜେ ଆଶୀର୍ବାଦ କଲେ, "କୋଟି ପରମାୟୁ ହେଉ ବାପା। ଆଉ ପିଲା ଛୁଆ ସବୁ ଭଲ ଅଛନ୍ତି ?"

ସୁବଳ ମଉସାଙ୍କ କଣ୍ଠ, "ଆପଣଙ୍କ ଆଶୀର୍ବାଦରୁ ସବୁ ଭଲ।"

"ହଉ ବାପା, ଭଲରେ ରୁହ।" ଜେଜେଙ୍କ ପାଟି ଶୁଭିଲା, "ଏବେ ନୁହେଁ, ଘର ମୁଁ ମଲାପରେ ବିକିବୁ। ଆଉ କେତେଦିନ କି ?"

ମାତ୍ର ସାତଦିନ। ତା'ପରେ ଜେଜେ ଚାଲିଗଲେ। ମନୁକୁ ପାଖକୁ ଡାକିଲେ। ତା' ହାତକୁ ଧରିଲେ। ଟିକିଏ ହସିଲେ। ଦି' ଆଖିରୁ ଦି' ବୁନ୍ଦା ଲୁହ ଗଡ଼େଇଲେ। ତାକୁ ପାଣି ଟୋପେ ମାଗିଲେ। ମନୁ ତାଙ୍କ ହାତରୁ ନିଜ ହାତ ଖସେଇ ତାଙ୍କୁ ପାଣି ପେଇଲା। ଗାମୁଛାରେ ତାଙ୍କ ମୁହଁ ପୋଛିଦେଲା। ଜେଜେ ପୁଣି ତା' ହାତ ଧରିଲେ ଓ ମରିଗଲେ। ତା'ପରେ କାନ୍ଦବୋବାଲି ଗହଳଚହଳ। କ୍ରିୟାକର୍ମ। ଭୋଜିଭାତ।

ଭୋଜିଭାତ ପରେ ବାହାର ଲୋକଙ୍କ ଗହଳି ଭାଙ୍ଗିଗଲା। କେବଳ ଘର ଲୋକ। ବାପା-ବୋଉ, ଭାଇ, ଟିକି ଓ ମନୁ। କିନ୍ତୁ ଜେଜେ ନ ଥିଲେ। ବାପା କହିଲେ, "ସୁବଳ କୋଡ଼ିଏ ଲକ୍ଷ ଦବ। ଅନ୍ୟ କାହାକୁ ବିକିଲେ ଆଉ ଲକ୍ଷେ ଖଣ୍ଡେ ଅଧିକ ମିଳନ୍ତା। କିନ୍ତୁ, ସୁବଳ ଆମ ନିଜ ଲୋକ।"

"ତମେ ଆଉ ଲକ୍ଷେ ଆଶାରେ ଡେରି କରନି। ଏ ଘର କାମ ଶୀଘ୍ର ସାର। ଥରେ ଦିଲ୍ଲୀ ଚାଲ, ଦେଖିବ ଏ ଛୋଟଛୋଟ ହିସାବର କିଛି ଅର୍ଥ ନାହିଁ।" ଭାଇ ଚାପା ବିରକ୍ତି ପ୍ରକାଶ କଲା।

ମନୁ ଚାଲିଆସିଲା ପିଣ୍ଡାକୁ। ପିଣ୍ଡାରେ ବସି ସେ ଆମ୍ବ ଗଛକୁ ଅନେଇଲା। କୁଆଟିକୁ ଖୋଜିଲା ଗଛରେ। ପାଇଲା ନାହିଁ। ଭାବିଲା ଶୋଇବ। କିନ୍ତୁ, ଶୋଇବା ପାଇଁ ତା' କୋଠରିକୁ ନ ଯାଇ ସେ ଆଲୋଚନାସ୍ଥଳୀକୁ ଆସିଲା। ଖୁଣ୍ଟକୁ ଆଉଜି ଛିଡ଼ାହେଲା ସେ, "ବାପା ! ଘର ବିକ୍ରି ନ କଲେ ହେବ ନାହିଁ ?"

ଏକାଥରେ ଆଠୋଟି ଆଶ୍ଚର୍ଯ୍ୟଚକିତ ଆଖି ତା' ଆଡ଼କୁ ବୁଲିଗଲା।

"ଯା' ହେଉ, ଏତେଦିନେକେ ବାବୁ ଘର ବିଷୟରେ ପଦେ କହିଛନ୍ତି ତ! ହଉ ପଛେ ମୂର୍ଖବୁଦ୍ଧି।" ଭାଇ କହିଲା।

ଅନ୍ୟମାନେ କେବଳ ଆଶ୍ଚର୍ଯ୍ୟ ହେଲେ। କାରଣ, ମନୁର ଘର ବିଷୟରେ କେବେ କୌଣସି ମତ ନ ଥାଏ କି କେହି ତା' ମତ ଲୋଡ଼େ ନାହିଁ। କିନ୍ତୁ, କେହି କିଛି କହିଲେ ନାହିଁ।

ମନୁ ପୁଣି ପଚାରିଲା, "କ'ଣ କହୁଛ?"

ଭାଇର ରାଗ ପଞ୍ଚମକୁ ଉଠିଗଲା, "ସମସ୍ତେ ତ ଦିଲ୍ଲୀ ଯିବ। ଏଠି ଘରଟା ରହି କ'ଣ ଖଟ ଖାଇବ? ଆଜିକାଲି ସମୟ ଯାହା, ଘରଟାକୁ ଖାଲି ଛାଡ଼ିଲେ କାଲି ହୁଏତ ଘର ନ ଥିବ। ଆଉ ଭଡ଼ା ଲଗେଇଲେ ଘରମୂଲ୍ୟର ସୁଧ ପଇସା ମଧ୍ୟ ଆସିବ ନାହିଁ। ଟିକି ପୁଣି ପାଞ୍ଚଲକ୍ଷ ଟଙ୍କା ମାଗୁଛି। କୋଉଠୁ ଆସିବ?... ତୁ ଦବୁ? ଆଉ ତୁ? କିଛି କାମଧନ୍ଦା କରିବୁ ନା ଏମିତି ଯିଆର ତା'ର ବୋଲହାକ କରି ଜୀବନ କାଟିଦବୁ? ତୋ ପାଇଁ ସେଠି କାମର ଅଭାବ ରହିବ ନାହିଁ। ଖାଲି ମନ ଲଗେଇ ଖଟିଲେ ଉନ୍ନତି ହେଇଚାଲିବ।"

"କ'ଣ କହୁଛ ବାପା?" ମନୁ ପଚାରିଲା। ତା'ର ଅବଜ୍ଞା ଭାବ ଭାଇକୁ କ୍ଷୁବ୍ଧ କଲା। ସେ କହିଲା, "କହୁନ ବାପା? ତା'ର ତମଠୁ ଉତ୍ତର ଦରକାର।"

ଏପରି ଏକ ଗୁରୁତ୍ୱପୂର୍ଣ୍ଣ ପ୍ରସଙ୍ଗରେ ମନୁର ଅଚାନକ ପ୍ରବେଶ ବାପାଙ୍କୁ ଦ୍ୱନ୍ଦ୍ୱରେ ପକାଇ ଦେଲା। ସେ ବିବ୍ରତ ଦିଶିଲେ। କହିଲେ, "ତୁ କ'ଣ ବାସ୍ତବ ସ୍ଥିତିକୁ କେବେ ବୁଝିବୁ ନାହିଁ? ଏବେ ବଡ଼ ହେଲୁଣି, ଦାୟିତ୍ୱ ନେ, ପରିସ୍ଥିତି ବୁଝ।"

"କୋଉଟା ବାସ୍ତବ ତମ ପାଇଁ? ଭାଇ ଚାକିରି, ତା' ବାହାଘର, ଏଠୁ ଦିଲ୍ଲୀ ପଳେଇବାଟା କେବଳ ବାସ୍ତବ। ଆଉ ମୁଁ ଅବାସ୍ତବ? ଏ ଘର ଅବାସ୍ତବ? ଜେଜେ ବି ଅବାସ୍ତବ?" ମନୁ କହିଦେଲା ସିନା, ତା'ପରେ ତାକୁ ସମ୍ପୂର୍ଣ୍ଣ ଅପରିଚିତ ଲାଗୁଥିବା ପରିବେଶରେ ଅଧିକ ସମୟ ଛିଡ଼ାହେବା ପରି ଧୈର୍ଯ୍ୟ ତା'ର ନ ଥିଲା। ନୀରବତାର ଘନତ୍ୱ ବେଶ୍ ବଢ଼ିଯାଇଥିଲା। ଦ୍ୱନ୍ଦ୍ୱ ବା ଉତ୍ତରକୁ ଅପେକ୍ଷା ନ କରି ସେ ସେଠୁ ଫେରିଆସିଲା।

ରାତିରେ ମନୁ ନିଜ ଖଟ ଉପରେ ନ ଶୋଇ ଜେଜେଙ୍କ ଖଟରେ ଶୋଇଲା। ଜେଜେଙ୍କ

ଖଟଟି ଅପରିବର୍ତ୍ତିତ ଥିଲେ ମଧ ତା' ଉପରେ ନୂତନ ବିଛଣା ଓ ଚାଦର ବିଛାଯାଇଥିଲା। କିନ୍ତୁ ଖଟଟିକୁ କେହି ବ୍ୟବହାର କରୁ ନ ଥିଲେ। ଜେଜେ ଚାଲିଗଲା ପରେ ମନୁର ସେ ଘରେ ଏକଚାଟିଆ ଅଧିକାର ଥିଲା। ମାତ୍ର ପୂର୍ବରୁ ସେ କେବେ ଜେଜେଙ୍କ ଖଟରେ ଶୋଇବା କଥା ଭାବି ନ ଥିଲା। ଜେଜେ ଥିଲାବେଳେ ରାତିରେ ସେ ନିଘୋଡ଼ ନିଦରେ ଶୋଇଯାଉଥିଲା। ଜେଜେ ତାକୁ ବାରମ୍ବାର ଉଠାଉଥିଲେ। ସେ ଅତ୍ୟନ୍ତ ବିରକ୍ତ ହେଉଥିଲା। ଏବେ ରାତି ଏତେ ଭାରୀ ହେଇଯାଇଛି ଯେ, ଝରକା କବାଟ ଖୋଲି ଯେତେ ଠେଲିଲେ ବି ତାକୁ ବାହାର କରିହେଉନି। ବରଂ ସେ ଜମେଇକି ବସିଯାଉଛି ମନୁର କାନ୍ଧ, ମୁଣ୍ଡ ଓ ଛାତି ଉପରେ। ଚିପି ହୋଇଯାଉଛି ମନୁ। ଦୀର୍ଘ ହୋଇଯାଉଛି ରାତି।

କବାଟ ଖୋଲି ମନୁ ବାହାରକୁ ଆସିଲା। ଅନ୍ଧାର ନେସ ହେଇଯାଇଛି ଚାରିଆଡ଼େ। କିନ୍ତୁ ତାକୁ ସବୁ ଦିଶୁଛି ସ୍ୱଷ୍ଟ। ଏଇଟା ପିଣ୍ଡା। ପିଣ୍ଡା ପରେ ବାଁ ପଟକୁ ବାର ପାହୁଣ୍ଡ, ତା'ପରେ ଚାରି ପାହୁଣ୍ଡ ପୁଣି ବାଁ ପଟକୁ, ତା'ପରେ ଆମ୍ବଗଛ। ତା' ତଲେ ବସିଲା ମନୁ। ସେ ରାତିକୁ ଦେଖିଲା ଏବଂ ଆଶ୍ଚର୍ଯ୍ୟ- ରାତି ତା' କାନ୍ଧ, ମୁଣ୍ଡ ଓ ଛାତିରୁ ଓହ୍ଲେଇଯାଇ ତାକୁ ସହଜ କରିଦେଲା। ମନୁ ଗଛର ଗଣ୍ଡିକୁ ଆଉଜି ଢୋଲେଇଲା।

ଟର୍ଚ୍ଚ ଆଲୁଅ ସହିତ ବାପାଙ୍କ ପାଟି। ମନୁର ନିଦ ଭାଙ୍ଗିଗଲା। ସେ ସିଧା ହୋଇ ବସିଲା।

"ରାତି ଅଧରେ ତୁ ଆସି ଏଠି ବସିଛୁ? ମୁଁ ଘରେ, ପାଇଖାନାରେ ଖୋଜୁଛି ତତେ? କ'ଣ ହେଲା? ରାତିଟାରେ... ଚାଲ, ଘରକୁ ଚାଲ।" ବାପା ତା' ମୁଣ୍ଡରେ ହାତ ମାରି କହିଲେ।

ମନୁ ମୁହଁ ଉଠେଇ ବାପାଙ୍କୁ ଚାହିଁଲା। ତାଙ୍କ ହାତକୁ ଧରି କହିଲା, "ଏ ଘର ବିକନି ବାପା।"

ଡାହାଣ ହାତରେ ଟର୍ଚ୍ଚଟିକୁ ଜଳେଇ ରଖିଥିଲେ ବାପା। ସେ ମନୁ ମୁହଁକୁ କିଛି ସମୟ ଚାହିଁଲେ। ତା'ପରେ ଟର୍ଚ୍ଚ ଲିଭେଇ ମନୁ ପାଖରେ ବସିପଡ଼ିଲେ।

ଜଣେ ପଥହୁଡ଼ା ଯାତ୍ରୀର ଠିକଣା

ମୁଁ ଗୋପାଳ କଥା କହୁଥିଲି । କଳା ମଟମଟ ହୋଇ ସେଇ ବାଙ୍କରା ଗେଦମା ଟୋକାଟା ଯିଏ ଗୋପାଳ ଚନ୍ଦ୍ର, ଗୋପାଳ, ଗୋପାଳିଆ, ଗୋପ, ଗୋପିଆ ଓ ଗୋପି ନାଁ'ରେ ପରିଚିତ । ଲୋକେ କହନ୍ତି ଗୋପାଳ ଦେହରେ ଅସୁମାରି ବଳ । ଟୋକାଟା ବଡ଼ ମନୁଆ । ଯଦି ତମେ କହିଲ, "ଗୋପାଳ, ମୋ ଗାଈଟା ହଜି ଯାଇଛିରେ," ଆଉ ଯଦି ତା' ମନ ହୋଇଛି ତା'ହେଲେ ଘଣ୍ଟାକ ଭିତରେ ତମ ଗାଈ ଆସି ପହଞ୍ଚିବ ତମ ଗୋଠରେ । କିନ୍ତୁ ଯଦି ତମେ କହିବ, "ଗୋପାଳ! ଭେଣ୍ଡିଆ ପୁଅ ହୋଇ କିଛି କାମ ନ କରି ବସିବସି ଖାଇବୁ କେତେଦିନ ?" ତା'ହେଲେ ସେ ଚଟାପଟ୍ ଉତ୍ତର ଦେବ, "ମା' ଥିବ ଯେତେଦିନ ।"

ତା'ର ସମସ୍ତ ସମ୍ପତ୍ତି ତା' ମା', ଯାହାକୁ ଲୋକେ କହନ୍ତି, 'ଗୋପିଆ ମା' ।' ଗୋପାଳ ଜନ୍ମ ହେବା ପରଠାରୁ ଗୋପିଆ ମାଆ ନିଜ ଅସଲ ନାଁ ଭୁଲି ଯାଇଛି । ବେଳେବେଳେ ଗୋପାଳ ଅହ୍ଲଟ କରି ପଚାରିଲେ ବୁଢ଼ୀ କହେ, "ମୋର ଗୋଟେ ନାଁ

ପୁଣି କ'ଣରେ ? ତୋ ବାପ ଥିଲାବେଳେ ଲୋକେ ଡାକୁଥିଲେ–ଅମୁକେଇ ବୋହୂ। ତୋ ଜନ୍ମପରେ ଡାକିଲେ– ଗୋପିଆ ମା'। ସେଇ ମୋର ନାଁ।" ଗୋପାଳ ପଚାରେ, "ମା! ମୋ ବୟସ କେତେ ହେଲା ?" ଗୋପିଆ ମା' ହାତ ଆଙ୍ଗୁଳି ଗଣି କହେ, "ଏଇ ମଗୁଶିରକୁ ୨୫ ପୂରିଯିବ।" ବୟସର ଏଇ ନିର୍ଦ୍ଦିଷ୍ଟ ଅଙ୍କ ଗୁଡ଼ାକରେ କ'ଣ ଛପିଥାଏ କେଜାଣି ତା' ଗୋପିଆକୁ ଅସ୍ତବ୍ୟସ୍ତ କରିପକାଏ। ଚିନ୍ତାମଗ୍ନ ହୋଇଯାଏ ସେ– ଚନ୍ଦିରୀ... ଶାବନା ନୁହେଁ ଗୋରାରେ ଯିବ... ମେଘୁଆ ଆଖ୍ତ, ଲମ୍ବ ବେଣୀ, ଅଶାନ୍ତ ଛାତି, କୁହୁକ ଚାଲି ଓ ମନ୍ତୁରା ହସ। କେତେ ଟୋକା ଟାକି ବସିଛନ୍ତି। କିନ୍ତୁ ଚନ୍ଦିରୀ... ହସି ପକାଏ ଗୋପାଳ। ତା' ମା' ବି ବୁଡ଼ି ଯାଇଥାଏ କେଉଁ ଭାବନାରେ। ହଠାତ୍ ବିଲିବିଲେଇଲା ପରି କହେ, "ଏଇଥର।"

ଥିଲା ଥିଲା ଗୋପିଆ ମା' ଦିନେ ମରିଗଲା। ଗୋପିଆ ତା' ବଞ୍ଚୁଥିବା ମା'କୁ ଦେଖୁଥିଲା, ମରୁଥିବା ମା'କୁ ଦେଖୁଥିଲା ଓ ମରିଥିବା ମା'କୁ ଦେଖିଲା। କିନ୍ତୁ ମା'ଟା କେତେବେଳେ ମଲା ସେ ଜାଣି ପାରିଲା ନାହିଁ। ମା' ଥିଲା, ତାକୁ କଥା କହୁଥିଲା। ତା' ବୟସର ସଠିକ୍ ହିସାବ ଦେଉଥିଲା। ଗୋପାଳର କ'ଣ କେତେବେଳେ କରିବା ଦରକାର ତାକୁ ସୂଚେଇ ଦେଉଥିଲା। ମାତ୍ର ସେ ମରିଗଲା। ଯେଉଁ ଲୋକଟି ମରିଗଲା ତା' ନାଁ କ'ଣ ତ ? ଗୋପିଆ ମା'। ଗୋପାଳ ରଡ଼ି ଛାଡ଼ି କାନ୍ଦିଲା। ଏତେବଡ଼ ଦୁର୍ଦ୍ଧର୍ଷ ଟୋକାଟାକୁ କାନ୍ଦୁଥିବା ଅବସ୍ଥାରେ ଦେଖିବା ଏକ ମଜାଦାର ଘଟଣା। ତେଣୁ ବହୁ ଲୋକ ଏ ଘଟଣା ଦେଖିବାକୁ ଆସିଲେ। ସେମାନେ ଦେଖିଲେ ଗୋପିଆ ମା'ର ଶବକୁ। ଅନେକ ମନେମନେ ନିଜକୁ ଭାଗ୍ୟବାନ କଲେ। ଯାହାହେଉ ସେମାନେ ମରି ନାହାନ୍ତି। ଗୋପିଆ ମା' ମରିଛି। ସେମାନେ ଜୀବିତ ଅଛନ୍ତି। ଅକ୍ଷତ ଅଛନ୍ତି, ଯେମିତି ଅକ୍ଷତ ଅଛି ମୃତ ଗୋପିଆ ମା'ର ହାତ, ଗୋଡ଼, ପାଟି, ପିଠି, ନାକ ଇତ୍ୟାଦି। ଗୋପାଳ ସମସ୍ତଙ୍କୁ କାନ୍ଦି କାନ୍ଦି କହିଲା, "ମା' ଏଇନେ ମୋତେ କଥା କହୁଥିଲା, ଏଇନେ ଚାଲିଗଲା।" ଲୋକେ ତାକୁ ସାନ୍ତ୍ବନା ଦେଲେ। ମିଲିମିଶି କ୍ରିୟାକର୍ମ ସାରିଦେଲେ।

ନିଜର ସର୍ବଶେଷ ସମ୍ବଳକୁ ହରେଇ ଦବାପରେ ଗୋପାଳ ଅନେକ ଦିନ ଧରି ଭାବିଲା ତା' କଥା, ଯାହାର ନିଜର ନାଁ ନ ଥିଲା, ଯିଏ ଏତେବଡ଼ ପୁଅଟାକୁ ବି ସରୁ ଚାପୁଡ଼ା ମାରି ପାରୁଥିଲା, କାନ ମୋଡ଼ି ଦେଉଥିଲା ଓ ମୁଣ୍ଡ ଆଉଁଶି ଦେଉଥିଲା। ଅଷାଢୁଆ

ମେଘ ଦୁମ୍‌ଦୁମ୍‌ ବର୍ଷିଯିବା ପରି ତା'ର ଏ ଭାବନାକୁ ଘୋଡ଼େଇ ପକାଇ ଆଉ ଗୋଟାଏ ଚିନ୍ତା ବେଳେବେଳେ ତା' ମନ ଆଡ଼କୁ ମାଡ଼ି ଆସୁଥିଲା... ଚନ୍ଦିରୀ... ଶାବନା ନୁହେଁ ଗୋରୀରେ ଯିବ, ମେଘୁଆ ଆଖି, ଲମ୍ବା ବେଣୀ, ଅଶାନ୍ତ ଛାତି, କୁହୁକ ଚାଲି ଓ ମନ୍ତୁରା ହସ। ଗୋପାଳ ବସୁବସୁ ଦେଖେ, ଶୋଇ ଶୋଇ ଦେଖେ, ଚାଲୁଚାଲୁ ଦେଖେ ଓ କଥା କହୁକହୁ ଦେଖେ ସେଇ ଛବି, ସେଇ ମୁହଁ, ସେଇ ବେଣୀ, ସେଇ ଦେହ। ଧୀରେଧୀରେ ମା'ଟା ମନରୁ ଏକରକମ ଲିଭିଗଲା। ଯାହା ତା' ମନରେ ରହିଲା, କେବଳ ଚନ୍ଦିରୀ, ତା' ମୁହଁ, ତା ହସ, ତା କଥା, ତା ଚାଲି, ତା ଠାଣି। ଗୋପାଳ ଚିନ୍ତାକଲା। ଯାହା କାଲି ହେବା କଥା ତାକୁ ଆଜି ନ କରିବ କାହିଁକି? ସେଦିନ ସଞ୍ଜରେ ବାଡ଼ି ପାଖ ସଜନା ଗଛ ମୂଳେ ସେ ପଛରୁ ଚନ୍ଦିରୀର ହାତ ଧରିଲା। ଚନ୍ଦିରୀ ଚମକିଲା ନାହିଁ। ଏତେ ଟାଣୁଆ ହାତ ଆଉ କାହାର ହବ ଯିଏ ଚନ୍ଦିରୀର ହାତ ଧରିବାକୁ ସାହସ କରିବ? ନିଶ୍ଚେ ଗୋପାଳ। ସେ କଷି କରି ଧରିଲା ଚନ୍ଦିରୀର ହାତ ଓ ତାକୁ ନିଜ ବାହୁ ଜୋରରେ ହେଉ ବା ଆବେଗର ହୁଙ୍କାରରେ ହେଉ ବସେଇ ଦେଲା ତଳେ। "ତୁ କ'ଣ କହୁଛ ଚନ୍ଦିରୀ?"

"କେଉଁ କଥା?"

"ଆମ ବାହାଘର କଥା?"

"ଭାଇ ଜମା ରାଜି ହେଉନି। ତୁ କିଛି କାମ କରୁନୁ, ତୋର ଘର ବକ‌ଟେ ନାହିଁ। ଏସବୁ ନ ହେଲେ ବାହା ହୋଇ ରହିବା କେଉଁଠି? ଖାଇବା କ'ଣ?" ଚନ୍ଦିରୀ ସାଉଁଳାଉ ଥିଲା ଗୋପାଳର ମୁହଁ। ରୁନ୍ଧି ହୋଇ ଯାଉଥିଲା ଗୋପାଳର ତଣ୍ଟି। "ତୁ ଆସିଲେ ସବୁ ହୋଇଯିବଲୋ। ତୁ ଖାଲି କହିବୁ ତୋର କ'ଣ ଦରକାର। ଦେଖିବୁ ତୁ ଯାହା ଯେମିତି କହିବୁ ମୁଁ ତା' ସେମିତି ସେମିତି କରିଦେବି।"

"ଏଇନା ଖାଲି ବାହାଘର ହବା ଭଳି ଟଙ୍କା ଯୋଗାଡ଼ କର। ଘର ବଖରେ ଟିଆରି କର। ମୁଁ'ତ ଘରେ କହି ଦେଇଚି ଆଉ କେଉଁଠି ବାହା ହେବିନି।"

ବାଡ଼ି ଆଡ଼େ ଖସଖସ ଶୁଭିଲା। ଚନ୍ଦିରୀ ତରତରରେ ଉଠି ଚାଲିଗଲା। ଭାଇ ଆସୁଛି ବୋଧେ। ଚନ୍ଦିରୀ ଚାଲିଗଲା ତା' ଘରକୁ। ମା' ଚାଲିଗଲା କେଜାଣି କେଉଁଠାକୁ? କିଏ ବୁଝିବ ଗୋପାଳ କଥା? ଗୋପାଳ ଛିଡ଼ା ହୋଇଛି। ଚାରିଆଡ଼େ କଳା ଅନ୍ଧାର। ତା' ଭିତରେ ବି କଳା ଅନ୍ଧାରର ନିଃଶବ୍ଦ ଆର୍ତ୍ତନାଦ। ଗୋପାଳ କାହିଁକି ଏମିତି ଏକୁଟିଆ

ହେଇଗଲା ହେ ? ଦାଣ୍ଡପଟ ନଡ଼ିଆ ଗଛଭଳି, ବାଡ଼ି ପାଖ ସଜନା ଗଛ ପରି, ସପନାପାଟ ବରଗଛ ଭଳି ଗୋପାଳ ଏକୁଟିଆ ହୋଇଗଲା କାହିଁକି ?

ଗୋପାଳ କ୍ଲାନ୍ତ ହୋଇ ପଡ଼ିଥିଲା । ଭାବିଲା ଯାଇ ଶୋଇବ । କିନ୍ତୁ ଶୋଇଲେ କ'ଣ କ୍ଲାନ୍ତି ମେଣ୍ଟେ ? ବରଂ ବୁଲାଯାଉ । କୁଆଡ଼େ ବୁଲିବ ସେ ? କାହିଁକି, ଯୁଆଡ଼େ ଇଚ୍ଛା ସେଆଡ଼େ ଉଦ୍ଦେଶ୍ୟହୀନ ଭାବେ ଥୋଡ଼ାଏ ବୁଲି ଆସିଲେ କ୍ଷତି କ'ଣ ! ଯିଏ ବି ଯେଉଁଆଡ଼େ ବୁଲୁଛି କ'ଣ ଗୋଟେ ନିର୍ଦ୍ଦିଷ୍ଟ ଲକ୍ଷ୍ୟ ନେଇ ବୁଲୁଛି ?

ଗୋପାଳ ବୁଲୁଥିଲା । ବୁଲୁବୁଲୁ ଯାହା ପାଟିରେ ସେ ଛାତିରେ ଛେପ ପକାଇ ଛିଡ଼ା ହୋଇଗଲା, ଲୋକେ ତାକୁ ପାଗଳା ବୋଲି କହୁଥିଲେ । ଗୋପାଳ ଏତେ ବାଟ କେମିତି ଆସିଗଲା ? ନିଷିଦ୍ଧ ଅଞ୍ଚଳରେ ପହଞ୍ଚିଗଲା କେଉଁ ସାହସରେ । ତଥାପି ଯେତେବେଲେ ପହଞ୍ଚି ଯାଇଛି ଡରିଯିବା ଉଚିତ୍ ନୁହେଁ । ଫେରିଯିବା ବି ଠିକ୍ ହେବନି । ସୁତରାଂ ସେ ଜୋରରେ ପଚାରିଲା 'କ'ଣ ?' ଭୟର ପ୍ରଭାବରୁ ଶଢ଼ଟା ଅସ୍ୱାଭାବିକ ହୋଇ ପଡ଼ିଥିଲା । ପାଗଳା ଛିଡ଼ା ହୋଇଥିଲା ବିରାଟ ପ୍ରାଚୀରର ଦ୍ୱାର ଦେଶରେ । ସେ ଗୋପାଳକୁ ଭିତରକୁ ନେଇଗଲା ଓ ଫାଟକ ବନ୍ଦ କଲା । ଗୋପାଳ ପୁଣି ଥରେ ଚିତ୍କାର କଲା, "କ'ଣ କହୁଛୁ କହ ।" ପ୍ରାଚୀର ଭିତରକୁ ଆସି ଯାଇଥିବାରୁ ତା' ଛାତି ଧଡ଼ପଡ଼ ହେଉଥିଲା । ପାଗଳା କହିଲା, "ମୋ କଥା ମାନିବୁ ?"

"କହ ।"

"ମୁଁ ବହୁତ ଟଙ୍କା ଦେବି । ତୁ ଏ ଘର ଜଗିବୁ । କାଲିଠାରୁ କାମ ଆରମ୍ଭ କରିବୁ ।"
ଗୁଁ ପୁଁ ହେଉଥିଲା ଗୋପାଳ । ଯ଼ା କଥାରେ କ'ଣ ବିଶ୍ୱାସ ?

ପାଗଳା ତାକୁ ସେଇଠି ବସାଇ ଭିତରକୁ ଚାଲିଗଲା ଓ ମୁଠାଏ ଟଙ୍କା ଆଣି ଗୋପାଳକୁ ଧରାଇ ଦେଲା, "ନେ, କାଲିଠାରୁ ଆ ।" ଗୋପାଳ ଟଙ୍କାତକ ଧରି ଫେରିଲା । ରାସ୍ତାରେ ଅନେକ କଥା ଭାବିଲା । ତା' ମା' କଥା ନୁହେଁ, ଚନ୍ଦିରୀ କଥା ମଧ୍ୟ ନୁହେଁ । ସେ ଭାବୁଥିଲା ଅହିୟାସ ଗଡ଼ର ଇତିହାସ କଥା । ଯୁଗ ଯୁଗ ଓ ତା' ଆଗ ଯୁଗରେ ଏ ସମଗ୍ର ଅଞ୍ଚଳକୁ ଯେ ଶାସନ କରୁଥିଲେ ସେ ଥିଲେ ଅହିୟାସ ଗଡ଼ର ରାଜା । ରାଜବଂଶର କେଉଁ ଏକ ହତଭାଗ୍ୟ ରାଜପୁତ୍ରଙ୍କ ଅମଲରେ ରାଜତନ୍ତ ଲୋପ ପାଇଲା । ସେଇ ରାଜପୁତ୍ରଙ୍କର ପୁଅର ଅଭିଶପ୍ତ ପୁତ୍ର ଏ ପାଗଳା । ଯଦିଓ ଗୋପାଳ ତା' ପାଖରେ ପାଗଲାମିର କୌଣସି

ଲକ୍ଷଣ ଦେଖିଲା ନାହିଁ ତଥାପି ସମସ୍ତେ ତାକୁ ଭୟଙ୍କର, ଏପରିକି ନରରକ୍ତ ଭକ୍ଷଣକାରୀ ପାଗଳ ବୋଲି କହନ୍ତି । ତେଣୁ ବହୁକାଳ ଧରି ସେ ଅଞ୍ଚଳକୁ କେହି ଯାଇ ନାହାନ୍ତି । କେତେ ଯେ କେତେ ଅଞ୍ଚଳକୁ ଘେରେଇ ପାଚିରିଟା... ତା' ଭିତରେ କ'ଣ ଥିବ ? ବିରାଟ ବିରାଟ ଶଙ୍ଖ ମଲମଲ ପଥରର ଘର ? ଘର ଭିତରେ ହାତୀଦାନ୍ତର ପଲଙ୍କ... ... ପଲଙ୍କ ଉପରେ କେଉଁ କାଳରେ ଶୋଉଥିବେ ରାଜା, ରାଣୀ... ... ଗୋପାଳ... ଚନ୍ଦିରୀ... ...। ଏଇଠି ଆସିଗଲା ଚନ୍ଦିରୀ... ... ଶାବନା ନୁହେଁ ଗୋରୀରେ ଯିବ । ମେଘୁଆ ଆଖି... ... ଲମ୍ବା ଲମ୍ବା ବେଣୀ...। ଚନ୍ଦିରୀ ଠିକ୍ କହୁଥିଲା । କିଛି ଟଙ୍କା ନ ହେଲେ ସେ ବାହା ହବ କେମିତି ? ଘରଟେ ନକଲେ ସେ ରହିବ କେଉଁଠି ? ପାଗଳ ପ୍ରତି ତା'ର ଯେଉଁ ଭୟ ଥିଲା ଟଙ୍କା ଲୋଭରେ ସେ ଭୟ କଟିଗଲା । ପାଗଳାଟାର ଏତେ ଶକ୍ତି କାହିଁ ଯେ ଗୋପାଳର କିଛି କରିପାରିବ ? ଗୋପାଳ ଅହିଆସ ଗଡର ଜଗୁଆଲି ହେଲେ ଅସୁବିଧା କ'ଣ ? ଶାଳା, ପାଗଳା ପାଖରେ ବହୁତ ଟଙ୍କା ଅଛି ଜଣା ପଡୁଛି । ଖୁସୀଟାଏ ହେଲା ଗୋପାଳ । ତା' ପରେ ସ୍ୱପ୍ନ ଦେଖୁ ଦେଖୁ ଶୋଇଗଲା ।

ସର୍ତ୍ତ ହେଲା ଗୋପାଳ ଫାଟକ ସଂଲଗ୍ନ ଗୃହରେ ରହିବ ଓ ଫାଟକ ନିକଟରେ ପ୍ରହରା ଦେବ । କୌଣସି ଦିନ, କୌଣସି ପରିସ୍ଥିତିରେ ସେ ଭିତରକୁ ପ୍ରବେଶ କରିବ ନାହିଁ କି କୌଣସି ବାହାର ଲୋକକୁ ସେ ଭିତରକୁ ଆସିବାକୁ ଦେବ ନାହିଁ ।

ଏକେଟ ବିଶାଳ ପ୍ରାଚୀର, ତା' ଭିତରେ ବିସ୍ତୃତ ଅଞ୍ଚଳ, ଅସଂଖ୍ୟ ଘର, ଏସବୁର ମାଲିକାନା ସ୍ୱତ୍ୱ ନେଇ ଯିଏ ବଞ୍ଚିଛି ସେ ପାଗଳ । କିନ୍ତୁ ଗୋପାଳର ପୂର୍ଣ୍ଣ ଧାରଣା ସେ ପାଗଳ ହୋଇ ନ ପାରେ । ତା' ହେଲେ କ'ଣ କରୁଛି ଲୋକଟା ଏ ନିର୍ଜନ ଅଞ୍ଚଳରେ ଆତ୍ମବନ୍ଦୀ ହୋଇ ? ଦିନଦିନ, ମାସମାସ, ବର୍ଷବର୍ଷ ଧରି ପାଗଳର ଆଖ୍ୟାନେଇ ଲୋକଟା କି ରହସ୍ୟର ଉଦ୍‌ଘାଟନ ପାଇଁ ପଡ଼ି ରହିଛି ଯା ଭିତରେ ? ଅବଶ୍ୟ ଏସବୁ ଗୋପାଳର ଚିନ୍ତା କରିବା କଥା ନୁହେଁ । ଗୋପାଳର କାମର ଆବଶ୍ୟକତା ଥିଲା, ମିଳିଛି । ଟଙ୍କାର ଆବଶ୍ୟକତା ଅଛି, ମିଳିବ । ଟିକିଏ ବୁଦ୍ଧି ଖଟେଇ ମନ ଲଗେଇ ଖଟିଦେଲେ ହେଲା । ତା'ପରେ... ... ଏକାଏକା ଲାଜରେ ଖାଉଁଲି ପଡ଼ିଲା ଗୋପାଳ ।

ଦିନକେତେ ଗଡ଼ିଗଲା । ଖାଲି ଦିନରେ ଥରେ ବଜାରରୁ କିଛି ଖାଇବାକୁ ଆଣିଦବା ପରେ ଗୋପାଳର ପ୍ରକୃତରେ ଆଉକିଛି କାମ ନ ଥାଏ । ତଥାକଥିତ ପାଗଳଟା ଦ୍ୱାର

ପାଖରୁ ଗୋପାଳ ହାତରୁ ଖାଦ୍ୟ ନେଇ ଭିତରକୁ ଚାଲିଯାଏ ଯେ ଆଉ ଫେରେନା। ଗୋପାଳ ଫାଟକ ପାଖରେ ବସିବସି ସ୍ୱପ୍ନ ଦେଖେ... ଶଙ୍ଖ ମଲମଲ ପଥରର ଏକ ଘର... ... ତା' ଭିତରେ ହାତୀ ଦାନ୍ତର ପଲଙ୍କ... ତା' ଉପରେ ଲାଲ ମଖମଲି କନାର ନରମ ଗଦି... ... ତା' ଉପରେ ଗୋପାଳ ଓ ଚନ୍ଦିରୀ... ... ଚନ୍ଦିରୀ ଶୋଇଥିବ ତା' ଲମ୍ବା ଲମ୍ବା ବାଲକୁ ମୁକୁଲା କରି... ... ହସୁଥିବ ଖିଲିଖିଲି ହୋଇ... ... କିନ୍ତୁ ସେ ବୁଢ଼ାଟା... ଶଳା ପାଗଲାଟା...? କ'ଣ କରୁଛି ସେ ବଞ୍ଚ ବଞ୍ଚ? କ'ଣ କରୁଛି ସେ ଭିତରଟାରେ ପଶି। ଏମିତି ଏକ ନିଛାଟିଆ ଜଗତ ଭିତରେ ଜଣେ ମଣିଷ ଏକା ବଞ୍ଚ ରହିବା କ'ଣ ସମ୍ଭବ? ଗୋପାଳ ମନ ଭିତରେ ସ୍ୱାଭାବିକ ଉତ୍କଣ୍ଠା। ସେ ଯଦି ତା' ଚାକିରିର ସର୍ତକୁ ଭାଙ୍ଗିଦିଏ? ଗୋପାଳ ଯଦି ଭିତରକୁ ପଶିଯାଏ ତା'ହେଲେ କ'ଣ ଅଘଟଣ ଘଟିପାରେ?

ଗୋପାଳ ସଲଖେଇ ନେଲା ବେକଟା। ସତର୍କ କରିଦେଲା ହାତ ଦି'ଟାକୁ। ନିଜକୁ ଲୁଚାଇ ଲୁଚାଇ ସେ ଚାଲିଲା ଫାଟକ ପରେ ଅନେକ ଲମ୍ବା ରାସ୍ତା, ସେ ରାସ୍ତା ପରେ ଆହୁରି ରାସ୍ତା ଓ ତା'ପରେ ବିରାଟ ବିରାଟ ଘର... ଶଙ୍ଖ ମଲମଲ ପଥରର... ଭିତରେ ପଲଙ୍କ... ସମ୍ଭବତଃ ହାତୀଦାନ୍ତର... ଶିଶୁ କାଠର ଚୌକି ଓ ମେଜ... କବାଟ ଝରକାରେ ବହୁ କାରୁକାର୍ଯ୍ୟ, କିନ୍ତୁ ଯତ୍ନ ଅଭାବରୁ ସବୁ ଧୂଳି ଧୂସରିତ। ଆଃ... ଏଇଥରୁ ଯଦି ଗୋଟିଏ ମାତ୍ର ଘର ମିଳିଯାନ୍ତା, ଯେଉଁଠି କାଠ ଜିନିଷ କମ୍ ଥାଆନ୍ତା, କିନ୍ତୁ ଥାଆନ୍ତା ହାତୀ ଦାନ୍ତ ପଲଙ୍କ ଓ ଲାଲ ରଙ୍ଗର ମଖମଲି ଗଦି... ତା' ହେଲେ ଗୋପାଳ ଓ ଚନ୍ଦିରୀ...। ପଛଆଡ଼େ କ'ଣ ଶବ୍ଦ ଶୁଭିଲା। ଅସତର୍କ ଗୋପାଳ ପୁଣି ସତର୍କ ହୋଇଗଲା ଓ ପଛ ଆଡ଼କୁ ଆସିଲା। ବୁଢ଼ାଟା ଖୋଲୁଛି। ଦେହ ତା'ର ଝାଲରେ ବୁଡ଼ିଛି। ତଥାପି କୋଦାଳ ହାତରେ ଅନ୍ତିମ ଶକ୍ତି ଲଗାଇ ଖୋଲି ଚାଲିଛି ସେ। କ'ଣ ଖୋଲୁଛି ପାଗଲା? ନିଜ ପାଇଁ ଗାତ। ଶେଷ ସମୟରେ ସମସ୍ତଙ୍କର ଗୋଟାଏ ଗାତର ଆବଶ୍ୟକତା ଥାଏ। ତା'ବୋଲି ମଣିଷ କ'ଣ ନିଜ ପାଇଁ ନିଜେ ଗାତ ଖୋଲିପାରେ?

ଗୋପାଳ ଦେଖି ପାରୁଛି ବୁଢ଼ା ନିଜେ ଗାତ ଖୋଲୁ ନାହିଁ। ଏହି ବୟସର ଏତେ ଦୁର୍ବଳ ବୃଦ୍ଧଟେ ଏପରି ଶକ୍ତି ଖଟାଇ ଏତେ ବିରାଟ ଗାତ ଖୋଲି ନ ପାରେ? ତେବେ କେଉଁ ଶକ୍ତି ବୁଢ଼ା ଭିତରେ ଥାଇ ଏ କାମ କରୁଛି? ଆଚ୍ଛା, ବୁଢ଼ାଟା ବାହା ସାହା ନ ହୋଇ ଏ ବିରାଟ ପ୍ରାଚୀର ଭିତରେ ଏକାଏକା ବନ୍ଦୀ ହୋଇ ପଡ଼ିଛି କାହିଁକି? ତା'

ପାଖରେ ଅର୍ଥର ଅଭାବ ନାହିଁ । ସେ ଗୋପାଲକୁ ଜଗିବା ବାବଦ ଅନେକ ଟଙ୍କା ଦେବାର ପ୍ରତିଶ୍ରୁତି ଦେଇଛି, ଦେଉଛି ବି । ଗୋପାଲର ପଚାରି ଦବାକୁ ଇଚ୍ଛା ହେଉଥିଲା, କହରେ ବୃଦ୍ଧ– କି ଶକ୍ତି ସେ ବା କେଉଁ ଗୋପନ ରହସ୍ୟ ସେଇଟା, ଯାହାର ପ୍ରଭାବରେ ତୁ ଆଜିଯାଏ ଏକାକୀ ? ଗୋପାଲ ଜାଣେ ଏକା ହୋଇଯିବାର ବେଦନା । ଗୋପାଲ ଜାଣେ ବାପ ଛେଉଣ୍ଡ ପିଲାର ମା' ମରିଯିବାର ଦୟନୀୟତା । ଗୋପାଲ ଜାଣେ ଚନ୍ଦିରୀ ପାଇଁ ଏ ପ୍ରେତପୁରୀରେ କିଛି ଦିନ କଟାଇ ଦେବାର ଅସହାୟତା । କିନ୍ତୁ ଗୋପାଲଙ୍କୁ ତ ଜଣାନାହିଁ ଏ ବୃଦ୍ଧର ଏମିତି ଏକାକୀ ରହିବାର ରସିକତା କାହିଁକି ? କି ଆବଶ୍ୟକତା ତା'ର ଏମିତି ଗାତ ଖୋଲିବାର ?

ସମ୍ପୂର୍ଣ୍ଣ ଇଲାକାଟା ଗୋପାଲକୁ ରହସ୍ୟମୟ ଜଣାଗଲା । ଆଖୁ ପାଉନଥିବା ଗୋଟାଏ ଅଞ୍ଚଳକୁ ଘେରାଇ ଦୁଇ ମଣିଷ ଉଚ୍ଚ ପ୍ରାଚୀର, ତା' ଭିତରେ ଅଜସ୍ର ଘର ଓ ବିସ୍ତୀର୍ଣ୍ଣ ଉଲଗ୍ନ ପ୍ରାନ୍ତର । ପ୍ରାନ୍ତରକୁ ଦିନ ରାତି ଖୋଲି ଚାଲିଥିବା ଗୋଟାଏ ଜରାଗ୍ରସ୍ତ, ମୁମୂର୍ଷୁ । ଗୋପାଲ କ'ଣ କରିବ ଏ ଅବସ୍ଥାରେ ? ସ୍ୱପ୍ନ ଦେଖ୍ବ ନା ସ୍ୱପ୍ନ ଭୁଲି ଆଖୁ ଆଗର ଦୃଶ୍ୟକୁ ବୁଝିବାର ଚେଷ୍ଟା କରିବ ?

ଗୋପାଲ କିଛି ଦିନ ଧରି ବୁଢ଼ାକୁ ଲକ୍ଷ୍ୟ କଲା । ବୁଢ଼ାର ଗୋଟିଏ କାମ–ଖୋଲିବା । ତା'ର ଗୋଟାଏ କାମ– ବୁଢ଼ାକୁ ଲକ୍ଷ୍ୟ କରିବା । ଯା ଭିତରେ ବୁଢ଼ାଟା ଅନେକ ଦୁର୍ବଳ ହୋଇଯାଇଛି । କୋଦାଲ ଉଠାଇଲେ ହାତ ଥରେ, ଦେହ ଥରେ, ତଥାପି ସେ ଖୋଲିଚାଲେ । ଗୋପାଲ ଅନେକ ସମୟରେ ଭାବେ, ବୁଢ଼ାକୁ ମନା କରିବ, ଦରକାର ହେଲେ ନିଜେ ଖୋଲିଦବ, କିନ୍ତୁ ସର୍ତ୍ତଟା !! ଛାଡ଼, ସବୁ ଜଣାପଡ଼ିବ ଧୈର୍ଯ୍ୟଧରି ଅପେକ୍ଷା କଲେ । ଗୁଡ଼ାଏ ଦିନ ହୋଇଗଲାଣି ଗୋପାଲ ଭାବିନି ତା' ମା' କଥା, ସେ ଭାବିନି ଚନ୍ଦିରୀ କଥା । ଚନ୍ଦିରୀ କହିଥିଲା ବଖରେ ଘର ହେଲାଭଳି ପଇସା ହୋଇଗଲେ, ବାହାଘର ଉଠାଇବା ଭଳି ଟଙ୍କା ହୋଇଗଲେ ଦିହେଁ ବାହା ହୋଇ ପଡ଼ିବେ । କିନ୍ତୁ ଗୋପାଲ ଯଦି ଆହୁରି ଗୋଟାଏ ବଡ଼ଘର କରିବା କଥା ଭାବେ ? ତାହେଲେ ଆଉ ମାତ୍ର କେଇଟା ଦିନ ଅପେକ୍ଷା କରିବାକୁ ପଡ଼ିବ । ସେତେବେଳେ ସେ ଚନ୍ଦିରୀକୁ କହିବ, "ଦେଖ୍ଲୁ । ମୋତେ ବେରୋଜଗାରିଆ କହୁଥିଲୁ । ତୋ ପାଇଁ ଏ ଘର, ଏ ଖଟ, ତୋରି ଏଇ ବର କରିଛି ।" କ'ଣ ଗୋଟାଏ ଭୁସ କରି ପଡ଼ିଗଲା । ପାଗଲଟା ତାରି ଖୋଲା ଗାତରେ ପଡ଼ିଯାଇଛି ।

ଗୋପାଳ ଧାଇଁଗଲା । ଗହୀର ଗାତଟା ଭିତରେ ପଶି ବୁଢ଼ାକୁ ଉପରକୁ ଉଠାଇଲା । ପାଗଳାର ଶବକୁ ତନ୍ନ ତନ୍ନ କରି ଯାଞ୍ଚ କରିଗଲା । କେଉଁଠି ଟିକିଏ ଜୀବନ ଅଟକି ଯାଇନାହିଁ ତ ? ନା, ଶେଷ ପରର ଅବଶିଷ୍ଟାଂଶ କେବଳ । ଗୋପାଳର ଗାତଟାକୁ ଦେଖିବାକୁ ଇଚ୍ଛା ହେଲା । ସେ ଦେଖିଲା ଗାତର ଶେଷରେ ସିନ୍ଦୁକ ପରି କ'ଣ ଗୋଟେ ଦିଶୁଛି । ଯତ୍ନରେ ତା' ଭିତରେ ପଶି ସେ ଖୋଲିଲା । ଗୋପାଳ ଯାହା ଦେଖିଲା ତା' କ'ଣ ସତ ? ଅଜସ୍ର ଟଙ୍କାରେ ଭର୍ତ୍ତି ସିନ୍ଦୁକଟା– ଯାହାକୁ ଖର୍ଚ୍ଚ କରି ଶଙ୍ଖମଲମଲ ପଥରର ଘରଟେ ତିଆରି କରିହେବ, ହାତୀ–ଦାନ୍ତର ପଲଙ୍କ କିଣିହେବ ଓ ଆହୁରି ଅନେକ କିଛି କରିହେବ ଯାହା ଚନ୍ଦିରୀ କେବଳ କହି ପାରିବ ।

ଗୋପାଳ ମଲା ଲୋକଟାକୁ ଗୋଟାଏ କ'ଣରେ ଫିଙ୍ଗିଦେଇ ତା' ଉପରେ କିଛି ମାଟି ପକାଇ ଦେଲା । ତା'ପରେ ଆସି ଘରଗୁଡ଼ିକୁ ଦେଖିଲା । ଘରଗୁଡ଼ିକର ଅସ୍ତବ୍ୟସ୍ତ ଚେହେରା । ଗୋଟାଏ ଘର ପରିଷ୍କାର ହୋଇ ସେଠାରେ କିଛି ଟଙ୍କା ପଡ଼ିଛି । ଗୋପାଳ କ'ଣ କରିପାରେ ଏ ସମୟରେ ? ଆଗେ ଗାତ ଭିତରର ସିନ୍ଦୁକରୁ ଟଙ୍କାଗୁଡ଼ା ଆଣି ରଖାଯାଇ ପାରେ । ଯଦି କିଏ ଦେଖିବ ? ନା, ଏଠାକୁ କେହି ଆସିବା କଥା ଭବାଯାଇ ନ ପରେ । ଗୋପାଳ ଟଙ୍କାତକ ଆଣି ଘରେ ରଖିଲା ।

ଗୋପାଳ ମନକୁ ମନ ପ୍ରଶ୍ନ କଲା, "କିଏ ହୋଇପାରେ ଏ ସମ୍ପତ୍ତିର ମାଲିକ ?" ତା' ଅଲକ୍ଷ୍ୟରେ ମୁରୁକି ହସଟାଏ ତା ମୁହଁକୁ ଡେଇଁ ପଡ଼ିଥିଲା– କିଏ ଆଉ ? ଗୋପାଳ । ଗୋପାଳ ଚନ୍ଦ୍ର । ଏଥର ଚନ୍ଦିରୀ ନୁହେଁ ଚନ୍ଦିରୀର ବଡ଼ଭାଇ ଶ୍ୟାମକୁ ସେ କହିବ, "ଆରେ ଶ୍ୟାମ, ମୁଁ ବାହା ହବାକୁ ଚାହେଁ ତୋ ଭଉଣୀକୁ", କାହା ଜିଭରେ ହାଡ଼ ଅଛି ଛାତି ଫୁଲାଇ ଏ ପ୍ରସ୍ତାବକୁ ସମର୍ଥନ ନ କରିବ ! ଅଟ୍ଟହାସ୍ୟ କଲା ଗୋପାଳ । ତା' ଉକ୍ରଟ ହସ କାନୁମାନଙ୍କରେ ବାଜି ତା' ପାଖକୁ ଫେରି ଆସିଲା । ଗୋପାଳର ମନେ ହେଲା ଗୋଟିଏ ସିନ୍ଦୁକ ନୁହେଁ, ଏ ମାଟି ସାରା ଯେମିତି ସିନ୍ଦୁକ ପୋତା ହୋଇଛି । ସେ ଖୋଲିବ, ପରୀକ୍ଷା କରି ଦେଖିବ, କେତେ ଧନ ଗର୍ଭରେ ଧରି ଟାଙ୍ଗରା ହୋଇଛି ଭୂଇଁଟା ।

ଗୋପାଳ ଭିତରେ ଆତ୍ମଗୋପନ କରିଥିବା ଅଶରୀରୀଟେ କହୁଛି, "ଥାଉରେ ଗୋପାଳ । ଯାହା ପାଇଲୁ ନେଇଯା । ଘର କର । ଚନ୍ଦିରୀକୁ ବାହା ହୋଇ ସୁଖରେ ସଂସାର କର । ବହୁ ସ୍ୱପ୍ନ ତୁ ଦେଖିଛୁ । ସେ ସବୁକୁ ସାର୍ଥକ କର । ଚନ୍ଦିରୀ ତୋରି ରାସ୍ତାକୁ

ଅନେଇ ବସିଛି। ତୁ ଯଦି ତା' ହାତରେ କାଚ ପିନ୍ଧାଇ ଦେଉ, ତା' ମୁଣ୍ଡରେ ସିନ୍ଦୂର ଲଗାଇଦେଇ ନାଲି ପାଟ ଶାଢ଼ିର ଓଢ଼ଣିକୁ ତା' ମୁଣ୍ଡରୁ ଟେକି ଦେଉ ସେ କେମିତି ଦିଶିବରେ ?"

ଆଉ ! ଗୋପାଲ ଯଦି ଆଉ ଟିକେ ଧୈର୍ଯ୍ୟଶୀଳ ହୋଇ, ଏହିଠାରେ ଆଉ କିଛି ଦିନ ଅପେକ୍ଷା କରି ଆଉ ଦି ଚାରିଟା ଗାତ ଖୋଲି, ଆଉ କିଛି ଭୂତଳ ଅର୍ଥ ଯୋଗାଡ଼ କରି ପକାଏ ? ଅଦ୍ୱିତୀୟ ସମ୍ରାଟ ହୋଇ ରହିବ ସେ ପୃଥିବୀରେ। ଏବେ ଚନ୍ଦିରୀକୁ ବାହା ହୋଇ ଏକଥା କହିଦେଲେ... ନା... ନା... ସ୍ତ୍ରୀ'ଲୋକମାନଙ୍କୁ ଜମା ବିଶ୍ୱାସ ନାହିଁ। ସ୍ତ୍ରୀ'ଲୋକ କ'ଣ, ଏ ଗୋପନ କଥା ଭଗବାନଙ୍କୁ ମଧ ଜଣାଇବା ଉଚିତ ନୁହେଁ। ବରଂ ଗୋପାଲ ଆହୁରି ବୁଦ୍ଧିମାନ ପାଲଟିଯିବ। ସେ ଆଉ କିଛି ସଂଗ୍ରହ କରିନେଇ ଚାଲିଯିବ। ଚନ୍ଦିରୀ ମୁଣ୍ଡର ଗୋଟିଏ ଗୋଟିଏ ବାଳ ପାଇଁ ସୁନାର ଗୋଟିଏ ଗୋଟିଏ ବାଳ ସେ ତିଆରି କରି ତା' ମୁଣ୍ଡରେ ଲଗାଇବ। କେମିତି ଦେଖାଯିବ ଚନ୍ଦିରୀ ?

ଏଥର ଗୋପାଲ ହାତରେ କୋଦାଳ ଧରିଛି ଓ ଖୋଲୁଛି ଆଉ ଗୋଟିଏ ଗାତ। ପୁଣି ଗୋଟାଏ ସିନ୍ଦୁକର ସନ୍ଧାନ। କ'ଣ ଥାଇପାରେ ତା' ଭିତରେ ? କେବଳ ଟଙ୍କା। ଗୋପାଲ ଗାତ ଖୋଲୁଛି ଓ ଟଙ୍କା ଆଣି ଘରଟାରେ ଗଦାଉଛି। ଗୋପାଲର ଏବେ ଆଉ କିଛି ଅନ୍ୟ କାମ ନାହିଁ। ସ୍ୱପ୍ନ ଦେଖିବା ବି ସେ ଭୁଲି ଯାଇଛି। ସେ ଭୁଲି ଯାଇଛି ତା' ମା' କଥା, ଗୋପିଆ ମା' କଥା। ସେ ଭୁଲି ଯାଇଛି ତା'ର ମାଲିକ ସେଇ ପାଗଳଟା କଥା, ଯିଏ ଗାତ ଖୋଲି ଖୋଲି କ୍ଲାନ୍ତ ହୋଇ ଅନନ୍ତ ନିଦ୍ରାରେ ଶୋଇଛି। ଗୋପାଲ ମାଟି ଘୋଡ଼େଇ ଦେଇଛି ତାକୁ। ଗୋପାଲ ଭୁଲି ନାହିଁ ଚନ୍ଦିରୀ କଥା। କିନ୍ତୁ ଅନାବଶ୍ୟକ ଭାବେ ଚନ୍ଦିରୀକୁ ମନେ ପକାଏ ନାହିଁ। ଗାତ ଖୋଲୁ ଖୋଲୁ ଯଦି କେବେ ଦୂର ବସ୍ତିରେ ବା ତା' ଗାଁରେ ବାଜା ଶୁଭେ-ବାହାଘର ବାଜା, ତା'ହେଲେ ଗୋପାଲ କ୍ଲାନ୍ତ ହାତ ଦି'ଟାକୁ ଓହଲାଇ ଦଣ୍ଡେ ଛିଡ଼ାହୁଏ। ଗୋଟେ ଘରର ଛାତ ଉପରକୁ ଚଢ଼ିଯାଇ ଶୁଣେ ବାହାଘରର ମାଦକ ଭରା ବାଜା। ତା'ପରେ ବାଜା ବନ୍ଦ ହୋଇଯାଏ। ଆଖି ଆଗରେ ଯିଏ ଦିଶେ ସେ ଚନ୍ଦିରୀ। ମୁକୁଳା ବାଳ ତା'ର ସୁନେଲି ଦିଶୁଥାଏ। ଆଶାଭରା ଆଖି ଓ ପ୍ରସାରିତ ବାହୁ ନେଇ ସେ ଦୌଡ଼ୁଥାଏ ଗୋପାଲ ପାଖକୁ। ଧେତ୍! ସେ ଏତିକିବେଳେ ଘର ଛାତ ଉପରକୁ ଉଠି ଆସିଛି। ତଳେ ରହିଥିଲେ ହୋଇନଥାନ୍ତା ? ସେ ତଳକୁ ଡିଆଁ ମାରେ।

ଏଥର ଚନ୍ଦିରୀ ନୁହେଁ ସିଧା ଖୋଲା ଗାତ ତାକୁ ଇଙ୍ଗିତ କରେ। ପୁଣି ଗାତ ଖୋଲା। ବେଳେବେଳେ ଘରଭର୍ତ୍ତି ଟଙ୍କାଗୁଡ଼ାକୁ ଦେଖି ଗୋପାଲ ଅଟ୍ଟହାସ୍ୟ କରେ।

ଏମିତି କେତେଦିନ, କେତେମାସ, କେତେବର୍ଷ ଧରି ଗୋପାଲ ଗାତ ଖୋଲୁଛି ସେ ହିସାବ ସେ ନିଜେ ରଖିନି। ଏବେ ସମୟେ ସମୟେ ହାତ ଅବଶ ଲାଗୁଛି। ମନରେ କ୍ଲାନ୍ତି ଆସୁଛି। ଗୋପାଲ ଭାବୁଛି ଏଇ ଗାତଟା ଶେଷ। ଏହାପରେ ସେ ଆଉ ଗାତ ଖୋଲିବାକୁ ଯିବନି, ଯେତେ ଟଙ୍କା ରହିଥାଉ ପଛେ ତା' ଭିତରେ। ତାକୁ ଗୋଟାଏ କଥା ଖୁବ୍ ବିରକ୍ତ କରୁଛି। ସେ ଚନ୍ଦିରୀର ମୁହଁଟା ମନେ ପକାଇ ପାରୁନାହିଁ। କାହିଁକି ଗୋପାଲର ମନେ ପଡୁନି ଚନ୍ଦିରୀର ମୁହଁଟା? ଯଦି ସମ୍ପୂର୍ଣ୍ଣ ମୁହଁଟା ତା'ର ମନେ ପଡ଼ନ୍ତା ତାହାହେଲେ ସେ ଲମ୍ବାଇ ଦିଅନ୍ତା ଚନ୍ଦିରୀ ବେକରେ ସୁନାର ହାର, ନାକ ଓ କାନକୁ ଖଞ୍ଜିଦିଅନ୍ତା ଗହଣାରେ। ବେଣୀକୁ ବାନ୍ଧି ଦିଅନ୍ତା ସୁନା ଦଉଡ଼ିରେ।

ଦିନପରେ ରାତି ଯାଉଥିଲା, ଆସୁଥିଲା। ଗୋଟିଏ ରାତି ତା'ପାଇଁ ଭୟଙ୍କର ଦୁଃସ୍ୱପ୍ନାଦ ଆଣି ପହଞ୍ଚିଗଲା। ଗୋପାଲ ଗାତ ଖୋଲୁଖୋଲୁ ଦେଖିଲା ଫାଟକ ପାଖ ରାସ୍ତାରେ ଦଳେ ଲୋକ ନିଆଁଧରି ପାଟିତୁଣ୍ଡ କରି ଚାଲିଛନ୍ତି। ଗୋପାଲ ଛାତିରେ ଛନକା ପଶିଲା, –କିଏ, ଏ ପରମ ଶତ୍ରୁ? ହେଇ–ଆଉ ଟିକିଏ ପରେ ସେମାନେ ଯ୍ୟା'ଭିତରେ ପଶିବେ। ସବୁ ବୋହିନେବେ ସେମାନେ। ତା'ପରେ ଗୋପାଲ କରିବ କ'ଣ? ତା' ଶଙ୍ଖ ମଲମଲ ଘରର ଆଶା, ତା' ହାତୀଦାନ୍ତ ପଲଙ୍କର କଳ୍ପନା, ତା' ଚନ୍ଦିରୀ... ନା... ଗୋପାଲ ଚିତ୍କାର କଲା, "କିଏ କେଉଁଠ ଅଛ, ରକ୍ଷାକର। ମୋ ଧନ, ମୋ ଘର, ମୋ ଚନ୍ଦିରୀ... ମୋତେ ବଞ୍ଚାଅ।" ପାଟି ଶୁଣି ସେ ଲୋକଗୁଡ଼ା ଫାଟକ ଖୋଲି ଭିତରେ ପଶିଲେ। ଗୋପାଲ ଉଦ୍‌ଭ୍ରାନ୍ତ ପାଲଟିଗଲା। ସେମାନେ ଆସୁଛନ୍ତି। ସବୁ ନେଇଯିବେ। ଗୋପାଲର ଏତେ ଦିନର ପରିଶ୍ରମ, ଏତେ କାମନା... ନା...ନା। ଗୋପାଲ ଖାଲି ଚିତ୍କାର କରିବାରେ ଲାଗିଲା। "ଖବରଦାର, ମୁଁ କାହାକୁ ଗୋଟାଏ ବି ଟଙ୍କା ଦେବିନି। ଏସବୁ ମୋର। ମୁଁ କାହାରିକୁ ଛୁଇଁବାକୁ ଦେବିନି। ମୁଁ ସବୁ ଜାଲିଦେବି, ସମସ୍ତଙ୍କୁ ପୋଡ଼ିଦେବି।" ତା'ପରେ ଖାଲି ନିଆଁ। ଯେଉଁ ଘରେ ଟଙ୍କା ରହିଥିଲା ସେ ଘରଟା ଜଳିଲା। ଗୋପାଲ ସେଠାରେ ନିଆଁ ଲଗାଇ ଦେଇଥିଲା।

ହେଲେ ଗୋପାଲ ଘଟଣାଟା ଯେମିତି ଅନୁମାନ କରିଥିଲା ସେମିତି ନୁହେଁ।

ରଘୁନନ୍ଦନଙ୍କର ଗାଈ ଦିଓଟି ହଜି ଯାଇଥିବାରୁ ସେ କିଛି ଲୋକ ଧରି ତାଙ୍କ ଗାଈ ଖୋଜିବାକୁ ଆସିଥିଲେ। ଗୋପାଳର ଚିକ୍ରାର, ତା'ପରେ ସେଠାରେ ନିଆଁ ଦେଖି ଭିତରକୁ ପଶିଲେ ଓ ମୂର୍ଚ୍ଛିତ ଗୋପାଳକୁ ନିଜ ଘରକୁ ନେଇଗଲେ।

ଗୋପାଳର ଯେତେବେଲେ ଚେତା ଫେରିଲା ସେ ପୁଣି ଚିକ୍ରାର କଲା। "ନା, ମୁଁ ସେ ଟଙ୍କାରୁ ଗୋଟାଏ ବି କାହାକୁ ଦେବିନି। ସେ ସବୁ ମୋର, ଏକା ମୋର।" ପାଖରେ ଝିଅଟାଏ ଛିଡ଼ା ହୋଇଥିଲା। ସେ ଚମକି ପଡ଼ି ଛାତିରେ ଛେପ ପକାଇଲା। ଗୋପାଳ ପାଖକୁ ଯିବାକୁ ତା'ର ସାହସ ହେଲା ନାହିଁ। କିନ୍ତୁ ଗୋପାଳ ତାକୁ ଦେଖି ନେଇଥିଲା, "ଚନ୍ଦିରୀ... ଶାବନା ନୁହେଁ ଗୋରାରେ ଯିବ... ମେଘୁଆ ଆଖି, ଲମ୍ବା ବେଣୀ, ଅଶାନ୍ତ ଛାତି, କୁହୁକ ଚାଲି...।" ଝିଅଟା ଦୌଡ଼ି ଦୌଡ଼ି ଘର ଭିତରକୁ ପଶିଗଲା। ଗୋପାଳ ଡାକିଲା, 'ଚନ୍ଦିରୀ!' ସେତେବେଲକୁ ଝିଅଟି ଘର ଭିତରକୁ ପଶିଯାଇଥିଲା ଓ ଘର ଭିତରୁ ଯେଉଁ ବୁଢ଼ୀଟି ବାହାରି ଆସିଲା ତାକୁ ଦେଖି ଗୋପାଳର ତା' ମା' କଥା ମନେ ପଡ଼ିଲା। ସେ ଗୋପାଳକୁ ନିରୀକ୍ଷଣ କରି ଦେଖିଲା। ତା'ପରେ ଡାକିଲା, "ଗୋପାଳ!" ଗୋପାଳ ହତବାକ୍ ହୋଇଗଲା। – "ସେ ଝିଅଟି?"

"ମୋ ଝିଅର ଝିଅ। ଏ ବର୍ଷ ତା' ବାହାଘର ହେବ।"

"ମୋତେ କେତେ ବୟସ ହେଲା ଚନ୍ଦିରୀ?"

"ମୋତେ ୬୦ ହେଲା। ତୁ ତ ମୋଠୁ ୬ ବର୍ଷ ବଡ଼।"

ଗୋପାଳ ଆଖିରେ ରାତି ନଛାଁ ଆସିଥିଲା। କିଏ ଜାଣେ ସେ ରାତି ଗୋପାଳର ଜ୍ୱଳନ୍ତ ଆତ୍ମାରୁ ନିର୍ଗତ ହୋଇଥିଲା ବା ତା'ର ବାଷ୍ପାୟିତ ମନରୁ।

କବଚ

ଆଦର୍ଶ ଉଚ୍ଚ ଇଂରାଜୀ ବିଦ୍ୟାଳୟର ନାମ ଫଳକରୁ ମୁଖ୍ୟଭାଗ ରଙ୍ଗ ଓ କିଛି ଅକ୍ଷର ଉଭାନ୍ ହୋଇଯାଇ ଶେଷକୁ ବଳିଥିଲା 'ଅ ଶ୍ ଇ ଜୀ ବିଦ୍ୟାଳୟ।' ବିଦ୍ୟାଳୟର ଗରିମା ଓ ପ୍ରତିଷ୍ଠାକୁ ପରିହାସ କରିବାକୁ ଏହି ଫଳକଟି ହିଁ ଯଥେଷ୍ଟ ଥିଲା। ବିଦ୍ୟାଧର ବାହିନୀପତିଙ୍କର ମଗଜ ବିଗିଡ଼ିଗଲା। କାରଣ, ପୁରୁଣା ସ୍ମୃତିର ଯେଉଁ ମଧୁର ରୋମାଞ୍ଚ ତାଙ୍କୁ ଏଯାବତ୍ ପୁଲକିତ କରି ରଖିଥିଲା ସେଥିରେ ସତେ ଅବା ଲାଙ୍ଗୁଡ଼ିଆ ପୋକଟିଏ ଲାଞ୍ଜ ହଲାଉଥିବାର ସେ ଦେଖି ପକାଇଲେ। ବିଦ୍ୟାଧରଙ୍କର ଇଚ୍ଛା ହେଲା, ସେ ଛାତକୁ ଚଢ଼ିଯାନ୍ତେ, ପ୍ରପଞ୍ଚ ଫଳକଟାକୁ ଓଟାରି ଆଣି ସେଇଠୁ ତଳକୁ ଫୋପାଡ଼ି ଦିଅନ୍ତେ। 'ଝଣ୍' ଶବ୍ଦ କରି ଫଳକଟା ମୁହଁ ମାଡ଼ି ତଳେ ପଡ଼ିଯାନ୍ତା। ତା' କରି ନ ପାରି ତାଙ୍କୁ ପାଞ୍ଚୋଟି ନେଉଥିବା ସହକାରୀ ଶିକ୍ଷକମାନଙ୍କୁ ସେ ଅନେଇଲେ କେବଳ। ତାଙ୍କ ବାଁ କଡ଼ରେ ଚାଲୁଥିବା ବିଜ୍ଞାନ ଶିକ୍ଷକ ସ୍ମିତ ହସି କହିଲେ, 'ଫଣ୍ଡ ନାହିଁ ସାର୍‌।'

ଫଳକ ଥିଲା ନମୁନା। ବାରଣ୍ଡା ଓ କାନ୍ଥ ଅବସ୍ଥା ବି ତଦ୍ରୁପ। ବିଦ୍ୟାଳୟ ହତା ଭିତରେ ବରପତ୍ର ଓ ଅନ୍ୟ କାଠିକୁଟାର ଆସ୍ତରଣଟିଏ। ବିଦ୍ୟାଧରଙ୍କ ନିରବ ବିରକ୍ତିକୁ ଅନୁଭବ କରି ବିଜ୍ଞାନ ଶିକ୍ଷକ ବୁଝେଇବାକୁ ଚେଷ୍ଟା କଲେ, "ଏଇ ଗଛଟା ପାଇଁ ଯାବତୀୟ ଅଳିଆ ସାର୍। ଗଛ କଟା ହେବାର ଥିଲା। ଦାମ ସାର୍ ଥିଲେ ହେଡ୍‌ମାଷ୍ଟର। ସେ ମନା କଲେ। ତାଙ୍କ କଥାରେ ସରକାରୀ ନିଷ୍ପତ୍ତି ବି ବଦଳିଗଲା। ଏବେ ତ ଆପଣ ଆସିଲେ। ଆଉ ଅସୁବିଧା ରହିବନି ସାର୍।"

"କ'ଣ କହିଲୁରେ ଚଣ୍ଡାଳ?" ବିଦ୍ୟାଧରଙ୍କ ମନରେ ଏଇ ଭାବ ସୃଷ୍ଟି ହେଲା। କିନ୍ତୁ ତା' ସେ ପ୍ରକାଶ କଲେ ନାହିଁ। ପ୍ରଧାନ ଶିକ୍ଷକ ଭାବେ ତାଙ୍କର ଏଠିକୁ ବଦଳି ହୋଇ ଆସିବାର ପ୍ରମୁଖ ଆକର୍ଷଣରୁ ଏଇ ବରଗଛ ଗୋଟିଏ। ଆରଟି ହେଲେ ଦାମ ସାର୍। ତେଣୁ, ବାନାମ୍ବର ଯେତେବେଳେ ତାଙ୍କୁ ଏଠିକୁ ଆସିବାର ପ୍ରସ୍ତାବ ଦେଲେ, ସେ ଆନନ୍ଦରେ ବିହ୍ବଳ ହୋଇଗଲେ। ପର ମୁହୂର୍ତ୍ତରେ ତାଙ୍କର ସନ୍ଦେହ ହୋଇଥିଲା। ନବମ ଶ୍ରେଣୀରୁ ପାଠରେ ଡୋରି ବାନ୍ଧି ସ୍କୁଲ୍ ଛାଡ଼ିଥିବା ବାନାମ୍ବର ନାମକ ଅପଦାର୍ଥଟି କ'ଣ ୟା ଭିତରେ ଏତେ କରିତ୍‌କର୍ମା ପାଲଟି ଯାଇଛି – ସେ ଭାବିଥିଲେ। ତା'ଛଡ଼ା ସେହି ସ୍କୁଲ୍ ଛାଡ଼ିବା ପରଠାରୁ ଆଉ ତାଙ୍କର ଭେଟ୍ ହୋଇନଥିଲା। ସେଦିନ ଅକସ୍ମାତ୍ ଦେଖା ହୋଇଗଲା ବିଭାଗରେ। ନିଜ ପଦୋନ୍ନତି ପାଇଁ ବିଦ୍ୟାଧର ସେଠିକୁ ଦୌଡୁଥିଲେ। କିନ୍ତୁ ତାଙ୍କ ଫାଇଲ୍‌ଟି ଜମା ଘୁଞ୍ଚୁ ନ ଥିଲା। ସେଥିରେ ପଡ଼ିଥିବା ଗର୍ଣ୍ଟିଟି ଏତେ ଅଠୁଆ ହୋଇଯାଇଥିଲା ଯେ ଫଳ, ପୁଷ୍ପ ଓ ଦକ୍ଷିଣା ସତ୍ତ୍ବେ ତା' ଖୋଲୁ ନ ଥିଲା।

ବାନାମ୍ବର ଯାଇଥିଲେ ତାଙ୍କ ବିଲ୍ ପାସ୍ କରେଇବା ପାଇଁ। ସେ ଦେଖୁଦେଖୁ ବିଦ୍ୟାଧରଙ୍କୁ ଚିହ୍ନି ପକେଇଲେ। ବିଦ୍ୟାଧର ପ୍ରଥମେ ଝୁଣ୍ଟିଲେ, ତା'ପରେ ତାଙ୍କର ମନେ ପଡ଼ିଗଲା। ବାନାମ୍ବର ସବୁ ଶୁଣି କହିଲେ, "ଖର୍ଚ୍ଚ କରିବୁ ତ?"

"ସେଥିକୁ କ'ଣ ମୁଁ ଅରାଜି ଅଛି?"

"ତା' ହେଲେ କାମ ହେଇଗଲା ବୋଲି ଜାଣ। କିନ୍ତୁ, ତୁ ଆମ ସ୍କୁଲକୁ ଆସିବୁ।"

"ମାନେ? ଆଦର୍ଶ ଉଚ୍ଚ ଇଂରାଜୀ ବିଦ୍ୟାଳୟ?" ଏହାରି ଉଚ୍ଚାରଣରେ ସେ ରୋମାଞ୍ଚିତ ହୋଇ ଉଠିଥିଲେ ସେଦିନ। ଓଠକୁ ତାଙ୍କର ଡେଇଁ ପଡ଼ିଥିଲା ଧାରେ ହସ। ଆଖି ଆଗରେ ଦିଶିଗଲେ ଦାମ ସାର୍। ବିଦ୍ୟାଧର ଦୁଇହାତ ଯୋଡ଼ି ଶୂନ୍ୟରେ ତାଙ୍କୁ ପ୍ରଣାମ ଜଣାଇଥିଲେ।

ଧୋତି ପଞ୍ଜାବୀ ପିନ୍ଧା ଗେଡ଼ା ମଣିଷଟିଏ। କିନ୍ତୁ, ଭାରି ବଡ଼ ଲାଗୁଥିଲେ। ପ୍ରଧାନ ଶିକ୍ଷକ ହିସାବରେ ଦାମ ସାରଙ୍କ ଖ୍ୟାତି ସୁଦୂର ପ୍ରସାରୀ ଥିଲା। ସେତେବେଳେ ବାବୁ ଶବ୍ଦର ଏତେ ଘନ ପ୍ରଚଳନ ନ ଥିଲା। ବାବୁ ଶବ୍ଦଟି ହାତ ଗଣତି କେତେଜଣ ମାନ୍ୟଗଣ୍ୟଙ୍କ ପାଇଁ ସଂରକ୍ଷିତ ଥିଲା। ସେଥିରୁ ସେ ଥିଲେ ଜଣେ। ତା' ସଙ୍ଗେ ସେ ବଗିଚା ପିରିଅର୍ଡରେ ଖାଡୁ ଧରି ଆଗେ ବାହାରି ପଡ଼ୁଥିଲେ। ହାବୁଡ଼ରେ ପଡ଼ିଲେ ପିଲାଙ୍କ ପିଠି କି ମୁଣ୍ଡ ଆଉଁଶି ଦେଇ ଉପଦେଶଟେ ଦେଉଥିଲେ। ପିଲାଏ ତାଙ୍କ ଆଗରେ ସଂଭ୍ରମି ଯାଉଥିଲେ। ଦୂର ଦୂରାନ୍ତ ପିଲାଙ୍କ ପାଇଁ ନିଜ ଉଦ୍ୟମରେ ସେ ମାଟି କାନ୍ଥ ଓ ଚାଳ ଛପରର ଛାତ୍ରାବାସଟିଏ ତିଆରି କରିଥିଲେ। ବିଧ୍ୟାଧର ସେଇଠି ରହି ପାଠ ପଢ଼ୁଥିଲେ। କ'ଣ ଆଉ ଅଧିକ କରୁଥିଲେ ସେ? ଗରିବ ପିଲାଙ୍କୁ ସାହାଯ୍ୟ ଯୋଗେଇ ଦେବା, କାହାର ସୁବିଧା ଅସୁବିଧାରେ ନିଜେ ଯାଇ ତା' ପାଖରେ ଛିଡ଼ା ହୋଇଯିବା ଓ ଶିକ୍ଷକମାନଙ୍କୁ ଟିଉସନ୍ ବାରଣ କରି ସମୂହ ଶିକ୍ଷାଦାନ ପାଇଁ ପ୍ରବର୍ତ୍ତାଇବା ପରି କାମ ତ, ନା' ଆଉ କ'ଣ? ସେ କହୁଥିଲେ ଯେ, ହେଲେ ଲୋକେ ତାଙ୍କୁ ଏତେ ମାନୁଥିଲେ କାହିଁକି?

"ସେ ଦାମ ମାଷ୍ଟ ଯାଇଛି, ଗୋଟେ ଗ୍ରହ ଯାଇଛି। ସେଇୟା ବିରୋଧ କରି ମୋ ବିଲକୁ ଅଟକେଇ ଦେଇଥିଲା। ନ ହେଲେ ଆଉ କାହାର ଶକ୍ତି ଅଛି ମୋ ବିଲରେ ହାତ ମାରିବ! ସେଥିରେ ଆମ ସରକାରକୁ ଦେଖ୍ନୁ – ଅବସର ପରେ ବି ତାକୁ ଆହୁରି ଦି' ବର୍ଷ ଚାକିରିରେ ରହିବାକୁ ଅନୁରୋଧ କରିଥିଲା। ଯା ହେଉ, ସେ ରାଜି ହେଲା ନାହିଁ। ଚାକିରି ସରିବା ପରଦିନ ହିଁ ପେଡ଼ି ପୁଟୁଲା ବାନ୍ଧି ପଳେଇଲା ତା' ଗାଁ'କୁ। ସେଠି ଗୋଟେ ଚାଟଶାଳୀ ଖୋଲିଛି। ପିଲାଙ୍କୁ ମାଗଣାରେ ପାଠ ପଢ଼ୋଉଛି। ସେଇଥିକୁ ଯୋଗ୍ୟ ସେ।"

କଥା ଶ୍ରୁତିକଟୁ ହୋଇଥିଲେ ବି ବିଧ୍ୟାଧର ସେଥିରେ ପ୍ରତିକ୍ରିୟା ପ୍ରକାଶ କରିନଥିଲେ। ତା' ସହ କଥାବାର୍ତ୍ତାରୁ ସେ ଜାଣିସାରିଥିଲେ ଯେ ବାନାମ୍ବରର ସ୍ତ୍ରୀ ଏବେ ସରପଞ୍ଚ। ବାନାମ୍ବର ନିଜେ କଣ୍ଟ୍ରାକ୍ଟରି କରୁଥିଲେ ମଧ୍ୟ ନେତା, ମନ୍ତ୍ରୀ ଓ ଅଫିସରଙ୍କ ସହ ତା'ର ବସାଉଠା। ତେଣୁ, ତା' ପାଇଁ ଅସାଧ୍ୟ କିଛି ନାହିଁ।

ସତରେ ଏ କାମଟି ତା'ପାଇଁ ଅସାଧ୍ୟ ନ ଥିଲା। ପ୍ରଧାନ ଶିକ୍ଷକ ପଦକୁ ପଦୋନ୍ନତି ଓ ଆଦର୍ଶ ଉଚ୍ଚ ଇଂରାଜୀ ବିଦ୍ୟାଳୟକୁ ବଦଲି ଆଦେଶ ବିଧ୍ୟାଧର ଏକା ସାଙ୍ଗରେ ପାଇଲେ।

"ସାର୍ ବସନ୍ତୁ।" ପ୍ରଧାନ ଶିକ୍ଷକଙ୍କ ପାଇଁ ଉଦ୍ଦିଷ୍ଟ ଚୌକିଟିକୁ ଦେଖେଇ ବିଜ୍ଞାନ

ଶିକ୍ଷକ କହିଲେ। ସ୍ମୃତିର ସେଇ ପୁଲକିତ ପ୍ରବାସରୁ ବର୍ତ୍ତମାନକୁ ଫେରି ଆସିଲେ ବିଦ୍ୟାଧର। ପ୍ରଧାନ ଶିକ୍ଷକଙ୍କ କକ୍ଷଟିରେ କିନ୍ତୁ ବହୁ ପରିବର୍ତ୍ତନ। ସାମୟିକ ଦାୟିତ୍ୱରେ ଥିବା ବିଜ୍ଞାନ ଶିକ୍ଷକ ତାଙ୍କ ରୁଚି ଅନୁସାରେ କକ୍ଷଟିକୁ ସଜେଇଛନ୍ତି। ପର୍ଦ୍ଦା ଓ ଟେବୁଲ କପଡ଼ାରେ ବାସ୍ନା ଛଟାଯାଇଛି। ଦାମ ସାରଙ୍କ ବେଳେ ପର୍ଦ୍ଦା ଲାଗୁନଥିଲା କି ଟେବୁଲ ଉପରେ କପଡ଼ା ନ ଥିଲା। ନା, ଇଏ ଭଲ।

କିନ୍ତୁ ଫଳକଟିକୁ ବଦଳାଇବାକୁ ପଡ଼ିବ। ସାମ୍ନାର ଅଳିଆ ସଫା କରିବାକୁ ହେବ। ବରଗଛଟା ଟିକେ ବୁଢ଼ା ଲାଗୁଛି କି ? ନା' ଯେମିତି ଥିଲା ସେମିତି ଅଛି। ପୁରୁଣା ଚିଜ ଓ ପରିବେଶକୁ ସେ ଅନୁଭବ କରିବାକୁ ଚେଷ୍ଟା କରୁଥିଲେ। ଏକାଏକା। ସେଥିପାଇଁ ସେ ପରିବାରକୁ ସାଙ୍ଗରେ ନ ଆଣି ଏକା ଆସିଥିଲେ। ପରିବାର ବି ସହର ଛାଡ଼ି ଏ ଗାଁ'କୁ ଆସିବାକୁ ରାଜି ନୁହେଁ।

ପ୍ରଥମ ଦିନଟି ପର୍ଯ୍ୟବେକ୍ଷଣରେ ଗଲା। ସେଥିରୁ ଆନନ୍ଦ ଯେତିକି ମିଳିଲା, ବ୍ୟଥା ମିଳିଲା ତା'ଠୁ ଅଧିକ। ବିଶେଷ କରି, ତିନୋଟି ଘଟଣା ତାଙ୍କୁ ଅତ୍ୟଧିକ କଷ୍ଟ ଦେଲା। ଦାମ ସାରଙ୍କ ବିଦ୍ୟାଳୟ ଛାଡ଼ିବା ମାତ୍ର ବର୍ଷେ ହେଇଛି। ତା'ରି ଭିତରେ ତାଙ୍କ ତିଆରି ଛାତ୍ରାବାସ, ଯେଉଁଠି ରହି ବିଦ୍ୟାଧର ଏ ସ୍କୁଲରେ ପାଠ ପଢ଼ୁଥିଲେ, ତା' ବନ୍ଦ ହେଇଯାଇଛି। ଦ୍ୱିତୀୟ କଥାଟି ହେଲା, ସୌଜନ୍ୟ ପ୍ରଦର୍ଶନ କରିବାକୁ ବାନାମ୍ବର ଆସିଥିଲେ ବିଦ୍ୟାଳୟକୁ। ସେ ଯିବାବେଳେ ବିଜ୍ଞାନ ଶିକ୍ଷକଙ୍କୁ ସାଙ୍ଗରେ ଡାକିନେଲେ। ସ୍କୁଲ ଛୁଟି ହେବା ପାଇଁ ବହୁ ସମୟ ବାକିଥିଲେ ବି ସେ ମହୋଦୟ ବିଦ୍ୟାଧରଙ୍କଠୁ ଅନୁମତି ନେବା ତ ଦୂରର କଥା, ପଦେ କହିଦେଇ ମଧ୍ୟ ଗଲେ ନାହିଁ। ତୃତୀୟ ଘଟଣାଟି କିନ୍ତୁ ତାଙ୍କୁ ସବୁଠାରୁ ଅଧିକ ଆଘାତ ଦେଇଥିଲା। ବରଗଛ ମୂଳେ ଯେଉଁଠି ଦାମ ସାର ଓ ଅନ୍ୟ ସାର୍ମାନେ ତାଙ୍କ ସାଇକେଲଗୁଡ଼ିକୁ ଧାଡ଼ି କରି ରଖିଥିଲେ, ସେଇଠି ବିଦ୍ୟାଧର ତାଙ୍କ କାର୍ଟିକୁ ରଖିଥିଲେ। ଆଗରୁ ବଗିଚା ପିରିଅଡ଼ରେ ପିଲାମାନେ ଗଛମୂଳ ସଫା କରିବା ସଙ୍ଗେ ସଙ୍ଗେ ସାରଙ୍କ ସାଇକେଲଗୁଡ଼ିକୁ ପୋଛି ଦେଉଥିଲେ। ଅବଶ୍ୟ ଦାମ ସାର ତାଙ୍କ ନିଜ ସାଇକେଲ ନିଜେ ପୋଛିବାକୁ ବେଶୀ ପସନ୍ଦ କରୁଥିଲେ। କିନ୍ତୁ, ତା' ପରିବର୍ତ୍ତେ ତାଙ୍କ ନୂଆ କାର୍ଟାର ଚକ୍‌ଚକ୍ କରୁଥିବା ଦର୍ପଣ ପରି ଦେହଟାକୁ କିଏ ଅତି ନିର୍ଦ୍ଦୟ ଭାବେ ରାମ୍ପି ପକେଇଛି। ପଥର କି ଗୋଡ଼ିରେ ବୋଧେ। ତତ୍‌କ୍ଷଣାତ୍ କ୍ରୋଧରେ ଅସ୍ଥିର

ହୋଇ ଉଠିଥିବା ବିଦ୍ୟାଧର କୌଶିସମତେ ରାଗକୁ ନିଜ ଭିତରେ ଅଟକାଇ ଦେଲେ। ତାଙ୍କୁ ବଲେଇଦେବାକୁ ଆସିଥିବା ଇଂରାଜୀ ଶିକ୍ଷକ ରମ୍ଫାଟାକୁ ଦେଖି କହିଲେ, "ଦାମ ସାରଙ୍କ ଯିବା ପରଠୁ ସ୍କୁଲଟା ଆଉ ସ୍କୁଲ ହେଇ ନାହିଁ, ସାର। ଟିକେ ଦେଖି ଚାହିଁ ଚଲିବେ।" ଉପରେ ପ୍ରକାଶ ନ କଲେ ବି ବିଦ୍ୟାଧରଙ୍କ ଛାତି ବିଦାରି ହେଇ ଯାଉଥିଲା। ସେ କେବଳ ଇଂରାଜୀ ଶିକ୍ଷକଙ୍କୁ ଚାହିଁଲେ, ତା'ପରେ ଗାଡ଼ି ସ୍ଟାର୍ଟ କରି ବସାଘର ଉଦ୍ଦେଶ୍ୟରେ ବାହାରିଗଲେ।

ବିଦ୍ୟାଧର ପ୍ରଥମଦିନ ଅନେକ କିଛି ବୁଝି ଯାଇଥିଲେ। ଧୀରେଧୀରେ ବାକି କଥାଗୁଡ଼ିକ ମଧ୍ୟ ଜାଣିଲେ। ସବୁ ସଜାଡ଼ିବାକୁ ପଡ଼ିବ। ପିଲାଙ୍କୁ ଶୃଙ୍ଖଳା ଶିଖେଇବାକୁ ହେବ। ସ୍କୁଲରେ ପାଠପଢ଼ାକୁ ନିୟମିତ କରିବାକୁ ହେବ। ବିଜ୍ଞାନ ଶିକ୍ଷକଟାକୁ ପାନେ ଚଖେଇବାକୁ ପଡ଼ିବ। ବାନାୟରର ଅନଧିକାର ପ୍ରବେଶକୁ କୌଶଳ କରି ରୋକିବାକୁ ହେବ। ପାରିବେ ତ ସେ? କେମିତି କରୁଥିଲେ ଦାମ ସାର୍?

ନିଜ ପ୍ରକୋଷ୍ଠରେ ଏକାନ୍ତରେ ବସି ବିଦ୍ୟାଧର ସ୍କୁଲ ସଜଡ଼ା ଯୋଜନାରେ ମନୋନିବେଶ କରିଥିଲେ। ଆରମ୍ଭ କେଉଁଠୁ କରିବେ? ପିଲାଙ୍କଠୁ, ଶିକ୍ଷକଙ୍କଠୁ, ବାନାୟରଠାରୁ ନା' ନିଜଠୁ? ନିଜ ଭାବନାରେ ଚମକି ପଡ଼ିଲେ ସେ, ନିଜଠୁ?

ବାହାରେ ହଠାତ୍ ଶୁଭିଲା ଗୋଟେ କୋଲାହଳ। ଦିଶିଲା ପିଲାଙ୍କ ଧାଁ ଦଉଡ଼। ଗୋଟେ ଅସ୍ୱାଭାବିକ ପରିବେଶ, ଭୟ ଆକ୍ରାନ୍ତ ପବନ ଓ ବ୍ୟସ୍ତ ବିବ୍ରତ ପିଅନଟିକୁ ଦେଖି ବିଦ୍ୟାଧର ଜାଣିଲେ, କିଛି ଗୁରୁତର ଘଟଣା ଘଟିଛି। ସେ ପଚାରିଲେ, "କ'ଣ ହେଲା?"

ପିଅନଟି ନିଃଶ୍ୱାସ ନେବାକୁ ଅପେକ୍ଷା କଲା ନାହିଁ। ସେ ଡଗଡଗ ହୋଇ କହିଗଲା, "ଅଷ୍ଟମ ଶ୍ରେଣୀ ସାର୍। ରାଉତ ସାର୍ ପଢ଼ୋଉଥିଲେ। ଝରଣା ବସିଥିଲା ଦ୍ୱିତୀୟ ଧାଡ଼ିରେ। ତା'ର ଲମ୍ବା ବେଣୀ। ତା' ପଛକୁ ବସିଥିଲା ରୁଦ୍ର। ପଢ଼ା ମଝିରେ ସେ ଝିଅ ବେଣୀରେ ଲଙ୍କାବାଣଟିଏ ଗୁଞ୍ଜି ସେଥିରେ ନିଆଁ ଧରେଇ ଦେଇଛି। କି ସାହସ!"

"ମାନେ?" ଆକାଶରୁ ପଡ଼ି ସିଧା ପାତାଳକୁ ଖସିଗଲେ ବିଦ୍ୟାଧର, "କ'ଣ ହେଇଛି ସେ ଝିଅର?"

"ବେଶୀ କିଛି ହେଇନି। ଟୁଟି ଅଳ୍ପ ପୋଡ଼ିଛି। ବାଣ ମୁଣ୍ଡରେ ଫୁଟିବାରୁ ଡରିଯାଇଛି ବିଚାରୀ।"

“ଶୀଘ୍ର ଯା, ଅଷ୍ଟମ ଶ୍ରେଣୀର ସେ ପିଲାଗୁଡ଼ାଙ୍କୁ ଅଟକା।”

“ସବୁ ପଳେଇଲେଣି ସାର୍। କିନ୍ତୁ ରୁଦ୍ର ଆଉ ତା’ ଭାଇକୁ ରାଉତ ସାର୍ ଧରିଛନ୍ତି। ଆଉ ଗୋଟେ ପିଲା ବି ଅଛି।”

“କିଏ ସେଟା?”

“ସେଟା ନିର୍ମାଯ୍ୟାତା ସାର୍। ତା’ ବାପ ପରି ମାଛିକୁ ମ’ କହେ ନାହିଁ। କିନ୍ତୁ ଏ ଦି’ଟା ଦୁର୍ଦ୍ଦାନ୍ତ। କାହାକୁ ମାନନ୍ତି ନାହିଁ। ତିନିବର୍ଷ ହେଲା ସେଇ ଅଷ୍ଟମରେ ଅଛନ୍ତି। ଦାମସାରଙ୍କ ବେଳେ ବଦ୍‌ମାସି କରିପାରୁ ନ ଥିଲେ କି ପାସ୍ ହେଇପାରୁ ନ ଥିଲେ। ଏବେ କିଏ ସମ୍ଭାଳିବ ତାଙ୍କୁ। ଗୋଟେ ବାନାଯ୍ୟର ବାବୁଙ୍କ ଗେହ୍ଲା ପୁଅ, ଆଉ ଗୋଟେ ତାଙ୍କ ପୁତୁରା।” କହୁକହୁ ଅକୁହା କଥାଗୁଡ଼ା ବି କହିଦେଲା ବୋଲି ବୁଝିପାରି ପିଅନଟି ଜିଭ କାମୁଡ଼ି ପକେଇଲା।

ବିଦ୍ୟାଧରଙ୍କର କିନ୍ତୁ ତା’ ଜିଭ ଆଡ଼େ ନିଘା ନ ଥିଲା। ତାଙ୍କ ମନକୁ ଫୋଡ଼ି ପକେଉଥିଲା ତା’ ତୁଣ୍ଡରୁ ବାହାରିଥିବା କଥାଗୁଡ଼ା। ଇଏ କ’ଣ ଭାବୁଛି ପିଲାଟାକୁ ସେ ଦଣ୍ଡ ଦେଇ ପାରିବେ ନାହିଁ ବୋଲି! ସେ ତାଙ୍କୁ ସତର୍କ କରି ଦେଉଛି, ଆହ୍ୱାନ ଜଣୋଉଛି ନା’ ତା’ ନିସ୍ତବ୍ଧି ଶୁଣୋଉଛି? କାହିଁକି ସନ୍ଦେହ ରହୁଛି ତା’ର। ବାନାଯ୍ୟର କ’ଣ ତା’ ପୁଅର ଏପରି କାର୍ଯ୍ୟକୁ ଘଣ୍ଟ ଘୋଡ଼ାଏ ନା’ କ’ଣ? ନା, ସେ କିଛି କରିବେ। କ’ଣ କରିବେ? ଦାମ ସାର୍ ଥିଲେ କ’ଣ କରିଥାନ୍ତେ? ବାନାଯ୍ୟର ଥରେ ଗୋଟେ ଝିଅର ବେଣୀ ଟାଣି ଦେଇଥିଲା। ସାର୍ ତାକୁ ଡାକି ନେଇ ସାରାଦିନ ତାଙ୍କ କକ୍ଷରେ ବସେଇ ଦେଇଥିଲେ। ତା’ପରେ ସେ ସ୍କୁଲ ଛାଡ଼ି ଦେଇଥିଲା। ‘ଧରି ଆଣ ସେ ତିନିଟାଙ୍କୁ,’ ଚିକ୍କାର କଲାପରି କହିଲେ ବିଦ୍ୟାଧର। ଚମକି ପଡ଼ିଲା ପିଅନଟି। ସେ ଦୁହିଁଙ୍କୁ ଧରି ଆଣି ପାରିବା କ୍ଷମତା ତା’ର ନ ଥିଲା। ଯା ହେଉ, ତାକୁ ସେ ବିପଦରୁ ଉଦ୍ଧାର କରିଦେଲେ ରାଉତ ସାର୍। ଦି’ ଜଣଙ୍କୁ ସାଙ୍ଗରେ ନେଇ ସେ ଆସୁଥିଲେ। କିନ୍ତୁ ଦେଖିଲେ ଲାଗୁଥିଲା, ସେମାନେ ରାଉତ ସାରଙ୍କୁ ସାଙ୍ଗରେ ନେଇ ଆସୁଛନ୍ତି। ତାଙ୍କ ସାଙ୍ଗରେ ଧପାଳିଥିଲେ ବିଜ୍ଞାନ ସାର୍। ତେଣୁ, ପିଅନଟି ଆଶ୍ୱସ୍ତ ହୋଇ ତୃତୀୟ ପିଲାଟିକୁ ଧରିନେଇ ଆସିଲା।

ଆଗନ୍ତୁକଙ୍କ ଉପସ୍ଥିତିରେ ପ୍ରଧାନ ଶିକ୍ଷକଙ୍କ କକ୍ଷଟି ଉଉପ୍ତ ହୋଇ ଉଠିଥିଲା। ବିଦ୍ୟାଧର କଠୋର କଣ୍ଠରେ ପଚାରିଲେ, “ରୁଦ୍ର କିଏ?”

“ମୁଁ ରୁଦ୍ର। ଇଏ ମୋ ଭାଇ ବରୁଣ।”

ରୁକ୍ଷ, ଟାଆଁଶା ମୁହଁ। ଢେଗା ଢେଗା ଆଖ୍। ଗାରଡ଼େଇକି ଅନେଇଛି ତାଙ୍କୁ। ଟେକି କଚାଡ଼ିଦେବେ କି? ନା, ଟେକି ପାରିବେ ନାହିଁ ସେ ତାକୁ। କ’ଣ କରିବେ ତା’ ହଠାତ୍ ସ୍ଥିର କରି ପାରୁ ନ ଥିଲେ ବିଦ୍ୟାଧର। ସେ ପଚାରିଲେ, “କାହିଁକି ଏ କାଣ୍ଡ କଲ ରୁଦ୍ରବାବୁ?”

“ମୁଁ କ’ଣ କଲି ସାର। ମୁଁ କିଛି କରିନି। କହିବେ ତ ମୁଁ ପାଠ ଛୁଆଁ କହିବି। ରାଉତ ସାର ମିଛରେ ମୋ ନାଁ କହିଛନ୍ତି। ସେମିତି ହେଲେ ତ ସବୁ ପିଲା ପଲେଇଲେ। ଦୋଷ କରିଥିଲେ ମୁଁ ବି ପଲେଇଥାନ୍ତି। ମତେ କିଏ ଧରିପାରିଥାନ୍ତା! ମୁଁ ଆପେ ଆପେ ଆପଣଙ୍କ ପାଖକୁ ଆସିଛି।”

ବିଦ୍ୟାଧର ଚାହିଁଲେ ରୁଦ୍ରର ଆଖ୍କୁ। ନା, ଏ ପିଲା ସହଜ ପିଲା ନୁହେଁ। ଇଏ ଚାହିଁଲେ ଗାଡ଼ି ଲାଇଟ୍ ଭାଙ୍ଗି ଦେଇପାରିବ, ଗାଡ଼ିରୁ ପମ୍ପ ବାହାର କରିଦେଇ ପାରିବ, ପଛରୁ ଢେଲା ଛାଡ଼ି ମୁଣ୍ଡ ବି ଫଟେଇ ଦେଇ ପାରିବ। ତା’ ହେଲେ...? ତଥାପି...? ବିଦ୍ୟାଧର ଆସିଲେ ବରୁଣ ପାଖକୁ, “କହିଲୁ କ’ଣ ହେଲା?”

“ମୁଁ କିଛି ଜାଣିନି ସାର। ଆମେ ଦି’ଜଣ ସାଙ୍ଗ ହୋଇ ବସିଥିଲୁ। ଆମେ କିଛି କରିନୁ।”

“ଆରେ ବାଃ! ଶୁଣ୍ଡ ସାକ୍ଷୀ ମାତାଲ।”

ତୃତୀୟ ପିଲା; ଯାହାର ନାଁ କରୁଣା, ବିଦ୍ୟାଧର ଏଥର ତାକୁ ପଚାରିଲେ, “କହିଲୁ ତୁ କ’ଣ ଦେଖୁଛୁ?”

“ମୁଁ ପଛ ବେଞ୍ଚରେ, ଝରକା ପାଖରେ ବସିଥିଲି ସାର। ଝରକା ସେପଟ ନଡ଼ିଆ ଗଛରୁ ଦି’ଟା ଗୁଣ୍ଡୁଚି ମୂଷା ଦୌଡ଼ାଦୌଡ଼ି ହେଇ ଝରକା ପାଖକୁ ଆସୁଥିଲେ, ଫେର ଦୌଡ଼ାଦୌଡ଼ି ହେଇ ନଡ଼ିଆଗଛକୁ ପଲୋଉଥିଲେ।”

“ସେଇଠୁ ଆପଣ କ’ଣ କଲେ?” ପ୍ରଧାନ ଶିକ୍ଷକଙ୍କ କ୍ରୋଧପୂର୍ଣ୍ଣ ପରିହାସକୁ ବୁଝିବାର କ୍ଷମତା କରୁଣାର ନ ଥିଲା। ସେ କହିଲା, “ମୁଁ ଭାବିଲି, ଏ ଗୁଣ୍ଡୁଚି ମୂଷା ଦି’ଟା କ’ଣ ପେଟପୂରା ଖାଇବାକୁ ପାଉଥିବେ? ମୋ ପାଖରେ କୋଲି ଥିଲା ସାର। ସେଥିରୁ ଦି’ଟା ମୁଁ ଝରକା ସେପାଖେ ରଖିଦେଲି। ସିଏ କିନ୍ତୁ ଖାଇଲେ ନାହିଁ।”

ବିଦ୍ୟାଧରଙ୍କ ମଗଜକୁ ଯେମିତି କିଏ ଚକୁଟି ପକେଇଲା । ସେ କରୁଣାର ଅତି ନିକଟକୁ ଚାଲି ଆସିଲେ, "ତୁମକୁ କ'ଣ କୁହା ହେଇନି ବାବୁ, କ୍ଲାସରେ- ସବୁବେଳେ ପଢ଼ାରେ ମନ ଦବ ?"

"ହଁ, ସାର୍ ।"

"ଆହୁରି ବି କୁହା ହେଇଥିବ- ଅନ୍ୟାୟ କରିବ ନାହିଁ କି ସହିବ ନାହିଁ ।"

"କୁହାହେଇଛି ସାର୍ ।" କରୁଣା ତଳକୁ ମୁହଁ କରି କହିଲା ।

ଠୋ କରି ଚଟକଣିଟିଏ ବସେଇଲେ ବିଦ୍ୟାଧର ତା' ଗାଲରେ, "ତା'ହେଲେ ତମ ଶ୍ରେଣୀରେ ଅନ୍ୟାୟ ହେଉଥିଲା ବେଳେ ଅନ୍ୟ ଆଡ଼େ ଚାହିଁଥିଲ କାହିଁକି ?" ତା'ପରେ କର୍କଶ ସ୍ୱରରେ ସେ ଚିତ୍କାର କଲେ, "ଆଣ୍ଠ !"

ଇତି ମଧ୍ୟରେ ରୁଦ୍ର ଓ ବରୁଣ କକ୍ଷର ଦ୍ୱାର ପାଖକୁ ଆସିଯାଇଥିଲେ । ରୁଦ୍ର କହିଲା, "ଆମେ ସାର୍ ଯାଉଛୁ ।" ସେ କହିଲା ଓ ସେମାନେ କକ୍ଷରୁ ବାହାରିଗଲେ ।

ବିଦ୍ୟାଧର ଯାଇ ଚୌକିରେ ବସିଲେ । ପାଣି ଗ୍ଲାସେ ପିଇଲେ । ମୁଣ୍ଡ ତାଙ୍କର ଖୁବ୍ ଭାରୀ ହୋଇଯାଇଥିଲା । ତଥାପି ସେ ମୁଣ୍ଡ ଉଠେଇଲେ । କକ୍ଷରେ ଆଉ କେହି ନାହାନ୍ତି । ଚୌକିରେ ସେ ବସିଛନ୍ତି ଓ କରୁଣା ତାଙ୍କ ଆଗରେ ଆଣ୍ଠେଇଛି । ସେ ଧୀର ସ୍ୱରରେ କହିଲେ, "ଏଠିକି ଆ ।"

କରୁଣା ତାଙ୍କ ପାଖକୁ ଆସିଲା । ସେ କରୁଣା ମୁଣ୍ଡରେ ହାତ ରଖିଲେ, "ଜୀବନରେ କେବେ ଅନ୍ୟାୟ କରିବୁ ନାହିଁ କି ସହିବୁ ନାହିଁ, ବୁଝିଲୁ ।"

"ସାର୍ ।" କରୁଣା ମୁହଁ ତଳକୁ କରି ଜବାବ ଦେଲା । ବିଦ୍ୟାଧର କହିଲେ, "ଯା ।"

କରୁଣା ତାଙ୍କ କକ୍ଷରୁ ବାହାରି ଗଲା । ବିଦ୍ୟାଧର କ୍ଲାନ୍ତ ଆଖିରେ ତାରି ଯିବା ବାଟକୁ ଅନେଇ ରହିଲେ ।

ପଦୋନ୍ନତି

ଏ ଦୁନିଆ ତାଙ୍କ ପରି ଲୋକଙ୍କ ପାଇଁ ନୁହେଁ। ତେଣୁ ଦୁନିଆଟାକୁ ଛିଃ କରିଦେବାକୁ ମୁରଲୀବାବୁ ଭାବିଥିଲେ। ସେଥିପାଇଁ ତାଙ୍କୁ ନିମିଷେ ମାତ୍ର ସମୟ ଲାଗନ୍ତା। କିନ୍ତୁ ସେ ଜଣେ ବିଚାରବନ୍ତ ମଣିଷ। ଦୁନିଆ ବିଭ୍ରାନ୍ତ ହୋଇଗଲା ବୋଲି ସେ କାହିଁକି ପଥ ହୁଡ଼ିବେ। ସେ ଧୈର୍ଯ୍ୟ ଧରିଲେ ଏବଂ ତା'ର ଫଳ ପାଇଲେ। ତାଙ୍କର ପଦୋନ୍ନତି ହେଲା। ଏବେ ସେ ଜଣେ କୁନି ହାକିମ। ବଡ଼ା ଦରମା ସାଙ୍ଗକୁ ନାନାଦି ସୁବିଧା। ତା'ଛଡ଼ା ଚୌକିଟା! ଭାରି ଚିକ୍କଣିଆ। ତା' ବାଡ଼ାରେ ହାତ ଘଷିଦେଲେ ମୁଣା ଭର୍ତ୍ତି ହୋଇଯାଏ। ନ ହେଲେ ମାସକୁ କୋଡ଼ିଏ ହଜାର ସାତ ଶହ ଅଣତିରିଶ ଟଙ୍କାରେ ହୁଏ କ'ଣ? ଖାଲି ଛେଟିକୁଟି ହୋଇ ମୁଣ୍ଡ ବିଗାଡ଼ିବା କଥା।

ଏବେ ଭାରି ଉଶ୍ୱାସ। ଛୁଟି ଦିନଟାକୁ ଆହୁରି ହାଲୁକା କରିଦବାକୁ ମୁରଲୀବାବୁଙ୍କର ଇଚ୍ଛା ହେଲା। ଆରାମ ଚେୟାରରେ ଝୁଲୁଝୁଲୁ ଗୋଟେ ସିଗାରେଟ୍ କସିକରି ଟାଣି ନିଅନ୍ତେ ଓ ଭୁସଭୁସ କରି

ଦି' କଳ ଧୂଆଁ ଛାଡ଼ିଦିଅନ୍ତେ । ତା'ପରେ ଗୋଟେ ଚଉଡ଼ା ହସ ସେ ହସନ୍ତେ । ଓଠ ଖୋଲିଦେଇ ହସଟାକୁ ପୂରା ଛାଡ଼ିଦିଅନ୍ତେ ତା' ବାଟରେ ।

ଘରେ ସିଗାରେଟ୍ ଉପରେ କଟକଣା । ଦିନକୁ ଦିଇଟା । ଆଜିର କୋଟାଟି ସେ ସକାଳୁ ସକାଳୁ ସାରି ଦେଇଛନ୍ତି । ଚଗଲୀ ହୁଏତ ଲକ୍ଷ୍ୟ କରିନଥିବେ । କିନ୍ତୁ ସାନଟୋକାଟା । ମହା ଚୁପ୍ ସଇତାନ୍ । ଚିଲ ଆଖି ତା'ର । କେତେବେଳେ କୋଉଠି, କେତେ ସିଗାରେଟ୍ ସେ ଚାଣିଛନ୍ତି ସବୁ ମନେ ରଖ୍ଥିବ । ମା' କାନରେ ଫୋଡ଼ିଦବ । ସେଇଠୁ ଘର ଭିତରେ ତୁମୁଲ କାଣ୍ଡ । ନା ବାବା, ଜୁହାର । ସୁତରାଂ ହସିବା ଯୋଜନାଟି ସ୍ଥଗିତ ରହିଲା । ଏମିତି କେତେ ହସ ତାଙ୍କ ଭିତରେ ଲୁଚିଗଲାଣି, ମୁରଲୀବାବୁ ସେଗୁଡ଼ିକର କଥା ଭାବିଲେ ତାଙ୍କୁ କାନ୍ଦ ମାଡ଼େ ।

ଘରୁ ବାହାରିଗଲେ ଯାଏ । ରାସ୍ତାରେ ଆଉ ଡର କ'ଣ ? ସେପଟ ମୋଡ଼ରେ ଯୋଉ ବରଗଛ, ତାରି ମୂଳରେ ସ୍କୁଟର ରଖ୍ ଗୋଟେ କାହିଁକି, ଲାଗ ଲାଗ ଦି'ଟା ସିଗାରେଟ୍ ଚାଣି ସେ ଟିକିଏ ହସିଦେବେ । ମୁରଲୀବାବୁ ଜାମାଜୋଡ଼ ହୋଇ ବାହାରି ପଡ଼ିଲେ । ଚଗଲୀ କହିଲେ, "ବଜାରକୁ ଯାଉଛ କି ? ଆସିଲା ବେଳକୁ ଦି'ମୁଠା ଛାଣ୍ଡୁଣୀ ଆଉ ଗୋଟେ କଡ଼େଇ ଆଣିବ । ସେ କଡ଼େଇଟା କଣା ହୋଇଗଲା ।"

ଯାଛ... ଘରେ ତିନି ତିନିଟା ଛୁଆ । ଏକୁ ଆରେକ ବଳି । କୁଲାଙ୍ଗାର ଦଳ । ତାଙ୍କୁ ପଟେଇ ଛାଣ୍ଡୁଣୀ ପହଁରା ଅଣୋଇ ପାରୁନ ? ମନେମନେ କହିଲେ ମୁରଲୀବାବୁ । ପ୍ରକାଶ୍ୟରେ କିଛି ଉତ୍ତର ନ ଦେଇ ସେ ସ୍କୁଟର ସ୍ଟାର୍ଟ କଲେ ।

" କ'ଣ ଶୁଭୁଛି ନା ନାହିଁ ? ଏଇ, ଆଗରୁ ଉଠିବୁ ନା, ଦେବି ସେକି ଏଇ ମୁଣ୍ଡ ଛାଣ୍ଡୁଣୀରେ ।" ଖଣ୍ଡିଆ ଛାଣ୍ଡୁଣୀଟାରେ ପିଠା ଖରକୁ ଖରକୁ ଚଗଲୀ ତାଙ୍କ ମଝିଆ ପୁଅ ଉଦ୍ଦେଶ୍ୟରେ ଦ୍ବିତୀୟ କଥାଟି କହିଲେ । ମଝିଆ ପୁଅ ତାଙ୍କର ବାଟ ଓଗାଳି ପିଠା ଉପରେ ବଲ୍ ନଚେଇ ନଚେଇ ଖେଳୁଥିଲା ।

ମୁରଲୀବାବୁ ନିରୀହ ଏଣ୍ଡୁଅଟିଏ ପରି ମୁଣ୍ଡ ତୁଙ୍ଗାରି ଗାଡ଼ି ଗଡ଼େଇଲେ । ଛକରୁ ଦୁଇଟି ସିଗାରେଟ୍ ଓ ଗୋଟେ ଦିଆସିଲି କିଣି ସେ ବରଗଛ ମୂଳକୁ ଆସିଲେ । ସ୍କୁଟର ଉପରେ ବସି ସେ ସିଗାରେଟ୍ରେ ନିଆଁ ଧରାଇଲେ । ବାର ତେର ବର୍ଷର ପିଲାଟିଏ । ଓହଲ ଧରି ଛିଡ଼ା ହୋଇଛି । ତାଙ୍କୁ ଅନେଇଛି । ମୁରଲୀବାବୁ ତାକୁ ଚିହ୍ନିଲେ । ଯାଉଣ୍ଡ

ଆସୁଣୁ ସେ ପ୍ରାୟ ତାକୁ ଏଠି ଦେଖନ୍ତି । ଡାଳ ଉପରେ ବସିଥାଏ, ନ ହେଲେ ଓହଳ ଧରି ଝୁଲୁଥାଏ । ଚେହେରା ଠିକ୍ ତାଙ୍କ ସାନଟୋକା ଭଳି । ପାଜିଟିଏ । ସିଧା ଅନେଇଟି ତାଙ୍କ ସିଗାରେଟ୍କୁ । ପାଠଶାଠରେ ଧାର ଧରୁ ନ ଥବ । ତାଙ୍କ ସାନଟୋକା ଯେମିତି ସ୍କୁଲରୁ ଲୁଚି ସିନେମା ପଲୋଉଛି । ତାକୁ ଆକଟ କଲେ ସେ ତା' ମା' ପାଖରେ ତାଙ୍କ ସିଗାରେଟ୍ ହିସାବ ଅଧିକ କରିଦେଉଛି । ଚଗଲୀ ତା' କଥାକୁ ବିଶ୍ୱାସ କରୁଛନ୍ତି । ମୁରଲୀବାବୁ ମୁହଁ ଛିଣ୍ଡାଡ଼ି କହିଲେ, 'ହେଃ ଛତରା ! କ'ଣ ଦେଖୁଛୁ ? ଯା ।'

ଟୋକା ତାଙ୍କୁ ଆଦୌ ଖାତିର ନ କରି ସେମିତି ଛିଡ଼ାହୋଇ ରହିଲା । ମୁରଲୀବାବୁ ସ୍କଟରରୁ ଡେଇଁ ପଡ଼ିଲେ । 'ଯିବୁ ନା, ଏଇନେ ଦେଖୁବୁ ?' ତାଙ୍କ କୁଦାରେ ପିଲାଟି ଡରିଲା ନାହିଁ । 'କ'ଣ ଦେଖୋଇବୁ ?' ପରି ଭାବ ଦେଖୋଇ ସେ ଓହଳ ଛାଡ଼ି ଟିକିଏ ଘୁଞ୍ଚିଗଲା କେବଳ ।

ମୁରଲୀବାବୁ ଆଉ ଅପମାନିତ ହେବାକୁ ଚେଷ୍ଟା ନକରି ତା' ଆଡ଼ୁ ଦୃଷ୍ଟି ଫେରାଇଲେ । ସିଗାରେଟ୍ଟି ହାତରେ ଜଳିଜଳି ଶେଷପ୍ରାୟ । ତାକୁ ଫିଙ୍ଗିଦେଇ ସେ ଆରଟିରେ ନିଆଁ ଧରାଇଲେ । ପିଲାଟି ତାଙ୍କୁ ଅନେଇଛି । ତାଙ୍କ ସାନ ଟୋକାର ଚର ନୁହେଁ ତ ଏଇଟା ? ନା' ମ, ଏଇଟା ଲଫଙ୍ଗାଟା । ସେ ମନକୁ ମନ କହି ଜୋର ଟାଣଟାଏ ଦେଲେ । କିନ୍ତୁ ମନ ହାଲୁକା ଲାଗିଲା ନାହିଁ କି ଯେଉଁ ଖୋଲା ହସଟି କଥା ସେ ଭାବିଥିଲେ ସେଇଟି ତାଙ୍କ ପାଖକୁ ଆସିଲା ନାହିଁ ।

ଛାଡ଼ ହେ ! ହସ ନ ହେଲା ନାହିଁ । ବସନ୍ତ ରାଉଳ ତାଙ୍କଠୁ ଚୌକି ଛଡ଼େଇ ନେଇଥିଲା । ସେ ତା'ଠୁ ପଦୋନ୍ନତି ଛଡ଼େଇ ଆଣିଲେ । କ'ଣ ହେଇଗଲା ସେଥୁ ? ଆଗ ହାକିମ ବେଳେ ସେ ରୋଜଗାରିଆ ଚୌକିଟା ପାଇଥୁଲେ । ସେଟିକିବେଳେ ଜାଗା କିଣିଲେ, ଘର କଲେ, ଗୋଟିଏ ଗୋଟିଏ ସରଞ୍ଜାମ ଆଣି ଘରେ ଖଞ୍ଜିଲେ । ଆଉ ଖଣ୍ଡେ ଜାଗା ବି ପକେଇଥୁଲେ । ଘର ତିଆରି କଥା ଭାବିଲା ବେଳକୁ ସେ ହାକିମର ବଦଲି ହୋଇଗଲା । ନୂଆ ହାକିମ ଆସିଲା । ସାଙ୍ଗରେ ବସନ୍ତ ରାଉଳକୁ ଆଣିଲା । ତାଙ୍କଠୁ ଚୌକିଟା ଛଡ଼େଇ ବସନ୍ତ ରାଉଳକୁ ଦେଇଦେଲା । ହେଲେ ଲାଭ କ'ଣ ହେଲା ? ସେତେବେଳେ ସେ ସାଇକେଲ ପେଲୁଥୁଲା, ଏବେବି ପେଲୁଛି । ସେତେବେଳେ ବି ସେ ହରଦମ୍ ଦାନ୍ତ ନେଫଡୁଥୁଲା, ଏବେ ବି ଦାନ୍ତ ନେଫଡୁଛି ।

ଲୋକଟାକୁ ସାଇକେଲ ଜମା ମାନେ ନାହିଁ। ଡେଙ୍ଗା ମଣିଷଟା ସାଇକେଲ ଉପରେ ଗୋଟେ ଓଟ ପରି ଦିଶେ। "ତୁମ ଆମ ପରି ସରଳିଆ ଲୋକଙ୍କୁ ସବୁବେଳେ ସୁବିଧା ମିଳେନି। ଅନ୍ୟମାନେ ଖାଲି ଚିତା କାଟିବାକୁ ଅନେଇଥାନ୍ତି। ତମେ ଗାଡ଼ି ଖଣ୍ଡେ କର। କାଲିକୁ ଫେରେ ତମେ ହାକିମ ହେବ।" ମୁରଲୀବାବୁ ପରାମର୍ଶ ଦେଇଥିଲେ। ତା' ହାକିମ ହବା କଥା ମୁରଲୀବାବୁ କାହିଁକି କହିଥିଲେ ? ମୋଟାବୁଦ୍ଧି! ମୋଟା ବୁଦ୍ଧି କି ? ନା! ସେତେବେଳେ ସେଇ ଅବସ୍ଥା ଥିଲା। ତା'ର ପଦୋନ୍ନତି ହବା ନିଶ୍ଚିତ ଥିଲା। ବଡ଼ ହାକିମ ତା'ର ଅତି ପ୍ରିୟ। କାମରେ ବସନ୍ତ ପ୍ରଖର। ତା' ବିରୁଦ୍ଧରେ କାହାରି କିଛି ଅଭିଯୋଗ ନାହିଁ। ସଦା ହସ ହସ, କର୍ମଚଞ୍ଚଳ, ଅମାୟିକ। ତେଣୁ, ତା'ର ନିକଟତର ହେବାକୁ ମୁରଲୀବାବୁ ଆଗତୁରା ଏକଥା କହିଥିଲେ। ଫାଇଲରୁ ମୁହୂର୍ତ୍ତିଏ ପାଇଁ ମୁହଁ ଉଠେଇ ସେ କେବଳ ହସିଦେଲା ଓ ପୁଣି କାମରେ ମନ ଦେଲା।

ମୁରଲୀବାବୁଙ୍କୁ ଚଉଦିଗ ଅନ୍ଧାର ଦିଶିଲା। ବଡ଼ ହାକିମଟା ତାଙ୍କୁ ଆଡ଼ ଆଖିରେ ବି ଦେଖେନାହିଁ। ଖାଲି ଚିଡ଼ିଚିଡ଼। ଅନେକ ପ୍ରକାର ଉପାୟ ସେ ଭାବିଲେ। ମନରେ ସାହସ ବାନ୍ଧିଲେ। ବଡ଼ ହାକିମ ଗସ୍ତରେ ଯାଇଥିଲେ। ତାଙ୍କ ଅନୁପସ୍ଥିତିର ସୁଯୋଗ ନେଇ ମୁରଲୀବାବୁ ସାଙ୍ଗରେ ଦି'କିଲୋ ବାଗୁଆ ଚିଙ୍ଗୁଡ଼ି ଧରି ତାଙ୍କ ଦୁଆରେ ପହଡ଼େ କାଲ ଛିଡ଼ା ହେବା ପରେ କବାଟରେ କ୍ଷୀଣ ଆଘାତ କଲେ। ହାକିମାଣୀଟା କୁଣ୍ଠୁଣ୍ଠା ମୁହଁ। କିଏ ଯେମିତି ତାଙ୍କର ଶହେ ଷାଠିଏ ଧାରିଛି। ମୁରଲୀବାବୁ ସେଥିକୁ ନିଘା ନ ଦେଇ ତତକ୍ଷଣାତ୍ ତାଙ୍କ ପାଦ ପାଖରେ ମୁଣ୍ଡିଆଟିଏ ମାରିଲେ। ସେ ସାପ ଦେଖିଲା ପରି ତରକିଲେ, 'କିଏ, କିଏ, କିଏ ତୁ ?' ମୁରଲୀବାବୁ ତଳୁ ମୁଣ୍ଡ ଉଠାଇଲେ ସିନା, କିନ୍ତୁ ତାଙ୍କ ପାଦ ପାଖରେ ଆଣ୍ଠୁ ଜାକି ହାତ ଯୋଡ଼ି ବସି ରହିଲେ, "ମୁଁ, ମୁଁ ଆପଣଙ୍କର ଗୋଟେ ଚାକର ମା! ସାରଙ୍କ ଅଫିସରେ ଗୋଟେ ଛୋଟ ଚାକର। ମୋ ନାଁ ମୁରଲୀ ସ୍ୱତାର।"

"ଓଃ! ସିମିତି ହୋଉଛ କାହିଁକି ? ଉଠ ଉଠ। ସାହେବ ତ ନାହାନ୍ତି।" ହାକିମାଣୀ ପଛକୁ ଘୁଞ୍ଚିଯାଇ କହିଲେ। ମୁରଲୀବାବୁ ଉଠି ପଡ଼ିଲେ, "ଆପଣଙ୍କ ଦର୍ଶନ ପାଇଁ ଆସିଥିଲି। ଭଲ ମଣିଷଙ୍କ ପରି ଟଟକା ଜିନିଷ ବି କ'ଣ ଆଜିକାଲି ଆଉ ମିଳୁଛି ? ନଈ ଚିଙ୍ଗୁଡ଼ି ଦି'ଟା ପାଇଗଲି। ସେଇଆକୁ ଆଣିଥିଲି।" ମୁଣା ଖୋଲି ଚିଙ୍ଗୁଡ଼ିର ଆକାର ଦେଖେଇବାକୁ ଚେଷ୍ଟା କଲେ ମୁରଲୀବାବୁ।

ହାକିମାଣୀ ମନେମନେ ଖୁସୀ ହେଲେ ନିଶ୍ଚୟ । କହିଲେ, "ସାହେବ ତ ନାହାନ୍ତି । ଯାଇ ଆସିବେ ରାତିରେ । ତାଙ୍କ ନ ଥିବା ବେଳେ ତମେ ଏଗୁଡ଼ା ଆଣିବା ଠିକ୍ ହୋଇନାହିଁ ।"

"ତେଲରେ ଭଲକରି ଭାଜିଦେଲେ ରହିବ ଯେ, ତିନି ଚାରିଦିନ ଯାଏ ରହିଯିବ ଫ୍ରିଜ୍‌ରେ । ମା'ଙ୍କୁ ପୁଅ ଦେଲା, ସେଥିରେ ସାରଙ୍କର କ'ଣ କହିବାର ଅଛି ?" ହଠାତ୍ କେମିତି ଗୋଟେ ସାହସ ଆସିଗଲା ମୁରଲୀବାବୁଙ୍କର ।

"କ'ଣ କହିବି ? ଯାଇଛନ୍ତି ଯେ ଘରେ ସଉଦା ପତ୍ର, ତେଲ ହଳଦୀ କିଛି ନାହିଁ ।"

"ଏଇ କଥା ! ଦଉ ନାହାନ୍ତି ବେଗ୍ ?" ମୁରଲୀବାବୁଙ୍କୁ ସୂତ୍ର ମିଳିଗଲା । ଥରେ ରାସ୍ତା ଦିଶିଯିବା ପରେ ମୁରଲୀବାବୁ ଆଉ ଫଳପୁଷ୍ପରେ ହେଲା କଲେ ନାହିଁ । ଆଗ ହାକିମ ପରି ନୂଆ ହାକିମାଣୀଙ୍କ ପାଦରେ ଯାହା ଯେତେବେଳେ ପାଇଲେ ଅର୍ପଣ କଲେ । ହାକିମଙ୍କ ଅନିଚ୍ଛା ସତ୍ତ୍ୱେ ପଦୋନ୍ନତିଟି ବସନ୍ତ ରାଉଳ ହାତରୁ ଖସି ଆସି ମୁରଲୀବାବୁଙ୍କ ଝୁଲାରେ ପଶିଗଲା । ତା'ପରେ ଅଭିନନ୍ଦନ, କରମର୍ଦ୍ଦନ, ଭୋଜିଭାତ ପାଇଁ ଅଲି ।

ମୁରଲୀବାବୁ ଗୋଟାଏ ଜବରଦସ୍ତ ଭୋଜି ଦେଲେ । ଭୋଜିରେ ସବୁଠୁ ବେଶୀ ସହଯୋଗ କଲା ବସନ୍ତ ରାଉଳ । କିଏ ଭଲକରି ଖାଇଲା କି ନାହିଁ ତାକୁ ଦେଖିବା, କିଏ ବେଶୀ ପିଇ ଦେଇଛି ତାକୁ ଘରେ ପହଞ୍ଚେଇବାକୁ ହବ, ଯୁକ୍ତି କରୁକରୁ କିଏ ସୀମା ଟପିଗଲା ତାକୁ ରାସ୍ତାକୁ ଅଣାଯିବ, ମୁରଲୀଙ୍କ ପଇସାରେ ଖାଇପିଇ ଅତ୍ୟଧିକ ନିଶାରେ କିଏ ତାଙ୍କରି ଗୋହି ଖୋଲିଲାଣି ତାକୁ ବୁଝାଶୁଝା କରି ସ୍ମିତ ହସରେ ମୁରଲୀଙ୍କ କଷ୍ଟକୁ ଲାଘବ କରିବା ପର୍ଯ୍ୟନ୍ତ– ସବୁଥିରେ ସେ ଆଗରେ ଥିଲା । କାମବେଳେ ଯେମିତି ହସ, ପରାଜୟରେ ସେମିତି ହସ । ହସ ଭିତରେ ସିଏ ଆଉ ଛିଗୁଲୋଉଥିଲା କି ମୁରଲୀବାବୁଙ୍କୁ ? ମୁରଲୀବାବୁ ନିଜେ ଭୋଜି ସାରା ଖୁସୀ ରହିବାର ଚେଷ୍ଟା କରୁଥିଲେ । ଅନ୍ୟମାନେ ଚାପା ପରିହାସ ଓ ଈର୍ଷାପୂର୍ଣ୍ଣ ହସ ହସୁଥିଲେ । କିନ୍ତୁ ବସନ୍ତ ରାଉଳ ? କ୍ଷୁବ୍ଧ ହବାର ସାମାନ୍ୟ ଆଭାସ ତ ମିଳୁ ନ ଥିଲା ତା'ଠି ।

ତା' ଘର ଆଡ଼େ ମାଡ଼ିଗଲେ କେମିତି ହୁଅନ୍ତା ? କେବେ ଯାଇ ନାହାନ୍ତି ମୁରଲୀବାବୁ । ହାକିମ ଯିବ ଅଧସ୍ତନ ଘରକୁ । ଏହା ତାଙ୍କର ବଡ଼ ପଣିଆ ନିଶ୍ଚୟ । ବସନ୍ତ ରାଉଳ ଆହୁରି ଖୁସୀ ହବ । ଯାହାହେଲେ ବି ଅଫିସ କାମରେ ତା' ଉପରେ ପୂରା ନିର୍ଭର ରହିବାକୁ ପଡ଼ିବ । ମୁରଲୀବାବୁ ସ୍କୁଟର ଗଡ଼େଇଲେ ।

ବସନ୍ତ ରାଉଳ ବିପତ୍ନୀକ। ସଂସାର କହିଲେ ସେ ନିଜେ, ତା' ଝିଅ ଓ ଜଣେ ଦୂର ସମ୍ପର୍କୀୟା ମାଉସୀ। ଝିଅଟି ୧୪/୧୫ ବର୍ଷର, ପଙ୍ଗୁ। ଗୋଡ଼ ଦୁଇଟି ତା'ର ଚଳେ ନାହିଁ। ବସନ୍ତ ପରିଚୟ କରେଇ ଦେଲା, "ମୋ ଝିଅ, ସ୍ୱପ୍ନା।" ଶୋଇଥିବା ଅବସ୍ଥାରେ ଝିଅ ସ୍ମିତ ହସିଲା ଓ ନମସ୍କାର କଲା। 'ମୋ ମାଆରେ' କହି ମୁରଲୀବାବୁ ତା' ମୁଣ୍ଡରେ ହାତ ବୁଲେଇ ଆଣିଲେ।

"ମତେ ଟିକେ ଧରିଲେ ମଉସା! ମୁଁ ଉଠିବି।" ସ୍ୱପ୍ନା, ମୁରଲୀବାବୁଙ୍କ ହାତ ଧରିଲା। ମୁରଲୀବାବୁ ତାକୁ ଉଠେଇ ଖଟରେ ବସେଇଲେ।

"ତୁ ମଉସାଙ୍କ ସାଙ୍ଗରେ ଗପ କରୁଥା। ମୁଁ ମାଉସୀଙ୍କୁ ଚା' ପାଇଁ କହିଦିଏ।" ବସନ୍ତ କହିଲା।

"ମଉସାଙ୍କ ପାଇଁ ଚା' ମୁଁ କରିବି। ଆପଣ ଆଗରୁ କାହିଁକି ଆମ ଘରକୁ ଆସି ନ ଥିଲେ ମଉସା! ମୁଁ ବହୁତ ଗପେ ବୋଲି ବାପା ଆପଣଙ୍କୁ କହି ଦେଇଛନ୍ତି କି?" ସ୍ୱପ୍ନା ଆଉଟିକେ ସିଧା ହେବାକୁ ଚେଷ୍ଟା କରୁକରୁ କହିଲା।

"ତୁ ତ ଆମର ସୁନା ଝିଅ। ତୁ ଦିନସାରା ବସି ଗପିଲେ ବି ମୁଁ ଶୁଣିବି। ଏବେ ଆସିବି, ସବୁବେଳେ ଆସିବି।" ମୁରଲୀବାବୁ କୈଫିୟତ ଦେବା ଢଙ୍ଗରେ ନିଜ ପକ୍ଷ ରଖିଲେ। ଚକଲଗା ଚୌକିରେ ସ୍ୱପ୍ନାକୁ ବସାଗଲା। ମାଉସୀ ତା' ଚୌକି ଠେଲିଠେଲି ସେ ଘରୁ ବାହାରିଗଲେ।

ଅତି ସାଧାରଣ ଛୋଟ ଛୋଟ ଦୁଇଟି ବଖରା। ଦୁଇଟି ପଟା ଖଟ। ଦୁଇଟି ହାତ ଭଙ୍ଗା ଚୌକି ସହିତ ମୋଟ ଚାରୋଟି ଚୌକି। ଛୋଟ ମେଜଟିଏ। ସାମାନ୍ୟ ଘରକରଣା ଜିନିଷ। ଟିଭି ନାହିଁ କି ଫ୍ରିଜ୍ ନାହିଁ। ପୁରୁଣାକାଳିଆ ଗୋଟେ ରେଡିଓ। ଚଟାଣଟି ପରିଷ୍କାର। ବସନ୍ତ ବସିପଡ଼ିଲା ତଳେ। ମୁରଲୀବାବୁ ଚୌକି ଛାଡ଼ି ତଳକୁ ଆସିଲେ, "ମାଟି ହିଁ ନିଜର। ବାକି ସବୁ ପର।"

ଚା' ସାଙ୍ଗରେ ବିସ୍କୁଟ। ମାଉସୀ ଥୋଇଦେଇ ଗଲେ। ମୁରଲୀବାବୁ ବିସ୍କୁଟ୍ ଖଣ୍ଡେ ପାଟିରେ ପକାଇ ଚା' ପିଇଲେ। "ବୁଝିଲେ ବସନ୍ତବାବୁ! ଆମେ ଏତେ ଭଲ ହେଲେ ଚଳିବ ନାହିଁ। ଅନ୍ୟମାନେ ସେତିକି ଭଲ ହେଲେ ସିନା! ତମେ ନିଜେ କହୁନା, ମୁଁ କ'ଣ ଖରାପ ଲୋକ, କା' ଭଲ ମନ୍ଦରେ ମୁଁ ଥାଏ? ତମ ଭଲ ପାଇଁ କହୁଛି– ଜିନିଷ

ପତ୍ର ଗୋଟେ ଗୋଟେ କର। ଏତେ ଭଲ ଚୌକିଟା ଥାଉଁଥାଉଁ...।"

ବସନ୍ତର ନିଃଶବ୍ଦ ହସରେ ମୁରଲୀବାବୁଙ୍କ କଥା ଅଟକିଗଲା। ମନେମନେ ସେ କହିଲେ, "ମା' ଛେଉଣ୍ଡ ଝିଅଟା... ହଉ, ଯାହା ତୋର ଇଚ୍ଛା।"

ଚା' ପିଆ ସରିଲା। ମୁରଲୀବାବୁ ଉଠିଲେ। ସ୍ୱପ୍ନା କପାଳରେ ଚୁମ୍ବନଟିଏ ଦେଲେ, "ଆଉ ଦିନେ ଆସିବି। ତୋ ସାଙ୍ଗରେ ଢେର ଗପିବି।"

ବସନ୍ତ ତାଙ୍କୁ ବାଟେଇ ଦେଲା। ସେ ସ୍କୁଟରରେ ବସୁବସୁ କହିଲେ, "ମୁଁ ବି ଭାରି ଭଲ ମଣିଷଟେ ଯେ! ଠିକ୍ ତମରି ଭଳି!"

ନମସ୍କାର, ପ୍ରତି ନମସ୍କାର ପରେ ଗାଡ଼ି ଗଡ଼ିଲା। ସ୍ୱପ୍ନାର ମୁହଁରେ କୋଉଠି ଟିକିଏ ଖୁସି ନାହିଁ। ମନେମନେ ତା' ଓଠଟିକୁ ଅଳ୍ପ ହଲେଇ ଦେଲେ ମୁରଲୀବାବୁ। ଝିଅ ଆଉ ବାପଙ୍କର ହସ ପୂରା ଏକା। ମୁରଲୀବାବୁ ଅଧା ବାଟରେ ଗାଡ଼ିରୁ ଓହ୍ଲେଇ ପଡ଼ି ସ୍କୁଟର ଦର୍ପଣରେ ନିଜ ମୁହଁକୁ ଦେଖିଲେ। ଦର୍ପଣ ଆଗରେ ସେ ହସିଲେ। ଆଃ! କି ବିକୃତ!! ତାଙ୍କ ଓଠଟା ଏତେ ବେଢଙ୍ଗିଆ ଯେ ହସ ଜମା ସେଠି ଅଟକୁ ନାହିଁ। ଓଠଟା ଆଉ ଟିକିଏ ସିଧା ଆଉ ସରୁ ହୋଇନଥାନ୍ତା? ତାଙ୍କ ମୁହଁ। ସେ ହସୁଛନ୍ତି। କିନ୍ତୁ ସେଇଟା ହାକିମାଣୀର କୁସ୍ପୁଣ୍ଡ ମୁହଁ ପରି ଦେଖାଯାଉଛି କାହିଁକି? ଗୋଟେ ସିଗାରେଟ୍ ନ ଲଗାଇଲେ ନ ଚଳେ। ସେ ଦିଇଟା ସିଗାରେଟ୍ କିଣି ଫେରିଲେ। ବରଗଛ ମୂଳେ ସ୍କୁଟର ଷ୍ଟାଣ୍ଡ ମାରି ମୁରଲୀବାବୁ ତଳେ ବସିଗଲେ। ପାଜିଟା ଏ ପର୍ଯ୍ୟନ୍ତ ସେଠି ଓହଲିଛି। ସେ ତାକୁ ଚାହିଁ ମୁରୁକି ହସିଲେ ଏବଂ ଏଇମାତ୍ର ଦର୍ପଣରେ ଦେଖିଥିବା ତାଙ୍କ ହସନ୍ତ ଚେହେରାକୁ ମନେ ପକାଇ ହସଟାକୁ ଅଧାରୁ ବନ୍ଦ କରିଦେଲେ। ପିଲାଟାକୁ ସେ ଡାକିଲେ, "ଏ! ଶୁଣିଲୁ।"

ପିଲାଟା ତାଙ୍କ ପାଖକୁ ଆସିଲା।

"ତୋ ନାଁ କ'ଣ?"

"ଗୋପାଳ।"

"ବାଃ! ବଢ଼ିଆ ନାଁ' ଟେ ତ! ଗୋପାଳ! ବଢ଼ିଆ, ବଢ଼ିଆ। ଚକ୍‌ଲେଟ୍ ଖାଇବୁ?"

ଗୋପାଳ ଅବିଶ୍ୱାସ୍ୟ ଆଖିରେ ତାଙ୍କୁ ଅନେଇଲା। ମୁରଲୀବାବୁ ପକେଟରୁ ମୁଦ୍ରାଟିଏ ବାହାର କରି ତା' ହାତକୁ ବଢ଼େଇ ଦେଲେ, "ନେ, ଚକ୍‌ଲେଟ୍ ଖାଇବୁ।" ତାପରେ ସେ ମୁରୁକି ହସିବାର ଚେଷ୍ଟା କଲେ ସିନା, ହସିଲେ ନାହିଁ। ଗୋପାଳର ଆହୁରି ପାଖକୁ

ଘୁଣ୍ଢ୍ୟାଇ କହିଲେ, "ଗୋଟେ କଥା କହିଲୁ? ଅନା ମତେ? ମୁଁ ଭଲ ଲୋକ ନା' ନାହିଁ?" ଗୋପାଲ ଥରେ ତାଙ୍କ ମୁହଁକୁ ଓ ଥରେ ହାତରେ ଧରିଥିବା ମୁଦ୍ରାକୁ ଚାହିଁ କହିଲା, "ଜମା ପାଞ୍ଚଟଙ୍କା?"

ମୁରଲୀବାବୁଙ୍କ ମୁଣ୍ଡକୁ ହଠାତ୍ ପିଉ ଚଢ଼ିଗଲା। ଏଇଟା ଅବିକଳ ତାଙ୍କ ସାନ ଟୋକା। ସେ ଖପ୍ କରି ବାଁ ହାତରେ ତା' ଡାହାଣ କାନକୁ ଧରି ପକାଇଲେ। ତା'ପରେ ସେ ତା' କାନକୁ ରଗଡ଼ିଲେ। "ଲଫଙ୍ଗା! କହ, ମୁଁ ଭଲ ଲୋକ ନା ନୁହେଁ?"

ଗୋପାଲର କାନମୂଳ ନାଲି ପଡ଼ି ଝାଳେଇଗଲା। ଯନ୍ତ୍ରଣାରେ ଚିକ୍କାର କରୁକରୁ ସେ କହିଲା, "ହଁ, ହଁ ତମେ ଭଲ ଲୋକ। ଓଃ! ଛାଡ ଛାଡ।"

"ଆରେ!" କହି ମୁରଲୀବାବୁ ଦାନ୍ତ ରଗଡ଼ିଲେ। ଏହି ପ୍ରକ୍ରିୟାରେ ତାଙ୍କ ବାଁ ହାତ ଆଙ୍ଗୁଳି ସାମାନ୍ୟ ଢିଲା ହୋଇଗଲା ଏବଂ ଗୋପାଲ ତାଙ୍କ ହାତକୁ ଠେଲିଦେଇ ଦେଲା ଦୌଡ଼। କ୍ଷଣକ ଭିତରେ ସେ ତାଙ୍କ ଆଖି ଆଗରୁ ଉଭାନ୍ ହୋଇଗଲା। ମୁରଲୀବାବୁ ତା' ଅଦୃଶ୍ୟ ହେବାକୁ ଲକ୍ଷ୍ୟ କରି ଗୋଟେ ସିଗାରେଟ୍ ଲଗାଇଲେ।

ମୃଗୟା

ସାନ ପାଦଚଲା ରାସ୍ତା ଖଣ୍ଡେକ ଟପିଗଲା ପରେ ସଲଖ ଚଉଡ଼ା ରାସ୍ତା। ବାପା କହିଲେ, 'ଏବେ ଆଉ ଅସୁବିଧା ନାହିଁ। ବେଗି ବେଗି ପାହୁଣ୍ଡ ପକା।'

ବଡ଼ ରାସ୍ତାରେ ଚାଲିବାକୁ ମଜା। ବାପାଙ୍କ ପଛେପଛେ ପୁଅ ଡେଙ୍ଗ ଡେଙ୍ଗ ଚାଲିଲା। କିଛି ବାଟ ପରେ ପୁଅ ଅଟକିଗଲା। ପଛକୁ ବୁଲି ଅନେଇଲା। ଆଗରେ ଚାଲୁଥିବା ବାପାଙ୍କୁ ଡାକଟେ ଦେଲା, 'ବାପା'।

ବାପା ଚାଲିବା ବନ୍ଦ କଲେ।

"କକା କାହିଁ ଦିଶୁନାହାନ୍ତି? ପଛରେ କୋଉଠି ରହିଗଲେଣି," ପୁଅ କହିଲା।

ବାପା ବିରକ୍ତ ହେବା କଥା, ହେଲେ। ତାଙ୍କ ଟାଣ ଆଖି ଦି'ଟା ନିର୍ବୋଧ ପୁଅର ମୁହଁ ଉପରେ ପିଟି ହୋଇଗଲା, "ଏତିକି

ଓଲାଟିଏ ତୁ? କହିଥିଲି ତତେ ପଛକୁ ଅନେଇବାକୁ? ଚାଲ। ନା, ଆଉ ଚାଲିଲେ ହବନି। ଏଥର ଦୌଡ଼ିବାକୁ ପଡ଼ିବ।” ବାପା ମୁହଁ ବୁଲେଇ ଆଗକୁ ଦୌଡ଼ିଲେ। ଆଉ ଅପେକ୍ଷା ନକରି ପୁଅ ବି ତାଙ୍କ ପଛେ ପଛେ ଦୌଡ଼ିଲା।

“ବାପା! ମୁଁ ତମ ଆଗରେ ଦୌଡ଼ନ୍ତି?”

“ଯାଉନୁ, ମୁଁ ତ ସେଇଆ କହୁଛି?”

ପୁଅ ପଛରୁ ଆସି ସମାନ୍ତରାଲ ଭାବେ ବାପାଙ୍କ ସାଙ୍ଗରେ ଦୌଡ଼ିଲା। ତା’ପରେ ଟପିଗଲା ବାପାଙ୍କୁ। ବାପା କହିଲେ, “ସାବାସ୍!”

ପୁଅର ଦେହରେ ବିଜୁଳି। ରକ୍ତରେ ନିଆଁ। “ଆହୁରି ଜୋରରେ ଦୌଡ଼ିବା ବାପା?”

ବାପା ଆନନ୍ଦରେ ଆତ୍ମହରା ହୋଇଗଲେ। ଡିଆଁ ମାରି ଟପିଗଲେ ପୁଅକୁ।

ପୁଅ ଉତ୍ତେଜନାରେ ଥରିଲା। ସେ ପୁଣି ପଛରେ ପକେଇ ଦେଲା ବାପାଙ୍କୁ।

ବାପା ଦୌଡ଼ୁ ଦୌଡ଼ୁ ତାଲି ମାରିଲେ, “ହଁ ରେ ଧନ, ସେଇମିତି, ସେଇମିତି।”

ପୁଅ ଆଗେଆଗେ ଦୌଡ଼ିଲା। ବାପା ତାଲି ମାରିମାରି ତା’ ପଛେ ପଛେ ଦୌଡ଼ିଲେ। ପୁଅ ଆହୁରି ଆଗେଇଗଲା।

ବାପା ରହିଗଲେ ପଛରେ। ପୁଅ ପାଖରେ ପହଞ୍ଚିବାକୁ ସେ ଚଞ୍ଚଲ ଚଞ୍ଚଲ ପାଦ ପକେଇଲେ। ଦୌଡ଼ୁଦୌଡ଼ୁ ବାପା ଝୁଣ୍ଟି ପଡ଼ିଲେ। ଆଉ ଉଠି ପାରିଲେନି। ଡାକିଲେ, “ପୁଅରେ।”

ପୁଅ ମହା ଆନନ୍ଦରେ ଦୌଡ଼ୁଛି। ହୁଙ୍କାପିଟା ଗୁଣ ତା’ର ଗଲାଣି। ଗୋଡ଼ ଉଠା ପକାର କାଇଦା ଏବଂ ତାକୁ ତାଲ ଦେଇ ହାତ ଦୁଇଟିରେ ପବନକୁ ଠେଲି ଆଗେଇଯିବାର କୌଶଲ ତା’ ଆୟତ୍ତରେ। ଜଣକ ପରେ ଜଣକୁ ପଛରେ ପକେଇ ଚାଲିଛି ସେ।

ମନେମନେ ସେ ହସିଲା। ତା’ପାଦ ସାଙ୍ଗରେ ପାଦ ମିଲାଇ କିଏ ଜଣେ ଦୌଡ଼ିବାର ଧୃଷ୍ଟତା କରୁଛି। ସେ ତା’ର ବେଗ ଟିକିଏ ବଢ଼େଇ ଦେଲା।

“ଏ! ଟିକିଏ ରୁହ ମ”, ଏମିତି କଥା ସହିତ ସାଥୀ ଦୌଡ଼ାଲିଟି ତା’ ଡାହାଣ ବାହାକୁ ଭିଡ଼ି ଧରିଲା।

ସେ ଅଟକି ଚାହିଁଲା ଓ ସରମିଗଲା। ତା’ଡାହାଣ ବାହା ଉପରେ କୋମଲ ହାତ ଦୁଇଟି ଛନ୍ଦି ହୋଇ ରହିଥିଲା।

"ତୁ କିଏ ?" ସେ ପଚାରିଲା ।

"ମୁଁ..." ଲାଜ ଲାଜ ହସନ୍ତ ମୁହଁଟିକୁ ସାଥୀଟି ତା' ପିଠିରେ ଜାକି ଦେଲା । ତାକୁ କୁତୁକୁତୁ ଲାଗିଲା । ତା' ସାଙ୍ଗକୁ ମହୁଲିଆ ବାସ୍ନା ଆସି ତା' ନାକ ଭିତରେ ଗୁଞ୍ଜି ହୋଇ ନାକଟା ସଲସଲ ହେଲା । ସେ ପଚାରିଲା, "ମୋ' ଠି କାମ ?"

"ତମକୁ ବାହା ହେବି ।"

"ମତେ... ?"

"କେବେଠୁ ମୁଁ ଏଠି ଠିଆହୋଇଛି । କେତେ କେତେ ଦୌଡ଼ାଳିଙ୍କୁ ଦେଖିଲି । ତମପରି କେହି ମୋ ମନକୁ ଛୁଇଁଲେ ନାହିଁ ।"

"କାହିଁକି ?"

"ତମ ଦୌଡ଼ାଟା ଭାରି ଭଲ । ଉଡ଼ନ୍ତା ଚଡ଼େଇ ପରି । ତମେ ତ ଦୌଡ଼ନା, ଭାସ । ଛାତି ଅଛ ଆଗକୁ । ଗୋଡ଼ ଦି'ଟା ଟିକେ ପଛରେ । ହାତ ଦି'ଟା ଡେଣା ଭଲି । ତମେ ପାରିବ, ମୁଁ ଜାଣେ ।"

"ତୁ ମତେ ଛାଡ଼ିଲୁ ?"

"ନା, ତମେ ଆଗେ ମତେ ବାହା ହୋଇପଡ଼ ।"

ସେତେବେଳକୁ ବାସ୍ନାଟା ତା' ମଗଜରେ ପଶିଗଲାଣି । ସାଥୀଟିକୁ ସାମ୍ନାକୁ ଟାଣି ଆଣି ସେ ତା' ମୁହଁକୁ ଅନେଇ ମୁରୁକି ହସିଲା, "ମତେ ବାହା ହୋଇ କ'ଣ କରିବୁ ?"

"ତମ ସାଙ୍ଗରେ ଦୌଡ଼ିବି । ତମ ଦେହରୁ ଝାଳ ପୋଛିଦେବି । ହେଇ ଦେଖ, ଝାଳରେ ମୁହଁଟା ବୁଡ଼ିଛି ।" ଲୁଗା କାନିରେ ସେ ତା' ମୁହଁରୁ ଝାଳ ପୋଛିଦେଲା । ମଧୁର ପବନ ସାଙ୍ଗକୁ ମିଠା ମହକ ମେଞ୍ଚେ ବାଡ଼େଇ ହେଲା ତା' ମୁହଁରେ, "ହଇରାଣ କରିବୁନି ତ ?"

"କେବେ ନୁହେଁ ।"

"ସାଙ୍ଗରେ ଠିକ୍ ଦୌଡ଼ିବୁ ତ ?"

"ଛାଇ ପରି ।"

"ମୁଁ ତୋର କ'ଣ ?"

"ଗେରସ୍ତ ।"

“ତୁ ତା' ହେଲେ କିଏ ?”

“ତମ ଭାର୍ଯ୍ୟା ।”

“ଏଥର ଖୁସୀ ?”

“ହଁ ।”

ଗେରସ୍ତ ଭାର୍ଯ୍ୟା ସାଙ୍ଗ ହୋଇ ଦୌଡ଼ିଲେ ।

ସାନ ପିଲାଟିଏ–କେତେବେଳେ ତାଙ୍କ ମଝିରେ, କେତେବେଳେ କଡ଼ରେ, କେତେବେଳେ ପଛରେ ତ କେତେବେଳେ ଆଗରେ । କଅଁଳା ବାଛୁରୀ ପରି । କୌତୁକିଆ ।

ଭାର୍ଯ୍ୟା କହିଲା, “ପୁଅ ଆମର ତମଠୁ ବି ଭଲ ଦୌଡ଼ିବ । ଦେଖୁନା, କେତେ ଚଞ୍ଚଳ ଚଞ୍ଚଳ ଶିଖିଯାଉଛି ସବୁ ।”

ଗେରସ୍ତର ଛାତି କୁଣ୍ଢେମୋଟ । ସେ ଗୋଟେ ମହରଗ ହସ ହସିଲା । କହିଲା, “ପୁଅ କାହାର ?”

“ତମର ଏକା କି ? ମୋର ବି ।” କପଟ ଅଭିମାନ ଭାର୍ଯ୍ୟାର ।

ଗେରସ୍ତ କଅଁଲେଇ କରି ହଲେଇ ଦେଲା ଭାର୍ଯ୍ୟାର ଓଠ, “ଜାଣେ ଗୋ ଜାଣେ ।”

ପୁଅ ମାଡ଼ିଗଲା ଆଗକୁ ।

ବାପା ମା' ଅଧୀର ଆନନ୍ଦରେ ତା' ପଛେ ପଛେ ଦୌଡ଼ିଲେ, “ହଁ, ଆହୁରି, ଆହୁରି ଜୋର… ଆହୁରି… ଆହୁରି… ହଁ… ସେଇମିତି… ମୋ ଧନରେ… ଯେତେ ଜୋର ପାରୁ…।”

ପୁଅ ଚାଲିଗଲା ଦୃଷ୍ଟି ଆଢ଼ୁଆଲକୁ । ମା' ଧଇଁ ସଇଁ ହେଲା । ବାପର ଗୋଡ଼ ବି ରଟ୍ ରଟ୍ କଲା । ମା' କହିଲା, “ଆଉ ପାରୁନି ।” ବାପ କହିଲା, “ଟିକେ ବସିବା । ହେଲେ ପୁଅ ?”

ମା ଡାକିଲା, “ମୋ ସୁନାରେ…!”

ବାପ ଡାକିଲା, “ପୁଅରେ !…”

“ଟିକିଏ ରହିଯାଆରେ ବାପ” ବୋଲି କହି ଗେରସ୍ତ ଭାର୍ଯ୍ୟା ଏକା ସାଙ୍ଗରେ ସେଠି ବସିପଡ଼ିଲେ । ଦି'ଜଣଙ୍କ ଦୃଷ୍ଟି ସାମ୍ନା ରାସ୍ତାରେ ଲମ୍ବିଯାଇ ଦିଗ୍‌ବଳୟରେ ମିଶିଗଲା ।

ଦୌଡ଼ାଳି ଦି'ଜଣ ପଛଆଡ଼ୁ ଆସି ତାଙ୍କୁ ଅତିକ୍ରମ କରିଗଲେ। ଗେରସ୍ତ ଡାକିଲା, "ବାବୁମାନେ, ଟିକେ ଶୁଣ! ଆଗରେ ମୋ ପୁଅ ଦୌଡ଼ୁଛି...।"

ଭାର୍ଯ୍ୟା କହିଲା, "କୋଡ଼ିଏ ବର୍ଷର ପିଲା। ଉଚ୍ଚ। ଯାଙ୍କରି ପରି ଦେଖ୍‌ବାକୁ। ଡେଙ୍ଗା ନାକ। ଗୋରା ମୁହଁ...।"

"ମୋଠୁ ବି ଭଲ ଦୌଡ଼େ।" ବାପ କହିଲା, "ତାକୁ ଆମ ଖବର ଦବ। କହିବ ବାପ, ମା' ଦି'ଟା ପଡ଼ିଛନ୍ତି, ଗଛମୂଳେ। କହିବ, ଟିକେ ଦେଖ୍‌ଦେଇ ଯିବ। ଫେରେ ଦୌଡ଼ି ପାରିବ ଯେ ସେ। ଭଲ ଦୌଡ଼ିବ। ଆମ କଲ୍ୟାଣ ଅଛି ତା' ଉପରେ।"

"ସିଏ କ'ଣ ଆସିବ?" ମା' ପଚାରିଲା।

"ଆମ କଥା ଶୁଣି ବି ଆସିବନି?" ବାପ ଶୂନ୍ୟକୁ ଚାହିଁଲା।

ତାଙ୍କୁ ଟପିଯାଇଥିବା ଯାତ୍ରୀଦ୍ୱୟ ସେମାନଙ୍କ କଥା ନ ଶୁଣି ଆହୁରି କିଛିବାଟ ଆଗେଇ ଯାଇଥିଲେ। ତାଙ୍କ ଭିତରୁ ଜଣେ କହିଲା, "ହେଇ ପଳେଇଲା। ଆଃ! ଅପୂର୍ବ! ସୁନାର ଗୋଡ଼। ହୀରା ଚମ। ଦେଖ୍‌ଲୁ କି? ମୁହଁରେ କି ରତ୍ନ ସେଗୁଡ଼ା?"

"କୋଉଠି?" ଆର ଯାତ୍ରୀଟି ପଚାରିଲା।

"ଶଳା ଅନ୍ଧ, ତୁ ମର", ପ୍ରଥମ ଯାତ୍ରୀଟି ତା' ସାଥୀକୁ ପଛରେ ଛାଡ଼ି ବିଜୁଳି ବେଗରେ ଆଗେଇଗଲା।

"ଶୁଣିଲୁ କିଲୋ? ସେ ଲୋକଟା ଦେଖ୍ ସାରିଲାଣି। ମୁଁ ବି କେତେଥର ଦେଖ୍‌ଥିଲି। ଭାରି ତରକା। ଦେଖୁ ଦେଖୁ ଛଟ୍‌କିନା ପଳାଏ। ପୁଅ ଆଗରେ ଅଛି। ଧରି ପାରିବ?" ବାପ ପଚାରିଲା।

"ଭଗବାନଙ୍କୁ ମୁଁ କେତେ ଡାକିଛି। ତମଠୁ ଶିକ୍ଷା ପାଇଛି। ମୋ ପୁଅ ସେ। ନିଶ୍ଚେ ଧରିବ।"

"ଟିକେ ଉଠିବାକୁ ଚେଷ୍ଟା କଲୁ। ଦୌଡ଼ି ନ ପାର ପଛେ ପାଦେ ପାଦେ ଚାଲିବା।"

ଚାଲି ପାରିଲେ ନାହିଁ। ସେମାନେ ଘୁସୁରିଲେ। ଘୁସୁରି ଘୁସୁରି ଖଣ୍ଡେ ବାଟ ଗଲେ।

"ଆଃ! ମା! ବାପା!!" ଖୁବ୍ ଦୂରରୁ ଅତି କ୍ଷୀଣ ଶବ୍ଦ ତିନୋଟି ଆସି କାନରେ ବାଜିଲା।

"ବୋଧେ! ବୋଧେ ନୁହେଁ ନିଶ୍ଚେ", ମା' କହିଲା, "ହେଲେ ତା' ସ୍ୱରଟା ଏମିତି

ଶୁଭୁଛି କାହିଁକି ?”

“କେମିତି ?”

“ସିଏ ଜନ୍ମବେଳେ ଯେମିତି ଶୁଭୁଥିଲା। ତମର ମନେ ନାହିଁ ?”

“କାନ୍ଦୁରା କାନ୍ଦୁରା ନା ? ଅତି ଖୁସୀର ସ୍ୱର ସେମିତି ଶୁଭେନି କି ? ଅତି ଖୁସୀରେ କାନ୍ଦ, ଅତି ଦୁଃଖରେ ହସ।”

“ହଁ, ସେଇଆ। ସତ, ସତ, ସତ।” ସେମାନେ ଆଉ କିଛି ବାଚ ଗୁଣ୍ଡୁରିଲେ।

“ବାପା ! ମା ! ରକ୍ଷାକର। ରକ୍ଷାକର ମତେ।”

ବିପଦ ! ବାପା ବିବ୍ରତ ହୋଇପଡ଼ିଲା। ମା’ ସେଇଠି ମୁଣ୍ଡଟାକୁ ପିଟିଦେଲା, “ମୋ ଛୁଆ କି ବିପଦରେ ପଡ଼ିଲାରେ, କିଏ କୋଉଠି ଅଛ ତାକୁ ରକ୍ଷା କରରେ...।” ଦୁହେଁ ବାହୁନୁ ବାହୁନୁ ଗୁଣ୍ଡୁରିବାକୁ ଚେଷ୍ଟା କଲେ ଏବଂ ଶଢ ଆଡ଼କୁ କାନ ଡେରିଲେ।

ଆଉ ଶଢ ନାହିଁ।

“ଶଢ କ’ଣ ଏମିତି ଶେଷ ହୋଇଯାଏ ?” ବାପ ପଚାରିଲା।

“କ’ଣ ହୋଇଥିବ ଆମ ଧନର ? ଧୁଷ୍ଟି ପଡ଼ିଥିବ ?” ମା’ ଅଥୟ ହେଲା।

“କାହାଠୁ ବୁଝିହେବ ସେ କଥା ?” ବାପ ଏପଟ ସେପଟ ଅନେଇଲା, କିଏ ଯାଉଚ ହୋ ଭାଇ, ଟିକେ ଶୁଣିବକି ? ମୋ ପୁଅ, ରଜାପୁଅ ପରି। ଭାରି ସୁନ୍ଦର। ଆମ ଦୁଃଖ ସଂଖାଲି ! କ’ଣ ହେଲା ତା’ର ? ତା’ ପାଟି ଶୁଭୁଥିଲା। କାହିଁ ଆଉ ଶୁଭୁନି। ଏ, ଏ ସୁନା ଭାଇଟି ମୋର। କିଛି ମାଗୁନିରେ। ଖାଲି ଟିକେ ଖବର। ମୋ ଛୁଆର ଖବର ?”

“ତାଙ୍କୁ କହିଲେ କ’ଣ ହେବ ? ସେମାନେ ତ ଇଆଡୁ ଯାଉଛନ୍ତି। ସେପଟୁ କେହି ଆସିଲେ ସିନା ଜଣାପଡ଼ିବ ?” ମା’ କହିଲା।

ସତେ ତ ! ବାପ ଭାବିଲା। ଲୋକମାନଙ୍କୁ ଏପଟୁ ଦୌଡ଼ିବାର ସେ ଦେଖୁଛି। ସେପଟରୁ ତ କେହି ଆସୁନାହାନ୍ତି ? ଆସୁନାହାନ୍ତି ନା’ ସେପଟ ଲୋକଙ୍କୁ ସେ ଲକ୍ଷ୍ୟ କରିନାହିଁ ।

“ସେପଟୁ ବି ତ କେହି ଆସିବା ଦରକାର ?” ବାପ କହିଲା।

କ’ଣ କରିବା ଆମେ ? ସେପଟ ଲୋକଟି ଏତେ କାମ। କେହି ଆସୁନାହାନ୍ତି କାହିଁକି ? ମା’ ଲୁଗା କାନିରେ ମୁହଁ ପୋଛିଲା, “କେତେ ଗୁଣର ମୋ ପୁଅ।... ମତେ ଟିକିଏ ଧର। ମୋ ଦେହ କ’ଣ ହୋଇଯାଉଛି।”

"ଏଇ ଗଛକୁ ଆଉଜି ପଡ଼ ।"

"ମୋ ମୁଣ୍ଡରେ ହାତଟା ପକା । ମୁଣ୍ଡ ମୋର ବୁଲେଇ ଦୋଉଛି । ଛାତି ଧଡ଼ ଧଡ଼ ହେଉଛି... । ହେ ଭଗବାନ୍... ।"

ଆଲୋ, ଅନେଇଲୁ ଟିକେ ସିଆଡ଼େ । ...କିଏ ଜଣେ ଆସିବା ପରି ଦିଶୁଛି... ।"

ସେପଟୁ ଜଣେ କିଏ ଆସୁଛି । ଅସଜଡ଼ା ଦେହ । ଅସ୍ତବ୍ୟସ୍ତ ପୋଷାକ । କାନ୍ଧରେ ଗୋଟେ ବଡ଼ ଗଣ୍ଠିଲି । ଅତି ମନ୍ଥର ଗତି ତା'ର ।

"ଚାଉ ଚାଉ କରି ଗୋଡ଼ ଉଠାନ୍ତିନି ଗୋଷେଇଁ ?" ମନେମନେ କହି ବାପ ତରତରରେ ଆଗେଇ ଯିବାକୁ ଚାହିଁଲା । ଭାର୍ଯ୍ୟା ଧରିଲା ତା' ହାତ, "ମତେ ବି ନିଅ ।"

କେହି କାହାକୁ ବୋହି ପାରିବାର ସମ୍ଭାବନା ନ ଥିଲା । ତେଣୁ ତିନି ଚାରି ପାଦ ଟଣାଟଣି ହୋଇ ଯିବାପରେ ସେମାନେ ଅଟକିଯାଇ ଆଗନ୍ତୁକଟିକୁ ଅନେଇଲେ । ଆଗନ୍ତୁକ ଯେମିତି ଚିର ମନ୍ଥର ପ୍ରାଣୀଟିଏ । କାହା ଉଦ୍‌ବେଗ ପ୍ରତି ତା'ର ନିଘା ନାହିଁ କି ସମବେଦନା ନାହିଁ । ଗୋଟିଏ ଗୋଟିଏ ପାଦ । ଧୀରେ, ଧୀରେ, ଧୀରେ... ।

ଯୁଗଟିଏ । କେତେବେଳେ ଏତେ ସାନ, ପୁଣି କେତେବେଳେ ଏତେ ଦୀର୍ଘ !

"ଗୋଷେଇଁ !" ବାପ କଣ୍ଠରେ ଚିକ୍କାର କରିବାର ଶକ୍ତି ନ ଥିଲା ।

"ମୋ ପୁଅ !" ମା' ଆଁ କରି ତାଙ୍କୁ ଅନେଇଲା ।

ସେ ଗଣ୍ଠିଲିକୁ କାନ୍ଧରୁ କାଢ଼ି ତଳେ ଥୋଇଲେ । ଗଣ୍ଠିଲିରୁ ଥୋପାଏ ଥୋପାଏ କରି ରକ୍ତ ବୋହୁଥିଲା । ରକ୍ତଗୁଡ଼ା ମାଟି ପିଛଗଲା । ସେ ତାଙ୍କରି ପାଖରେ ବସିଲେ ।

"ଆପଣ ନିଜେ ଦେଖିଥିବେ । ଆମ ପୁଅ ! ଡେଙ୍ଗା, ଗୋରା, କୋଡ଼ିଏ ବର୍ଷ । ଦେଖିବାକୁ ମୋ ପରି ।" ବାପ କହିଲା ।

"ଭାରି ଭଲ ଦୌଡ଼େ । ଯାଙ୍କରି ପରି । କେତେ ଗୁଣର ମୋ ଛୁଆ... ।" ମା' ତାଙ୍କର ଅତି ନିକଟକୁ ଘୁଞ୍ଚି ଆସିଲା ।

ସେ ଗେରସ୍ତ ଭାର୍ଯ୍ୟାଙ୍କୁ ଥରେ ଥରେ ଅନେଇ ଦେଇ ଗଣ୍ଠିଲି ଖୋଲିଲେ । ତା' ଭିତରେ ଅନେକ ପୁଟୁଲି । ସେଥିରୁ ଛୋଟ ପୁଟୁଲିଟିଏ ବାହାର କରି ଗଣ୍ଠିଲିକୁ ପୁଣି ବାନ୍ଧିଦେଲେ । ପୁଟୁଲିରୁ ଗଣ୍ଠି ଫିଟେଇ କନାଖଣ୍ଡକୁ ମେଲେଇ ରଖିଲେ । ପାପୁଲିଟିଏ । ଅନାମିକାରେ ଲାଖିଛି ମୁଦିଟେ । ପାପୁଲି ମୂଳରୁ ଛିଣ୍ଡିଯାଇଛି । ଛିଣ୍ଡା ଜାଗାରେ ଶୁଖିଲା

ରକ୍ତ ବିନ୍ଦା ଧରିଗଲାଣି । ଗୋଟେ କଣରେ କଞ୍ଚା ରକ୍ତ ଟିକେ ଟିକେ ଝରୋଉଛି । "ଏଇ ?" ସେ ପଚାରିଲେ ।

ମୁଦି ଚିହ୍ନଟ ହେଲା । ଗେରସ୍ତ ଭାର୍ଯ୍ୟା କାନ୍ଦିକାନ୍ଦି ଭୂଇଁରେ ଲୋଟିପଡ଼ିଲେ ।

ସେ କହିଲେ, "ତମ ପୁଅ ମିରିଗଟାକୁ ଧରିଥିଲା । ସୁନାର ଗୋଡ଼, ହୀରାର ଚମ, ରତ୍ନମୁଖା । ଛନଛନିଆ । କୌତୁକିଆ । ଇଏ ତାକୁ ବେଶ୍ କାଇଦାରେ ମାଡ଼ିବସିଲା । ମୁଁ ଯେତେ ଚିତ୍କାର କଲେ ବି ସେ ଶୁଣିଲା ନାହିଁ । ଜମା ଦେଖିପାରିଲା ନାହିଁ ଆଗରେ ବାଘଟେ ତାକୁ ଉଣ୍ଡୁଛି ବୋଲି । ବାଘ ତା' ଉପରକୁ କୁଦିଲା । ତା'ପରେ ଯାଇ ମୁଁ ଜାଣିଲି ତମ ପୁଅ ଏକ ଆଖିଆ ବୋଲି ।"

"ମୋ ପୁଅ ଏକ ଆଖିଆ ? ନା' ତ, ଗେରସ୍ତ ଭାର୍ଯ୍ୟାକୁ ଚାହିଁଲା ।"

"ଏକ ଆଖିଆ" ଭାର୍ଯ୍ୟା ତାଟକା ହୋଇ ସ୍ୱଗତୋକ୍ତି କଲା, "ଏକ ଆଖିଆ ? ମୋ ଧନ ?"

ଗୋସେଇଁ କହିଲେ, "ହଁ, ତା'ର ଡାହାଣ ଆଖିଟା ନ ଥିଲା । ମୁଁ ସ୍ୱଷ୍ଟ ଦେଖିଛି ।"

"ନା, ନା, ତା'ର ଦି'ଟା ଯାକ ଆଖି ଠିକ୍ ଥିଲା । ମୋ ଭଳିଆ ।" ଗେରସ୍ତ କହିଲା ।

"ଅନେଇଲୁ ମୋ ଆଡ଼େ ?" ଗୋସେଇଁ ତା' ଓଠକୁ ଟେକି ତା' ମୁହଁକୁ ଚାହିଁଲେ, "ତୋର ବି ତ ଗୋଟେ ଆଖି ନାହିଁରେ । ଖାଲି ବାଁ ଆଖିଟା । ଡାହାଣଟା କାହିଁ ?"

"ମୋର... ମୋର ଡାହାଣ ଆଖି ନାହିଁ ?" ଅବିଶ୍ୱାସ୍ୟ ଦୃଷ୍ଟିରେ ସେ ତା ଭାର୍ଯ୍ୟାକୁ ଅନେଇଲା, "ହଇଲୋ... ମୋର ଡାହାଣ ଆଖି ନାହିଁ ? ସତରେ ନାହିଁ ?... ତୁ ତ ମତେ କହିନୁ ?"

ଭାର୍ଯ୍ୟା ଦେଖିଲା ଗେରସ୍ତ ମୁହଁକୁ । ଗେରସ୍ତ ଆବାକାବା ହୋଇ ଚାହିଁଥିଲା ତାକୁ । ଭାର୍ଯ୍ୟାର ବେକଷଣ୍ଡ ତା' ପରେ ନଇଁଗଲା । ସେ ତଳକୁ ଅନେଇ କ୍ଷୀଣ ସ୍ୱରରେ କହିଲା, "ଗୋଟେ ଆଖି ତମର ନ ଥିଲା, ତୁମେ ମତେ ଆଗରୁ କହି ନ ଥାନ୍ତ ? ମୋ ପୁଅ... ତମରି ଯୋଗୁଁ...।"

ଗୋସେଇଁ ଉଠିଲେ । ଗଣ୍ଠିଲିକୁ କାନ୍ଧରେ ପକେଇଲେ, "ଯାଏଁ । କେତେ ଲୋକଙ୍କୁ ତାଙ୍କ ଜିନିଷ ବାଣ୍ଟିବାକୁ ଅଛି ।"

ଗୋଟିଏ ସଭାର ବିବରଣୀ

"କେମିତି ଅଛି ଡାଇବେଟିସ୍?"

"ଇନ୍‌ସୁଲିନ୍ ଚାଲିଛି।"

"ତମ ବ୍ଲଡ୍‌ପ୍ରେସର୍?"

"ମୋ ନିୟନ୍ତ୍ରଣରେ ନାହିଁ।"

"ଜଷ୍ଟିସ୍ ମହାପାତ୍ର ବୋଧେ?"

"ପାରାଲିସିସରୁ ଉଠିଲେ ଯେ ବାଁ ଗୋଡ଼ ଆଉ ଠିକ୍ ହେଲା ଭଳି ଲାଗୁନି। ଆଶାବାଡ଼ି ଭରସା।"

"ବାତ୍ୟା ଏତେ ବିୟାତ ଘଟେଇଲା ସିନା, ବର୍ଷକ ଭିତରେ ଆମକୁ ଆଉ ଥରେ ଏକାଠି ହେବାର ସୁଯୋଗ ବି ଦେଲା।"

"ତା' ଛଡ଼ା ବାତ୍ୟା ମୋର ଆଉ ଗୋଟିଏ ଉପକାର କରିଛି। ମୁଁ ଦିଇଟି କବିତା ଲେଖିଛି। ସଂକଳ୍ପରେ ବାହାରିଛି। ପଢ଼ିନ ତମେ?"

କଥା ବାତ୍ୟାର ନୁହେଁ, ମହାବାତ୍ୟାର।

ବାତ୍ୟା ହେଲା। ବାତ୍ୟା ଡାକି ଆଣିଲା ବନ୍ୟାକୁ। ବାତ୍ୟା ଓ ବନ୍ୟା ମିଶି ଗାଁକୁ ନଈ ଓ ନଈକୁ ସମୁଦ୍ର କରିଦେଲେ। ପ୍ରକୃତିର ଏ ତାଣ୍ଡବ ଓଡ଼ିଶାର ଉପକୂଳ ଗାଁମାନଙ୍କ ଉପରେ ନିର୍ଦୟ ଅତ୍ୟାଚାର କରିଥିବା ବେଳେ ଉପକୂଳ ସହରମାନଙ୍କରେ କେବଳ ଦୁଷ୍ଟାମିର ଖେଳ ଖେଳି ଚାଲିଗଲା। ସରକାରଙ୍କ ବିବରଣୀ ଅନୁସାରେ ବାତ୍ୟାରେ ସାତ ହଜାରରୁ ଅଧିକ ଲୋକଙ୍କ ମୃତ୍ୟୁ ଘଟିଛି। ପାଞ୍ଚ ହଜାରରୁ ଅଧିକ ଏ ପର୍ଯ୍ୟନ୍ତ ନିଖୋଜ ଅଛନ୍ତି। ତା'ଛଡ଼ା ଅସଂଖ୍ୟ ପଶୁଧନ, ଅମାପ ସମ୍ପତ୍ତି ଓ ଅନେକ ଗାଁ'ର ପ୍ରାଣ ଧ୍ୱଂସ ପାଇଯାଇଛି। ଏ ପରିସଂଖ୍ୟାନକୁ ଅନୁଧ୍ୟାନ କରିବା ପାଇଁ ଯେଉଁମାନେ ବର୍ତ୍ତି ଯାଇଛନ୍ତି ସେମାନେ ଜୀବନର ଅସାରତା ବିଷୟରେ ଚର୍ଚ୍ଚା କରୁଛନ୍ତି। ନୂତନ ଆବିଷ୍କାରଟିଏ ପରି ବିଭିନ୍ନ ଦିଗରୁ ତାକୁ ତର୍ଜମା କରୁଛନ୍ତି।

'ଉତ୍ତର ଷାଠିଏ ସଂଘର ମତ କିନ୍ତୁ ଏ ବାବଦରେ ଭିନ୍ନ। ଜୀବନ ଅସାର ନୁହେଁ। ପ୍ରକୃତିର ଏ ତାମସାକୁ ମୁକାବିଲା କରିବାକୁ ହେବ। ସଂଘର ସଭ୍ୟମାନଙ୍କର ଗରିମା, ବିଶାଳତା ଓ ଅଭିଜ୍ଞତା ଯେ କୌଣସି ବିପତ୍ତିକୁ ଖର୍ବ କରିବାରେ ସମର୍ଥ ମଧ୍ୟ। ସେଥିପାଇଁ ସଂଘର ବିଶେଷ ଅଧିବେଶନ।

ଅଧିବେଶନକୁ ସମସ୍ତେ ଆସିଥିଲେ, କେବଳ ଦୁଇ ଜଣଙ୍କୁ ଛାଡ଼ି। ବିଦେଶ ଗସ୍ତରେ ଥିବାରୁ ଖଗପତି ଛୁଆଁଲସିଂହ ଆସିପାରି ନ ଥିଲେ। ବଥଟିଏ ତାଙ୍କ ପିଠିରେ ଗାଦି ମାଡ଼ି ବସି ଯାଇଥିଲା। ତାକୁ ସାମାନ୍ୟ ବଥ ବୋଲି କହି ସେହି ଅନୁସାରେ ଚିକିସ୍ସା କରିବାରୁ ଏଠିକା ଡାକ୍ତରଙ୍କ ଉପରେ କ୍ଷୁବ୍ଧ ହୋଇ ସେ ଆମେରିକା ଚାଲିଗଲେ। ସେଠା କଥା ଅଲଗା। ଦେଖୁ ଦେଖୁ ସେମାନେ ବଥକୁ ଚିହ୍ନି ପକେଇଲେ। ଛୋଟିଆ ଅସ୍ତ୍ରୋପଚାରଟିଏ। ଦିନକରେ କାମ ଶେଷ। ଖର୍ଚ୍ଚ ଅବଶ୍ୟ ଟିକିଏ ଅଧିକା। ପଳେଇ ଆସିଥାନ୍ତେ। କ୍ୱାଇଁ ଛାଡ଼ିଲେ ନାହିଁ। ତେଣୁ ସଭା ଉପଲକ୍ଷେ ସେ ବାର୍ତ୍ତାଟିଏ ପଠେଇଛନ୍ତି। ସଭାରେ ତାହା ପାଠ କରାଯିବ। ବିକ୍ରମ ମହାଲିକ କିଛିଦିନ ତଳେ ସ୍ୱର୍ଗାରୋହଣ କରିଥିବାରୁ ତାଙ୍କ ଆସିବାକୁ କେହି ଅପେକ୍ଷା କରି ନ ଥିଲେ। କର୍କଟ ରୋଗରେ ନିର୍ଘାତ ଘାଣ୍ଟି ହୋଇଥିଲେ ଯିବା ଆଗରୁ। ଆହା! ତାଙ୍କ ପାଇଁ ଶ୍ରଦ୍ଧାଞ୍ଜଳିର ପ୍ରସ୍ତାବ ଅଛି।

କରମର୍ଦ୍ଦନ, ଆଲିଙ୍ଗନ, ସ୍ୱତଃହାସ୍ୟ ଫିଙ୍ଗାଫିଙ୍ଗି। ବାତ୍ୟା ଉପରେ ଜମିଥିବା କ୍ରୋଧର

ଉଦ୍‌ଗୀରଣ । ମୃତାହତଙ୍କ ପାଇଁ ସମବେଦନା । ପ୍ରଖ୍ୟାତ ଓକିଲ ମିଲନ୍‌ ମହାପାତ୍ରଙ୍କ ହସକୁ ରିଟାୟାର୍ଡ ହାଇକୋର୍ଟ ଜଜ୍‌ ବାରିଦ ଘୋଷଙ୍କ ହସ । ପୂର୍ବତନ ମନ୍ତ୍ରୀ ବିଜୟ ପୁହାଣଙ୍କ ହାତ ଉପରେ ଶିକ୍ଷପତି ଦୁର୍ଗା ପଞ୍ଚନାୟକଙ୍କ ହାତ । ରିଟାୟାର୍ଡ ଇଞ୍ଜିନିୟର ଇନ୍‌ ଚିଫ୍‌ ଶକ୍ତି ପାତ୍ରଙ୍କ ଛାତିକୁ ବିଶିଷ୍ଟ କଣ୍ଟ୍ରାକ୍ଟର ସୁବାସ ଅଗ୍ରୱାଲାଙ୍କର ଛାତି ।

"ରଘୁ ମିଶ୍ରର ମେୟରସିପ୍‌ କଥାଟା ଟିକିଏ ଦେଖନ୍ତୁ ସାର୍‌ !"

"ଆପଣ ପୁରୁଣା ସଭ୍ୟ । ଜାଣନ୍ତି ସମସ୍ୟାଟା କୋଉଠି ?"

"ଷ୍ଟାଟସ୍‌... !"

"ହଁ ।"

"ସଂଘରେ ପଶିଗଲେ ଷ୍ଟାଟସ୍‌ ବଢ଼ିଯିବନି...?"

ଅର୍ଥଭର୍ତ୍ତି ହସ ତା'ପରେ ।

"ଚାନ୍ଦା ଭଲ ଦବ ।"

"ନାଁଟାର ହେଲେ ଗାମ୍ଭୀର୍ଯ୍ୟ ଥାନ୍ତା ।"

ପୁନଶ୍ଚ ହସ ।

ମଦନ ସାମନ୍ତରାୟ ଓ ବୀଣା ମହାପାତ୍ର ମଞ୍ଚ ଉପରେ । ମଦନ ସାମନ୍ତରାୟ କ'ଣ କହୁଛନ୍ତି । ନିକଟରେ ତାଙ୍କ ତଣ୍ଟି ଅପରେସନ୍‌ ହୋଇଛି । କ୍ୟାନ୍‌ସର ଅପରେସନ୍‌ । ତାଙ୍କ କଥା ପ୍ରାୟ କିଛି ଶୁଭୁନାହିଁ । ସେ ବିଗତ ବାତ୍ୟାର ବିଭୀଷିକା ଓ ବର୍ତ୍ତମାନ ଲୋକଙ୍କ ଦୁର୍ଦ୍ଦଶା ବିଷୟରେ କହୁଛନ୍ତି ।

ବୀଣା ମହାପାତ୍ର ମଞ୍ଚ ପରିଚାଳିକା । ତାଙ୍କ ମନ ଭଲ ନାହିଁ । ନଖରେ ରଙ୍ଗ ଲଗେଇଲାବେଳେ ଅସାବଧାନତା ଯୋଗୁଁ ବାଁ ହାତ କାଣି ଆଙ୍ଗୁଲି ନଖ କୋଣରେ ରଙ୍ଗ ଲାଗି ପାରିନାହିଁ । ତରତରରେ ଆସିବାର ଫଳ ଇଏ । ପଛେ ଟିକେ ଡେରି ହେଇଥାନ୍ତା ! ଅନ୍ଧାରୁଆ ଜାଗା ଟିକିଏ ମିଳିଲେ ନଖର ଶୂନ୍ୟ ସ୍ଥାନକୁ ରଙ୍ଗ ଦେଇ ପୂର୍ଣ୍ଣ କରନ୍ତେ । ଭ୍ୟାନିଟିରେ ଅଛି ରଙ୍ଗ ଶିଶି । ଅନ୍ଧାର ସନ୍ଧାନରେ ସେ ମଞ୍ଚରୁ ଓହ୍ଲେଇ ଆସିଲେ ।

"କାନର ଏଇଟା ହୀରା ନା ଅପା ?"

"ହଇଲୋ ଛଟକୀ ! ତୁ ପା ମୋ ଠୁ ଦି ବର୍ଷ ବଡ଼ । ପଦବୀରେ ବଡ଼ ଥିଲି ବୋଲି ତୋର ଅପା ହେଇଗଲି ? କାହିଁକି ବା ?"

ଅଧିବେଶନରେ ଔପଚାରିକତା ନ ଥାଏ। ମଞ୍ଚ। ମଞ୍ଚ ଆଗରେ ଟେବୁଲ୍ ଓ ଚୌକି। ସବା ପଛକୁ ଖାଦ୍ୟ ଓ ପାନୀୟର ଟେବୁଲ୍‌ମାନ। ଖାଅ, ପିଅ, ପରସ୍ପର ମଧ୍ୟରେ ଆଲାପ ଆଲୋଚନା କର। ବିଶେଷ ବକ୍ତାଙ୍କର କଥା ଶୁଣ ବା ନ ଶୁଣ। ନିଜର ଟିପ୍‌ପଣୀ କରିବାର ଥିଲେ ପରିଚାଳକ ବା ପରିଚାଳିକାଙ୍କ ଅନୁମତି ନେଇ ମଞ୍ଚ ଉପରକୁ ଯାଅ। ସଭ୍ୟମାନେ ନିଜନିଜ କ୍ଷେତ୍ରରେ ମହାନତା ଲାଭ କରିଥିବାରୁ ତଥା ବୟୋବୃଦ୍ଧ ହୋଇଥିବାରୁ ପରିବେଶର ଗାମ୍ଭୀର୍ଯ୍ୟ ବିଷୟରେ କାହାକୁ ବୁଝେଇବା ଦରକାର ପଡ଼େ ନାହିଁ।

“ମୋ କବିତା ପଢ଼ିଛନ୍ତି କି ?”

“କୋଉ କବିତା ?”

“ସଂକଳ୍ପରେ ବାହାରିଛି। ବାତ୍ୟା ଉପରେ। ଆପଣଙ୍କର ପଢ଼ିବା ଉଚିତ। କବିତା ଦି’ଟା ବିଷୟରେ ଏତେ ଚର୍ଚ୍ଚା ହେଉଛି ଆପଣଙ୍କ କାନରେ ପଡ଼ିନି ? ସେଦିନ ମୁଁ ରାତି ସାରା ଅନିଦ୍ରା ରହିଛି। ଝରକା ବାଟେ ମୁଁ ବାତ୍ୟାକୁ ଯେତିକି ଦେଖିଛି- ପରେ ଧ୍ୱଂସର ଯାହାସବୁ ଖବର ମିଳୁଛି- ସେଇ ବିଷୟରେ – ମୁଁ କହିବି ‘ସଂକଳ୍ପ’ ସମ୍ପାଦକଙ୍କୁ – ଦି/ ତିନୋଟି କପି ଆପଣଙ୍କ ପାଖକୁ ପଠେଇଦେବେ। ପୁଅକୁ ବି ଗୋଟେ ଦେବେ – କହିବେ ତ ତାକୁ, ଗୋଟେ ବିଜ୍ଞାପନ କରେଇଦେବ ‘ସଂକଳ୍ପ’ ପାଇଁ।”

ମଦନ ସାମନ୍ତରାୟଙ୍କ ପରେ ପ୍ରାଚୀ ମିଶ୍ର ମଞ୍ଚ ଉପରେ ମାଇକ୍ ଧରିଲେ। ବାତ୍ୟାକୁ ସେ ବହେ ଶୋଧିଲେ। ସେ ରିଟାୟାର କରିସାରିଛନ୍ତି ବୋଲି। ନ ହେଲେ, ତାଙ୍କ ଚିଫ୍ ସେକ୍ରେଟାରୀ ଥିବା ବେଳର କଥା ହୋଇଥିଲେ ସେ ବାତ୍ୟାର କାନ ଧରେଇ ତାକୁ ବସେଇଥାନ୍ତେ ଉଠେଇଥାନ୍ତେ।

“ଆଉ ଗୋଟେ ଗୋଟେ ପେଗ୍ ନବା।”

“ତମ ମିସେସ୍ କେମିତି ଅଛନ୍ତି ? ନର୍ସଟିଏ ରଖିଛ ପରା ସେବା ପାଇଁ ? ଯୁବତୀ ନର୍ସ, କାଲେ ସୁନ୍ଦରୀ ବି। କାହା ସେବା କରୁଛି ସେ ? ମିସେସ୍‌ଙ୍କର ନା ତମର ?”

“ତମର ଦରକାର କି ସେବା ? ଶଳା, ଗୋଡ଼ରୁ ମୁଣ୍ଡଯାଏ ସବୁ ଅଖଣ୍ଡ। ସେଥିରୁ କୋଉ ବସ୍ତୁକୁ ତମର ସେବା ଦରକାର ?”

ପ୍ରାଚୀ ମିଶ୍ର ମଞ୍ଚ ଉପରେ ଉତ୍ତେଜିତ ଅବସ୍ଥାରେ। ତାଙ୍କ ରିଟାୟାରମେଣ୍ଟର ଠିକ୍ ପରେପରେ ସେ ଓଡ଼ିଶାରେ ବାତ୍ୟା ଓ ବନ୍ୟାର ସମ୍ପୂର୍ଣ୍ଣ ନିରାକରଣ ପାଇଁ ପ୍ରସ୍ତାବଟିଏ

ସରକାରଙ୍କୁ ଦେଇଥିଲେ। ତା' ଏ ପର୍ଯ୍ୟନ୍ତ କାର୍ଯ୍ୟକାରୀ ନ ହୋଇ ଅଲିଆଗଦାରେ ପଡିରହିଛି ବୋଲି ତାଙ୍କର ଏ କ୍ରୋଧ।

"ପରଫ୍ୟୁମର୍ଟା ପାଇଥିବେ ତ! ପୁଅ ପଠେଇଥିଲା ପ୍ୟାରିସରୁ... ପଟ୍ଟନାୟକ ସାରଙ୍କ କୋର୍ଟରେ କେଶଟେ ଅଛି। ଏଇଟା ନମ୍ବର।"

"ଆଉ ମୋ ଜାଗା କଥା?"

"ସେଟା ଆପଣଙ୍କର ହେଲା ବୋଲି ଜାଣନ୍ତୁ।"

ଖିଆପିଆ ଜମିଗଲାଣି। ଜଣେ ଦି ଜଣ ମଞ୍ଚ ଉପରେ ବକ୍ତାଙ୍କ କଥା ବି ଶୁଣୁଛନ୍ତି। ଦି ତିନି ଜଣ ଚଲିବା ଆରମ୍ଭ କଲେଣି। ପ୍ରାଚୀ ମିଶ୍ରଙ୍କ ପରେ ଜଗନ୍ନାଥ ପଟ୍ଟନାୟକ କହିବେ। ସେ ପକେଟ୍‌ରେ ହାତ ପୂରେଇଲେ। ପାନିଆଟା କୁଆଡ଼େ ଗଲା? ମୃଦୁଲାଙ୍କ ସହ ହାତ ମିଳେଇବା ଲୋଭରେ ସେ ଜୋର୍‌ରେ ପାଦ ଉଠେଇବା ବେଳେ ଝୁଣ୍ଟି ପଡ଼ିଥିଲେ। ସେଇଠି ବୋଧେ ଗଲିପଡ଼ିଛି। ପାନିଆ ତ ଗଲା। ମୃଦୁଲାଙ୍କ ସହ ହାତ ମଧ ସେ ମିଳେଇ ପାରିନାହାନ୍ତି। ସେ ତଳୁ ଉଠୁଉଠୁ ନବ କିଶୋର ମୃଦୁଲାଙ୍କ ସହ ହାତ ମିଳେଇ ତାଙ୍କୁ ଚାଣିଟାଣି ସୁପ୍ ଟେବୁଲ୍ ପାଖକୁ ନେଇଗଲେ। ଛାଡ଼! ଚରିତ୍ର ଯାହାଙ୍କର ନଷ୍ଟ...! ବାଧ ହୋଇ ଜଗନ୍ନାଥ ପଟ୍ଟନାୟକ ହାତରେ ନିଜ ଚନ୍ଦାମୁଣ୍ଡର ଅବଶିଷ୍ଟ ଚୁଟିକୁ ସାଉଁଳେଇ ଦେଲେ।

"ପୁଅ କଥା କହିଥିଲେ ବିମଳବାବୁଙ୍କୁ?"

"ବ୍ୟସ୍ତ ହୁଅନି। ତାକୁ ହିଁ ମିଳିବ କାମ।"

ହିମାଂଶୁ ପ୍ରଧାନ ଅତ୍ୟନ୍ତ ବିବ୍ରତ ଥିଲେ। 'ଉତ୍ତର ଷାଟିଏ ସଂଘ'ର ସେ ନୂତନ ସଭ୍ୟ। ପୁଅ ପ୍ରଶାନ୍ତ ତାଙ୍କୁ ବାଧ କରି ସଂଘରେ ଭର୍ତ୍ତି କରିଦେଇଛି। ଅନ୍ୟ କେହି ଅଧାପକ କି ତାଙ୍କ ପରିଚିତ ସମାୟବନ୍ଧ ଲୋକ ସେଠାରେ ନ ଥିବାରୁ ସେ ଏକୁଟିଆ ହୋଇପଡ଼ିଥିଲେ। ସାମ୍‌ନାସାମ୍‌ନି ହେଲେ ସଭ୍ୟମାନେ ହସି ଦେଉଥିଲେ। ଉତ୍ତରରେ ସେ ମଧ ହସୁଥିଲେ।

"ଆଉ ଦେହ ପା?"

"ଭଲ।"

"ଡାଇବେଟିସ୍?"

"ମୋର ତ ଡାଇବେଟିସ୍ ନାହିଁ।"

"ବ୍ଲଡ୍‌ପ୍ରେସର୍‌ ?"

"ନା' ।"

"ଆର୍ଥ୍ରାଇଟିସ୍‌ ?"

"ନାହିଁ ତ !"

"ତାହେଲେ ? କୋଉ ରୋଗ ଆପଣଙ୍କର ?"

"କିଛି ରୋଗ ନାହିଁ ।"

"କିଛି ରୋଗ ନାହିଁ ?"

"ଆରେ ଏ ନୂଆ ସଭ୍ୟ – ପ୍ରଶାନ୍ତ ପ୍ରଧାନ, ସାୟାଦିକର ବାପା – ତା'ର କିଛି ରୋଗ ନାହିଁ ?"

"ସତରେ ?"

"ସେ କହୁଛି ତ !"

"ଆଶ୍ଚର୍ଯ୍ୟ !"

"ମିଛ କଥା । ଲୁଚୋଉଛି ।"

ହିମାଂଶୁ ମଞ୍ଚ ଉପରକୁ ଉଠିଲେ । ତାଙ୍କର କିଛି କହିବାର ଅଛି । ବିଶେଷ କରି ସେଇ ଛୁଆ ଦିଓଟିଙ୍କ କଥା । ବାତ୍ୟା ପରେ ପ୍ରଶାନ୍ତ ତା' ଖବରକାଗଜ ପାଇଁ ଯେଉଁସବୁ ଖବର ଓ ବିବରଣୀ ସଂଗ୍ରହ କରିଥିଲା ତା' ହିମାଂଶୁଙ୍କୁ ମନ୍ତୁ ପକେଇଥିଲା । ଛକ ପାନ ଦୋକାନୀ ହରି ଯେତେବେଲେ ତା' ଗାଁ କଥା କହିଲା – ପ୍ରଶାନ୍ତ ସେଠିକୁ ଯିବାକୁ ବାହାରିଲା । ହିମାଂଶୁ ଜିଦି କରି ତା' ସାଙ୍ଗରେ ଗଲେ । ସାଙ୍ଗରେ ହରିକୁ ମଧ ନେଲେ । ତା'ଛଡ଼ା ଟର୍ଚ୍ଚ, ଦିଆସିଲି, ମହମବତୀ, ଚୁଡ଼ା, ପିଇବା ପାଣି । ଗାଡ଼ି ଅଧା ବାଟରେ ରହିଲା । ତା'ପରେ ଚାଲିଚାଲି ଯିବାକୁ ହେଲା । ହରି ତାଙ୍କୁ ବାଟ କଡ଼େଇ ନେଲା ସିନା, ନିଜ ଗାଁ ଚିହ୍ନିବାକୁ ତାକୁ ଅନ୍ୟର ସାହାଯ୍ୟ ନେବାକୁ ପଡ଼ିଲା । ପ୍ରକୃତି କେତେ କଠୋର ହୋଇପାରେ, ବାସ୍ତବତା କେତେ ସୀମା ଲଂଘିପାରେ – ତା' ସେମାନେ ନିଜ ଆଖିରେ ଦେଖିଲେ । କୁଢ଼ କୁଢ଼ ଶବ– ଗାଈ, ଛେଲି, ଚଢ଼େଇ, ମଣିଷ ଓ କୁକୁର – ସବୁ ମିଶାମିଶି । ପବନରେ ଫେଣ୍ଟିହୋଇ ରହିଥିଲା ଆତଙ୍କ ଓ ଦୁର୍ଗନ୍ଧ । ସେ ଆତଙ୍କର ଭୟ ଏଯାଏଁ ରହିଛି ହିମାଂଶୁଙ୍କ ମନ ଭିତରେ । ସେ ଦୁର୍ଗନ୍ଧ ଅଟକିଛି ତାଙ୍କ ନାକରେ । ଲଙ୍ଗଳା ପିଲାଟିଏ

ସେଇ ଶବକୁଢ଼ ଭିତରେ ବୁଲିବୁଲି ଖାଦ୍ୟର ସନ୍ଧାନ କରୁଥିଲା। ହିମାଂଶୁ ତାକୁ ଚୁଡ଼ା ଦି' ମୁଠା ଦେଲେ। ଆଃ କି ତୃପ୍ତି! ସେଇ ମୁହୂର୍ତ୍ତରେ ଯଦି ତାଙ୍କର ପ୍ରାଣ ଚାଲିଯାଇଥାନ୍ତା ତା'ହେଲେ ଜୀବନରେ ତାଙ୍କର ଆଉ କିଛି ଅବସୋସ ରହିନଥାନ୍ତା। ସେ ଗାଁରେ ଆଉ କେହି ଲୋକ ନ ଥିଲେ। ଅନ୍ୟ ସମସ୍ତେ ମରିଯାଇଥିଲେ, ଭାସିଯାଇଥିଲେ ଓ ଅନ୍ୟଆଡ଼େ ପଲେଇ ଯାଇଥିଲେ। ହଠାତ୍ ପ୍ରଶାନ୍ତ ତା' ବାପାଙ୍କ ଉଦ୍ଦେଶ୍ୟରେ ଚିତ୍କାର କଲା। ମୁଣ୍ଡ କାନ ଛିଣ୍ଡେଇ, ସାଙ୍ଗ ସାଥୀ ହରେଇ ଅର୍ଷିତଙ୍କ ପରି ଏକାଏକା ଛିଡ଼ା ହୋଇଥିଲା ଆମ୍ବଗଛଟିଏ। ତା'ର ଉପର ଥୁଣ୍ଟା ଡାଳକୁ କୁଣ୍ଢେଇ ବସିଥିଲା ଝିଅଟିଏ। "ମରି କାଠ ହୋଇଯାଇଛି।" ପ୍ରଶାନ୍ତ କହିଲା।

ଭୁବନେଶ୍ୱରରେ ହରିର ପାନ ଦୋକାନ ଓ ବସ୍ତି ଘର ଉଜୁଡ଼ି ଯାଇଥିବାରୁ ସେ ମନସ୍ତାପରେ ଥିଲା। କିନ୍ତୁ ଗାଁ ଅବସ୍ଥା ଦେଖିସାରିବା ପରେ ସେ ଭଗବାନଙ୍କୁ ଧନ୍ୟବାଦ ଦେଲା। ତିନି ମାସ ତଳେ ପରିବାର ସହ ଗାଁ ଛାଡ଼ି ଭୁବନେଶ୍ୱର ପଲେଇବା ନିଷ୍ପତ୍ତିକୁ ସେ ମନେମନେ ପ୍ରଶଂସା କରିବା ସହ ହିମାଂଶୁଙ୍କୁ ମଧ୍ୟ ସେ କଥା ଜଣେଇଦେଲା। ହିମାଂଶୁ କହିଲେ, 'ଚଢ଼ିଲୁ।' ହରି ଗଛ ଉପରକୁ ଗଲା। ସମସ୍ୟା ହେଲା ଝିଅଟି ପାଖରେ ପହଞ୍ଚିବା ପରେ। ତାକୁ ଛୁଇଁବାକୁ ସେ ଡରିଲା। ବିପ୍ଲାତରୁ ବର୍ତ୍ତି ଯାଇଥିବା କୁକୁରଟିଏ ସେତେବେଳକୁ ତଳେ ଅନ୍ୟ ଜୀବିତଙ୍କ ସହ ଯୋଗ ଦେଇସାରିଥାଏ। କୁକୁରର ରୂପ, କ୍ଷୀଣ ଭୋ ଭୋ, ସନ୍ଦେହାତ୍ମକ ଚାହାଣି ଓ ସର୍ବୋପରି ପବନର ଗୁପ୍ତ ସୁଁ ସୁଁ ପରିବେଶକୁ ଭୟାବହ କରିଦେଇଥାଏ। ହରି ପବନ ଓ କୁକୁର ଶବ୍ଦରେ ଆତୁର ହୋଇ ତଳକୁ ଚାହିଁଲା। ସାନ ପିଲାଟି ଚୁଡ଼ା ଖାଇସାରି ପାଣି ମାଗିଲା। ପାଣି ପିଇ ସେ ଏମିତି ନିଃଶ୍ୱାସଟେ ନେଲା ଯେମିତି ବାତ୍ୟା ପରେ ସେ ନିଃଶ୍ୱାସ ନେଇ ନ ଥିଲା। ତା'ପରେ ସେ କୁକୁରକୁ ଗୋଟେ ଗୋଇଠା ମାରିଲା ଓ ଗଛ ଉପରକୁ ଚଢ଼ିଗଲା।

ପିଲାଟିର ଆଚରଣରେ ହିମାଂଶୁ ବିରକ୍ତ ହେଲେ। ଗୋଇଠା ମାଡ଼ ଖାଇ କୁକୁର ରଡ଼ି ଛାଡ଼ି ଭୁକିଲା। ହିମାଂଶୁ କୁକୁର ପାଇଁ କିଛି ଖାଦ୍ୟ ସନ୍ଧାନରେ ନିଜ ବ୍ୟାଗ୍ ଉଣ୍ଟାଲିଲେ। ପିଲାଟି ଏସବୁକୁ ଭୃକ୍ଷେପ ନ କରି ଝିଅଟି ପାଖରେ ପହଞ୍ଚିଗଲା। ସେ ଝିଅଟିର ହାତକୁ ଧରି ହଲେଇଦେଲା, "ଦେଈ! ମରିଗଲୁ କି?" ହରି ଚିତ୍କାର କଲା, "ବଞ୍ଚିଛି, ବଞ୍ଚିଛି।" ଝିଅଟି ମଧ୍ୟରେ ପ୍ରଶାନ୍ତ ମଧ୍ୟ ଗଛ ଉପରକୁ କିଛି ବାଟ ଚଢ଼ିଯାଇଥିଲା। ସେ ପିଲା, ହରି ଓ

ପରେ ପ୍ରଶାନ୍ତ ମିଶି ଝିଅଟିକୁ ତଳକୁ ଆଣିଲେ । ସେ ଅଚେତ ଥିଲା । ତାକୁ ଭୁବନେଶ୍ୱର ଆଣି ଡାକ୍ତରଖାନାରେ ଭର୍ତ୍ତି କରିବାର ଦିନକ ପରେ ଯାଇ ତା'ର ଚେତା ଆସିଲା । ପ୍ରଶାନ୍ତ ଏ ଖବରଟି ତା କାଗଜରେ ଲେଖିଥିଲା । ଖବରଟି ଦେଶ ବିଦେଶର ଅନେକଙ୍କୁ ପ୍ରଭାବିତ କରିଥିଲା । କିନ୍ତୁ ହିମାଂଶୁ ସମ୍ପୂର୍ଣ୍ଣ ଦୋହଲି ଯାଇଛନ୍ତି ଘଟଣାଟିର ଦର୍ଶନ ଓ ସଂପୃକ୍ତିରେ ।

ହିମାଂଶୁ କହିବାବେଳେ ଅଧିବେଶନଟି ସୁପ୍ତପ୍ରାୟ । ସମସ୍ତେ ଖାଦ୍ୟ, ପାନୀୟ ଓ ନିଜ ନିଜ ବିଚାରକୁ ନେଇ ବ୍ୟସ୍ତ । ମୋହନ ମହାନ୍ତି ଅଧିବେଶନରେ ପ୍ରସ୍ତାବଗୁଡ଼ିକ ବିଷୟରେ କହିବାର ଥିଲା । କିନ୍ତୁ ସେ ତାଙ୍କ ପାନୀୟ ଓ ଚାକିରି କାଳରେ ଲେଖିଥିବା ଡ୍ରାଫ୍ଟଗୁଡ଼ିକର କରାମତିକୁ ନେଇ ଏପରି ଝୁଲୁଥିଲେ ଯେ ଦି'ଜଣଙ୍କ ସହଯୋଗ ନେଲାପରେ ବି ତା' ସମ୍ଭବ ହେଲା ନାହିଁ ।

ହିମାଂଶୁ ଅଧିବେଶନରେ କିଛି ଖାଇ ନ ଥିଲେ । ତଥାପି ତାଙ୍କର ଦେହର ଓଜନ ବଢ଼ିଯାଇଥିଲା । ଓଜନିଆ ଦେହଟାକୁ ଠେଲି ଠେଲି ସେ ଘରେ ପହଞ୍ଚିଲେ । ଝିଅଟି ଡାକ୍ତରଖାନାରୁ ଯାଇ ଏବେ ମମତା ବାଲ୍ୟାଶ୍ରମରେ ରହୁଛି । ପୁଅଟି ମଧ୍ୟ ସେଇଠି ଅଛି । ହିମାଂଶୁ ଦୁହିଁଙ୍କ ପାଇଁ ପୋଷାକ ଓ ବାଲ୍ୟାଶ୍ରମକୁ ଦଶ ହଜାର ଟଙ୍କା ସାହାଯ୍ୟ ଦେଇ ଆସିଥିଲେ । ଘରକୁ ଫେରି ସେ ବାଲ୍ୟାଶ୍ରମ ଫୋନ୍ କଲେ । ସମସ୍ତଙ୍କ ଖବର ବୁଝିସାରିଲା ପରେ ଯାଇ ଦେହର ଓଜନ ଟିକିଏ କମିଲା ।

ପରଦିନ ସକାଳୁ ପ୍ରଶାନ୍ତ ସେ ଦିନର 'ଇଣ୍ଡିଆ ନିଉଜ୍' କାଗଜ ଖଣ୍ଡକ ଆଣି ହିମାଂଶୁଙ୍କୁ ଦେଲା, "ତମ ସଂଘର ଅଧିବେଶନ ଖବର ମୁଁ ବାହାର କରିଦେଇଛି ।"

ହିମାଂଶୁ ଖବରଟିକୁ ପଢ଼ିଲେ ।

ଉତ୍ତର ଷାଠିଏ ସଂଘର ବିଶେଷ ଅଧିବେଶନର ବିଶେଷ କଥା :

ଓଡ଼ିଶାର ମସ୍ତିଷ୍କ ବୋଲାଉଥିବା ଉତ୍ତର ଷାଠିଏ ସଂଘର ବିଶେଷ ଅଧିବେଶନ ସଂଘର ନିଜସ୍ୱ ସଭାଗୃହରେ ଗତକାଲି ଅନୁଷ୍ଠିତ ହୋଇଥିଲା । ଏହା ନିକଟରେ ଘଟିଥିବା ମହାବାତ୍ୟା ପାଇଁ ଡକା ଯାଇଥିଲା । ଅଧିବେଶନରେ ବାତ୍ୟା ମୃତାହତଙ୍କ ପାଇଁ ଗଭୀର ସମବେଦନା ଜ୍ଞାପନ କରାଗଲା । ତା'ଛଡ଼ା ବାତ୍ୟା ପୀଡ଼ିତଙ୍କ ପାଇଁ ସଂଘ କ'ଣ କ'ଣ କରିଛି ଓ ଆଉ କ'ଣ କ'ଣ କରିବ ତା'ର ବିବରଣୀ ପ୍ରକାଶ କରାଗଲା । ବାସ୍ତବରେ

ରାଜ୍ୟରେ ଯେ କୌଣସି ଘଟଣା ବା ଦୁର୍ଘଟଣା ବେଳେ ରାଜ୍ୟବାସୀ ଓ ସରକାର ସଂଘର ପଦକ୍ଷେପକୁ ଅନେଇଥାନ୍ତି । ଏ ବାବଦରେ ସଂଘର ନିଷ୍ଠାପର କାର୍ଯ୍ୟର ପଟାନ୍ତର ନାହିଁ । ଏହି ବାତ୍ୟା ପରିପ୍ରେକ୍ଷୀରେ ସଂଘ ଓ ସଂଘର ସଭ୍ୟମାନେ ବ୍ୟକ୍ତିଗତ ରୂପେ ବାତ୍ୟା ପୀଡ଼ିତଙ୍କୁ ବହୁ ଭାବରେ ସାହାଯ୍ୟ କରିଛନ୍ତି । ତା' ଛଡ଼ା ବିଭିନ୍ନ ପଦକ୍ଷେପ ପାଇଁ ସରକାରଙ୍କୁ କେତୋଟି ପ୍ରସ୍ତାବ ଦେବାର କାର୍ଯ୍ୟକ୍ରମ ଅଛି । ପୀଡ଼ିତଙ୍କୁ ଅଧିକ ସାହାଯ୍ୟ ଯୋଗେଇବା ପାଇଁ ସଂଘ ବ୍ୟାପକ କାର୍ଯ୍ୟକ୍ରମ ହାତକୁ ନେଇଛି । ସଂଘର ଲକ୍ଷ୍ୟ -- ଓଡ଼ିଶାରେ ପ୍ରାକୃତିକ ଦୁର୍ବିପାକ ନ ହେଉ, ରାଜ୍ୟରେ କେହି ଭୋକିଲା ନ ରହନ୍ତୁ । ସେଥିପାଇଁ ଅର୍ଥର ଆବଶ୍ୟକତା ଅଛି । ଜନସାଧାରଣଙ୍କୁ ମୁକ୍ତ ହସ୍ତରେ ସଂଘକୁ ଅର୍ଥଦାନ କରିବା ପାଇଁ ଅନୁରୋଧ କରାଯାଇଛି ।

"ଭଲ ହେଇନି ଖବରଟା ?" ପ୍ରଶାନ୍ତ ପଚାରିଲା ।

ଦେହର ସବୁଯାକ ଓଜନ ବର୍ତ୍ତମାନ ହିମାଂଶୁଙ୍କ ମୁଣ୍ଡରେ । ତା' ସତ୍ତ୍ୱେ ସେ ମୁଣ୍ଡ ଉଠେଇଲେ, "ଶେଷରେ... ତୁ ବି !"

ପ୍ରଶାନ୍ତର ମୁଣ୍ଡ ତଳକୁ ହେଲା । "ମୋ ସରକାରୀ ଘର ଫାଇଲଟା ପ୍ରାଚୀ ମ୍ୟାଡାମ୍‌ଙ୍କ ପୁଅ ପାଖରେ ପଡ଼ିଛି ତିନି ମାସ ହେଲା ।"

"ରୋଗ ! ରୋଗ !! ରୋଗ !!!" ହିମାଂଶୁ କାଗଜଟାକୁ ସେଇଠି ପକେଇ ଉଠି ଚାଲିଗଲେ ।

ସାଲିସ

ତା' କଣ୍ଠରୁ ମହୁ ଝରୁଥିଲା ବୋଲି ଲୋକେ କହୁଥିଲେ।
ବେଳେବେଳେ ସେଥିରେ ବିଷାଦର ପ୍ରଭାବ ବି ସ୍ପଷ୍ଟ ବାରି ହୋଇ
ପଡୁଥିଲା। କେତେବେଳେ କେମିତି ସେଥିରେ ବୀରତ୍ୱ ଓ
ବିଦ୍ରୋହର ଆଭାସ ଯେ ନ ମିଳୁଥିଲା ତା'ନୁହେଁ। କିନ୍ତୁ ଅଧିକାଂଶ
ସମୟରେ ତା' ସ୍ୱରରୁ ଗୋଟାଏ ଆନନ୍ଦର ଲହର ଭାସି ଆସୁଥିଲା।
ସେ ଗୀତ ଗାଇଲା ବେଳେ ଝରଣା କାଳେ ଲଜ୍ଜାରେ ତା' ପ୍ରବାହକୁ
ବନ୍ଦ କରି ଦେଉଥିଲା ଓ କୋଇଲିମାନେ ତା' ଗୀତରେ ବିମୋହିତ
ହୋଇ ନିଜ ସ୍ୱରକୁ ଧିକ୍କାର କରୁଥିଲେ। ତା' ଗୀତର ଅପୂର୍ବ
ଶକ୍ତିରେ ଗଛର ପତ୍ର ହଲୁ ନ ଥିଲା, କୁକୁରମାନେ ଲାଞ୍ଜ ହଲାଉ
ନ ଥିଲେ ଓ ପିଲାମାନେ କାନ୍ଦ ବନ୍ଦ କରି ଦେଉଥିଲେ। ତା'
ପିଲାବେଳେ ତା'ର ସୁମଧୁର ଗୀତ ଶୁଣି ଜଣେ ମହାପୁରୁଷ ତାକୁ
'ସ୍ୱର ସମ୍ରାଟ' ଆଖ୍ୟା ଦେଇଥିଲେ। ଗୀତ ବିନା ସେ ବଞ୍ଚ
ପାରିବ ନାହିଁ ବୋଲି କହୁଥିଲା। ତେଣୁ ସେ ପ୍ରାୟ ତା'ର ଜାଗ୍ରତ
ସମୟସ୍ତକ ଗୀତ ଗାଇଗାଇ କଟାଇ ଦେଉଥିଲା।

ଲୋକମୁଖରୁ ଶୁଣାଯାଏ, ଥରେ ଗୋଟିଏ ପିଲା ଏକ ଅସାଧ୍ୟ ରୋଗରେ ପଡ଼ିଥିଲା। ପିଲାଟିକୁ ଚିକିତ୍ସା କରୁଥିବା ବୈଦ୍ୟ ତାକୁ ଆରୋଗ୍ୟ କରାଇ ପାରିବାରେ ନିଜର ଅକ୍ଷମତା ପ୍ରକାଶ କରି ତା' ବାପ ଓ ମାଙ୍କୁ 'ଭଗବାନ'ଙ୍କୁ ସ୍ମରଣ କରିବା ପାଇଁ ପରାମର୍ଶ ଦେଲେ। ଅଜ୍ଞାନ ବାଳକଟି ଅସହ୍ୟ ଯନ୍ତ୍ରଣାରେ ଚିତ୍କାର କରୁଥାଏ। କୌଣସି ଔଷଧ, ଉପଦେଶ, ଭଗବାନଙ୍କ ନାମ କି ବାପ, ମା' ଓ ପ୍ରିୟଜନଙ୍କ କ୍ରନ୍ଦନ ସେଥିରୁ ତାକୁ ନିବୃତ୍ତ କରି ପାରୁ ନ ଥାଏ। ଉପାୟଶୂନ୍ୟ ହୋଇ କେହି ଜଣେ 'ସ୍ୱର ସମ୍ରାଟ'କୁ ସେଠାକୁ ନେଇ ଆସିଥିଲା। ତା' ଗୀତରେ ପିଲାଟାର ଚିତ୍କାର ବନ୍ଦ ହୋଇ ଯାଇଥିଲା। ଉପସ୍ଥିତ ଅନ୍ୟମାନେ ମଧ୍ୟ ସମ୍ମୁଖରେ ଦେଖୁଥିବା ଜୀବନ ଯନ୍ତ୍ରଣା ବିଷୟରେ ଅଚେତନ ହୋଇ ପଡ଼ିଥିଲେ। ସ୍ୱର ସମ୍ରାଟ ଚାଲିଗଲା ପରେ ସେମାନେ ଦେଖିଥିଲେ ଯେ ପିଲାଟା ମରି ଯାଇଥିଲା। ମୃତ ପିଲାଟି ଓଠରେ ତଥାପି ଧାରେ ହସ ଲାଖି ରହିଥିଲା।

ଏମିତିରେ ତା'ର ଖ୍ୟାତି ଖୁବ୍ ବଢ଼ିଗଲା। ତା' ଗୀତ ଯିଏ ଶୁଣିଲା ମୁଗ୍ଧ ହେଲା। କିନ୍ତୁ ଯେଉଁଦିନ ରାଜଦରବାରରୁ ତା' ପାଖକୁ ନିମନ୍ତ୍ରଣ ଆସିଲା ସେଦିନ ସେ ଆଶ୍ଚର୍ଯ୍ୟ ହୋଇଗଲା।

ରାଜା ତା' ଗୀତ ଶୁଣିଲେ। ଆନନ୍ଦ ବିହ୍ୱଳିତ ରାଜା ତାକୁ ଗଭୀର ଆଲିଙ୍ଗନରେ ଆବଦ୍ଧ କଲେ। ସଙ୍ଗୀତ ଓ କଳା କ୍ଷେତ୍ରରେ ପ୍ରଚଳିତ ସର୍ବୋଚ୍ଚ ଉପାଧି 'କଳାଶ୍ରୀ' ତାକୁ ପ୍ରଦାନ କରାଗଲା। ତାକୁ ରାଜ ଦରବାରରେ ଗାଇବାକୁ ନିଯୁକ୍ତି ମଧ୍ୟ ମିଳିଲା।

ଏଭଳି ନିଯୁକ୍ତି ଓ ଉପାଧି ସ୍ୱର ସମ୍ରାଟକୁ ଯଥେଷ୍ଟ କ୍ଷମତା, ଖ୍ୟାତି ଓ ଆତ୍ମ ସନ୍ତୋଷ ଆଣିଦେଲା। ରାଜା ତା'ର ନାମକରଣ କଲେ 'କଳାଶ୍ରୀ ସୁରେଶ୍ୱର'। ରାଜଭବନ ସଂଲଗ୍ନ ଏକ ସୁସଜ୍ଜିତ ଗୃହ ଓ ତା' ସହ ଅମାପ ସମ୍ପତ୍ତି ତାକୁ ଉପହାର ଦିଆଗଲା।

ରାଜାଙ୍କର ଅଯାଚିତ ଓ ଅକୁଣ୍ଠ ଦାନରେ ସେ କୃତକୃତ୍ୟ ହେଲା। ଆଗରୁ ସେ ଗୀତ ଗାଇଲା ବେଳେ ଅନ୍ୟମାନଙ୍କର ଉପସ୍ଥିତିକୁ ଭୁଲି ଯାଉଥିଲା। ଏବେ ସେ ରାଜ୍ୟର ସର୍ବୋଚ୍ଚ କର୍ତ୍ତା ଓ ଅଧିକାରୀଙ୍କ ଗହଣରେ ଗାଇଲା, ଯେଉଁମାନଙ୍କ ଉପସ୍ଥିତିକୁ ସେ ବେଳେବେଳେ ଚେଷ୍ଟାକରି ବି ଭୁଲି ପାରୁନଥିଲା। ତା' ଗୀତରେ ରାଜା ଓ ପାରିଷଦଗଣ ଉତ୍ଫୁଲ୍ଲିତ ହୋଇ 'ବାଃ! ବାଃ!' କରୁଥିଲେ।

ଦିନେ ତା'ର ଏକ ନିର୍ଦ୍ଦିଷ୍ଟ ପ୍ରିୟ ଗୀତକୁ ତାକୁ ଗାଇବାକୁ ରାଜା ମନାକଲେ। କାରଣ,

ତାହା ରାଜାଙ୍କୁ ତାଙ୍କର କେଉଁ ଏକ କ୍ଷତ କଥା ମନେ ପକାଇ ଦେଲା। ତା'ପରେ ରାଜଶକ୍ତି ପ୍ରତି ବିଦ୍ରୂପର ଆଭାସ ଥିବା କାରଣରୁ ତାକୁ ଆହୁରି କେତୋଟି ଗୀତ ଗାଇବାକୁ ବାରଣ କରାଗଲା। ବିଭିନ୍ନ କାରଣରୁ କେତେକ ନିର୍ଦ୍ଦିଷ୍ଟ ସ୍ୱରରେ ଗାଇବାକୁ ମଧ୍ୟ ତାକୁ ଅନୁମତି ଦିଆଗଲା ନାହିଁ।

ଯେଉଁସବୁ ସ୍ୱର ଓ ଗୀତ ତାକୁ ନିଷେଧ କରାଗଲା ସେସବୁ ସୁରେଶ୍ୱରର ଅତ୍ୟନ୍ତ ପ୍ରିୟ ଥିଲା। ରାଜାଙ୍କର ପାର୍ଶ୍ୱ କର୍ମଚାରୀମାନେ ତାକୁ ବୁଝାଇ ଦେଲେ ଯେ ସେ ଗୀତ ଓ ସ୍ୱରର ପ୍ରକାଶ ହେଲେ ରାଜଦ୍ରୋହ ଅପରାଧର ଆଶଙ୍କା ଥିଲା। ସେ ଗୀତ ଓ ସ୍ୱରକୁ ତ୍ୟାଗ କରିବା ପାଇଁ ସୁରେଶ୍ୱରକୁ ଅତ୍ୟନ୍ତ କଷ୍ଟ ସ୍ୱୀକାର କରିବାକୁ ପଡ଼ିଥିଲା। ସେ ତା' ଅନ୍ତର ଭିତରର ପ୍ରବଣତାକୁ ଅଟକାଇ ପାରୁ ନଥିଲା। ଏକାନ୍ତରେ ସେ କ୍ରନ୍ଦନ କଲା। କିନ୍ତୁ ରାଜାଙ୍କର ଉପାଧ୍ୟ, ଗୃହ, ସମ୍ପତ୍ତି ଓ ଅଜସ୍ର ଭଲ ପାଇବାକୁ ପ୍ରତ୍ୟାଖ୍ୟାନ କରି ରାଜଦ୍ରୋହ କରିବାକୁ ତା'ର ଇଚ୍ଛା ହେଉନଥିଲା। ତେଣୁ ଚେଷ୍ଟା କରି କିଛିଦିନ ଭିତରେ ସେ ସେସବୁ ଗୀତ ଓ ସ୍ୱରକୁ ଭୁଲିଗଲା।

ରାଜା ତାକୁ ଆହୁରି ଶ୍ରଦ୍ଧା କଲେ। ତା'ର ସୁଖ୍ୟାତି ରାଜ୍ୟ ବାହାରଯାଏ ବ୍ୟାପିଗଲା। ତଥାପି କେତେକ ପାରିଷଦ ମତ ଦେଲେ ଯେ ସୁରେଶ୍ୱରର ଗୀତ ଓ ସ୍ୱରରେ ଆହୁରି କିଛି ପରିମାଣରେ ବିଦ୍ରୋହାତ୍ମକ ଭାବ ପରିଲକ୍ଷିତ ହେଉଛି। ତେଣୁ ତାକୁ ଆହୁରି ନିୟନ୍ତ୍ରିତ କରାଯିବା ଉଚିତ। ରାଜାଙ୍କ ଆଗରେ ସେମାନେ ତାଙ୍କର ବଳିଷ୍ଠ ଯୁକ୍ତି ଉପସ୍ଥାପିତ କରି ରାଜାଙ୍କୁ ପ୍ରଭାବିତ କରିବାକୁ ସକ୍ଷମ ହୋଇଗଲେ।

ଏହାଫଳରେ ସୁରେଶ୍ୱରକୁ ତା' ନିଜ ଗୀତ ଓ କେତେକ ନିର୍ଦ୍ଦିଷ୍ଟ ସ୍ୱରରେ ଗାଇବାକୁ ସମ୍ପୂର୍ଣ୍ଣ ବାରଣ କରାଗଲା। ସେ କି' ଗୀତ ଗାଇବ ଓ କେମିତି ଗାଇବ ତା'ର ଏକ ସୂତ୍ର ତାକୁ ପ୍ରଦାନ କରାଗଲା। ଗୀତ ଓ ସଙ୍ଗୀତ ଉପରେ କିୟତ୍ ଜ୍ଞାନ ନଥିବା କେତେକ କୁମ୍ଭାଟୁଆଙ୍କ ନିର୍ଦ୍ଧାରିତ ସୂତ୍ରରେ ଗାଇବାକୁ ସେ ଚେଷ୍ଟା କଲା। ନିଜ ଉପରୁ ବିଶ୍ୱାସ ତୁଟାଇ ସେ ଯେତେବେଳେ କଣ୍ଠ ସହିତ ସଂଘର୍ଷ କଲା, ସେତେବେଳେ ରାଜାଙ୍କ ସହ ପାରିଷଦଗଣ କରତାଳି ଧ୍ୱନିରେ ତା'ର ଉତ୍ସାହକୁ ବହୁଗୁଣିତ କରି ପକାଇଲେ। ସେ ଆନନ୍ଦରେ ଅଭିଭୂତ ହୋଇପଡ଼ିଲା। ସାରା ରାଜ୍ୟର ଜନସାଧାରଣଙ୍କର ହର୍ଷାକର୍ଷ ସେଇ ମୁଷ୍ଟିମେୟଙ୍କର ପ୍ରଶଂସା ତା'ଭିତରେ ପୁଣି ଗଭୀର ଆତ୍ମବିଶ୍ୱାସ ଭରିଦେଲା।

‘କଳାଶ୍ରୀ’ ଉପାଧି ଉପରେ ‘କଳାଶ୍ରେଷ୍ଠ’ ନାମକ ଆଉ ଏକ ଉପାଧି ପ୍ରବର୍ତ୍ତନ କରାଯାଇ ତାହା ତାକୁ ପ୍ରଦାନ କରାଗଲା। ସେ ଅତ୍ୟନ୍ତ ପ୍ରୀତ ହୋଇ ରାଜକର୍ମଚାରୀଙ୍କର ପ୍ରବର୍ତ୍ତିତ ଧାରା ଅନୁସାରେ ଗାଇ ଚାଲିଲା। କିନ୍ତୁ କିଛିଦିନ ପରେ ସେ ଧାରା ତାକୁ ଅତି ଅସ୍ୱାଭାବିକ ଲାଗିଲା। ଧୀରେଧୀରେ ତା’କଣ୍ଠ ଅସ୍ପଷ୍ଟ ହୋଇ ଆସିଲା। ତା’ ହୃଦୟ ଭିତରୁ କିଛି ସ୍ୱର ଓ ଗୀତ ଭିନ୍ନ ଭାବେ ଝଙ୍କୃତ ହେବାକୁ ଚାହୁଁଥିଲେ। କିନ୍ତୁ ସେ ଗୀତର ପଙ୍କ୍ତି ଓ ଅସଲ ସ୍ୱର ସେ ଭୁଲି ଯାଇଥିଲା। ସେଦିନ ସେ ରାଜସଭାରେ ଗୀତ ଗାଇ ପାରିଲା ନାହିଁ। ରାଜା ଅସୁସ୍ଥତାର ଆଶଙ୍କା କରି ରାଜବୈଦ୍ୟଙ୍କୁ ତା’ର ଚିକିତ୍ସା ଦାୟିତ୍ୱ ଅର୍ପଣ କଲେ।

ସେ କିନ୍ତୁ ବିଶ୍ରାମ ଚାହିଁଲା। ରାଜା, ପାରିଷଦ, କ୍ଷମତା, ଧନ, ଗୃହ, ବୈଦ୍ୟ ଓ ଔଷଧ କିଛି ତାକୁ ଆନନ୍ଦ ଦେଇ ପାରିଲା ନାହିଁ। ଗୃହ ବନ୍ଦକରି ଏକାନ୍ତରେ ସେ ଗୀତ ଗାଇବାକୁ ଚେଷ୍ଟା କଲା, ତା’ ନିଜ ସ୍ୱରରେ। ମାତ୍ର ଅନେକ ଚେଷ୍ଟା ପରେ ବି ସେ ବିଫଳ ହେଲା। ତଥାପି ତାକୁ ବାରମ୍ବାର ଚେଷ୍ଟା କରିବାକୁ ଭଲ ଲାଗିଲା। ସେ ଚେଷ୍ଟା କରି ଚାଲିଲା, ଦିନଦିନ ରାତିରାତି।

ଯେଉଁ ଏକ ନିସ୍ତବ୍ଧ ରାତ୍ରିରେ ସୁରେଶ୍ୱର ତା’ର ପୁରୁଣା ଏକ ଗୀତକୁ ମନେ ପକାଇ ବେସୁରା ରାଗରେ ଗାଇବାକୁ ଆରମ୍ଭ କଲା ସେତେବେଳେ ସେ ଅନେକ କାନ୍ଦିଥିଲା। କାନ୍ଦି ସାରିବା ପରେ ସେ ଘର କବାଟ ଖୋଲି ରାତ୍ରିର ଘନ ଅନ୍ଧକାର ମଧ୍ୟରେ କେଉଁ ଆଡ଼େ ଉଭେଇଗଲା।

ସକାଳେ ଜଣେ ଗୁପ୍ତଚର ସମ୍ବାଦ ଦେଲା ଯେ କଳାଶ୍ରେଷ୍ଠ ମହାଶୟ ଗତ ରାତ୍ରିରେ ଏକ ବିଦ୍ରୋହାତ୍ମକ ଗୀତ ଗାଉଥିଲେ। ସୈନ୍ୟପାଳଙ୍କୁ ସଙ୍ଗେସଙ୍ଗେ ନିର୍ଦ୍ଦେଶ ଦିଆଗଲା ସୁରେଶ୍ୱରକୁ ରାଜାଙ୍କ ସମ୍ମୁଖରେ ଉପସ୍ଥିତ କରାଇବା ପାଇଁ।

ଅନେକ ଦିନ ଯାଏ ସୁରେଶ୍ୱରର କିଛି ସନ୍ଧାନ ମିଲି ନଥିଲା। କିନ୍ତୁ ରାଜ୍ୟର ଉତ୍ତର ପାର୍ଶ୍ୱରେ ଥିବା ପାହାଡ଼, ଝରଣା ଓ ଜଙ୍ଗଲ ଅଞ୍ଚଲରେ ରହୁଥିବା ଆଦିବାସୀମାନେ ଜଣେ ପାଗଲ ବିଷୟରେ କଥାବାର୍ତ୍ତା ହେଉଥିଲେ। ସେ କାଲେ ବୁଲିବୁଲି ଖୁବ୍ ବେଦନା ଭରା ଗୀତ ଗାଉଥିଲା ଓ ତା’ ଗୀତ ଶୁଣି ଝରଣାର ପ୍ରବାହ ଏବଂ ଗଛର ପତ୍ର ଇତଃସ୍ତତଃ ହବା ବନ୍ଦ ନ ହେବାରୁ ସେ ଛାତି ଫଟେଇ କାନ୍ଦୁଥିଲା।

ବାଘ

ବାଘଟାର ବିବେକ ବୋଲି କିଛି ନ ଥିଲା। ଆଗରୁ ସେ କୁକୁଡ଼ା, ଛେଳି, ମେଣ୍ଢା ଓ ସୁବିଧା ପାଇଲେ ବାଛୁରୀ ଆଦିଙ୍କୁ ଉଠେଇ ନେଇଯାଉଥିଲା। ତା'ପରେ ତା'ର ଉତ୍ପାତ ବଢ଼ିଲା। ସବୁରି ପ୍ରିୟ, ପରୋପକାରୀ ବାବୁ ନଟବରଙ୍କୁ ଦିନେ ମାଡ଼ିବସି ସେ ତାଙ୍କର ପ୍ରାଣନାଶ କଲା। ସେଠାରେ କୋକୁଆଭୟ ବ୍ୟାପିଗଲା। ଘରୁ ଏକା ବାହାରିବା ପାଇଁ ଲୋକେ ଡରିଲେ। ଦୈନନ୍ଦିନ କର୍ମ, ଚାଷବାସ, ଦୋକାନ ବଜାର କରିବାରେ ବ୍ୟାଘାତ ଉପୁଜିଲା।

ଏକବାରେ ଅନୁନ୍ନତ ତଥା ବିଚ୍ଛିନ୍ନ ସେ ଅଞ୍ଚଳ। ବାଘ ଉପଦ୍ରବରେ ଚାଷ ବାଧାପ୍ରାପ୍ତ ହେବା ସାଙ୍ଗକୁ ପରିବହନରେ ମଧ୍ୟ ବିଭ୍ରାଟ ଘଟିଲା। ଅଞ୍ଚଳ ଲୋକେ ବାହାରକୁ ଯିବାକୁ ମଙ୍ଗିଲେ ନାହିଁ କି ବାହାର ଲୋକ ସେ ଅଞ୍ଚଳକୁ ଆସିଲେ ନାହିଁ। ତେଣୁ ଜିନିଷପତ୍ର ଦାମ୍ ହୁ ହୁ ହୋଇ ବଢ଼ିଗଲା।

ଫଳରେ ସେଠାର ଅର୍ଥନୀତି ସମ୍ପୂର୍ଣ୍ଣ ଭୁଶୁଡ଼ି ପଡ଼ିଲା। ମେଳା ମଉଛବ ଓ ବିବାହ ବ୍ରତାଦିରେ ଯେଉଁ ସ୍ୱାଭାବିକ ଆନନ୍ଦ ଲୋକଙ୍କ ମୁହଁରେ ଦେଖାଯାଏ ତା' ଆଉ ଦୃଶ୍ୟ ହେଉ ନ ଥିଲା। ଦିନକୁ ଦିନ ଉସ୍ସବମାନଙ୍କରେ ଭିଡ଼ କମିକମି ଯାଉଥିଲା। ଉସ୍ସାହର ଘନ ସଂକଟ ସମୟରେ ଯେଉଁ କେତେଜଣ ଅତ୍ୟୁସ୍ସାହୀ ଜନତା ରୁଣ୍ଡ ହେଉଥିଲେ ସେମାନେ କେବଳ ବାଘ ବିଷୟରେ ହିଁ ଚର୍ଚ୍ଚା କରୁଥିଲେ। ବେକାରି, ଦାରିଦ୍ର୍ୟ ଓ ବିପଦ୍ ମଧ୍ୟରେ ଯେକୌଣସି ମୁହୂର୍ତ୍ତରେ ଜୀବନ ଚାଲିଯିବାର ଆଶଙ୍କା ନେଇ ବଞ୍ଚିବାକୁ ଲୋକେ ବାଧ୍ୟ ହେଲେ।

ଲୋକମାନେ ଯେ ଚେଷ୍ଟା କରିନଥିଲେ ତା ନୁହେଁ। ଅଞ୍ଚଳବାସୀ ଏକତ୍ର ହୋଇ ବାଘଟାକୁ ମାରିବାର ବହୁ ଯୋଜନା ପ୍ରସ୍ତୁତ କରିଥିଲେ। ସବୁଥର ଚତୁର ବାଘ କୌଶଳରେ ଖସି ଯାଉଥିଲା। ସେ ଗୋଟେ ଅଦୃଶ୍ୟ ଅସୁର ପରି ଆସୁଥିଲା ଏବଂ ବିଚକ୍ଷଣ ଶିକାରୀ ପରି ତା ଶିକାର ଝାମ୍ପିନେଇ ଆଖିପିଛୁଳାକେ ଉଭାନ୍ ହୋଇଯାଉଥିଲା।

ଘନଘନ ବିଫଳତା ଲୋକଙ୍କୁ ଆହୁରି ଦୁର୍ବଳ କରିଦେଲା। ବାଘଠୁ ନିସ୍ତାର ପାଇବାର ଅନ୍ୟ ସମ୍ଭାବ୍ୟ ଉପାୟ ବିଷୟରେ ଆଲୋଚନା ବେଳେ ଜଣେ ବୟୋଜ୍ୟେଷ୍ଠ ମନ୍ତବ୍ୟ ଦେଲେ, "ବାପାଟି ମାନେ! ଧୈର୍ଯ୍ୟର ଫଳ ମିଠା। ସବୁକାଲେ ମିଠା। ତମେ ସିନା ଭାବୁଛ ବହୁତ ହୋଇଗଲା। ପ୍ରକୃତରେ ମୋ ଅନୁଭବ କହୁଛି ଆଉ ଅଛ ବାକି ଅଛି। ଯୁଗେଯୁଗେ କାଲେକାଲେ ଅତ୍ୟାଚାର ତା'ର ସୀମା ଟପିଲେ ଅବତାରଟିଏ ଜନ୍ମ ନିଅନ୍ତି। ତମେ ଯଦି ଭାବୁଛ ଅତ୍ୟାଚାର ଅଧିକ ହୋଇଗଲା, ତା'ହେଲେ ଆଉ ଡେରି ନାହିଁ। ଅବତାର ଓଲ୍ହାଇବେ ଓ ବାଘକୁ ନିପାତ କରିବେ।"

ଅବତାର ଓଲ୍ହାଇଲେ ନାହିଁ କି ବାଘ ମଲା ନାହିଁ। ସପ୍ତାହକ ଭିତରେ ଦୁଇଟି ଛେଲି ଓ ଗୋଟେ ମେଣ୍ଢା ଗଲେ। ତା'ପରେ ରାଧା ମାଉସୀ ଝିଅ ସୁନ୍ଦରୀ ଚମ୍ପାର ବୀଭସ୍ସ ମୃତଦେହ ପରିଡ଼ାଘର ବାଉଁଶବୁଦାରୁ ମିଳିଲା। ତା' ଗାଲ, ଛାତି ଓ ଜଂଘର ମାଂସ ବାଘ ଖାଇଦେଇଥିଲା। ଲୋକେ ପୁଣି ଏକଜୁଟ ହେଲେ। ପରସ୍ପର ମଧ୍ୟରେ ବିଚାରବିମର୍ଶ କଲେ। ଉପାୟ ଖୋଜିଲେ। ମିଳିଲା ନାହିଁ। ଅନନ୍ୟୋପାୟ ହୋଇ ପରସ୍ପରକୁ କେବଳ ଅନାଅନି ହେଲେ ଓ ତ୍ରାହି ତ୍ରାହି ଡାକିଲେ। ତା' ପରେ ନୀରବତାର ଆତଙ୍କ। ଆତଙ୍କ ଭିତରୁ ହଠାତ୍ ଶୁଭିଲା ଅଟ୍ଟହାସ୍ୟଟିଏ। ସମସ୍ତେ ବୃନ୍ଦାବନକୁ ଚାହିଁଲେ। ସେ ହସ ବନ୍ଦ କରି କହିଲା, "ମରିବ, ମୋ କଥା ନ ଶୁଣିଲେ ବାଘ ତୁମ ସମସ୍ତଙ୍କୁ ଚଲୁ କରିବ। ତମେ

ସବୁ ହେଲ କାମର ଲୋକ । କାମ ଧନ୍ଦା ବନ୍ଦ କରି, ଛୁଆଙ୍କୁ ସ୍କୁଲ ନ ପଠେଇ କେତେଦିନ ଘର କଣରେ ପଡିରହିବ ? ବାହାରେ ଶିକାର ନ ପାଇଲେ ବାଘ ତମ ଘର ଭିତରେ ପଶିବ । ମୋ କଥା ମାନ । ବାଘ ଦାୟିତ୍ୱ ମୋ ଉପରେ ଛାଡ଼ିଦିଅ । ମୁଁ ତୁମକୁ ବାଘ କବଳରୁ ରକ୍ଷା କରିବି । ସେଥ୍ଥିପାଇଁ ତୁମକୁ ବେଶୀ କିଛି ପଡ଼ିବ ନାହିଁ । କେବଳ ମୋର ପେଟ ପାଟଣା କଥା । ଘର ପିଛା ମାସକୁ ମତେ ଟଙ୍କାଟିଏ ଦେବ । ତା'ପରେ ଦେଖ୍ଖବ ସେ ଲମ୍ଭ ଲାଞ୍ଜିଆ ବାଘକୁ ମୁଁ କେମିତି ଖତମ୍ କରୁଛି ।"

ବୃନ୍ଦାବନ କଥା ଶୁଣି ଦିବାକର ତା' ବସିବା ସ୍ଥାନରୁ ଡେଇଁ ପଡ଼ିଲା । "ପଚାଶ ଥର କହୁଛି ବାଘଟାର ଲାଞ୍ଜ ଲମ୍ଭ ନୁହେଁ, ଛୋଟ ବୋଲି । ତା'ର କାନ ଦିଟା ବଡ଼ବଡ଼ । ମୁଁ ତାକୁ ନିଜ ଆଖ୍ଖରେ ଦେଖିଛି ।"

"ତୁ କହିଦେଲେ ହେଲା । ଆଖ୍ଖ କ'ଣ ଏକା ତୋର ଅଛି ?" ବୃନ୍ଦାବନ ଛିଗୁଲେଇଲା ପରି କହିଲା ।

ଘଟଣାଟି ଅନ୍ୟ ଆଡ଼କୁ ମୁହେଁଉଠିବାରୁ ମାନ୍ୟଗଣ୍ୟମାନେ ଦି' ଜଣଙ୍କୁ ବାପାରେ, ଧନରେ କହି ଯେଉଁ ଯେଉଁ ସ୍ଥାନରେ ବସେଇଦେଲେ । ବାଘଟାକୁ ପ୍ରକୃତରେ ବୃନ୍ଦାବନ, ଦିବାକର ଓ ସେମାନଙ୍କର ଦି' ଚାରିଜଣ ଅନୁଚରଙ୍କ ଛଡ଼ା ଆଉ କେହି ପ୍ରତ୍ୟକ୍ଷ କରିନଥ୍ଥିଲେ । ତେଣୁ ବାଘର ରୂପ ବିଷୟରେ ସେମାନଙ୍କ ଉପରେ ବିଶ୍ୱାସ କରିବାକୁ ପଡ଼ୁଥ୍ଥିଲା । କିନ୍ତୁ ସେମାନଙ୍କର କାହାରି ବର୍ଣ୍ଣନା କାହା ସହ ମିଶୁନଥ୍ଥିଲା । ଦିବାକର ନିଜ ସ୍ଥାନରେ ବସିପଡ଼ି କହିଲା, "ସେମିତି ହେଲେ ବାଘମରା ଦାୟିତ୍ୱତା ମତେ ଦିଆଯାଉ । ଘର ପିଛା ଟଙ୍କେ । ମୁଁ ଜବାବ ଦେଉଛି, ଆଉ କାହାର କିଛି କ୍ଷତି ହେବା ଆଗରୁ ବାଘ ମରିବ ।"

ସଂକଟ ବେଳେ ଭରସା ଅମୂଲ୍ୟ । ସେଥ୍ଥିପାଇଁ ଟଙ୍କାଟେ ଗଲେ ଯାଉ । କିନ୍ତୁ, ସମସ୍ୟା ହେଲା ବାଘ ମାରିବାକୁ ଦି'ଜଣ ଦାବିଦାର । ସେ ଦି'ଜଣଙ୍କ ମଧ୍ୟରେ ଅହିନକୁଲ ସମ୍ପର୍କ । ତେଣୁ ଅଯଥା ତକରାଲ ଭିତରେ ନ ପଶି ଗୁପ୍ତ ମତ ଜରିଆରେ ହେପାଜତକାରୀକୁ ବାଛିବାର ନିଷ୍ପତ୍ତି ହେଲା । ସେଥ୍ଥରେ ବୃନ୍ଦାବନ ଜିତିଲା । ତା'ର ଦି'ଜଣ ଅନୁଚର 'ବୃନ୍ଦାବନ ଭାଇ କି ଜୟ !' ବୋଲି ହୁରି ଛାଡ଼ିଲେ ।

ବାଘ କାନରେ ଏ ହୁରି ପଡ଼ିଗଲା କି କ'ଣ ? କିଛିଦିନ ପାଇଁ ସେ ନୀରବି ଗଲା । ତା' ପରେ ପୁଣି ମାତିଲା । ବୃନ୍ଦାବନର ଜଣେ ଅନୁଚରକୁ ଘୋଷାରି ନେଇ ମରମର

ଅବସ୍ଥାରେ ଛାଡ଼ିଦେଇଗଲା । ପରଦିନ ଦିବାକରର ଅତି ପ୍ରିୟ ଚେଲାଟିର ଗଣ୍ଠିକୁ ରଖ୍ଦେଇ ମୁଣ୍ଡକୁ ନେଇ କୁଆଡ଼େ ପଳେଇଲା ।

ସେଦିନ ମାଛି ଅନ୍ଧାର ବେଳ । ପଦିଆ ମା’ ତା’ ଏଡ଼େବଡ଼ ମୁକୁଟ ଥିବା ଗଞ୍ଜାଟାକୁ ନେଇ ଘରକୁ ଯାଉଛି, କିଏ ଗୋଟେ ତା’ ହାତରୁ ସେଟାକୁ ଝାମ୍ପି ନେଲା । ପଦିଆ ମା’ ଭେମାରଡ଼ି ଛାଡ଼ି କନ୍ଦେଇଲା । ରଘୁଆ ବସିଥିଲା ତା’ ପିଣ୍ଢାରେ । ଚିତ୍କାର କଲା । ‘ବାଘ, ବାଘ, ବାଘ !’ ସାଙ୍ଗେସାଙ୍ଗେ ସେଠି କିଛି ଲୋକ ରୁଣ୍ଡ ହୋଇଗଲେ । ପଦିଆ ମା’ କହିଲା, “ବାଘ ନୁହେଁ, ମୁଁ ଦେଖୁଛି ତା’ ପଛରୁ, ଲୋକ ପରିକା ।” ରଘୁ ହସିଲା, ‘ମାଉସୀକୁ ଚାଳିଶା । ପୁଣି ଏ ଅନ୍ଧାରରେ ସେ ଜାଣିବ କ’ଣ ? ମୁଁ ଦେଖୁଛି, ‘ବାଘ, ମସ୍ତବଡ଼ ବାଘ । ଜୀବନରେ ଏତେବଡ଼ ବାଘ ମୁଁ ଆଉ କେଉଁଠି ଦେଖିନାହିଁ ।’

ବୃନ୍ଦାବନ ତା’ ଠେଙ୍ଗା ସହିତ ସେଠି ଉପସ୍ଥିତ ଥିଲା । ସେ କହିଲା, “ଆଜି ବାଘ ମରିବ । ମୁଁ ଥାଉଥାଉ ଆଉ ଗୋଟେ ବାଘ… ! ଚାଲରେ… !”

ଅନୁଚର ଓ ବୃନ୍ଦାବନ ରାସ୍ତା ଚପି କିଆବଣ ଆଡ଼େ ମୁହାଁଇଲେ । ବୃନ୍ଦାବନର ରଣ ହୁଙ୍କାରରେ ରାସ୍ତା ଜନଶୂନ୍ୟ ହୋଇଗଲା । ଲୋକମାନେ ନିଜ ନିଜ ଘରେ ପଶି ତାତି କବାଟ ପକେଇଦେଲେ ।

ରାତି ବଢ଼ିଲା । ଚାରିଆଡ଼େ କିଟିକିଟିଆ ଅନ୍ଧାର । ସେପଟେ କିଆବଣ ଆଡୁ ପାଟିଟେ ଶୁଭିଲା, “ହେଇ ଏଇଠି !” ତା’ପରେ ଆଉ ଗୋଟେ ପାଟି, “ବାଘ ! ମାର ଶଳାକୁ ।” ତା’ପରେ କେବଳ ଚିତ୍କାର, ଠେଙ୍ଗା ଶବ୍ଦ, ହୋ ହୋ । ଶେଷକୁ ସବୁ ବନ୍ଦ । କେବଳ ନୀରବତା । ନୀରବତା ଭିତରେ ଆତଙ୍କର କୀଟ । ଲୋକମାନେ ନିଜ ଘର ଭିତରେ ଆବଦ୍ଧ ରହି ଭଗବାନଙ୍କୁ ସ୍ମରଣ କରିକରି କୌଣସି ପ୍ରକାରେ କାଳରାତ୍ରିଟି କଟେଇ ଦେଲେ ।

ସକାଳେ ରଘୁ ସମସ୍ତଙ୍କୁ ଏକାଠି କଲା । ଦଳବନ୍ଧ ହୋଇ ସେମାନେ କିଆବଣ ପାଖକୁ ଗଲେ । ଯୁଦ୍ଧ ପରର କ୍ଷେତ୍ର । କିଆଗଛ କେତୋଟି ମୂଳରୁ ଛିଣ୍ଡି ଯାଇଛି । ପତ୍ରଗୁଡ଼ା ଏଣେତେଣେ ବିଛାଡ଼ି ହୋଇ ପଡ଼ିଛି । ବାକି ଜାଗା ଦଳା ଚକଟା ହୋଇ ବିପର୍ଯ୍ୟସ୍ତ ଦିଶୁଛି । ଚାରିଆଡ଼େ ରକ୍ତ । ଠାଏ ଢାଳିଦେଲା ପରି ଗୁଡ଼ାଏ ରକ୍ତ ନିଗିଡ଼ି ଶୁଖ୍ୟାଇଛି । ଭଙ୍ଗା ଠେଙ୍ଗା, ଚିରା ଲୁଙ୍ଗି ଓ ଦି’ଟା ଦାନ୍ତ ଗୋଟେ ଜାଗାରେ ପଡ଼ିଛି । ଆଉ ଟିକିଏ

ଭିତରକୁ ମୁହଁ ମାଡ଼ି ଲଙ୍ଗଳା ମୁର୍ଦ୍ଦାଟିଏ ଶୋଇଛି । ଓଲଟାଇ ଦେଲା ବେଳକୁ ବୃନ୍ଦାବନ । ବୀଭତ୍ସ କ୍ଷତଭର୍ତ୍ତି ଦେହ । ଆଉ ଟିକିଏ ଦୂରକୁ ତା' ଅନୁଚର ମଣିଆ, ମୃତ ।

କଥାଟିକୁ ଲୋକେ ଠିକ୍‌ଭାବେ ହୃଦୟଙ୍ଗମ କରିବା ପୂର୍ବରୁ ଦିବାକର କହିଲା, 'ବୃନ୍ଦାବନ !'

ରଘୁ ଓ ଆଉ ଜଣେ ପାଲି ଧରିଲେ, 'ଜିନ୍ଦାବାଦ !'

ଦିବାକର, ବୃନ୍ଦାବନର ମୃତଦେହକୁ ଥରେ ଅନେଇ ଦେଇ ସିଧା ଛିଡ଼ାହେଲା । "ଭାଇମାନେ, ଆପଣମାନେ ଜାଣନ୍ତି, ବୃନ୍ଦାବନ ସହ କେତେକ କଥାରେ ମୋର ମତ ଅମେଳ ଥିଲା । ତା'ର ମାନେ ନୁହେଁ ସେ ମୋର ଶତ୍ରୁ ଥିଲା । ସେ ଥିଲା ମୋର ଭାଇ । ଆମମାନଙ୍କ ପାଇଁ ସେ ବାଘ ସାଙ୍ଗରେ ଲଢ଼ିଲା । ବୀର ପରି ମଲା । ସିଏ ପ୍ରକୃତ ଯୋଦ୍ଧା । ଶହୀଦ୍‌ ! ଶହୀଦ୍‌ ବୃନ୍ଦାବନ !"

ଜନତା କହିଲା, 'ଅମର ରହେ ।'

ସାମାନ୍ୟ ନୀରବତା ପରେ ଦିବାକର ଜନତାକୁ ସମ୍ବୋଧନ କରି କହିଲା, "ଆପଣମାନେ ଜମା ଡରନ୍ତୁ ନାହିଁ । ବାଘର ଏଥର ନିସ୍ତାର ନାହିଁ । ମୋ ଭାଇକୁ ଯିଏ ମାରିଛି ମୁଁ ତାକୁ କେବେ ଛାଡ଼ିବି ନାହିଁ ।"

ରଘୁ ଓ ଆଉ କେତେଜଣ ତାଲି ମାରିଲେ । ରଘୁ ତାଲି ମାରିମାରି ଆଗକୁ ଚାଲିଆସିଲା । "ଭାଇମାନେ, ମୁଁ ମୂଳରୁ କହୁଛି ବୃନ୍ଦାବନ ଏ କାମକୁ ପାରିବ ନାହିଁ । ଆପଣମାନେ ମୋ କଥା ଶୁଣିଲେ ନାହିଁ । ଫଳ ଯାହା ହେବା କଥା ହେଲା । ଆପଣମାନେ ନିଜେ ତ ଦେଖୁଛନ୍ତି ବାଘ କେତେ ଭୟଙ୍କର । ତେଣୁ, ଆମ ସମସ୍ତଙ୍କ ତରଫରୁ ବାଘମରା ଦାୟିତ୍ୱଟି ଦିବାକର ଭାଇ ନେବାପାଇଁ ମୁଁ ଅନୁରୋଧ କରୁଛି ।"

ଲୋକମାନେ ଦିବାକରକୁ ଚାହିଁଲେ । ଦିବାକର ସାମନା ଲୋକଙ୍କୁ ଗମ୍ଭୀର ମୁଦ୍ରାରେ ଦେଖିଲା । କହିଲା, "ସେ ଦାୟିତ୍ୱ ମୁଁ ନେଇସାରିଛି । କିନ୍ତୁ ମାସକୁ ଟଙ୍କାକରେ ଆଉ ଚଳିବ ନାହିଁ । ବାଘମରା ପାଇଁ ବ୍ୟାପକ ପ୍ରସ୍ତୁତି ଦରକାର । ସେଥିପାଇଁ ଆପଣମାନଙ୍କୁ ମାସକୁ ଦେଢ଼ଟଙ୍କା ଲେଖାଏଁ ଦେବାକୁ ପଡ଼ିବ । କୁହନ୍ତୁ ରାଜି ?"

ରଘୁ ଓ ଆଉ ଚାରି ପାଞ୍ଚଜଣ ସଙ୍ଗେ ସଙ୍ଗେ କହିଲେ, "ରାଜି, ରାଜି, ଆମେ ରାଜି ।"

ଦିବାକର ପୁଣିଥରେ ପଚାରିଲା, "କୁହନ୍ତୁ, ସମସ୍ତେ ରାଜି ?"

ପୂର୍ବ ସ୍ୱରଗୁଡ଼ିକ ସହିତ ଏଥର ଆଉ କିଛି ସ୍ୱର ମିଶିଲା, "ହଁ ଆମେ ରାଜି। ସମସ୍ତେ ରାଜି।"

ଦିବାକର ସ୍ମିତ ହସି ବଡ଼ ସାନ ସମସ୍ତଙ୍କୁ ଆଶୀର୍ବାଦ କରିବା ଠାଣିରେ ଉପରକୁ ହାତ ଉଠେଇଲା। "ହେଲା, ହେଲା। ଏବେ ଆଗ କାମଟି ସାରିବା। ମୋ ଭାଇ ଦି' ଜଣଙ୍କର ଶବ ରାତିରୁ ପଡ଼ିଛି, ତା'ର ସଂସ୍କାର ହେବା ଆବଶ୍ୟକ।"

'ହଁ, ହଁ,' ଜନତା ମଧ୍ୟରୁ ଗୁଞ୍ଜରଣ ଶୁଭିଲା।

ବିଳମ୍ବର ଆବଶ୍ୟକତା ନ ଥିଲା। କୋକେଇ ବନ୍ଧା ହେଲା। ତା'ପରେ ସମସ୍ତେ ମଶାଣି ମୁହାଁ ହେଲେ। ସବା ଆଗରେ ଦିବାକର। ତା'ପଛକୁ ଶବବାହକ ଓ ଶେଷରେ ଜନତା।

ଅପମୃତ୍ୟୁ

ସେ ଖୁବ୍ ଡେଙ୍ଗା ଥିଲେ । ତାଙ୍କ ମୁହଁଟି ଥିଲା ଲମ୍ୱାଲିଆ । ତାଙ୍କର ଲମ୍ୱା ଲମ୍ୱା କେଶଗୁଡ଼ିକ ପିଠି ଆଡ଼କୁ ଝୁଲିଥିଲା । ତାଙ୍କ ନିଶ ଓ ଦାଢ଼ି ବୋଧହୁଏ କେବେ କଟାଯାଇ ନ ଥିଲା । ତାଙ୍କ ଦେହ, କେଶ, ନିଶ ଓ ଦାଢ଼ିର ଯତ୍ନ ସେ କେବେ ନେଉ ନଥିଲେ ବୋଲି ସ୍ୱସ୍ପ ଜାଣି ହେଉଥିଲେ ମଧ୍ୟ ସେଗୁଡ଼ିକ ଅପରିଷ୍କାର ଦେଖାଯାଉନଥିଲା । ସେ ଅତି ସୁନ୍ଦର ନଥିଲେ । କିନ୍ତୁ ଖୁବ୍ ଆକର୍ଷଣୀୟ ବୋଧ ହେଉଥିଲେ । ତାଙ୍କ ବୟସର ସଠିକ୍ ଅନ୍ଦାଜ୍ ଲଗାଇବା କାଠିକର ପାଠ ଥିଲା ।

ସେ ସମ୍ପୂର୍ଣ୍ଣ ଉଲଗ୍ନ ଥିଲେ । ବାଳକ ବାଳିକାମାନେ ତାଙ୍କୁ ଦେଖି ହସିଲେ । ଯୁବକ ଯୁବତୀମାନେ ତାଙ୍କୁ ଦେଖି ଠଙ୍ଗା କଲେ । ବୃଦ୍ଧ ବୃଦ୍ଧାମାନେ ତାଙ୍କର ପାଦ ସ୍ପର୍ଶ କରିବା ପାଇଁ ହାତ ବଢ଼ାଇଲେ ଓ ବିବେକୀମାନେ ତାଙ୍କୁ ଦେଖି ମୂକ ପାଲଟି ଗଲେ । ସେ କଥା କହୁ ନଥିଲେ । ସେ ଚାଲିଥିଲେ । ସେ ଚାଲିଥିଲେ ଯେମିତି ସେ ସବୁ ଜାଣିଛନ୍ତି । ଯେମିତି ଜାଣିଛନ୍ତି ସେ ସବୁ

ଦିଗର ରାସ୍ତା, ସବୁ ଦିଗରୁ ରାସ୍ତା ଓ ସବୁ ଦିଗକୁ ରାସ୍ତା । ତାଙ୍କୁ ଯେମିତି ଜଣାଅଛି ତାଙ୍କ ଲକ୍ଷ୍ୟ ।

ସେ ହସୁଥିଲେ । ତାଙ୍କ ହସ ଦେଖିଲେ ଜଣାପଡୁଥିଲା ଯେମିତି ସେ ଏକା ହସି ଜାଣିଛନ୍ତି । ତେଣୁ ତାଙ୍କ ଆଗରେ ଅନ୍ୟକୁ ହସିବାକୁ ଲାଜ ମାଡୁଥିଲା । ଭୟ ବି ଲାଗୁଥିଲା । ହସି ନଜାଣି ହସିବାଟା... । ଲୋକମାନେ ତାଙ୍କୁ ଘେରିଗଲେ ସେ ସେମାନଙ୍କୁ ଏମିତିଭାବେ ଚାହୁଁଥିଲେ ଯେମିତି ସେ ସେମାନଙ୍କୁ ଯୁଗଯୁଗ ଧରି ଜାଣିଛନ୍ତି ।

ସେ ପହଞ୍ଚିଲେ ଆଖପାଖ ପାଞ୍ଚଖଣ୍ଡ ଗାଁର ସର୍ବସାଧାରଣ ଶ୍ମଶାନ ବୋଲାଉଥିବା ନିସ୍ତବ୍ଧ ଅଥଚ ଭୟଙ୍କର ପଡ଼ିଆଟାରେ । କେତେବେଳେ ତାଙ୍କ କାନ୍ଧରେ, କେତେବେଳେ ପିଠିରେ ଓ କେତେବେଳେ ତାଙ୍କ ମୁଣ୍ଡ ଉପରେ ବସି ତାଙ୍କୁ ଅନୁସରଣ କରୁଥିବା ବିଚିତ୍ରବର୍ଣ୍ଣା ପାରାଟା ମଧ ପହଞ୍ଚିଲା ସେଠାରେ । ହଠାତ୍ ସେ ତାଙ୍କ କାନ୍ଧରୁ ଓହ୍ଲାଇ ଆସି ବସିପଡ଼ିଲା ସେଠାରେ ଥିବା ବିରାଟ ଅଥଚ ଥୁଣ୍ଟା ବରଗଛମୂଳେ । ପାରାଟି ଯେମିତି ଜାଣିଥିଲା ସେ ଏଠାକୁ ଆସିବେ । ସେ ନୀରବରେ ସେଠାରେ ବସିଲେ ଓ ପାରାଟିକୁ ଆଉଁଶିଲେ । ଆଖିବୁଜି ଅନେକ ସମୟ ରହିଲେ । ତାପରେ ନଦୀକୁ ଯାଇ ସ୍ନାନ କଲେ । ପୁଣି ଆସି ସେଠାରେ ବସି ରହିଲେ ।

ତା'ପରେ ଚାହୁଁ ଚାହୁଁ ଅନେକ କଥା ଘଟିଗଲା । ମରୁଡ଼ିର ପ୍ରକୋପରେ ହାହାକାର କରୁଥିବା ସେ ଅଞ୍ଚଳର ଚାଷୀମାନେ ବର୍ଷାର ଆନନ୍ଦ ଉପଭୋଗ କଲେ । ଦୀର୍ଘଦିନ ଧରି ଲଣ୍ଠାଥିବା ବରଗଛଟା ହଠାତ୍ ସବୁଜ ପାଲଟିଗଲା । ତା'ର କଅଁଳ ଛନଛନ ପତ୍ର ଉପରେ ଚଡ଼େଇମାନେ ବସି ଅନବରତ କେଁ କଟର କରିବାକୁ ଲାଗିଲେ । ଶ୍ମଶାନ ଭିତରେ ଅନେକ ଫୁଲଗଛ ଉଠି ସେଥିରେ ଫୁଲ ଭର୍ତ୍ତି ହୋଇଗଲା । ଲୋକମାନେ ଶହଶହ ସଂଖ୍ୟାରେ ତାଙ୍କ ପାଖକୁ ଧାଡ଼ିବାନ୍ଧି ଛୁଟିଲେ । କିଏ ଜାଣେ ସେମାନେ ମନ ଭିତରେ କ'ଣ ପୂରେଇ ତାଙ୍କ ପାଖକୁ ଆସୁଥିଲେ ଓ ଛାତି ଭିତରେ କ'ଣ ସବୁ ନେଇ ଚାଲିଯାଉଥିଲେ ।

କିନ୍ତୁ ନବ ବେହେରା ପରିଷ୍କାର ଜାଣିଥିଲା ସେ କି ମନ ନେଇ ଆସିଥିଲା ଓ କି ଛାତି ନେଇ ତାଙ୍କଠାରୁ ଫେରିଥିଲା । ସେ ଗୋଟାଏ ଭିକ୍ଷୁକର ଶୂନ୍ୟ ଥଳି ନେଇ ଆସିଥିଲା ଓ ଫେରିଥିଲା ହୃଦୟଭର୍ତ୍ତି ଶାନ୍ତି ନେଇ । କିନ୍ତୁ ନବର ଅବୁଝା ରହିଗଲା ଶୂନ୍ୟ ମନଟା ଏତେ

ଓଜନ ଓ ଭର୍ତ୍ତି ହୃଦୟଟା ଏତେ ହାଲୁକା ହୁଏ କେମିତି ? ନବ ଆଗରୁ ନିଃସନ୍ତାନ ଥିଲା। ଏବେ ସେ ପୁଅର ବାପା। ଯାହା ନବର ଅନେକ ପରିଶ୍ରମ, କେତେ ଡାକ୍ତରଙ୍କ ନିଷ୍ଠା, କେତେ କେତେ ଦେବ ଦେବୀଙ୍କୁ ପ୍ରାର୍ଥନା ପରେ ମିଳିନଥିଲା ତାହା ତାଙ୍କ ଦର୍ଶନ ମାତ୍ରେ ମିଳିଗଲା।

ନବ କେମିତି କୃତଘ୍ନ ହୁଅନ୍ତା ? ପୁଅଟା ଯହୁଁ ଯହୁଁ ବଢ଼ିଲା ନବର ତାଙ୍କ ପ୍ରତି ଭକ୍ତି ତହୁଁ ତହୁଁ ବଢ଼ି ଚାଲିଲା। ସେ ମନସ୍ଥ କଲା ନିଜର ବାକିତକ ସମୟ ତାଙ୍କରି ସେବାରେ କଟାଇ ଦେବ। ମାତ୍ର ନବା ବା କି ସେବା କରି ପାରିବ ତାଙ୍କର ? ଯାହାର ଅନ୍ନର ଆବଶ୍ୟକତା ନାହିଁ, ବସ୍ତ୍ରର ଆବଶ୍ୟକତା ନାହିଁ, ପ୍ରେମର ଆବଶ୍ୟକତା ନାହିଁ, ସ୍ନେହର ଆବଶ୍ୟକତା ନାହିଁ, ମୋହର ଆବଶ୍ୟକତା ନାହିଁ ତା'ର କ'ଣ ସେବାର ଆବଶ୍ୟକତା ଥାଇପାରେ ?

କି ଖରା କି ବର୍ଷା ସେ ସେହି ବରଗଛ ମୂଳେ ହିଁ ରହନ୍ତି। ପାରାଟି ବସିଥାଏ ତାଙ୍କ କୋଳରେ, ନହେଲେ ତାଙ୍କ କାନ୍ଧରେ ନହେଲେ ତାଙ୍କ କଡ଼ରେ। ଅନେକ ଲୋକ ଆସନ୍ତି, ଯାଆନ୍ତି। ସେମାନେ ଆଖ୍ବୁଜି ହାତ ଯୋଡ଼ି କ'ଣ ସବୁ ମନେ ମନେ ମାଗି ପକାନ୍ତି। କେତେକ ଖୁବ୍ ବଡ଼ ପାଟିରେ ରଡ଼ି ଛାଡ଼ି ମଧ୍ୟ ମାଗନ୍ତି। ସେମାନେ ଯିବାବେଳେ ବେଶ୍ ଖୁସିରେ ଯାଉଥିବାର ଦେଖାଯାଆନ୍ତି। ସେ କେବେ ଖାଇବାର କି ଶୋଇବାର କେହି କେବେ ଦେଖିନାହାନ୍ତି। ତାଙ୍କ ପାଇଁ ସେଠାରେ ଘରଟେ ତିଆରି କରି ଦେବାର ଆୟୋଜନ ଲୋକେ କରିଥିଲେ। ସେ ନୀରବ ଇଙ୍ଗିତରେ ମନା କଲେ। ତାଙ୍କୁ ସ୍ପର୍ଶ କରିବାକୁ ନବର ଇଚ୍ଛାଥିଲେ ମଧ୍ୟ ଖୁବ୍ ଭୟ ଲାଗେ। ତେଣୁ ନବ ସେଥିରୁ ନିବୃତ୍ତ ରହେ।

ବହୁ ଭାବିଚିନ୍ତି ନବ ଠିକ୍ କଲା ଯେ ପ୍ରତିଦିନ ଦିନକୁ ଦୁଇଥର ଆସି ସେ ଅଞ୍ଚଳଟାକୁ ଖରକା ଖରକି କରି ସଫା ରଖିବ। ଏତିକି ଛଡ଼ା ଅଧିକ କିଛି କଲା ଭଳି ସୁଯୋଗ ସେଠାରେ ନାହିଁ।

ସେଇ କର୍ମ ନବ କରିଚାଲିଛି। ଜାଗାଟା ଖରକିବାକୁ ଅନେକ ଭଲ ଲାଗେ ତାକୁ। ଖରକୁଖରକୁ ସେ ଭାବେ, ଜଣେ ଲୋକ କେମିତି ଏତେ ଆବଶ୍ୟକତାହୀନ, ଏତେ ନିର୍ବିକାର ହୋଇପାରେ। ତା'ପରେ ତା' ଚିନ୍ତା ଦୌଡ଼ିଯାଏ ତା' କୁନି ପୁଅଟି ପାଖକୁ

ଚମକ୍‌ର ଗଢ଼ଣର ହୋଇଚି ଟୋକାଟା । ତାକୁ ବାପା ବି ଡାକିଲାଣି । ନବ ଖରକୁ ଖରକୁ ଦଣ୍ଡେ ଗର୍ବରେ ଛିଡ଼ା ହୋଇଯାଏ । ମନକୁ ମନ କହେ, ଦେଖରେ ହାରମଜାଦାମାନେ, ଯେଉଁମାନେ ନବ ନିଃସନ୍ତାନ ବୋଲି ତା’ ମୁହଁ ଚାହିଁବା ପାପ ମଣୁଥିଲ, ଯେଉଁମାନେ ନବକୁ ଦୋଷ ଦେଉଥିଲା ତା’ ଅନୁର୍ବରତା ପାଇଁ, ଦେଖ ସେହି ବଜ୍ଜାତ୍‌ଗୋଷ୍ଠୀ– ନବ କେଡ଼େ ଗୁଲୁଗୁଲିଆ ପୁଅର ବାପ ହୋଇଛି । ନବ ଆଜି ତମମାନଙ୍କ ମୁହଁରେ ଛେପ ପକାଉଛି – ଥୁଃ... । ନବର ବଡ଼ ହସଟାଏ ହସିବାକୁ ଇଚ୍ଛାହୁଏ । କିନ୍ତୁ ସେ ଦବେଇ ଦିଏ ହସଟା ।

ସୂର୍ଯ୍ୟୋଦୟ ପରଠାରୁ ସୂର୍ଯ୍ୟାସ୍ତଯାଏ ସେଠାରେ ଲୋକ ଲାଗିରହନ୍ତି । ରାତିରେ କେହି ତାଙ୍କ ଦର୍ଶନ ପାଇଁ ଆସନ୍ତି ନାହିଁ । ଏହା ତାଙ୍କର ନିୟମ ନୁହେଁ । ସେଠାକାର ଲୋକମାନେ ହିଁ କରିଛନ୍ତି । କାରଣ ସେ ତ କଥା କହନ୍ତି ନାହିଁ । ସେ ବୋଧହୁଏ କେବେ କ୍ଲାନ୍ତ ବି ହୁଅନ୍ତି ନାହିଁ । ତଥାପି ତାଙ୍କୁ ରାତିରେ ଏକୁଟିଆ ରହିବାକୁ ଛାଡ଼ିଦବାର ନିଷ୍ପତ୍ତି ନେଇଛନ୍ତି ଲୋକମାନେ । ସବୁବେଳେ ତାଙ୍କୁ ବ୍ୟସ୍ତ କଲେ ଯଦି କିଛି ଅନର୍ଥ ଘଟିଯାଏ ?

ସବୁଦିନ ଭଳି ସେଦିନ ବି ନବ ସୂର୍ଯ୍ୟୋଦୟର ଯଥେଷ୍ଟ ପୂର୍ବରୁ ଜାଗା ଖରକିବା ପାଇଁ ଆସିଗଲା । ସେ ନ ଥିଲେ । ସ୍ନାନ କରିବାକୁ ଯାଇଥିଲେ । ନବ ଖରକୁ ଖରକୁ ପାରାଟି ଆସି ତା କାନ୍ଧରେ ବସିଗଲା । ସେ ପହଁରା ଛାଡ଼ି ପାରାକୁ ହାତରେ ଧରିଲା । ତା’ପିଠି ଆଉଁଶିଲା । କି ନରମ ! ନବ ତାକୁ ଭଲକରି ଦେଖିଲା । ପାରାଟାର ପ୍ରତ୍ୟେକ ଅଂଶ ମନକୁ ମୋହିତ କରିଦେଲା ଭଳି । ନବ ତାକୁ ଅନେକ ସମୟ ଧରି ଆଉଁଶିଲା । ଧୀରେ କରି ତା’ ପିଠି ଓ ପେଟକୁ ଚିପିଦେଲା । ପାରାଟାର ମନମୋହନ ରଙ୍ଗ । କଅଁଳ ଦେହ !! ତା’ ହୃଦୟ ଭିତରେ କେଉଁ ନିଷିଦ୍ଧ କୋଣରୁ କ୍ଷୁଦ୍ରତମ ହିଂସ୍ର ଆଶାଟାଏ ଚେଞ୍ଚ ଉଠିଲା । ନରମ ପାଖରେ ହିଂସ୍ର ହୋଇ ଉଠିବାରେ ଏକ ଅପୂର୍ବ ମାଦକତା ଅଛି । ନବ ସେଥିରୁ କିଞ୍ଚିତ୍ ଅନୁଭବ କଲା । କେତେ ସୁନ୍ଦର ଜିନିଷଟା । ମନକୁ ମନ ‘ନା’ ବୋଲି କହି ନବ ନିଜ କାମରେ ମନ ଦେଲା ।

ସେ ସ୍ନାନ ସାରି ଆସିଲେ । ପାରାଟା ଉଡ଼ିଗଲା ତାଙ୍କ ପାଖକୁ । ସେ ତାକୁ ସାଉଁଲାଇ ଦେଲେ । ନବ ଖରକା ସାରି ଦେଇଥାଏ । ସେ ଚାହିଁଲେ ତାକୁ ଅର୍ଥପୂର୍ଣ୍ଣ ଦୃଷ୍ଟିରେ । ନବ ଅନୁଭବ କଲା, ସେ ଯେମିତି ତାକୁ ଏଠାକୁ ଆସିବାକୁ ବାରଣ କରୁଛନ୍ତି । ଏ ଜାଗା ସଫା

କରିବାକୁ ମନା କରୁଛନ୍ତି । ନବ ତାଙ୍କ ପାଦ ଧରି ପଡ଼ିଗଲା, "ମତେ ଏଠାକୁ ଆସି ଏ କର୍ମ କରିବାକୁ ବାରଣ କରନ୍ତୁନି ।" ତା'ପରଠୁ ନବ ଯେତେବେଳେ ଆସେ ସେ ପାରାଟାକୁ ବହୁ ସମୟ ଧରି ଦେଖେ । ଗୋଟାଏ ପ୍ରବଳ ଆକର୍ଷଣର ମୋହରେ ସେ ଅତିଷ୍ଠ ହୋଇଉଠେ । ତାଙ୍କ ନଥିବାବେଳେ ସେ ପାରାଟାକୁ ଧରେ, ଆଉଁଶେ, ମୁହଁରେ ଲଗାଏ । ତା' ପେଟ ଓ ପିଠିକୁ ଧୀରେ ଧୀରେ ଚିପେ । ବେଳେବେଳେ ତା' ଗଳା ପାଖକୁ ହାତ ନେଇ ସାଉଁଳାଏ । ଟିପ ମାଡ଼େ ସାମାନ୍ୟ ଜୋରରେ । ପାରାର ଗଳାଟା ଅସ୍ୱାଭାବିକଭାବେ ନରମ ଲାଗେ । କ'ଣ ନାହିଁ କ'ଣ ଇଚ୍ଛା ହୁଏ ନବର । ସେ ନିଜକୁ ରୋକେ । ସେଠାରୁ ଫେରିଆସେ । କିନ୍ତୁ ମନ ଭିତରେ ଏକ ଭୟଙ୍କର ଲୋଭର ଲାଳନ ପାଳନ ସେ କରୁଥାଏ ।

ଦିନକୁ ଦିନ କ'ଣ ହେଉଥାଏ କେଜାଣି ତାଙ୍କ ମୁହଁରୁ ହସ ଲିଭିଲିଭି ଆସୁଥାଏ । ସେ ଦିନେ ଦିନେ ବିମର୍ଷ ବି ଦେଖା ଯାଉଥାନ୍ତି । ସେଠାକାର ଫୁଲଗଛଗୁଡ଼ାକ ମଉଳି ପଡ଼ିବା ଆରମ୍ଭ କରିଥାନ୍ତି । ବରଗଛର ପତ୍ରସବୁ ବୁଢ଼ା ବୁଢ଼ା ଦିଶୁଥାନ୍ତି । ଲୋକେ ଭୟଭୀତ ହୋଇପଡ଼ିଥାନ୍ତି । ସେ ବୋଧହୁଏ ମଣିଷର ଭିଡ଼ ଚାହୁଁ ନାହାନ୍ତି । ତେଣୁ ଇଚ୍ଛା ଥିଲେ ମଧ ଲୋକଙ୍କ ଯିବା ଆସିବା କମି ଯାଉଥାଏ । ଯିଏ ଆସୁ ନ ଆସୁ ନବ ଠିକ୍ ସମୟରେ ଆସେ । ତା' କାମ କରେ । ସେ ଜାଗା ତା'ର ଏତେ ଆପଣାର ହୋଇ ପଡ଼ିଥାଏ ଯେ ସେ ସେଠାକାର ପରିବର୍ତ୍ତନକୁ ଲକ୍ଷ୍ୟ କରିପାରୁନଥାଏ କି ଅନୁଭବ କରିପାରୁନଥାଏ । କିନ୍ତୁ ଗୋଟିଏ ଜିନିଷ ତାକୁ ଦିନକୁ ଦିନ ସୁନ୍ଦରୁ ସୁନ୍ଦରତର, କୋମଳରୁ ଆହୁରି କୋମଳ ଦେଖା ଯାଉଥାଏ । ସେଇ ପାରାଟି । ଯା' ଭିତରେ ସେ ଦିନେ ନବର ହାତ ଧରି ପକାଇଥିଲେ । ନବ ନିଜ ଭିତରେ ବିଦ୍ୟୁତ୍ର ସ୍ପର୍ଶ ଅନୁଭବ କରିଥିଲା । ହତବାକ୍ ହୋଇ ନଇଁପଡ଼ି ସେ ତାଙ୍କ ପାଦ ଛୁଇଁଥିଲା ।

ତା'ପରେ ଅନେକ ଦିନ ଚାଲିଗଲା । ସେଦିନ ସୂର୍ଯ୍ୟାସ୍ତ ପରେ ନବ ଟିକିଏ ଡେରିରେ ଆସିଲା । ସେ ସ୍ନାନ ପାଇଁ ଚାଲି ଯାଇଥିଲେ । ପାରାଟା ବସିଥିଲା । ଅନ୍ଧାର ଭିତରେ ମଧ ସେ ତା'ର ଉପସ୍ଥିତିକୁ ଉପଲବ୍ଧ କଲା । ତା' ଆଖି ଦି'ଟା ନବକୁ ନିଶାଗ୍ରସ୍ତ କରି ପକାଇଲା । ତରତରରେ ଖରକା ଖରକି ସାରି ସେ ପାରା ପାଖକୁ ଆସିଲା । ତାକୁ ହାତରେ ନେଇ ମନଇଚ୍ଛା ସାଉଁଳାଇଲା । ମୁହଁ ପାଖରେ ଜାକିଲା । ଛାତିରେ ଜଡ଼େଇ ଧରିଲା । ପେଟ ପିଠି ଚିପିଲା । ଗଳା ପାଖକୁ ହାତ ଆଣି ବେକଟାକୁ ଭଲକରି ଧରିଲା । ନା, ଆଉ ଡେରି କରିବା ଠିକ୍ ହେବ

ନାହିଁ । ସେ କାମଟାକୁ ଶୀଘ୍ର ସାରି ଦେବ । ଅଧୈର୍ଯ୍ୟ ହୋଇ ଉଠି ସେ ପାରା ବେକକୁ ମୋଡ଼ିଦେଲା । ମୁର୍ଦ୍ଦାରଟାକୁ ଗାମୁଛାରେ ବାନ୍ଧି ସେ ଦୌଡ଼ିଲା ଘରକୁ । ପଛବାଟେ ଆସି କବାଟ ବାଡ଼େଇଲା । ତା' ସ୍ତ୍ରୀ କବାଟ ଖୋଲିବାରୁ ଧଇଁସଇଁ ହୋଇ ସେ ଘର ଭିତରକୁ ପଶିଆସି କବାଟ ବନ୍ଦ କରିଦେଲା । "ଦେଖୁଲୁ କ'ଣ ଆଣିଛି ? ଶଳା, କେତେ ଦିନରୁ ଭଲ ମାଂସଟିକେ ପାଟିରେ ବାଜିନି ।" ଚିରକାଳ ମାଂସପ୍ରିୟ ନବର ସ୍ତ୍ରୀ ସାମାନ୍ୟତମ ଉକ୍ରଣ୍ଠା ମଧ୍ୟ ପ୍ରକାଶ ନ କରି କହିଲା, "ପୁଅଟା ଖେଳୁଥିଲା । ହଠାତ୍ ମୂର୍ଚ୍ଛା ହୋଇଗଲା ଯେ ଚେତା ଫେରିନି ।" ଭୋ ଭୋ କରି କାନ୍ଦି ପକାଇଲା ତା' ସ୍ତ୍ରୀ । ନବା ପାଦ ତଳର ମାଟି ଦୁଲୁକୁଥିଲା । ତା' ଭିତରେ ହତ୍ୟାକାରୀ କେଉଁଆଡେ ଆତ୍ମଗୋପନ କରି ସାରିଥିଲା । ଅସହ୍ୟ ଯନ୍ତ୍ରଣାରେ ସେ ଛଟପଟ ହେଲା, ଯେମିତି ଛଟପଟ ହେଉଥିଲା ସେ ପାରାଟାକୁ ମାରିବା ଆଗରୁ, ପାରାଟାକୁ ମାରିବା ପାଇଁ । ସେ ପୁଅକୁ ଦେଖୁଲା । ଛୁଆଟା ନିସ୍ତେଜ । ଖାଲି ଯା ନିଃଶ୍ୱାସ ଚାଲିଛି । ସେ ସ୍ତ୍ରୀକୁ କହିଲା, "ଚାଲ, ପୁଅକୁ ଧର ।" ସ୍ତ୍ରୀ ବୁଝିଗଲା, ନବ କୁଆଡେ ଡାକୁଛି ।

ବରଗଛ ପାଖରେ ସେ ନ ଥିଲେ । ନବ ଚାରିଆଡେ ଖୋଜାଖୋଜି କଲା । ବିକଳ ହୋଇ ଡାକିଲା । ଗାଧୁଆ ତୁଠରେ ଦେଖୁଲା । ବହୁ ସମୟ ଧରି ସବୁ ସମ୍ଭାବ୍ୟ ଜାଗାରେ ଖୋଜି ଆସିଲା । ସେ କେଉଁଠି ନ ଥିଲେ । ଏତିକିବେଳେ ଶିଆଳ ପଞ୍ଚାଏ କେଉଁଠି ଥିଲେ ଭୁକି ଭୁକି ସେଆଡେ ମାଡ଼ି ଆସିଲେ । ବରଗଛଟାରେ ପେଚା ବୋବାଇବା ଆରମ୍ଭ କରିଦେଲା । ଶାଗୁଣା ଉଡ଼ିବା ଭଳି କିଛି ଶବ୍ଦ ଶୁଣାଗଲା । ଭୟରେ ଶିହରି ଉଠି ନବା କହିଲା, 'କିଏ ମରିଗଲା ।' ପାଖରୁ କେଉଁଠୁ ଶବ୍ଦଟାଏ ଶୁଭିଲା, 'ମଣିଷ' ।

ଅପରିଚିତ

କାମଟା ସେତେ କଷ୍ଟ ନୁହେଁ। ଖାଲି ନିଜକୁ ଟିକିଏ ଖୋଲିଦେବା କଥା। ହସ କେରାଏ ବିଞ୍ଚିଦେବା କଥା। ମଣିଷ ପାଖରେ ଘଡ଼ିଏ ବସିପଡ଼ିବା କଥା। ତା' ଦୁଃଖସୁଖରେ ଦଣ୍ଡେ ଛିଡ଼ି ହୋଇଯିବାର କଥା। ସେଥିପାଇଁ ମହେଶ୍ୱରବାବୁ ସଭିଙ୍କର ପ୍ରିୟ। ଚାକିରିବେଳେ ଅଫିସରେ ସେ ଥିଲେ କେନ୍ଦ୍ରବିନ୍ଦୁ। ଅବସର ପରେ ଏ ସାହିକୁ ଆସିବା ଦିନଠୁ ସାହିର ସେ ମୁଖ୍ୟ ଆକର୍ଷଣ।

ସାହିର ସମସ୍ତେ ତାଙ୍କ ଘରକୁ ଆସନ୍ତି, କେବଳ ଜଣକୁ ଛାଡ଼ି। ଦୁର୍ଯୋଗକୁ ସିଏ ପୁଣି ତାଙ୍କ ପଡ଼ୋଶୀ। ବ୍ରଜଦାସ ନାମକ ସେହି ଭଦ୍ରଲୋକ ଜଣକ ଯେମିତି ତାଙ୍କ ପାଇଁ ଏକ ଆହ୍ୱାନ। ଯଦିଓ ଭଡ଼ାଟିଆ, ତଥାପି ପଡ଼ୋଶୀ ତ! ଭାରି ଅବାଗିଆ ଲୋକ। ଛଅମାସ ହେଲା ଆସିଲେଣି– ସାହିରେ କାହା ସହ ସମ୍ପର୍କ ନାହିଁ। ନିଜକୁ ଯେମିତି ସବୁବେଳେ ଲୁଚେଇ ରଖିବାକୁ ଚାହାନ୍ତି। କଳାବଉଦ ପରି ମୁହଁଟି। ସବୁବେଳେ ଫଣାଫଣ।

ସତେ ଅବା କିଏ ଭାରି ବୋଝଟେ ନଦିଦେଇଛି ଉପରେ। ବୋହିବା କଷ୍ଟ ହେଉଛି। କିଏ ତାଙ୍କର ଖାଇଯାଇଛି, ନେଇଯାଇଛି। କାଲେ ଏକମାତ୍ର ପୁଅ ସାଙ୍ଗରେ ଝଗଡ଼ା କରି ତା' ସହ ସବୁ ସମ୍ପର୍କ କାଟି, ଭୁବନେଶ୍ୱର ଘର ଛାଡ଼ି ଏଠିକି ପଳେଇ ଆସିଛନ୍ତି। ୟାଙ୍କ ପୂର୍ବରୁ ଭଗବାନବାବୁ ଭଡ଼ା ରହୁଥିଲେ ସେ ଘରେ। ଦି'ଘର ନୁହେଁ ଗୋଟିଏ କୁଟୁମ୍ବ ପରି ଚଲୁଥିଲେ ମହେଶ୍ୱରବାବୁ ଓ ଭଗବାନବାବୁଙ୍କ ପରିବାର। ତାଙ୍କର ବାଲେଶ୍ୱର ବଦଲି ହୋଇଗଲା। କେତେ କନ୍ଦାକଟା, ରାଣ ନିୟମ। ଆଜି ୟାଙ୍କ ଘରେ ରୋଷେଇ ତ କାଲି ତାଙ୍କ ଘରେ ରୋଷେଇ।

ଭଗବାନବାବୁ ଗଲେ। ବ୍ରଜଦାସ ଆସିଲେ। ଏ ଘରକୁ ଆସିବା ଦିନ ମହେଶ୍ୱରବାବୁ ତାଙ୍କୁ ଖାଇବାକୁ ନିମନ୍ତ୍ରଣ କରିଥିଲେ। ସେ ମୁହେଁ ମୁହେଁ ଶୁଣେଇଦେଲେ, "ମୁଁ ବାହାରେ ଖାଏ ନାହିଁ।" ମହେଶ୍ୱରବାବୁ 'ବାହାରେ' ଶୁଣିବା ପରେ ମଧ ତାଙ୍କୁ ଆଉ ଥରେ ଅନୁରୋଧ କରିଥିଲେ। ସେ ପୁଣି ମନା କରିଦେଲେ, "ମତେ ବାଧ କରନ୍ତୁ ନାହିଁ।" ତା'ପରେ ବି ସେ ତାଙ୍କ ସହ ମିଶିବାକୁ ଚେଷ୍ଟା କରିଛନ୍ତି। କିନ୍ତୁ ଫଳ କିଛି ହୋଇନି। ନିଜ ଆଡୁ ଯେତିକି କଥା କହିବ ସେତିକି। ସେ କେବଳ 'ହଁ', 'ନାହିଁ' କହି କବାଟ କିଲିବାକୁ ଅପେକ୍ଷା କରିଥିବେ। ଏଥିରେ ଜଣେ ସମ୍ପର୍କ ରଖିବ କେମିତି? ବାଡ଼ିର କଦଳୀ ଫେଣ୍ଠ ଥରେ ପଠେଇଥିଲେ। ସେ ଫେରେଇଦେଲେ, "ମୋର ତ ଖାଇବାକୁ କେହି ନାହାନ୍ତି।"

ବାଡ଼ିରେ ବାଡ଼ିଏ ଫୁଲ ବ୍ରଜବାବୁଙ୍କର। ସେହିଥିରେ ସେ ଦିନସାରା ଲାଗିଥାନ୍ତି। ବେଲେବେଲେ ରାତିଯାକ ବି। ମହେଶ୍ୱରବାବୁଙ୍କ ଉଦ୍ଦେଶ୍ୟ ଥିଲା ଭାବ ଯୋଡ଼ିବା। ଫୁଲ ମାଗିବା ବାହାନାରେ ସେ ଯାଇଥିଲେ। ଉତ୍ତର ମିଲିଲା, "ଆପଣ ଜାଣିବା ବୁଝିବା ଲୋକ। ତା'ପରେ ବି ମତେ କହୁଛନ୍ତି ଗଛରୁ ଫୁଲ ଛିଣ୍ଡେଇବାକୁ? ମୁଁ ଦୁଃଖିତ।" ସେ ଦିନ ଫେରି ଆସିଥିଲେ ମହେଶ୍ୱରବାବୁ। ତାଙ୍କ ସହ ସମ୍ପର୍କ ଯୋଡ଼ା କାମ ସେଦିନଠାରୁ ସ୍ଥଗିତ ରହିଛି।

ମହେଶ୍ୱରବାବୁଙ୍କ ଘରେ ସକାଲ ଆସର। ଚା' ସାଙ୍ଗକୁ ଖବରକାଗଜ ପଢ଼ା। ଭାରି ଜମେ।

"ବୁଝିଲେ, ପାକିସ୍ଥାନକୁ ଜମା ବିଶ୍ୱାସ ନାହିଁ।"

“ଆଜି ଫେର ତିନୋଟି କଂଗ୍ରେସ ଛାଡ଼ି ବିଜେପିରେ ମିଶିଲେ। ଦୁଇଟି ବିଜେପି ଛାଡ଼ି କଂଗ୍ରେସରେ।”

“ଟମାଟୋ କିଲ ପଚାଶ ଟଙ୍କା– ଖା କେତେ ଖାଇବ।”

“ମନ୍ଦିର ଭିତରେ ଧର୍ଷଣ... ଦୁରାଚାର ବ୍ୟାପିଗଲା।”

“ବିନାଶକାଳ”, କହିଲେ ଶୁକନନା, “କଳି ଏବେ ଶେଷ ହେବ। ପ୍ରଳୟ ଘୋଟିବ। କେହି ରକ୍ଷା କରିପାରିବେ ନାହିଁ।”

“ମଣିଷ କାହିଁକି ଯେ ଏମିତି ହେଉଛି ?” ରଘୁନାୟକ ମାନସାଙ୍କ ପଚାରିବା ଠାଣିରେ ପ୍ରଶ୍ନ କଲେ।

“ଏଇ ବ୍ରଜଦାସକୁ ଦେଖୁ ନାହାନ୍ତି ? ବାଡ଼ିରେ କେତେ ଫୁଲ ତା’ର। ଆଜି ସକାଳୁ ଉଠିବା ଟିକିଏ ଡେରି ହୋଇଗଲା। ଫୁଲଟିଏ ମିଳିଲା ନାହିଁ କୋଉଠୁ। ଠାକୁରଙ୍କୁ ଦେବି ବୋଲି ନାତିକୁ ପଠେଇଲି। ଦିଓଟି ଗେଣ୍ଡୁଫୁଲ ଦେଲା।” ଶୁକନନା କ୍ଷୋଭରେ ମୁହଁଟାକୁ ଛିଞ୍ଚାଡ଼ି ଦେଲେ।

“କାହା ନାଁ ଧରିଲ ହେ ଶୁକନନା। ଅସାମାଜିକ ଜନ୍ତୁ। ଠାକୁର ଫୁଲ ପାଇ ନ ଥାନ୍ତେ ପଛେ... ତା’ ବୋଲି ବ୍ରଜଦାସ ଘରକୁ... ଏ ସାହିରୁ ତାକୁ ଉଠେଇବା ବନ୍ଦୋବସ୍ତ କରନ୍ତୁ ମହେଶ୍ୱରବାବୁ... ଆମେ ସମସ୍ତେ ଅଛୁ ପଛରେ...।” ଦାମ ମହାନ୍ତିଙ୍କଠୁ କଥା ଛଡ଼େଇ ଶୁକନନା ଯୋଗକଲେ, “ଯାହା କହିଲ ଦାମ... ଯେଉ ଲୋକ ତା’ ପୁଅର ନୁହେଁ ସିଏ ଆଉ କାହାର ହବ ? ନିଜ ପୁଅ ଛିଃ କରିଦେଇଛି... ମୁହଁ ଚାହଁ ନାହିଁ... ସିଏ ଗୋଟେ କି ମଣିଷ ?”

ଆହୁରି ଚାଲିଥାନ୍ତା ଆଲାପ ବ୍ରଜଦାସଙ୍କ ଉପରେ। ମହେଶ୍ୱରବାବୁ କହିଲେ, “ଥାଉ... କାହିଁକି କାହା ପଛରେ...। କିଛି ଭଲକଥା ଆଲୋଚନାକୁ ଆସୁ।”

“ହେଇ, ଭଲ କଥା ଖୋଦ୍‌ ଚାଲିଚାଲି ଆସୁଛନ୍ତି।” ଦାମ ମହାନ୍ତିଙ୍କ କଥା ଶୁଣି ସମସ୍ତେ ଦୁଆର ଆଡ଼କୁ ଅନେଇଲେ।

ମହେଶ୍ୱରବାବୁ ତାଙ୍କ ଘରେ ସମସ୍ତଙ୍କୁ ସ୍ୱାଗତ କରନ୍ତି। ଟିକିଏ କୁଣ୍ଠା ତାଙ୍କର ଜଣକ ପ୍ରତି। ପ୍ରକାଶ୍ୟରେ କେବେ ନୁହେଁ। ମନ ଭିତରେ। ଘନ ବିଶ୍ୱାଳ ଲୋକଟି କିନ୍ତୁ ନଛୋଡ଼ବନ୍ଦା। ଅଶୀ ଡେଇଁଲାଣି। କିନ୍ତୁ ଅନ୍ଧା ନଙ୍କ ନାହିଁ କି ଦାନ୍ତ ପଡ଼ିନାହିଁ। ପତଲା

ଶରୀର । ପ୍ରଭାବହୀନ ମୁହଁ । ପୁରା ଜାମାର ହାତଟି କଚଟିର ଚାରିଆଙ୍ଗୁଳି ଉପରକୁ ଥାଏ । ଜାମା ହାତରେ ବୋତାମ ଲଗା ହୋଇ ନ ଥିବାରୁ ଜାମାର ହାତ ମୁହଁଟି ଚଢ଼େଇ ଡେଣାପରି ମେଲା ହୋଇ ହାତର ଦୁଇ ପଟକୁ ଝୁଲିଥାଏ । ବାଁ କଚଟି ଉପରେ ଥିବା ଘଣ୍ଟାକୁ ପ୍ରଦର୍ଶନ କରିବା ପାଇଁ ସେ ଛୋଟ ହାତବାଲା ଜାମା ପିନ୍ଧନ୍ତି କି ଜାମାର ବୟସ ବଢ଼ିଯିବାରୁ ତା'ହାତ ଛୋଟେଇ ଯାଇଥାଏ ତା ବୁଝି ହୁଏନି । ପିଲାଠୁ ବୁଢ଼ା-ଯାହାକୁ ଦେଖିଲେ ହାତ ବଢ଼େଇ ଦିଅନ୍ତି ମିଶେଇବା ପାଇଁ । ଏ ଛୋଟିଆ ସହରଟି ଏପରି ଖୋଲା କରମର୍ଦ୍ଦନରେ ଅଭ୍ୟସ୍ତ ନୁହେଁ- ତେଣୁ ଲୋକଙ୍କୁ ଖାପଛଡ଼ା ଲାଗେ । ତା'ଛଡ଼ା ଘନ ବିଶ୍ୱାଲଙ୍କ ସହ ହାତ ମିଶେଇବା ବି ଟିକେ ମହଙ୍ଗା । ତେଣୁ ଲୋକଙ୍କର ସେଥିକୁ ଉର ଥାଏ ।

ବୁଢ଼ାଙ୍କର ସ୍ଥାନ କାଲ ପାତ୍ର ବିଚାର ନାହିଁ । ଅନ୍ୟଜଣକ ତାଙ୍କ ବିଷୟରେ କ'ଣ ଭାବୁଛି ସେଥିକୁ ନିଘା ନାହିଁ ।

"ହ୍ୟାଲୋ... ଗୁଡ୍ ମର୍ଣିଂ ।" ବୈଠକ ଘରକୁ ପଶି ଆସି ଘନ ବିଶ୍ୱାଲ, ମହେଶ୍ୱରବାବୁଙ୍କ ଆଡ଼କୁ ହାତ ବଢ଼େଇଦେଲେ । ତାଙ୍କ ସାଙ୍ଗରେ ମହେଶ୍ୱରବାବୁ ନିଜ ନାତି ତପୁକୁ ଦେଖି ମନେମନେ ବିରକ୍ତ ହେଲେ ମଧ ହାତ ମିଳେଇଲେ । ଅନ୍ୟମାନେ ଘନ ବିଶ୍ୱାଲଙ୍କ ବଢ଼ନ୍ତା ହାତ ପ୍ରତି ସମ୍ମାନ ନ ଜଣାଇ 'ଠିକ୍ ଅଛି' ବୋଲି ଇସାରାରେ ଜଣେଇଦେଲେ ।

"ବୁଝିଲେ ମହେଶ୍ୱରବାବୁ! ନାତିଟା ଆପଣଙ୍କର ଖେଳୁଥିଲା କଲୋନି ପଡ଼ିଆରେ", କହିଲେ ଘନ ବିଶ୍ୱାଲ, "ମୋ ଆଖି ପଡ଼ିଲା । ଏତେ ଭଲକରି କେବେ ତାକୁ ଦେଖି ନ ଥିଲି । ତା' କପାଳ ଦେଖିଲି । ହାତ ଦେଖିଲି । ଏତେ ଲୋକ ଏଠି ଅଛନ୍ତି । ସମସ୍ତଙ୍କ ଆଗରେ କହୁଛି, କହିଲେ ସ୍ଟାମ୍ପ ପେପରରେ ବି ଲେଖିଦେବି-ଦିନେ ଈଏ ବହୁତ ବଡ଼ ହେବ-ହାତରେ ତା'ର ଟଙ୍କା ଖଣି ।"

"ସେକଥା ଠିକ୍ ଯେ, ତମେ ଆଉ ହାତଦେଖା ଫିସ୍ ମାଗିବ ନାହିଁ ମହେଶ୍ୱରବାବୁଙ୍କ ।" ଦାମ ମହାନ୍ତି ଆଗରୁ ସୁଚେଇ ଦେଲେ ।

ଦୁଇ ହାତରେ ଦୁଇକାନ ଅଗକୁ ଧରି ଜିଭ କାମୁଡ଼ିଦେଲେ ଘନ ବିଶ୍ୱାଲ, "ରାମ-ରାମ । କି କଥା ଈଏ ? ମୁଁ କ'ଣ ହାତଦେଖା ବେପାର କରୁଛି ? ପଚାରୁନା ମହେଶ୍ୱରବାବୁଙ୍କୁ ? ସେ ଜାଣନ୍ତି ମୁଁ ପଇସା ନିଏନାହିଁ । ହାତ ଦେଖା ଗୋଟେ ବିଜ୍ଞାନ ।

ମୋ ପାଇଁ ଗୁରୁଙ୍କ ଦାନ। ସେ କହିଥିଲେ, ଭବିଷ୍ୟତ ଗଣନା ପାଇଁ କାହାଠୁ ଟଙ୍କା ଦାବି କରିବୁନୁ। କିନ୍ତୁ ଇଏ ଅଧ୍ୟାତ୍ମ କଥା। ଭବିତବ୍ୟ ଜାଣିଲେ କିଛି ଗୋଟେ ଦବାକୁ ହୁଏ। ନ ହେଲେ ଫଳ ଠିକ୍ ଠିକ୍ ଫଳେ ନାହିଁ। ବରଂ କ୍ଷତିର ସମ୍ଭାବନା। ଆପଣମାନେ ତ ଜାଣନ୍ତି। ପାଞ୍ଚ/ଦଶ– ଯାହା ଖୁସୀ।" କହି ଘନ ବିଶ୍ୱାଳ ବସିପଡ଼ିଲେ, "ବାବୁମାନଙ୍କର ଚା' ପିଆ ହେଇନି ବୋଧେ ?"

ଇଏ ଚା' ମାଗିବା ଫିକର ବୋଲି ମହେଶ୍ୱରବାବୁ ଜାଣିଲେ। ସେଥିପାଇଁ ତାଙ୍କର କେବେ କୁଣ୍ଠା ନଥାଏ। କିନ୍ତୁ, ଯ଼ା ପରେ ସେ ଯେଉଁ ହାତଦେଖା ଦକ୍ଷିଣା କଥାଟି ଉଠେଇବେ, ସେଇଟା ଭାରି ବାଧେ। ସେ ତପୁକୁ କହିଲେ, "ଯା, ମା'କୁ କହିବୁ ଘନବାବୁଙ୍କ ପାଇଁ ଚା' କପେ ପଠେଇବ।"

"ଆମ ଚା' ପିଆ କେତେବେଳୁ ସରିଚି। ବେଳଟା ଦେଖ– କେତେ ହେଲାଣି ?" ଦାମ ମହାନ୍ତି କୁଟିଳ ହସ ଫୁଟେଇଲେ ମୁହଁରେ।

"ଉଁ–ଟାଇମ୍!" ଘନବାବୁ ତାଙ୍କ ଘଣ୍ଟାକୁ ଆଖ୍ ପାଖରେ ଲଗେଇଦେଲେ। ଘଣ୍ଟା ଉପର କାଚରେ ବେଜାଏ ଧୂଳି ସାଙ୍ଗକୁ ଅସଂଖ୍ୟ ଦାଗ। ଘଣ୍ଟା ଭିତରଟା ପୂରା ହଳଦିଆ।

"ଏଇନେ ଠିକ୍ ଥିଲା। ବନ୍ଦ ହୋଇଗଲା ବୋଧେ। ପୁଣି ଚାଲିବ ଯେ। ଟିକେ ଟିପ ବାଡ଼େଇ ଦେଲେ ଚାଲିବ।" କହି ଘନବାବୁ ବିଶି ଆଙ୍ଗୁଳି ଅଗରେ ଘଣ୍ଟାକୁ ଟିକିଏ ବାଡ଼େଇଲେ, "ହଁ ଚାଲିଲା। ଏ ଘଣ୍ଟାକୁ ଆସି ସଇଁତିରିଶ ବର୍ଷ ହେଲାଣି। ବାଳିଚ୍ଛି। ପୁରୁଣା ଦ୍ରବ୍ୟର ମୂଲ୍ୟ ଅଧ୍ୱକ। ଦଶଟା ତିରିଶ। ବନ୍ଦ ହୋଇଯାଇଥିଲା ଦଶ ପନ୍ଦର ମିନିଟ୍। ତାହାହେଲେ ଦଶଟା ପଇଁଚାଳିଶ।"

କ'ଣ ଦଶଟା ପଇଁଚାଳିଶ ଯାଏ ବି ଆପଣଙ୍କୁ ବୋହୂ ହାତରୁ ଚା' କପେ ମିଳିନି ?" ଦାମ ମହାନ୍ତି ଆହୁରି ଉଖୁରେଇଲେ।

ଘନବାବୁ ନିର୍ବିକାର, "ବୋହୂ ଦିଏ ଯେ, ସବୁଦିନ ଦିଏ। ଆଜି ଟିକିଏ ରୋଷେଇ କାମରେ ଲାଗି ଯାଇଥିଲା। ମୁଁ ବି ତାକୁ ନ କହି ପଳେଇ ଆସିଚି।"

ଘନବାବୁଙ୍କ ଉପରେ ଏମିତି ଆକ୍ରମଣ ବରାବର ଚାଲେ। ମହେଶ୍ୱରବାବୁ ତାକୁ ଉପଭୋଗ କରନ୍ତି। ବରଂ ବାଧହୁଅନ୍ତି ସେ ନିରବ ରହିବାକୁ। ପ୍ରସଙ୍ଗ ନ ବଦଳିଲେ ଘନବାବୁ ଦକ୍ଷିଣାଟି ମାଗିବେ। ଥରେ ଅଧେ କଥା ଅଲଗା। ସବୁବେଳେ କିଏ ଦେବ ?

କିନ୍ତୁ, କଥା ବୁକେଇଗଲେ ସେ ଅଟକେଇ ଦିଅନ୍ତି ।

ଶୁକନନା ଧୀର ସ୍ୱରରେ କଥା କହି ଜାଣନ୍ତି ନାହିଁ । ତେଣୁ ତାଙ୍କ ସ୍ୱର ଯେତେବେଳେ ଅତ୍ୟନ୍ତ କ୍ଷୀଣ ହୋଇଗଲା, ତାଙ୍କ ସହ ଅନ୍ୟମାନେ ବି ଦ୍ୱାର ଆଡ଼କୁ ଚାହିଁଲେ । "ଅପୂର୍ବ ! ମହେଶ୍ୱରବାବୁ ! ଇଏ ଆପଣଙ୍କ ଘରକୁ ଆସୁଛି ନା କ'ଣ ?"

ଆଶ୍ଚର୍ଯ୍ୟ ! ବ୍ରଜଦାସ ! କେତେ ନିମନ୍ତ୍ରଣ ସତ୍ତ୍ୱେ ଥରୁଟିଏ କେବେ ଆସିନାହିଁ । ନିଜ ଆଡ଼ୁ ପଦେ କଥା କେବେ କହିନାହିଁ କି ମହେଶ୍ୱରବାବୁ କଥା ହେବାକୁ ଚାହିଁଲେ ସେ କଥା ଆଗେଇବାକୁ ଦେଇନାହିଁ । ମହେଶ୍ୱରବାବୁ ଏକରକମ ଡେଇଁ ପଡ଼ିଲେ ଦୁଆର ସେପଟକୁ । "ଆଜ୍ଞା ନମସ୍କାର !"

ବ୍ରଜଦାସ ଖୁବ୍ ଧୀର ଗତିରେ ଆସୁଥିଲେ । ସେ ମୁଣ୍ଡ ଉଠେଇଲେ । ଆଗରେ ମହେଶ୍ୱରବାବୁ । ସେ ପ୍ରତି ନମସ୍କାର ଜଣେଇଲେ, "ଆପଣଙ୍କ ପାଖକୁ ଆସୁଥିଲି ।"

"ଆସନ୍ତୁ, ଆସନ୍ତୁ । ଇଏ ତ ଆପଣଙ୍କ ଘର । ଯେତେବେଳେ ଖୁସି ।" ତାଙ୍କୁ ଭିତରକୁ ପାଛୋଟି ଆଣୁ ଆଣୁ ମହେଶ୍ୱରବାବୁ ସ୍ତ୍ରୀ'ଙ୍କ ଉଦ୍ଦେଶ୍ୟରେ ପାଟି କଲେ । "ହଇଓ, ଦେଖିଲ, କିଏ ଆସିଛନ୍ତି ? ହଁ, ଚା' ଟିକିଏ ପଠେଇବ ବ୍ରଜବାବୁଙ୍କ ପାଇଁ ।"

ବ୍ରଜବାବୁଙ୍କୁ ଚୌକିରେ ବସେଇ ମହେଶ୍ୱରବାବୁ ମୁହୂର୍ତକ ପାଇଁ ଘର ଭିତରକୁ ପଶିଗଲେ ଓ ବାହାରି ଆସିଲେ ।

ଛୋଟିଆ ମଣ୍ଡଳୀଟି ଅପ୍ରସ୍ତୁତ ହୋଇପଡ଼ିଲା । ବ୍ରଜବାବୁ ପାଟି ଖୋଲିଲେ ନାହିଁ କି ସେମାନେ କିଛି କହିଲେ ନାହିଁ ।

"ଆମେ ତା'ହେଲେ ଆସୁଛୁ ।" ଅସହଜ ସମୟକୁ ଠେଲାମାରି ଜଣକ ପରେ ଜଣେ ଚାଲିଗଲେ । ଘନ ବିଶ୍ୱାଳ ଉଠିଲେ, କିନ୍ତୁ ଗଲେନାହିଁ । ସେ ବ୍ରଜବାବୁଙ୍କ ପାଖକୁ ଆସି ନିଜ ହାତ ବଢ଼େଇଦେଲେ । ବ୍ରଜବାବୁଙ୍କ କୁଞ୍ଚିତ ହାତ ସହ ନିଜ ହାତ ମିଳେଇ ସାରି ମଧ ସେ ତାଙ୍କ ହାତ ଛାଡ଼ିଲେ ନାହିଁ । ତାଙ୍କ ପାପୁଲି ମେଲା କରି ତାଙ୍କୁ ନିରୀକ୍ଷଣ କଲେ, "ଡୋଣ୍ଟ ମାଇଣ୍ଡ ! ଆପଣଙ୍କ ହାତରେଖା ମତେ ଡାକିଲା । ନ ହେଲେ ଏମିତି ମୁଁ କାହା ହାତ ଦେଖେ ନାହିଁ । ପଚାରୁ ନାହାନ୍ତି ମହେଶ୍ୱରବାବୁଙ୍କୁ ?"

ମହେଶ୍ୱରବାବୁ ମନେମନେ କ୍ଷୁବ୍ଧ ହେଲେ ମଧ ତା' ପ୍ରକାଶ କରିପାରିଲେ ନାହିଁ । ତେଢ଼ା ଲୋକଟା । ତାକୁ ବି ଘନ ବିଶ୍ୱାଳ ଧରି ପକେଇଲାଣି !

“ଆଜ୍ଞା ! ଆପଣଙ୍କ ହାତଟି ଦେଖୁ ନ ପାରିଥିଲେ ମୋ ମନରେ ଦୁଃଖ ରହିଯାଇଥାନ୍ତା । ରାଜକୀୟ ହାତ । ଆଃ ଚମତ୍କାର ! ଗୋଟିଏ ପୁଅ ! ଭାରି ଗୁଣର ! ପ୍ରତାପୀ ! ଟଙ୍କା ସୁନା ଅଭାବ ନାହିଁ ! ଏମନ୍ତ ହାତ ମୁଁ ପୂର୍ବରୁ କେବେ ଦେଖୁ ନ ଥିଲି ।” କହି ଘନବାବୁ ଚଉଡ଼ା ହସ ସହ ବ୍ରଜବାବୁଙ୍କ ହାତଟିକୁ ମୁକ୍ତ କଲେ ।

ଯା ହଉ, ଛାଡ଼ିଲା । ମହେଶ୍ୱରବାବୁ କେମିତି କଥା ଆରମ୍ଭ କରିବେ ଭାବୁଥିଲେ । ଘନ ବିଶ୍ୱାଳ ଆରମ୍ଭ କଲେ, “ହାତଦେଖା ମୋର ପେସା ନୁହେଁ ଆଜ୍ଞା ! ମୁଁ ସେଥିପାଇଁ ଟଙ୍କା ପଇସା ନିଏ ନାହିଁ । କିନ୍ତୁ, ହାତ ଦେଖିଲେ କିଛି ଗୋଟେ ଦବାକୁ ହୁଏ । ଦଶ, ପନ୍ଦର ଯାହା ପାରିବେ ।”

ବ୍ରଜବାବୁ ପକେଟ୍‌ରେ ହାତ ପୂରେଇଲେ । ଦଶ ଟଙ୍କିଆଟିଏ ବାହାର କରି ଘନବାବୁଙ୍କୁ ଦେଲେ ।

ଟଙ୍କାଟିକୁ ପକେଟ୍‌ରେ ରଖୁରଖୁ ଘନବାବୁ କହିଲେ, “ମୋ ପୁଅକୁ କିଛି କହିବେ ନାହିଁ ଆଜ୍ଞା ! ମୋ ହାତ ଦେଖିବା ତା’ର ପସନ୍ଦ ନୁହେଁ । ବୋହୂ ବେଶୀ ଚିଢ଼େ । ଆପଣମାନେ ଦୁଃଖସୁଖ ହୁଅନ୍ତୁ । ମୁଁ ଯାଉଛି ।”

ଘନ ବିଶ୍ୱାଳ ଯିବା ପରେ ମହେଶ୍ୱରବାବୁ ସହଜ ହେଲେ । “ଲୋକଟା ସେମିତି ଆଜ୍ଞା ! ପେନ୍‌ସନ୍ ଟଙ୍କା ପୁଅ ସବୁ ନେଇଯାଏ । ବୁଢ଼ାକୁ ହାତ ଖର୍ଚ୍ଚ ବି ଦିଏ ନାହିଁ । ସେଥିପାଇଁ ତା’ର ଏ ଫନ୍ଦି ଫିକର । ମୁଁ ଆପଣଙ୍କୁ ସତର୍କ କରେଇ ଦେଇଥାନ୍ତି ଯେ, ସେ ସୁଯୋଗ ସେ ଦେଲା ନାହିଁ । ଜାଣିଗଲେ ତ ଏବେ... ଆଉ... ଆଡ଼େ... କେମିତି...?”

ପ୍ରକୃତରେ ମହେଶ୍ୱରବାବୁ କ’ଣ କହିବାକୁ ଚାହୁଁଥିଲେ ସେ ନିଜେ ମଧ୍ୟ ଜାଣି ନ ଥିଲେ ।

“ନାଇଁ... ଏମିତି ଟିକିଏ ଚାଲି ଆସିଲି ।” କହିଲେ ବ୍ରଜବାବୁ ଏବଂ ଚୁପ୍ ହୋଇ ବସିରହିଲେ ।

ମୁହଁରେ ତାଙ୍କର ନୂତନତା ନ ଥିଲା । ସବୁଦିନ ପରି ଉଦାସ ।

ଅସ୍ୱସ୍ତିର ପରିବେଶକୁ ଟିକିଏ ହାଲୁକା କରିବା ପାଇଁ ମହେଶ୍ୱରବାବୁ କହିଲେ, “ଆପଣ ଯୋଉ ଘରେ ଅଛନ୍ତି ସେ ଘର ଆଉ ଆମ ଘର-ଜାଗା ସମାନ । ଆପଣଙ୍କର ଖୋଲା ଜାଗା ଅଧିକ ଅଛି– ଆମେ ବେଶୀ ଜାଗାରେ ଘର କରି ଅଳ୍ପ ଖୋଲା ରଖିଛୁ । ବଡ଼ ପରିବାର ତ ! ଦି’ଟା ବୋହୂ । ବଡ଼ ପୁଅ ଦିଲ୍ଲୀରେ ରୁହେ । ଇଂଜିନିୟର ଅଛି ।

ଚାଲିଶ ହଜାର ପାଉଛି । ଯେତେ କହିଲେ ବି ତା' ସ୍ତ୍ରୀ'କୁ ନେଲାନାହିଁ । କହିଲା ତମେ ହଇରାଣ ହବ । ଏଠି ଥାଉ । ସାନ ବାରିପଦାରେ । ବୋହୂ ଥିଲା ଏଠି । ଏବେ ଜବରଦସ୍ତ କରି ପଠେଇଦେଲି । ମାସେ ପରେ ସାନ ଆସିବ । ବଡ଼କୁ ପଠେଇ ଦେବି । ଠିକ୍ ହବନି ?"

ମୁଣ୍ଡ ଟୁଙ୍ଗାରି କେବଳ 'ହଁ' ବୋଲି କହିଲେ ବ୍ରଜବାବୁ ।

"ଗାଁରୁ ଆମର ଚାଉଳ ଆସେ ।" ମହେଶ୍ୱରବାବୁ କିଛିକ୍ଷଣ ନିରବ ରହିବା ପରେ ପୁଣି ଆରମ୍ଭ କଲେ, "ଆଉ ବଜାର ଦରଦାମ ତ ଦେଖୁଛନ୍ତି...।"

ବ୍ରଜବାବୁ ଯେଉଁ ଚୌକିରେ ବସିଥିଲେ ସେଇ ସିଧା ଏକ ଲୟରେ ଅନେଇଥିଲେ । କ'ଣ ସେଠି ଅଛି, ତାକୁ ଦେଖିବାକୁ ମହେଶ୍ୱରବାବୁ ମଧ୍ୟ କଥା ବନ୍ଦ କରି ସେଆଡ଼େ ଚାହିଁଲେ । ସେମିତି କିଛି ଦୃଶ୍ୟ ହେଲାନାହିଁ ତାଙ୍କୁ ।

ହଠାତ୍ ବ୍ରଜବାବୁ ଉଠିପଡ଼ିଲେ- "ମୁଁ ଆସୁଛି !" ନିର୍ଦିଷ୍ଟ ଭାବେ ଏ 'ଆସୁଛି' ଟି ସେ ମହେଶ୍ୱରବାବୁଙ୍କୁ କହି ନ ଥିଲେ । ସେଇ ସାମନାକୁ ଚାହିଁ ସେ ଏକଥା କହିଲେ ଏବଂ ଘରୁ ବାହାରି ଆସିଲେ ।

ମହେଶ୍ୱରବାବୁ, "ଆଜ୍ଞା ! ଏମିତି ଚାଲି... ଚା' ଆସିଗଲାଣି ଆଜ୍ଞା" କହି ତାଙ୍କ ପଛେପଛେ ଆସିଲେ ।

"ନା, ନା । ପରେ କେତେବେଳେ ପିଇବି । ନମସ୍କାର", ବୋଲି କହି ବ୍ରଜବାବୁ ଆଉ ମହେଶ୍ୱରବାବୁଙ୍କୁ ନ ଅନେଇ ଚାଲିଗଲେ ।

ଅଭୁତ ! ମହେଶ୍ୱର ବାବୁ ଦୁଆରବନ୍ଦ ଏ ପଟରେ କିଛିକ୍ଷଣ ଛିଡ଼ା ହୋଇ ତାଙ୍କ ଯିବାବାଟକୁ ଚାହିଁଲେ । ପାଗଲଟିଏ । ସତରେ ଅସାମାଜିକ...। ଯାଉ । ମନକୁ ମନ କହି ସେ ଘର ଭିତରକୁ ଆସିଲେ ।

ସ୍ତ୍ରୀ ତାଙ୍କର ଚା' ଓ ଜଲଖିଆ ପ୍ଲେଟ୍‌ଟି ଧରି ଛିଡ଼ା ହୋଇଥିଲେ । ପଚାରିଲେ, "କୁଆଡ଼େ ଗଲେ ?"

"ପଳେଇଲେ । ସେଇଟା କ'ଣ ?"

"କାଗଜଟେ । ଏଇଠି ପଡ଼ିଥିଲା ।" ସେ ମହେଶ୍ୱରବାବୁଙ୍କ ହାତକୁ କାଗଜଟି ବଢ଼େଇଦେଲେ ।

ମହେଶ୍ୱରବାବୁ କାଗଜଟିକୁ ଖୋଲିଲେ ।

ଟେଲିଗ୍ରାମ୍‌ଟିଏ । ଟେଲିଗ୍ରାମ୍‌ରେ ଲେଖାଥିଲା, "ତୁମ ପୁଅର ଦୁର୍ଘଟଣାରେ ମୃତ୍ୟୁ ହୋଇଛି ବାଇଶି ତାରିଖ ଦିନ । ଶୀଘ୍ର ଆସ ।"

ମହେଶ୍ୱରବାବୁଙ୍କ ଛାତିରୁ ଅତଡ଼ା ଖସିପଡ଼ିଲା । ସେ ଖବରଟିକୁ ଆଉ ଦୁଇଥର ପଢ଼ିଲେ । ତା' ପରେ ତା'ର ଠିକଣା ଦେଖିଲେ । ବ୍ରଜଦାସର ଠିକଣା । ବୋଧହୁଏ ତା' ପକେଟ୍‌ରେ ଥିଲା । ଘନ ବିଶ୍ୱାଲକୁ ଟଙ୍କା ଦେଲାବେଲେ ଖସିପଡ଼ିଛି ।

ବିଚାର

ଚୋରି ହେଉଥିଲା। ଘନଘନ ଚୋରି। କାନକୁ କାନ ହେଇ ଖବର ବ୍ୟାପିଗଲା। କିନ୍ତୁ ଆଶ୍ଚର୍ଯ୍ୟର କଥା ଚୋରିର କୌଣସି ପ୍ରମାଣ ମିଳୁ ନ ଥିଲା। ଲୋକେ ଦ୍ୱନ୍ଦ୍ୱରେ ପଡୁଥିଲେ– ସତରେ ଯଦି ଚୋରି ହେଉଛି, ଚୋର ଧରା ପଡୁନାହିଁ କାହିଁକି ? ମହାକାଳପଡ଼ାର ପ୍ରହରାଜ ମହାଶୟଙ୍କ ଘରେ ଚୋରି ହେବା ଉତ୍ତାରୁ ସେ ମହାରାଜଙ୍କ ଦରବାରରେ ଅଭିଯୋଗ କଲେ। ମାତ୍ର ସେଥିପାଇଁ ଉପଯୁକ୍ତ ପ୍ରମାଣ ଯୋଗାଇ ପାରିଲେ ନାହିଁ। ତେଣୁ ତାଙ୍କ ଅଭିଯୋଗକୁ ରାଜ୍ୟ ସୁଶାସନ ବିରୋଧରେ ଷଡ଼ଯନ୍ତ୍ର ବୋଲି ବିଚାର କରି ତାଙ୍କୁ ଅର୍ଥଦଣ୍ଡରେ ଦଣ୍ଡିତ କରାଗଲା। ତା’ ପଛକୁ ମଙ୍ଗରାଜ ଓ ତାଙ୍କ ପଛକୁ କଣ୍ଟାପଡ଼ାର ଛୁଆଲସିଂହଙ୍କର ମଧ୍ୟ ସେଇ ଦଶା ହେଲା।

ରାଜ୍ୟରେ ସୁଶାସନ ଥିଲା। ପ୍ରଜାଏ ଖୁସୀରେ ରହୁଥିଲେ। ଦ୍ରୁତ ଆର୍ଥିକ ପ୍ରଗତି ଯୋଗୁଁ ପ୍ରଜାଙ୍କ ଖଜଣାରେ ରାଜଭଣ୍ଡାର ଉଛୁଳୁଥିଲା। ତା’ ସହିତ ଜନରବ ଶୁଣିବାକୁ ମିଳୁଥିଲା ଯେ

ରାଜଭଣ୍ଡାରୁ ମଧ ଚୋରି ହେଉଛି । କଥାଟା ଗାଁ ଗହଲି ଟପି ଅନ୍ଦରମହଲ ଭେଦକରି ଯାଇ ରାଜାଙ୍କ କାନରେ ପଡ଼ିଲା । ମହାରାଜ ସ୍ତବ୍ଧ ହେଲେ, କ୍ରୋଧିତ ହେଲେ ଓ ତତ୍‌କ୍ଷଣାତ୍ ତନଖି ନିମନ୍ତେ ସ୍ୱୟଂ ବାହାରିପଡ଼ିଲେ । ଆଶ୍ଚର୍ଯ୍ୟ ! ଭଣ୍ଡାର ଘରର ଭିତର ଦୃଶ୍ୟକୁ ନିଜ ଆଖିରେ ଦେଖି ମଧ ମହାରାଜ ତାକୁ ବିଶ୍ୱାସ କରିପାରିଲେ ନାହିଁ । ହିସାବ ଖାତା ଅନୁସାରେ ପୂର୍ଣ୍ଣ ଥିବା ରାଜଭଣ୍ଡାରଟି ବାସ୍ତବରେ ଶୂନ୍ୟପ୍ରାୟ । ବିବ୍ରତ ମହାରାଜ ହୁଙ୍କାର ଛାଡ଼ିଲେ, "ଅଷ୍ଟପ୍ରହର ଆମ ଭଣ୍ଡାରଘର ଜଗିବା ପାଇଁ ପ୍ରହରୀଙ୍କର ବ୍ୟବସ୍ଥା ଥିବା ସତ୍ତ୍ୱେ ପୂର୍ଣ୍ଣ ଭଣ୍ଡାରଘର ଶୂନ୍ୟ କିପରି ହେଲା ? ମୁଖ୍ୟ ପ୍ରହରୀକୁ ଆଗେ ପ୍ରାଣଦଣ୍ଡ ଦିଅ । ଏଇ ମୁହୂର୍ତ୍ତରେ ମୋ ସମ୍ମୁଖରେ ।" ରାଜାଜ୍ଞା ପାଳନ ପୂର୍ବକ ମୁଖ୍ୟ ପ୍ରହରୀଙ୍କୁ ହାତ, ଗୋଡ଼ ଓ ବେକରେ ଶିକୁଳି ପକାଇ ଘୋଷାରି ଘୋଷାରି ମହାରାଜଙ୍କ ସମ୍ମୁଖକୁ ଅଣାଗଲା । ଦଣ୍ଡପାଳନ ପୂର୍ବରୁ ମହାରାଜ ଅଭ୍ୟାସବଶତଃ ପଚାରିଦେଲେ, "କିଛି କହିବାର ଅଛି- ଶେଷ ଇଚ୍ଛା ।" ନତଜାନୁ ହୋଇ ମୁଖ୍ୟ ପ୍ରହରୀ କହିଲେ, "ମୃତ୍ୟୁଦଣ୍ଡ ପାଇଁ ମୋର କିମ୍ୱା ମୋ ପ୍ରହରୀ ବନ୍ଧୁଙ୍କର ଦୁଃଖ ନାହିଁ ମହାରାଜ । କିନ୍ତୁ ସ୍ୱୟଂ ଭଗବାନଙ୍କ ଅବତାର- ନ୍ୟାୟର ଦେବତା ଆପଣ । ନ୍ୟାୟ ପ୍ରଦାନ ପାଇଁ ଆପଣଙ୍କର ଯେଉଁ ପ୍ରତିଷ୍ଠା ରହିଛି ସେଥିରେ କଳଙ୍କ ନ ଲାଗୁ ।"

'ଅର୍ଥ ?' ମହାରାଜ ଗର୍ଜନ କଲେ ।

"ରାଜାଦେଶ ଅନୁସାରେ ଆମ ପ୍ରହରୀମାନଙ୍କର କାର୍ଯ୍ୟ ହେଉଛି ବନ୍ଦ ଭଣ୍ଡାର ଘରକୁ ଜଗିବା ଏବଂ କେବଳ କ୍ଷମତାପ୍ରାପ୍ତ ଅଧିକାରୀଙ୍କୁ ଭଣ୍ଡାର ଘର ପରିସରକୁ ଛାଡ଼ିବା । ସେଥିରେ ଆମେ କେବେ ତ୍ରୁଟି କରିନାହୁଁ । ତାଲା ଭଙ୍ଗାଯିବା ବା ସିନ୍ଧିଗାତ ପରି ଘଟଣା ଭଣ୍ଡାର ଘରେ କେବେ ଘଟି ନାହିଁ । ବନ୍ଦ ଭଣ୍ଡାରର ଭିତର କଥା ବୁଝିବା ଓ ତାଲା ଚାବିର ଜିମା ଆମର ନୁହେଁ । ମୋର ନିବେଦନ, ମହାରାଜଙ୍କ ଗରିମା ଅତୁଟ ରଖିବା ପାଇଁ ପ୍ରକୃତ ଦୋଷୀକୁ ଠାବ କରି ତାକୁ ଉପଯୁକ୍ତ ଦଣ୍ଡ ପ୍ରଦାନ କରାଯାଉ ।" ସ୍ତବ୍ଧ ମହାରାଜ ବିବ୍ରତ ଦିଶିଲେ, "ସତେ ତ ! ଭଣ୍ଡାର ଘର ତାଲା ବନ୍ଦ ଥାଉଥାଉ ଚୋରି ? ଚାବି କିଏ ରଖେ ?"

"କୋଷାଧ୍ୟକ୍ଷ, ମହାରାଜ !" ପାରିଷଦ ଜଣେ ଉତ୍ତର ଦେଲେ ।

ସଙ୍ଗେ ସଙ୍ଗେ କୋଷାଧ୍ୟକ୍ଷଙ୍କୁ ବନ୍ଦୀ ଅବସ୍ଥାରେ ମହାରାଜଙ୍କ ନିକଟକୁ ଅଣାଗଲା । ଅଭିଯୋଗ ଶୁଣି କୋଷାଧ୍ୟକ୍ଷ ଯୋଡ଼ ହସ୍ତରେ ଯାଚନା କଲେ, "ମହାରାଜ ! ମୁଁ କେବଳ

ଚାବିଟି ରଖେ। ମୁଁ ଭଣ୍ଡାରଘର ଯାଏ ନାହିଁ କି ତାଲା ଦେଖେ ନାହିଁ। ସେ ଦାୟିତ୍ୱ ମୋର ନୁହେଁ। ଭଣ୍ଡାର ଅଧିକାରୀ ମୋଠୁ ତାଙ୍କ ଆବଶ୍ୟକତା ବେଳେ ଚାବି ମଗେଇ ନିଅନ୍ତି ଓ କାମ ସାରି ଚାବିବାହକ ହାତରେ ପୁଣି ମୋ ପାଖରେ ଜିମା ପାଇଁ ପଠେଇ ଦିଅନ୍ତି। ମୁଁ କେବଳ ଚାବିର ଜିମାଦାର ମହାପ୍ରଭୁ, ଭଣ୍ଡାର ଘରର ନୁହେଁ।"

"ଓଃ! ତା'ହେଲେ ଭଣ୍ଡାର ଅଧିକାରୀଟାର କାମ ଇଏ।" ତୁରନ୍ତ ଭଣ୍ଡାର ଅଧିକାରୀ ଘୋଷରା ହେଇ ଆସିଲେ। ଲମ୍ବ ହୋଇ ସେ ପଡ଼ିଗଲେ ମହାରାଜଙ୍କ ପାଦତଲେ, "ମୁଁ ନିର୍ଦୋଷ ମହାରାଜ! ମୋର କାମ ହେଉଛି ଭଣ୍ଡାରଘରକୁ ଆସୁଥିବା ଜିନିଷକୁ ଯଥା ସ୍ଥାନରେ ରଖେଇବା ଓ ରାଜାଦେଶ ମୁତାବକ ଜିନିଷ ଭାରପ୍ରାପ୍ତ ଅଧିକାରୀଙ୍କୁ ହସ୍ତାନ୍ତର କରେଇବା। ସେଥିରେ ମୁଁ କେବେ ଖିଲାପ କରିନାହିଁ। ମୁଁ ଏବଂ ଭାରପ୍ରାପ୍ତ ଅଧିକାରୀ ଭଣ୍ଡାରଘର ପାଖରେ ପହଞ୍ଚିଲା ପରେ ଯାଇ ଚାବି ବାହକଙ୍କୁ ଖବର ଦିଆଯାଏ। ସେ କୋଷାଧ୍ୟକ୍ଷଙ୍କଠାରୁ ଚାବି ଆଣି ମତେ ଦିଅନ୍ତି। ସେହିମାନଙ୍କ ଉପସ୍ଥିତିରେ ଜିନିଷ ରଖିସାରିବା ବା ଦେଇସାରିବା ପରେ ଚାବିଟି ଚାବିବାହକଙ୍କୁ ଫେରସ୍ତ ଦିଆଯାଏ। ଏ ସମସ୍ତ କାର୍ଯ୍ୟ ମୁଁ, ଭାରପ୍ରାପ୍ତ ଅଧିକାରୀ, ପ୍ରହରୀ ଓ ଚାବିବାହକଙ୍କ ସମ୍ମୁଖରେ ହୁଏ। ତା'ପରେ ଚାବିବାହକ କୋଷାଧ୍ୟକ୍ଷଙ୍କୁ ଚାବି ଫେରସ୍ତ କରି ଆସି ଆମକୁ ରସିଦ ଦେଖାଇଲା ପରେ ଯାଇ ଆମେ ସ୍ଥାନ ପରିତ୍ୟାଗ କରୁ।"

ଅଧିକାରୀମାନଙ୍କ ଯୁକ୍ତି ଶୁଣି ମହାରାଜ ଅତ୍ୟନ୍ତ ବିଚଳିତ ହୋଇପଡ଼ିଲେ। ତା'ହେଲେ କ'ଣ ଚାବିବାହକ? ନା, ସେ ତ କେବଳ ନିର୍ଦେଶ ପତ୍ର ନେଇ ଯାଉଥିବ ଓ ଚାବି ଫେରସ୍ତ ରସିଦ୍ ଆଣି ଫେରୋଉଥିବ। ଭାରପ୍ରାପ୍ତ ଅଧିକାରଙ୍କ କାମ ବି ନୁହେଁ ଇଏ। ସେ ତ ଭଣ୍ଡାରରକ୍ଷକଙ୍କୁ ଦେବେ ଓ ତାଙ୍କଠୁ ଆଣିବେ। ତା'ହେଲେ? କିଂକର୍ଊବ୍ୟବିମୂଢ଼ ମହାରାଜ ମହାମନ୍ତ୍ରୀଙ୍କୁ ଚାହିଁଲେ। ଦ୍ୱନ୍ଦ୍ୱଗ୍ରସ୍ତ ହେଲେ ସେ ତାହା ହିଁ କରନ୍ତି। ମହାମନ୍ତ୍ରୀ କହିଲେ, "ଏମାନଙ୍କର ତର୍କରେ ତ୍ରୁଟି ନାହିଁ। କିନ୍ତୁ ଚୋରି ତ ହୋଇଛି। ଏତେ ସୁରକ୍ଷିତ ବ୍ୟବସ୍ଥା ସତ୍ତ୍ୱେ ଚୋରି ହେବାର ଅର୍ଥ– ଚୋର ଖୁବ୍ ଚତୁର ଓ ପାରଙ୍ଗମ। ଚରମ ଶାସ୍ତି ତା'ର ପ୍ରାପ୍ୟ। ତେଣୁ ପରିସ୍ଥିତିକୁ ଅନୁଧ୍ୟାନ କରି ପ୍ରକୃତ ଚୋରକୁ ଧରିବା ପାଇଁ ସମିତିଟିଏ ଗଢ଼ାଯାଉ।" ସେତେବେଳକୁ ଅସହାୟ ଓ ସମ୍ପୂର୍ଣ୍ଣ କ୍ଲାନ୍ତ ଦିଶୁଥିବା ମହାରାଜ 'ତଥାସ୍ତୁ' କହି ବିଶ୍ରାମ ପାଇଁ ଚାଲିଗଲେ।

ମହାମନ୍ତ୍ରୀଙ୍କ ସଭାପତିତ୍ୱରେ ସମିତିଟିଏ ଗଠିତ ହେଲା। ସମିତି ଭଣ୍ଡାରଘର ସହିତ ସମ୍ପୃକ୍ତ ସମସ୍ତ ବ୍ୟକ୍ତି ଓ ଅଭିଯୁକ୍ତ ଆଦିଙ୍କ ବ୍ୟାଖ୍ୟାନ ଶୁଣିବା ସହିତ ପରିବେଶର ପୁଙ୍ଖାନୁପୁଙ୍ଖ ଅନୁଧ୍ୟାନ ପରେ ମହାରାଜଙ୍କ ଦରବାରରେ ନିଜର ବିବରଣୀ ରଖିଲେ। "ପରିସ୍ଥିତି ଓ ପରିବେଶର ଅନୁଧ୍ୟାନରୁ ସ୍ପଷ୍ଟ ହୋଇଛି ଯେ, ଆମ ନିଯୁକ୍ତ କୌଣସି କର୍ମଚାରୀ ଭଣ୍ଡାରଘର ଚୋରିରେ ସମ୍ପୃକ୍ତ ନାହାନ୍ତି। କିନ୍ତୁ ଚୋରି ହୋଇଛି। ଥରେ ନୁହେଁ, ନିୟମିତ। ତାଲା ଭଙ୍ଗା ହେଉନାହିଁ, କିନ୍ତୁ ଚୋରି ହେଉଛି। ଆମ କର୍ମଚାରୀମାନେ ସୁଚାରୁରୂପେ ତାଙ୍କ କାର୍ଯ୍ୟ ସମ୍ପାଦନ କରିବା ସତ୍ତ୍ୱେ ଚୋରି ହେଉଛି। ଏହାର ଅର୍ଥ ଅତ୍ୟନ୍ତ ଗୂଢ଼। ଯଦିଓ ଏହାର ନିର୍ଦିଷ୍ଟ ପ୍ରମାଣ ଆମ ପାଖରେ ନାହିଁ, ତଥାପି ଆମର ଦୃଢ଼ ବିଶ୍ୱାସ ଯେ, ରାଜ୍ୟର ପ୍ରଜାଙ୍କ ମଧ୍ୟରେ ଚୌର୍ଯ୍ୟ ପ୍ରବୃତ୍ତି ବ୍ୟାପକ ହୋଇଉଠିଛି। ସେମାନେ ଖଜଣା ପେଠ କଲାବେଳେ ଚଞ୍ଚକତାପୂର୍ବକ କମ୍ ଖଜଣା ପେଠ କରୁଛନ୍ତି, ଯେଉଁଥିପାଇଁ ହିସାବ ଖାତାର ସମ୍ପଦ ଓ ଭଣ୍ଡାର ଘର ଧନ ଭିତରେ ଏତେ ଅମେଳ ରହୁଛି। ତେଣୁ ଆମର ସୁପାରିସ, ଖଜଣାକୁ ଆଜିଠାରୁ ଦ୍ୱିଗୁଣିତ କରିଦିଆଯାଉ। ତା'ହେଲେ ରାଜଭଣ୍ଡାର ଅପୂର୍ଣ୍ଣ ରହିବ ନାହିଁ।"

ମହାରାଜ ତାଙ୍କ ଅର୍ଦ୍ଧନିମିଳିତ ରଷ୍ମ ଖୋଲି ଦରବାର ଉପରେ ନିକ୍ଷେପ କଲେ। ବହୁ ପ୍ରତୀକ୍ଷିତ ସ୍ମିତ ହସଟି ଝୁଲୁଥିଲା ତାଙ୍କ ଓଠରେ। ସେ ଘୋଷଣା କଲେ- "ସମିତିର ପ୍ରସ୍ତାବକୁ ରାଜ୍ୟ ଗ୍ରହଣ କଲା। ପ୍ରତାରଣା ପାଇଁ ପ୍ରଜାଙ୍କୁ ଦଣ୍ଡ ସ୍ୱରୂପ ଆଜିଠାରୁ ଖଜଣାକୁ ଦ୍ୱିଗୁଣିତ କରାଗଲା।" ସମସ୍ୟାର ଉତ୍ତମ ସମାଧାନ ପରେ ମହାରାଜାଙ୍କର ଚିତ୍ତ ବିନୋଦନ କରିବାର କଥା। ସେ ପ୍ରମୋଦ କକ୍ଷ ଆଡ଼େ ଅଗ୍ରସର ହେଲେ।

ଆଖି ଖୋଲିଲେ ସକାଳ

କେବଳ ମୁଁ କାହିଁକି, କାମାକ୍ଷା ପାଇଁ ଆମ ସାହିର ସମସ୍ତେ ପ୍ରଚୁର ସାହସ ପାଉଥିଲୁ। କାରଣ ତା ଭଳି ଆଉ ଗୋଟାଏ ଦୟିଲା ମର୍ଦ୍ଦ ଆମ ଉତ୍ତର ସାହିରେ କେବେ ଜନ୍ମି ନ ଥିଲା। ତା'ର ବୃହତ୍ ବପୁ, ଶକ୍ତ ମାଂସପେଶୀ, ତୀକ୍ଷ୍ଣ ଚକ୍ଷୁ ଓ ଅଣ୍ଟାରେ ତିନି ହାତର ଖଣ୍ଡାଟା ଦେଖିଲେ ମନେହୁଏ ଯେମିତି ସେ ଏ ମାଟିର ନୁହେଁ। ସେ ଏକ ଦୂରାଗତ ପ୍ରତାପୀ ପୁରୁଷ। ଇତିହାସର ଛାତି ଚିରି ଟେଙ୍କାଁ ପଡ଼ିଛି ଆମ ସାହିକୁ। ଏତେ ଦିନେକେ ଆମ ସାହିରେ ଗର୍ବ କଲାଭଳି ଜଣକୁ ଆମେ ପାଖରେ ପାଇଛୁ ହାତ ପାଖରେ। ସେ ହେଉଛି କାମାକ୍ଷା। ତେଣୁ କାମାକ୍ଷାର ଉତ୍ଥାନକୁ ଆମ ଉତ୍ତର ସାହିର ପୌରୁଷର ଉତ୍ଥାନ ବୋଲି କୁହାଯାଇପାରେ। ନଚେତ୍ ଗୋଟାଏ ନଷ୍ଟ ବର୍ତ୍ତମାନକୁ ତା' ଜାଗାରୁ ଓଟାରି ଆଣି, ତାକୁ ଧୋଇଧାଇ ଗୌରବମୟ କରିବା ଆମ ପକ୍ଷରେ କେବେ ସମ୍ଭବ ହୋଇ ନ ଥାନ୍ତା। ପାପିଷ୍ଟ ହୁସେନ୍‌ପୁରିଆ ଯେଉଁ ଅଦୌତି ଆମ ବର୍ତ୍ତମାନ ଉପରେ

କରୁଥିଲେ ସେଠାରେ ଆମେ ଓ ଆମ ପିଲାଏ ବାପ ମା' ଛେଉଣ୍ଡ ହୋଇ ପରିଚୟଶୂନ୍ୟ ହୋଇଯିବା ନିଶ୍ଚିତ ଥିଲା ।

କଥା କଥାକେ ତାତି ଉଠୁଥିବା ହୁସେନ୍‌ପୁରିଆ ଏବେ ଜୋକ । ଯେଉଁଦିନ କାମାକ୍ଷା ତା ତିନି ହାତ ଖଣ୍ଡାରେ ମତ୍‌ଲୁବ୍‌କୁ ସମସ୍ତଙ୍କ ଆଗରେ ତିନି ଗଡ଼ କରି ହାଣିଦେଲା ସେହିଦିନ ଜାଣ ହୁସେନ୍‌ପୁରିଆଙ୍କଠାରୁ ବୀରକଳା ହରଣ ହୋଇଗଲା । ନ ହେଲେ ସେମାନେ ଅକାରଣେ ମାତି ଉଠୁଥିଲେ । ଆମ ମୁରବିମାନଙ୍କଠାରୁ ଆରମ୍ଭ କରି ପିଲାମାନେ ତ ପ୍ରତିଦିନ ମାଡ଼ ଖାଉଥିଲେ ତାଙ୍କଠାରୁ । ବରାବର ତାଙ୍କ ଆଖି ରହୁଥିଲା ଆମ ମନ୍ଦିରଟି ଉପରେ, ଯାହାର ନିର୍ମାଣ କେଉଁ କାଳରୁ ଆମ ପୂର୍ବପୁରୁଷମାନେ କରିଥିଲେ । ସେମାନେ ଆମ ମନ୍ଦିରର ଶିରୀକୁ ସହି ପାରୁନଥିଲେ । ତେଣୁ କଣ୍ଟାବାଡ଼ରେ ଲୁଗା ପକାଇ ଗଣ୍ଟଗୋଲଟ'ଏର ସୂତ୍ରପାତ କରି ସେମାନେ ଆମ ମନ୍ଦିର ଉପରେ ଆକ୍ରମଣ ଆରମ୍ଭ କରୁଥିଲେ । ଆମ ମନ୍ଦିର ଭିତରେ ପଶି ଆମ ଦିଅଁଙ୍କର ଗହଣା ସବୁ ଲୁଟି ନେଇଥିଲେ । ଏପରିକି ଆମ ପରମ ପୂଜ୍ୟ ଦେବତାଙ୍କର ପିନ୍ଧା ବାସକୁ ଭିଡ଼ି ଆଣି କୌତୁକରେ ନିଜନିଜ ଭିତରେ ଛଡ଼ାଛଡ଼ି ହୋଇ ତାକୁ ଚିରି ଟିକିଟିକି କରିଦେଲେ । ତା'ପରେ ସେ ଛିନ୍ଦବାସକୁ ଗାଁ ମଝି ବଉଳଗଛରେ ସେମାନେ ଝୁଲେଇ ଦେଇଥିଲେ । ଆମେ ସବୁ ସହିଥିଲୁ । ସେମାନଙ୍କ ଘନଘନ ଆକ୍ରମଣ ଭୟରେ ଆମ ପୂଜାରୀ ମନ୍ଦିର ଛାଡ଼ି ପଳାଇଥିଲେ । ହୁସେନ୍‌ପୁରିଆଙ୍କ ଡରରେ ଆମେ ଆମ ଉଲଗ୍ନ ଠାକୁରଙ୍କ ଦେହରେ କନା ଖଣ୍ଡେ ବି ଗୁଡ଼େଇ ପାରି ନ ଥିଲୁ । କାରଣ, ସେମାନେ ହୁଲିଆ ଜାରି କରିଥିଲେ ଯିଏ ଠାକୁରଙ୍କୁ ଲୁଗା ପିନ୍ଧେଇବ ତା'ର ମୃତ୍ୟୁ ନିଶ୍ଚିତ ।

ଏତେ ଅନ୍ୟାୟ ପରେ ବି ସେଦିନ ସେମାନେ ଆସିଥିଲେ, ଠାକୁରଙ୍କୁ ଫିଙ୍ଗିଦେବେ, ମନ୍ଦିରକୁ ଭାଙ୍ଗିଦେବେ । ସବୁଥର ଭଳି ମତ୍‌ଲୁବ୍ ଏଥର ବି ଅଭିଯାନର ନେତୃତ୍ୱ ନେଇଥିଲା । ଏହା ଆଗରୁ ସେମାନେ କେତେଥର ମନ୍ଦିର ଭାଙ୍ଗିଥିଲେ । ଆମେ ମରାମତି କରିଥିଲୁ । କିନ୍ତୁ ଏଥର ତାଙ୍କର ଯୋଜନା ଥିଲା ମନ୍ଦିରଟାକୁ ନିଶ୍ଚିହ୍ନ କରିଦେବେ ।

ଆମେ ଭୟଗ୍ରସ୍ତ ମଣିଷମାନେ ଲୁଚିଲୁଚି ନିଜ ଧ୍ୱଂସକୁ ଦେଖୁଥିଲୁ । ସେତେବେଳକୁ ଯୁବକ କାମାକ୍ଷା ଯେ ଭିତରେ ଭିତରେ ଗୋଟେ ମହାସଂଗ୍ରାମ ପାଇଁ ପ୍ରସ୍ତୁତ ହେଲାଣି ତା'ର ସୁରାକ ଆମେ ପାଇ ନ ଥିଲୁ । ମତ୍‌ଲୁବ୍ ମନ୍ଦିର ଭିତରୁ ଠାକୁରଙ୍କୁ ତଣ୍ଟି ପାଖରୁ ଧରି

ହସିହସି ବାହାରି ଆସୁଛି କାମାକ୍ଷା କେଉଁଠି ଥିଲା ଗୋଟାଏ ଭୀମରଡ଼ି ଛାଡ଼ି ଦୌଡ଼ିଗଲା । ପ୍ରଥମ ଥର ପାଇଁ ଲୋକେ ଦେଖ୍‌ଲେ ତା' ହାତରେ ତିନି ହାତ ଲମ୍ୟର ଖଣ୍ଡାଟେ ଚକ୍‌ଚକ୍‌ କରୁଛି । କେହି କିଛି ଭାବିବା ପୂର୍ବରୁ ସେ ହୁସେନ୍‌ପୁରିଆଙ୍କ ଭିତରେ ପଶିଗଲା ଓ ମତ୍‌ଲୁବ୍‌ ବେକରେ ଚୋଟେ ପକେଇ ତା' ମୁଣ୍ଡ ଓ ଗଣ୍ଡିକୁ ଦି'ଗଡ଼ କରିଦେଲା । ମତ୍‌ଲୁବ୍‌କୁ ପେଟ ପାଖରୁ ଆଉ ଗଡ଼େ କରି ହାଣି ସେ ହୁସେନ୍‌ପୁରିଆଙ୍କ ମଝିରେ ଖଣ୍ଡା ଧରି ଭୈରବ ଭଳି ଉଦ୍ଧତ ନୃତ୍ୟ କଲା । ଅନେକ ଆହତ ହେଲେ । ଆମେ ସାହସ ପାଇଲୁ ଓ ଅସ୍ତ୍ରଶସ୍ତ୍ର ଧରି ଯୁଝିବାକୁ ଦୌଡ଼ିଲୁ । ହୁସେନ୍‌ପୁରିଆ ଛତ୍ରଭଙ୍ଗ ଦେଲେ ।

ହୁସେନ୍‌ପୁରିଆଙ୍କ ପଲାୟନ ପରେ ଆମେ ଚିନ୍ତା କଲୁ, "କ'ଣ କରିବା ?"

"ତାଙ୍କ ମସ୍‌ଜିଦ୍‌ ଭାଙ୍ଗିବା ।"

ଆମ ମନ୍ଦିରକୁ ଲାଗି ତାଙ୍କ ମସ୍‌ଜିଦ୍‌ । କେଉଁକାଳର । ଭିତରେ ଲମ୍ୟା ଧାଡ଼ିରେ ବିଛା ହୋଇଛି ଆସନ । ଗୋଟିଏ କଡ଼କୁ ଦୁଇଟି ଆଲମୀରା । ଆମେ ଆଲମୀରା ଦୁଇଟିକୁ ଗଡ଼ାଇ ଦେଲୁ । ଆସନକୁ କାଟି ଆଲମୀରାକୁ ଭାଙ୍ଗି ଓ ତା' ଭିତରର ବହିକୁ ଛିଣ୍ଡେଇ ଟିକିଟିକି କଲୁ । ତାଙ୍କ କୋରାନ୍‌କୁ ଓଟାରି ଆଣି ସେମାନେ ଆମ ଠାକୁରଙ୍କୁ ଯେତିକି ହୀନସ୍ତା କରିଥିଲେ ଆମେ ତାକୁ ତତୋଧିକ ଟାପରା କଲୁ । ମୁଁ କୋରାନ୍‌ର ଉପର ପଟିଟି ଛିଡ଼ାଇ ନେଇ ଆସିଲି । କୋରାନ୍‌ର ଭିତର ପୃଷ୍ଠା ସବୁକୁ ଛିଡ଼େଇ ଆମେ ପବନରେ ଉଡ଼ାଇ ଦେଲୁ । ମସ୍‌ଜିଦ୍‌ର କାନ୍ଥ, ଚଟାଣ ଆଦିକୁ ଯେଉଁଠି ପାରିଲୁ ଖୋଲି ତାଡ଼ି ପକାଇଲୁ । କ୍ଲାନ୍ତ ହୋଇଗଲା ପରେ ବିଜୟୋଲ୍ଲାସରେ କାମାକ୍ଷାକୁ ବାଃ'... ବାଃ'!... କରି ଆମେ ଫେରିଲୁ ।

ମନ୍ଦିର ଆମର ପୁଣି ଥରେ ମରାମତି ହେଲା । ଠାକୁରଙ୍କୁ ମାର୍ଜନା କରାଗଲା । ନୀତି ନିୟମ ଅନୁସାରେ ପୁଣି ଥରେ ପୂଜାପାଠ ଆରମ୍ଭ ହେଲା । ଆମ ହୃତ୍‌ ଗୌରବର ଉଦ୍ଧାରକ ହିସାବରେ କାମାକ୍ଷା ଏ ସବୁରେ ଆମର ନେତୃତ୍ୱ ନେଉଥିଲା । ଯା ଭିତରେ ମସ୍‌ଜିଦ୍‌ଟାର ଶିରୀ ତୁଟି ସାରିଥିଲା । ତା'ର ବର୍ତ୍ତମାନ ବୋଲି କିଛି ନ ଥିଲା । ବର୍ତ୍ତମାନଟା ଚାହୁଁ ଚାହୁଁ ହଜି ଯାଇପାରେ, ଅତୀତଟାକୁ ଶୁଣୁଶୁଣୁ ତା' କିଂବଦନ୍ତି ପାଲଟି ଯାଇପାରେ, ଏହା ଆମେ ଆଖିରେ ଦେଖୁଥିଲୁ ଓ ଅଙ୍ଗେ ନିଭାଉଥିଲୁ ।

ମତ୍‌ଲୁବର ମୃତ୍ୟୁରେ ହୁସେନ୍‌ପୁରିଆ ମେରୁଦଣ୍ଡବିହୀନ ପାଲଟି ଯାଇଥିଲେ । କାମାକ୍ଷାର

ଉପ୍ଲାତ ଆଗରେ ସେମାନେ ନରମି ଯାଉଥିଲେ। ସେମାନେ ଭୟରେ ଆଉ ମସ୍‌ଜିଦ୍‌ ଯାଉ ନ ଥିଲେ। କାମାକ୍ଷା ଗୋଟାଏ ହେଟାବାଘ ପରି ହୁସେନ୍‌ପୁର ଦାଣ୍ଡରେ ହେଙ୍ଗାଲ ଛାଡ଼ି ଚାଲିବାବେଳେ ଗାଁର ତାଟିକବାଟ ପଡ଼ିଯାଉଥିଲା। କାମାକ୍ଷାକୁ ଏକ ନିରାପଦ ଆଶ୍ରା ଭାବି ମୁଁ ତା'ର ସହଯୋଗୀ ପାଲଟି ଯାଇଥିଲି। ସେ ବି ମୋତେ ଖୁବ୍‌ ପସନ୍ଦ କରୁଥିଲା। ତେଣୁ ସେ ଯେତେବେଳେ ଯୁଆଡ଼େ ଯାଉଥିଲା ମୁଁ ଛାଇ ପରି ତା' ପଛେପଛେ ଚାଲୁଥିଲି। ସେ ଆମର ତ୍ରାଣକର୍ତ୍ତା ଓ ହୁସେନପୁରିଆଙ୍କ ପାଇଁ ଏକ ଭୟର ପ୍ରତୀକ ପାଲଟି ଯାଇଥିଲା।

ପ୍ରାୟ ପ୍ରତ୍ୟେକ ନିସ୍ତବ୍ଧ ରାତିରେ ମସ୍‌ଜିଦ୍‌ ଆଡୁ ଗୋଟେ ହୃଦୟବିଦାରକ କାନ୍ଦଣା ଶୁଣାଯାଉଥିଲା। ହୁସେନ୍‌ପୁରିଆ ସେ କାନ୍ଦକୁ କାନ ଡେରି ଶୁଣୁଥିଲେ ଓ ତା'ର ପ୍ରତିକ୍ରିୟାରେ ନିଜେ କାନ୍ଦିକାନ୍ଦି ରାତି ପୁହାଇ ଦେଉଥିଲେ। ପୂର୍ବରୁ ଯେତେବେଳେ ମନ୍ଦିରରେ ଆମ ଠାକୁରଙ୍କୁ ହାନିମାନ କରାଯାଉଥିଲା ସେତେବେଳେ ମଧ୍ୟ ରାତିରେ ମନ୍ଦିର ଆଡୁ ସବୁଦିନ କାନ୍ଦଣାର ସ୍ୱର ଭାସି ଆସୁଥିଲା। ସେ କାନ୍ଦଣା ମସ୍‌ଜିଦ୍‌ ଆଡୁ ଆସୁଥିବା କାନ୍ଦଣାଠାରୁ ଟିକେ ଭିନ୍ନ ଥିଲା। ଆମେ ସମସ୍ତେ ନିଜନିଜ ଘରେ ଉଜାଗର ରହି ସେ କାନ୍ଦଣା ଶୁଣୁଥିଲୁ। କାନ୍ଦଣାକୁ ସ୍ପଷ୍ଟ ଶୁଣିବା ପାଇଁ ମୁଁ ସେତେବେଳେ ଝରକା ଖୋଲି ଦେଉଥିଲି। ଏମିତି ଦାରୁଣ ରୋଦନ ମୁଁ ଆଉ କେବେ କେଉଁଠି ଶୁଣି ନାହିଁ। ଏମିତି ବ୍ୟଥା ବି ମୁଁ କେବେ ପାଇନାହିଁ। ଦୁଇଟିଯାକ କାନ୍ଦଣା ଏବେ ମୋର ଚିହ୍ନା। ତେଣୁ ମୁଁ ବୁଝିଛି ଏବେକାର କାନ୍ଦଣା କାହାର। କାହାର କାନ୍ଦଣା ଯେ ଆଉ ଜଣକୁ ଏତେ ଖୁସୀ ଓ ସନ୍ତୋଷ ଦେଇପାରେ ତା ମୁଁ ଏବେ ଅନୁଭବ କରୁଛି। ମୋର ନିଜସ୍ୱ ଅନୁଭୂତି ମୋ ପାଖରେ। ତେଣୁ ମୁଁ ଆହୁରି ଉସ୍କାଏ କାମାକ୍ଷାକୁ। 'ତୁ ତାଙ୍କ ଉପରେ, ତାଙ୍କ ମସ୍‌ଜିଦ୍‌ ଉପରେ ଆହୁରି ଅତ୍ୟାଚାର କର। ମସ୍‌ଜିଦ୍‌ ଆଡୁ ଆହୁରି କରୁଣ କାନ୍ଦ ଭାସିଆସୁ, ଯେମିତି ଆମ ମନ୍ଦିର ଆଡୁ ଆସୁଥିଲା – ତା'ଠାରୁ ଆହୁରି କରୁଣ, ଆହୁରି କରୁଣ।'

ଜିତାପଟ ହୋଇଗଲା ପରେ ଆମର ଯେତେବେଳେ ହୁସେନପୁରର ଯେଉଁ ଲୋକକୁ ମାରିବାକୁ ଇଚ୍ଛା ହେଉଥିଲା ମାରୁଥିଲୁ। ଯାହାର ଘର ଭାଙ୍ଗିବାକୁ ଇଚ୍ଛା ହେଉଥିଲା ଭାଙ୍ଗି ଦେଉଥିଲୁ। ଯାହାକୁ ଲଙ୍ଗଳା କରିବାକୁ ଇଚ୍ଛା ହେଉଥିଲା ତାକୁ ଦାଣ୍ଡ ମଝିରେ ଲଙ୍ଗଳା କରିଦେଇ ମଜା ଦେଖୁଥିଲୁ।

ବେଲେବେଲେ ଶୁଣିବାକୁ ମିଳୁଥିଲା ଯେ ହୁସେନ୍‌ପୁରିଆ ସଙ୍ଗଠିତ ହେଉଛନ୍ତି। ସେମାନେ ଭିତରେ ଭିତରେ ଯୋଜନା କରୁଛନ୍ତି। ତାଙ୍କ ମସ୍‌ଜିଦ୍‌ର ପୁନରୁଦ୍ଧାର ପାଇଁ ସେମାନେ ନିଜକୁ ତିଆରୁଛନ୍ତି। ଭଗ୍ନ ସାହସ ଓ ଦୁର୍ବଳ ମନୋବଳର ସଜଡ଼ା ଚାଲିଛି। ଆମେ ପ୍ରଥମେ ଏଭଳି ସମ୍ଭାବନାର ସତ୍ୟତା ଅଛି ବୋଲି ବିଚାର କରୁଥିଲୁ। କିନ୍ତୁ ଗୁଜବ ଅନେକ ଥର କେବଳ ଗୁଜବ ହୋଇ ରହିଯିବା ପରେ ଏ ସମ୍ଭାବନାକୁ ନେଇ ଆଉ କେହି ବ୍ୟସ୍ତ ହେଲୁ ନାହିଁ। କିନ୍ତୁ କାମାକ୍ଷା ସବୁବେଲେ ସତର୍କ ରହୁଥିଲା ଓ ଅନ୍ୟମାନଙ୍କୁ ସତର୍କ ରହିବାକୁ ପରାମର୍ଶ ଦେଉଥିଲା। ଶତ୍ରୁ ଯେତେ ଦୁର୍ବଳ ହେଲେ ବି ତାକୁ ହେୟଜ୍ଞାନ କରିବା ଉଚିତ୍‌ ନୁହେଁ। ତାକୁ ବରାବର ଚେଷ୍ଟା କରି ଆହୁରି ଦୁର୍ବଳ, ଆହୁରି ଦୁର୍ବଳ କରିଦିଆଯିବା ଉଚିତ୍‌ ବୋଲି ସେ ମତ ଦେଉଥିଲା।

ଥରେ ନିର୍ଭରଯୋଗ୍ୟ ସୂତ୍ରରୁ ସନ୍ଧାନ ମିଳିଲା ଯେ ହୁସେନ୍‌ପୁରିଆ ଏଥର ପ୍ରକୃତରେ ଏକଜୁଟ୍‌ ହେଲେଣି। ସେମାନେ ପ୍ରଥମେ ମସ୍‌ଜିଦ୍‌ ନ ସଜାଡ଼ି ମନ୍ଦିର ଉପରେ ଚଢ଼ାଉ କରିବେ ଓ ମନ୍ଦିରଟାକୁ ଭାଙ୍ଗିଦେବେ। ତେଣୁ ଆମ ସାହି ଲୋକେ ବି ପ୍ରସ୍ତୁତ ହୋଇ ରହିଲେ। କୌଣସି ପ୍ରକାର ଗଣ୍ଡଗୋଳ ପାଇଁ ମୋର ଆଦୌ ଭୟ ନ ଥାଏ। କାରଣ, ମୁଁ ଜାଣେ ଯେ ପୁରା ହୁସେନ୍‌ପୁରିଆଙ୍କ ପାଇଁ ଏକା କାମାକ୍ଷା ହିଁ ଯଥେଷ୍ଟ। ସେ ସର୍ବଦା ସତର୍କ ଥାଏ। ସେ ଯୁଆଡ଼େ ଯାଉଥାଏ ମୁଁ ତା’ ସାଙ୍ଗରେ ବୁଲୁଥାଏ।

ଖରାବେଳ। ସୁକୁଟାଇ ନିମ୍ବଗଛମୂଳେ ବସିଥାଉ ମୁଁ ଓ କାମାକ୍ଷା। କାମାକ୍ଷା କହିଲା, “କିଛିଦିନ ହୋଇଗଲାଣି ତ। ଶଳେ ଭୁଲିଗଲେଣି। ଏଥର ଅତି କମ୍‌ରେ ଚାରିଟାଙ୍କୁ ହାଣିବି। କୋଉଟା ଉପରେ ତୋର ବେଶୀ ରାଗ କହିଲୁ?” ମୁଁ କାମାକ୍ଷାର ଖଣ୍ଡାଟାକୁ ଚାହିଁଲି। ଚକ୍‌ଚକ୍‌ କରୁଥିଲା ଖଣ୍ଡାଟା। ମୁଁ କହିଲି, “ଏଥର ବି ହାତୀ ପାଡ଼ିବ... ଫୁସ୍‌। ହୁସେନପୁରିଆ ଜମା ଘରୁ ବାହାରିବେ ନାହିଁ। ତାଙ୍କର ତତେ ପ୍ରାଣରେ ଭୟ। ତୋ ଖଣ୍ଡା ଦେଖ୍‌ଲେ ଆଉ ସେ ଏ ଖଣ୍ଡମଣ୍ଡଳରେ ରହିବେ?” କାମାକ୍ଷା ମୁରୁକି ହସିଲା। ସେ ତା’ ଖଣ୍ଡାଟାକୁ ଦେଖ୍‌ଲା ଓ ଖଣ୍ଡା ଧାରରେ ଆଙ୍ଗୁଳି ଲଗାଇ ଖଣ୍ଡାର ଧାର ପରଖ୍‌ଲା। ମୁଁ ଆମ ମନ୍ଦିରକୁ ଚାହିଁଲି। ସୁକୁଟାଇ ନିମ୍ବଗଛ ପାଖରୁ ଆମ ମନ୍ଦିରଟା ପରିସ୍କାର ଦିଶେ। ଆମ ମନ୍ଦିର ଚୂଳରେ ବାନା ଉଡ଼ୁଥିଲା। ପ୍ରଖର ସୂର୍ଯ୍ୟ କିରଣ ପଡ଼ିଥିଲା ମନ୍ଦିର ଉପରେ। ପାରାଟିଏ ଉଡ଼ିଆସି ମନ୍ଦିର ଚୂଳରେ ବସିଲା। ମୁଁ କହିଲି, “ଦେଖ୍‌ଲୁ କାମାକ୍ଷା, ମନ୍ଦିର

ଚୂଲରେ କିଏ ବସିଛି ? ତା'ର ତତେ ଡର ନାହିଁ।" ସେ ହଠାତ୍ ଚମକିଲା ପରି ମନ୍ଦିର ଆଡେ ଚାହିଁଲା ଓ ତତ୍‍କ୍ଷଣାତ୍ ହାଉଳି ଖାଇଖାଇ ମନ୍ଦିର ଆଡେ ଦୌଡ଼ିଲା। ସେ ଖଣ୍ଡାଟାକୁ ଉଞ୍ଚେଇ ଦୌଡ଼ୁ ଦୌଡ଼ୁ ଚିକ୍ରାର କରୁଥିଲା, "ଆରେ ଭାଙ୍ଗିଦେଲେରେ, ଭାଙ୍ଗିଦେଲେରେ, ଶଳାଙ୍କୁ ହାଣି ପକାଅରେ...।" ମୁଁ ବି ହଠାତ୍ ବସିବା ଜାଗାରୁ ଉଠି ତା' ପଛେପଛେ ଦୌଡ଼ିଲି।

ମୁଁ କିଛି ବୁଝିବା ପୂର୍ବରୁ ଆମେ ମନ୍ଦିର ଭିତରେ ପଶି ସାରିଥିଲୁ। କାମାକ୍ଷା ଗୋଟେ ଭୟଙ୍କର ରୂପ ଧରିଥିଲା ସେତେବେଳକୁ। ସେ ତା' ବାଁ ହାତଟାକୁ କାହା ଉଦ୍ଦେଶ୍ୟରେ ଲମ୍ବେଇ ଦେଇଥିଲା। ଡାହାଣ ହାତରେ ସେ ଖଣ୍ଡାଟାକୁ ଉଞ୍ଚେଇ ଧରିଥିଲା। ସେ ବୋଧହୁଏ ମୋ ଉପଲକ୍ଷ୍ୟ କହିଲା, "ଧର ଶଳାକୁ।" ତା'ପରେ ସେ ଖଣ୍ଡାରେ ଶକ୍ତ ଚୋଟଟାଏ ପକାଇଲା। ସେହି ଚୋଟକରେ ତା' ବାଁ ହାତଟା କାନ୍ଧ ପାଖରୁ କଟି ତଳେ ପଡ଼ିଗଲା। ରକ୍ତରଞ୍ଜିତ ଖଣ୍ଡାଟାକୁ ପୁଣି ଉଞ୍ଚେଇ ଉଞ୍ଚେଇ ସେ, "ମାର, ମାର, ଧର, ଶଳାକୁ ହାଣ..." ଚିକ୍ରାର କରିକରି ଗାଁ ଆଡେ ଦୌଡ଼ିଲା। ମୁଁ କିଛି ବୁଝି ନ ପାରି କାମାକ୍ଷାର ରକ୍ତାକ୍ତ କଟା ହାତଟାକୁ ତଳୁ ଉଠେଇ ତାରି ପଛେପଛେ ଦୌଡ଼ିଲି। ସେତେବେଳକୁ ଆମ ସାହି ସାରା ଲୋକେ ଆମକୁ ଘେରି ଛଡ଼ା ହୋଇଥିଲେ। ଗୋଟାଏ ଦୁର୍ଦ୍ଦାନ୍ତ ଘାତକ ପରି କାମାକ୍ଷା ସମସ୍ତଙ୍କ ମଝିରେ ଛାତି ଫୁଲେଇ ଛିଡ଼ା ହୋଇଥିଲା। ତାର କଟା ବାଁ ହାତଟାକୁ ଧରି ମୁଁ ତା' ଆଗରେ ଛିଡ଼ା ହୋଇଥିଲି। ସେ ହାତଟାକୁ ଦେଖେଇ ମୁଁ ଡରିଡରି କହିଲି, "ହାତ !"

କାମାକ୍ଷା ଗୋଟେ ପିଶାଚ ଭଳି ହସିହସି କହିଲା, "କୁଆଡେ ଗଲେ ସେ ଶଳେ ?"

ମୁଁ ଥରିଥରି ପଚାରିଲି, "କିଏ ?"

ସେ ପୁଣି ହସିଲା, "ମୁଁ ଯେଉଁମାନଙ୍କୁ ହାଣିଲି।"

"ତୁ କାହାକୁ ହାଣିଲୁ ?" ଭୟ ଆଉ ଆଶ୍ଚର୍ଯ୍ୟରେ ମୁଁ ପଚାରିଲି।

କାମାକ୍ଷା ସେତେବେଳକୁ ମୁଁ ଧରିଥିବା କଟା ହାତଟାକୁ ପରମ ସନ୍ତୋଷରେ ଚାହିଁଥିଲା। କଟା ହାତର ମୂଳରୁ ରକ୍ତ ନିଗିଡ଼ି ମୋ ପାପୁଲି ଦେଇ କହୁଣିଯାଏ ବୋହି ଯାଇଥିଲା। ସେ ଆହୁରି ତୀକ୍ଷ୍ଣ ଭାବେ ସେ ହାତଟାକୁ ଚାହିଁଲା। ମୁଁ କହିଲି, "ଏଟା... ଏଟାତ... ତୋ ହାତ !"

ତା' ମୁହଁର ଭାବ ହଠାତ୍ ବଦଲିଗଲା। ସେ ତା' ଡାହାଣ ହାତ ଓ ଖଣ୍ଡାକୁ ଚାହିଁଲା।

ତା'ପରେ ସେ ମୋତେ ଚାହିଁଲା। ମୁଁ କହିଲି, "ହଁ, ଏ ତୋରି ହାତ। ତୋରି ବାଁ ହାତ। ମନ୍ଦିରରେ ତ ଆଉ କେହି ନ ଥିଲେ। ତୋରି ହାତକୁ ତୁ ନିଜେ ହାଣିଦେଲୁ।"

ସେ ଚମକିଲା ଭଳି ତା' ଶରୀରର ବାଁ ପାଖକୁ ଚାହିଁଲା। ତା' ବାଁ କାନ୍ଧ ପାଖରୁ ଛୋଟ ନଈଟିଏ ଭଳି ରକ୍ତର ସୁଅ ଛୁଟିଥିଲା। ସେ ତା' କଟା ବାହୁକୁ ଚାହିଁଲା, ଡାହାଣ ହାତକୁ ଚାହିଁଲା, ଖଣ୍ଡାକୁ ଚାହିଁଲା, ମୋତେ ଚାହିଁଲା ଓ ସମବେତ ଅନ୍ୟମାନଙ୍କୁ ଚାହିଁଲା। ସେ ଖଣ୍ଡାଟାକୁ ତା' ଅଣ୍ଟାରେ ଖୋସିଦେଲା। ମୁଁ କିଛି ସ୍ଥିର କରି ନପାରି କଟା ହାତଟାକୁ ତା' ଆଡ଼କୁ ବଢ଼ାଇ ଦେଲି। ସେ ହାତଟାକୁ ମୋ ଠାରୁ ନେଲା ଓ ଭିଡ଼ ଭିତରୁ ଏକାକୀ ବାହାରି ଗଲା। ଆମ ସାହି ଲୋକେ ତାକୁ ଅବାକ୍ ହୋଇ ଚାହିଁ ରହିଥିଲେ।

ତା'ପରେ କାମାକ୍ଷା ପାଗଳ ନୁହେଁ ବୋଲି ମୁଁ ଯେତେ ଯୁକ୍ତି ବାଢ଼ିଲେ ବି ଅନ୍ୟମାନେ ତାକୁ ଗ୍ରହଣ କଲେ ନାହିଁ। ଓଲଟି ସେମାନେ ମୋତେ ପାଲଟା ଆକ୍ରମଣ କଲେ– "କାମାକ୍ଷା ଯଦି ପାଗଳ ନୁହେଁ, ନିଜେ ନିଜ ହାତ କାଟି ପକାଇଲା କେମିତି ? ତୁ ତ ତାର ଏତେ ସାଙ୍ଗ। ସବୁବେଳେ ଥାଉ ତା' ପଛରେ। ଏବେ ବି ସେ ତତେ ଖୋଜୁଛି। ତୁ ତାକୁ ଲୁଚୁଛୁ କାହିଁକି ?" ମୁଁ ନିରୁତ୍ତର ରହିଲି। କାରଣ, ସେମାନଙ୍କର ଅଭିଯୋଗ ମିଛ ନୁହେଁ। ଯିଏ ଦିନ ଦ୍ୱିପହରେ ନିଜ ହାତଟାକୁ କାଟି ପକାଇପାରେ ସେ ତା ସାଙ୍ଗ ବେକଟାକୁ ବେଶୀ ଖାତିର କରିବା ସମ୍ଭବ କି ?

ହାତଟିଏ ଚାଲିଯିବା ପରେ କାମାକ୍ଷା ଆଉ ତା' ନିଶ ଓ ଦାଢ଼ି ପ୍ରତି ଦୃଷ୍ଟି ଦେଉ ନ ଥିଲା। ତେଣୁ ତା'ର ନିଶ ଆସି ଦାଢ଼ି ସହ ମିଶି ଯାଉଥିଲା ଓ ଦାଢ଼ି ତା' ଛାତି ଉପରକୁ ଓହ୍ଲି ଆସିଥିଲା। ସେ ଖଣ୍ଡାଟିକୁ ଆଉ ଅଣ୍ଟାରେ ଖୋସୁ ନ ଥିଲା। ଖଣ୍ଡା ଜାଗାରେ ନିଜ କଟା ହାତଟିକୁ ଅଣ୍ଟାରେ ଖୋସି ଦେଉଥିଲା। ସେ ପ୍ରାୟ ମୂକ ପାଲଟି ଯାଇଥିଲା।

ହୁସେନ୍‌ପୁରିଆ ତାକୁ ଆହୁରି ଡରିଲେ। କାମାକ୍ଷାକୁ ଏଥର ଆମ ସାହି ଲୋକ ଦେଖିଲେ ବି ଛାନିଆ ହେଲେ। ସେ ଗାଁ ଦାଣ୍ଡରେ ବାହାରିଲେ ସବୁ କବାଟ ବନ୍ଦ ହୋଇଗଲା। ଆଜିକାଲି ଅଧିକାଂଶ ସମୟ ସେ ଯାଇ ମନ୍ଦିର ପାଖରେ ବସୁଥିଲା। ତେଣୁ ଆମ ପୂଜାରୀ ପୁଣି ମନ୍ଦିର ଛାଡ଼ି ପଲାଇଲେ। ଭକ୍ତମାନେ ମଧ୍ୟ ମନ୍ଦିର ଗଲେ ନାହିଁ। ପ୍ରକୃତରେ ତା'ର ନିଶ, ଦାଢ଼ି ଭର୍ତ୍ତି ମୁହଁ ଓ ଅଣ୍ଟାରେ କଟା ହାତଟା ତାକୁ ଖୁବ୍ ବୀଭତ୍ସ କରି ଦେଇଥିଲା। ସେ ବେଳେବେଳେ ଭଙ୍ଗା ମସ୍‌ଜିଦ୍‌ଟା ଭିତରକୁ ବି ପଶି ଯାଉଥିଲା। ମନ୍ଦିର ଓ ମସ୍‌ଜିଦ୍‌

ବେଢ଼ାରେ ବୁଲିବୁଲି ସେ ହୁଏତ ମନ୍ଦିର ପାହାଚ ଉପରେ ବା ମସ୍‌ଜିଦ୍‌ର ଦୁଆରେ ବସି ଯାଉଥିଲା। ପୂର୍ବରୁ ମସ୍‌ଜିଦ୍‌ ତ ପରିତ୍ୟକ୍ତ ଥିଲା। ଏବେ ମନ୍ଦିର ମଧ୍ୟ ସାଧାରଣ ଲୋକଙ୍କ ଦ୍ୱାରା ବର୍ଜିତ ହେଲା।

କାମାକ୍ଷା ମୋତେ ଖୋଜୁଥିଲା। ମୁଁ ତାକୁ ଲୁଚୁଥିଲି। କାରଣ, କେବଳ ଭୟ। ମୁଁ ବୁଝି ସାରିଥିଲି ଯେ ଗୋଟାଏ ମଣିଷକୁ କଳନା କରିବା ଏକଦମ୍‌ ଅସମ୍ଭବ ବ୍ୟାପାର!

ପୂର୍ବେ ମୁଁ ଭାବୁଥିଲି କାମାକ୍ଷା ମୋତେ ଆଶ୍ରୟ ଦେଉଛି। ସେ ଆମ ମନ୍ଦିରକୁ ବଞ୍ଚେଇଛି, ଠାକୁରଙ୍କୁ ଉଦ୍ଧାର କରିଛି। ଆମ ଉତ୍ତରସାହିକୁ ରକ୍ଷା କରିଛି। କିନ୍ତୁ ଶେଷକୁ ସେ ତା' ନିଜ ହାତକୁ କାଟି ପକାଇଲା।

କାମାକ୍ଷା ଏକହାତିଆ ହୋଇଗଲା ପରେ ଓ ଖଣ୍ଡା ପରିତ୍ୟାଗ କଲା ପରେ ମୁଁ ଭାବିଥିଲି ଯେ ଏଥର ହୁସେନ୍‌ପୁରିଆ ନିଶ୍ଚୟ ମତଲୁବ୍‌ ହତ୍ୟାର ପ୍ରତିଶୋଧ ନେବେ। ଚୂନାଚୂନା କରି ସେମାନେ ହାଣିଦେବେ କାମାକ୍ଷାକୁ। କିନ୍ତୁ ସେମାନେ ତା' ଖଣ୍ଡାକୁ ଯେତିକି ଡରୁଥିଲେ ତା' କଟା ହାତକୁ ଅଧିକ ଡରିଲେ। କି ଆଶ୍ଚର୍ଯ୍ୟ! ଏମିତି ପରିସ୍ଥିତିରେ ମୁଁ ବା କେମିତି ନ ଡରିଥାନ୍ତି କାମାକ୍ଷାକୁ?

ମୁଁ ଭାବିଥିଲି ଆମ ସାହି ଓ ହୁସେନ୍‌ପୁର ଭିତରେ ଚିରକାଳ ଏମିତି ଅପଢ଼ ଓ ହଣାକଟା ଚାଲିବ ବୋଲି। କିନ୍ତୁ ୟା ଭିତରେ ଉତ୍ତର ସାହି ଓ ହୁସେନ୍‌ପୁରର ମୁରବିମାନେ ଯୁଗଯୁଗର ନିୟମକୁ ଉଲ୍ଲଂଘନ କରି ନିଜନିଜ ଭିତରେ କଥାବାର୍ତ୍ତା ଆରମ୍ଭ କରିଥିଲେ। ଯେମିତି ସମସ୍ତେ ଏକା ବିପଦରେ ପଡ଼ିଛନ୍ତି। କାହାରି ଆଉ କାହାକୁ ଟିଟିକାରି ମାରିବାକୁ ବେଳ ନାହିଁ। ପ୍ରଥମେ ବିପଦରୁ ଉଦ୍ଧାର ହେବା ଚାହି।

ଆଶ୍ଚର୍ଯ୍ୟ !

ସୁକୁଟାଇ ନିମ୍ବଗଛମୂଳେ ବସିଥିଲା କାମାକ୍ଷା। ମୁଁ ସେପଟେ ଆସୁଆସୁ ଅନ୍ୟମନସ୍କଭାବେ କେତେବେଳେ ତା' ପାଖରେ ପହଞ୍ଚିଯାଇଛି ଜାଣିପାରିନାହିଁ। ହଠାତ୍‌ ତା' ଉପରେ ନଜର ପଡ଼ିଲାରୁ ମୁଁ ସାପ ଦେଖିଲା ପରି ଚମକିଲି। ସେ ମୋତେ ଚାହିଁଥିଲା। ମୁଁ ତାକୁ ନ ଦେଖିଲା ଭଳି ଅଭିନୟ କରି ଆଖି ବୁଲାଇ ନେଲି। ମୁଁ ଏକରକମ ଦୌଡ଼ିଲି। ସେ ମୋ ନାଁ ଧରି ଡାକିଲା। ମୁଁ ଖୁବ୍‌ ତରତର ହୋଇ କିଛି ନ ଶୁଣିବା ଭଳି ଚାଲିଆସିଲି। ଗୋଟାଏ ନିରାପଦ ଦୂରତ୍ୱକୁ ଆସିଯାଇ ମୁଁ କଣେଇ କରି ତାକୁ ଚାହିଁଲି। ସେ ସେଇଠି

ବସିଛି। ତା'ପରେ ମୁଁ ଅନୁଭବ କଲି ତା' ସ୍ଵରଟା କେମିତି ମତେ ନୂଆନୂଆ ଲାଗିଲା। ସେ ଡାକିଲାବେଳେ ସିନା ମୁଁ ଡରିଡରି ଚାଲି ଆସିଲି, କିନ୍ତୁ ତା' ସ୍ଵରଟା ଯେତିକି ମୋର ମନେ ପଡ଼ିଲା ତା'ର ପୂର୍ବ କଣ୍ଠସ୍ଵର ଠାରୁ ଯଥେଷ୍ଟ ଭିନ୍ନ ଥିଲା। ମୁଁ ଦୂରରୁ ତାକୁ ଆଉଥରେ ଚାହିଁଲି। ସେ ମନ୍ଦିର ଓ ମସ୍‌ଜିଦ୍‌ ଆଡ଼େ ଚାହିଁଥାଏ।

କାମାକ୍ଷାର ଚାଲିଚଲନ ଦିନକୁ ଦିନ ଘୋର ସନ୍ଦେହଜନକ ହୋଇ ପଡ଼ିଥିଲା। ଅନ୍ୟମାନେ ତା' ବିରୁଦ୍ଧରେ ଗୋଟେ ଷଡ଼ଯନ୍ତ୍ରରେ ଲିପ୍ତ ଥିଲେ। ଯ଼ା ଭିତରେ କାମାକ୍ଷା ପ୍ରକୃତରେ କାହାରି କିଛି କ୍ଷତି କରିନଥିଲେ ବି ସେମାନେ ବିଶ୍ଵାସ କରୁଥିଲେ ଯେ କାମାକ୍ଷା ବିକୃତ ମସ୍ତିଷ୍କ ଓ ତା' ଭଳି ଭୟଙ୍କର ଲୋକଟେ ବିକୃତ ମସ୍ତିଷ୍କ ହେଲେ ତା' ଉପରେ ଆଦୌ ଭରସା କରାଯାଇ ପାରେନା। ତା'ର ଗୌରବ କାଳରେ ମତେ ତା'ର ଅନ୍ତରଙ୍ଗ ବୋଲି ସ୍ଵୀକାର କରି କାମାକ୍ଷା ମୋତେ ଯେଉଁ ମର୍ଯ୍ୟାଦା ଦେଇଥିଲା ସେଥିପାଇଁ ମୋର ତା' ପ୍ରତି ତଥାପି କିଛି ଶ୍ରଦ୍ଧା ଥିଲା। ମୁଁ ଚାହୁଁଥିଲି ତା' ସହ ଆଉ ଥରେ ମିଶିବା ପାଇଁ, କଥାବାର୍ତା ହେବାପାଇଁ। କିନ୍ତୁ ପ୍ରାଣକୁ ଜଗି ମୁଁ ସେତିକି କରିପାରୁ ନ ଥିଲି।

ପ୍ରାୟ ପ୍ରତି ରାତିରେ କାମାକ୍ଷା ମନ୍ଦିର ଆଡ଼େ ବାହାରି ଯାଉଥିଲା। ଆମେ ସମସ୍ତେ ଜାଣିଥିଲୁ ସେ କଥା। ସେ କାହିଁକି ପ୍ରତି ରାତିରେ ଏକାଏକା ମନ୍ଦିର ଯାଉଛି ସେ ନେଇ ମୋର ସନ୍ଦେହ ହେଉଥିଲା ପ୍ରଚୁର। କିନ୍ତୁ ଯେଉଁ ଦୁଇଟି କଥା ମୋତେ ଖୁବ୍‌ ବିଚଳିତ କରୁଥିଲା ତା' ଭିତରୁ ପ୍ରଥମଟି ହେଲା – ଦୀର୍ଘଦିନ ବିତି ଯାଇଥିଲେ ମଧ କାମାକ୍ଷାର କଟା ହାତଟା ଆଦୌ ପଚି ନ ଥିଲା କି ଗନ୍ଧେଉ ନ ଥିଲା। ସଜ ହାତଟେ ପରି ସେ ଏପର୍ଯ୍ୟନ୍ତ ତତ୍କା ରହିଥିଲା। ଦ୍ଵିତୀୟଟି ହେଲା – ମନ୍ଦିର କି ମସ୍‌ଜିଦ୍‌ ଆଡୁ ଆଉ ଗଭୀର ରାତ୍ରିରେ କାନ୍ଦଣା ଶୁଭୁ ନଥିଲା। କାନ୍ଦଣା ଶୁଣିବା ପାଇଁ ମୁଁ ବହୁତ କାନ ଦେଇଛି। କିନ୍ତୁ ଆଉ କେବେ ମୁଁ କାନ୍ଦଣା ଶୁଣି ପାରି ନାହିଁ। ତା'ହେଲେ କ'ଣ ଉଭୟ ଦେବତା କାମାକ୍ଷାର ଭୟରେ ତାଙ୍କ କାନ୍ଦ ବି ବନ୍ଦ କରିଦେଲେ?

ମୋର ସନ୍ଦେହ ବଢ଼ିଲା। ଉକ୍ରଣ୍ଠା ବି ବଢ଼ିଲା। ଦିନସାରା ମୁଁ କାମାକ୍ଷାକୁ ଲୁଟିଲୁଟି ଅନୁସରଣ କଲି।

ରାତି ହେଲା। ରାତି ଗଭୀର ହେଲା। ଗାଁ ଲୋକେ ଯେ ଯାହାର କେତେଠୁ ଶୋଇ ସାରିଥିଲେ। ଜହ୍ନ ଆଲୁଅରେ କାମାକ୍ଷା ଗାଁ ଦାଣ୍ଡରେ ବୁଲୁଥିଲା। ତା'ପରେ ସେ ମନ୍ଦିର

ଆଡ଼େ ଆଗେଇଲା । ମୁଁ ଖୁବ୍ ସନ୍ତର୍ପଣରେ ତା' ପଛେପଛେ ଚାଲିଲି । ମନ୍ଦିର ପାହାଚ ପାଖ ଆମ୍ଵଗଛ ମୂଳେ ସେ ବସିଗଲା । ହଠାତ୍ ଗୋଟାଏ ନିଦା କଣ୍ଠରୁ କଥା ଦି' ପଦ ଶୁଭିଲା, 'ଆସିଲୁ ବାପ !'

ମୁଁ ଏପଟ ତେନ୍ତୁଳି ଗଛ ମୂଳରେ ଲୁଚିଥିଲି । ଏତେ ନିଦା ସ୍ଵରଟାଏ ଶୁଣି ଚମକିଲି । ଛାତିରେ ଛେପ ପକାଇଲି ଓ କାମାକ୍ଷା ଆଡ଼େ ଚାହିଁ ପୁଣି ଥରେ ଚମକିଲି ।

ଅଭୁତ !

ଜଣେ ବୃଦ୍ଧ । ଦାଢ଼ି ତାଙ୍କର ଲମ୍ଵିଛି ନାହି ତଳକୁ । ବେଶ୍ ଚଉଡ଼ା ମୁହଁ । ବଡ଼ବଡ଼ ଆଖ୍ । ଅସ୍ଵାଭାବିକ ଭାବେ ଡେଙ୍ଗା ତାଙ୍କର ନାକ । ତାଙ୍କ ମୁହଁରୁ ଜଣା ପଡ଼ୁଥିଲା ଯେମିତି ପୃଥିବୀ ଆରମ୍ଭରୁ ସେ ବଞ୍ଚ ଚାଲିଛନ୍ତି । ସମୟକୁ କାନ୍ଧରେ ପକାଇ ଅନେକ ଦୂର ପଥ ସେ ଅତିକ୍ରମ କରି ଆସିଛନ୍ତି । ଏମିତି ବ୍ୟକ୍ତିଟିଏ ମୁଁ କେବେ କେଉଁଠି ଦେଖ ନ ଥିଲି । ଭୟଭୀତ ଓ ସନ୍ଦେହୀ ହେବା ସଙ୍ଗେସଙ୍ଗେ ମୁଁ କୌତୂହଳୀ ବି ହୋଇ ପଡ଼ିଲି । ସେ କାମାକ୍ଷା ପିଠିରେ ହାତ ବୁଲାଇ ନେଲେ । ସେ ତା' ବାଁ କାନ୍ଧକୁ ବି ଆଉଁଶି ଦେଲେ । ମୋ ଦେହ ଶୀତେଇ ଉଠିଲା । ସେ କହିଲେ, "ଡରିବାର କିଛି ନାହିଁରେ । ଲୁଚିଛୁ କାହିଁକି ?"

କାମାକ୍ଷା ତାଙ୍କୁ ପ୍ରଶ୍ନ କଲା, "କିଏ ?"

ମୁଁ ଅଚାନକ ଦୌଡ଼ିବାକୁ ଭାବିଲି । କିନ୍ତୁ ଗୋଡ଼ ହାତ ମୋର କାଲୁଆ ମାରି ଯାଇଥିଲା । ମୁଁ ଛିଡ଼ା ହୋଇ ନପାରି ସେଇଠି ପଡ଼ିଗଲି । କାମାକ୍ଷା ଆସି ଗୋଟେ ହାତରେ ମୋତେ ଉଠେଇନେଲା । ସେ ମୋ ମୁଣ୍ଡରେ ତାଙ୍କ ହାତ ବୁଲାଇ ଦେଲେ । ମୋ ଦେହରେ ତଡ଼ିତର ପ୍ରବାହ । ମୁଁ ହଠାତ୍ ସମ୍ପୂର୍ଣ୍ଣ ସୁସ୍ଥ ହୋଇ ଉଠିଲି । ମନଟା ବି ଖୁବ୍ ହାଲୁକା ଲାଗିଲା । ମଣିଷ ଭିତରେ ଏତେ କଥା ଅଛି, ତା'ଭିତରଟା ଏତେ କୋଲାହଲ ଶୂନ୍ୟ ସୁସ୍ଥ ହୋଇପାରେ ତା' ମୁଁ ପ୍ରଥମ କରି ଅନୁଭବ କଲି । କାମାକ୍ଷା ମୋ ପାଖରେ ବସିଥିଲା । ସେ ତା' ଡାହାଣ ହାତ ମୋ କାନ୍ଧରେ ପକାଇଥିଲା । ମୁଁ ବୃଦ୍ଧଙ୍କୁ ଲକ୍ଷ୍ୟ କରି ପଚାରିଲି, "ଆପଣ ?"

"ଡରନା, ମୁଁ ଏଇ ଗାଁ ଲୋକ ।" ବୃଦ୍ଧ ଉତ୍ତର ଦେଲେ ।

"ଆମ ଗାଁ ଲୋକ ?"

"ମୁଁ ତୁମ ଗାଁର ପ୍ରଥମ ଲୋକ ।"

ମୁଁ ଆଶ୍ଚର୍ଯ୍ୟରେ କାମାକ୍ଷାକୁ ଥରେ ଚାହିଁଲି । ତା'ପରେ ବୃଦ୍ଧଙ୍କୁ ପଚାରିଲି, "ତା'ହେଲେ ଆପଣଙ୍କ ବୟସ ?"

ସେ ହସିଲେ, "ମତେ ଜଣା ନାହିଁ । ତୁ ହିସାବ କର ।"

"ଆପଣ ଉଉରସାହିର ପ୍ରଥମ ଲୋକ ?"

"ଉଉର ମୋ ପୁଅ । ହୁସେନ୍ ଆଉ ଗୋଟେ ପୁଅ । ସେମାନେ ତାଙ୍କ ନାଁରେ ସାହି ତିଆରି କରିଥିଲେ ।"

ମୁଁ ଆହୁରି ଆଶ୍ଚର୍ଯ୍ୟ ହୋଇଗଲି, "ତେବେ ସେମାନେ କାହାନ୍ତି ?"

"ମଲେଣି । ତାଙ୍କ ପୁଅ, ନାତି, ଅଣନାତି, ପଣନାତି ଓ ତା' ପରେ କେତେ ପୁରୁଷ ବି ମଲେଣି ।"

"କିନ୍ତୁ ଆପଣ... ବଞ୍ଚିଛନ୍ତି ? ବଡ଼ ଅଭୁତ ତ !"

"ମୁଁ... ବଞ୍ଚିଛି ? କୋଉଠି, କାହିଁ ?"

ମୁଁ ଖୁବ୍ ଜୋରରେ ଡରିଗଲି । କେତେ କ'ଣ ପଚାରିବାକୁ ଭାବିଥିଲି । କିନ୍ତୁ ଲୋକଟେ ବଞ୍ଚ ଥାଉଥାଉ ନିଜେ କହୁଛି ମରିଗଲି ବୋଲି । ମୁଁ ତାକୁ ଆଉ କିଛି ନ ପଚାରି ଫେରି ଯିବାକୁ ଚାହିଁଲି । କାମାକ୍ଷା ବୋଧହୁଏ ମୋ ଡରିଯିବା କଥା ଜାଣି ପାରିଲା । ସେ ମୋତେ କହିଲା, "ଡରୁଛୁ କାହିଁକି, ଡରନା ?" ମୁଁ ଡରିନାହିଁ ବୋଲି ଦେଖେଇବାକୁ ଯାଇ ପଚାରିଦେଲି, "କେମିତି ମଲେ ଆପଣଙ୍କ ପୁଅ ?"

"ମରାମରି ହୋଇ । ଉଉର ରହୁଥିଲା ଏଠି", ସେ ମନ୍ଦିରଟା ଆଡ଼କୁ ଆଙ୍ଗୁଳି ଦେଖାଇଦେଲେ । "ହୁସେନ୍ ରହୁଥିଲା ସେ ଘରେ", ଏଥର ମସ୍ଜିଦ୍‌କୁ ହାତ ବଢ଼େଇଲେ ସେ । ପୁରାଟା ଦିନେ ଗୋଟିଏ ଘର ଥିଲା । ନିଜେ ତିଆରି କରିଥିଲି । ପୁଅ ଦୁହେଁ ବଡ଼ ହେଲେ । ଅଲଗା ହେବାକୁ ଚାହିଁଲେ । ସବୁଦିନ ପିଟାପିଟି ହେଲେ । ତେଣୁ ତାଙ୍କ ପିଲାଙ୍କ ସହ ତାଙ୍କୁ ଅଲଗା କରିଦେଲି । ତଥାପି ଦିନେ ଦୁହେଁ ଶାବଳ ଭୁସାଭୁସି ହୋଇ ମରିଗଲେ ।"

ପୁଣିଥରେ ଭୟ ମୋତେ ଜାବୁଡ଼ି ଧରିଲା । ମୁଁ କ'ଣ ପଚାରିବି ବା କ'ଣ କହିବି ଭାବି କେବଳ ଚୁପ୍ ହୋଇଗଲି । ବୃଦ୍ଧଙ୍କର ହଠାତ୍ କୋହ ଉଠିଲା ଭଲି ଲାଗିଲା । ସେ କାନ୍ଦିଲେ । ମୁଁ ଆଶ୍ଚର୍ଯ୍ୟ ହେଲି । ସେହି କାନ୍ଦ । ମୁଁ ପଚାରିଲି, "ତା'ହେଲେ ନିସ୍ତବ୍‌ଧ ରାତିରେ ଆପଣ କାନ୍ଦୁଥିଲେ ?"

ସେ ସେହିଭଳି କାନ୍ଦୁକାନ୍ଦୁ କହିଲେ, “ନିସ୍ତବ୍ଧ ରାତିରେ କାହିଁକି, ମୁଁ ତ ଦିନରାତି କାନ୍ଦୁଛି ।”

ମୁଁ ପଚାରିଲି, “ଦିନରେ ତ କାହିଁ ଆପଣଙ୍କ କାନ୍ଦ ଶୁଣାଯାଏନି ?”

ସେ ଅଭିମାନ କରି କହିଲେ, “କାନ୍ଦ ଆଜିକାଲି ଶୁଣୁଛି କିଏ ? ଶୁଣିବାର ଇଚ୍ଛା ଥିଲେ ସିନା... ?”

କାମାକ୍ଷା ଏତେବେଳଯାଏ ଚୁପ୍ ଥିଲା । ସେ ବୃଦ୍ଧଙ୍କ ଆଖ୍ରୁ ଅଶ୍ରୁ ପୋଛିଦେଲା । ସେ କହିଲା, “ଆପଣ କାନ୍ଦିକାନ୍ଦି କ୍ଲାନ୍ତ । ବିଶ୍ରାମ ନିଅନ୍ତୁ ।” ତା’ପରେ ସେ ମୋତେ କହିଲା, “ଚାଲ ।”

ମୋ ଭିତରୁ ଭୟ କଟି ଯାଇଥିଲା । ମୁଁ ଆଉ କିଛି ସମୟ ସେଠାରେ ରହିବାକୁ ଚାହୁଁଥିଲି । କାମାକ୍ଷା କହିଲା, “ଚାଲ । ସେ କଥା କହନ୍ତି ନି । ଆଜି ବହୁତ କଥା କହି ପକାଇଛନ୍ତି । ତେଣୁ ସେ ଟିକିଏ ବିଶ୍ରାମ ନିଅନ୍ତୁ ।” କାମାକ୍ଷା ତାଙ୍କୁ ସାଷ୍ଟାଙ୍ଗ ପ୍ରଣିପାତ କଲା । ମୁଁ ମଧ୍ୟ ପ୍ରଣିପାତ ଜଣାଇଲି ।

ବାଟରେ କାମାକ୍ଷା ମୋ କାନ୍ଧରେ ହାତ ରଖି ଚାଲିଥିଲା । ଆମେ ନୀରବରେ ଆସି ସୁକୁଟାଇ ନିମ୍ବଗଛ ମୂଳେ ବସିଲୁ । ଜହ୍ନ ଏ ମୁଣ୍ଡରୁ ସେ ମୁଣ୍ଡକୁ ଆସିଲା । ଆମେ ଚୁପ୍‌ଚାପ୍ ବସିଥିଲୁ । ତା’ପରେ ଜହ୍ନ ବୁଡ଼ିଗଲା । କାଉ ରାବିଲା । ଚେଁ ଚେଁ କରି ଚଢ଼େଇ ଉଡ଼ିଲେ । ପୂର୍ବ ଦିଗରେ ସୂର୍ଯ୍ୟ ଉଇଁବାର ଉପକ୍ରମ କଲେ । ତଥାପି ମୁଁ ଓ କାମାକ୍ଷା ସେହି ନିମ୍ବଗଛ ମୂଳେ ଚୁପ୍‌ଚାପ୍ ବସିଥିଲୁ ।

ଜନ୍ଦା

ମଲ୍ଲି...ଇ...ଇଇ...ମାଆ...ଆ...ଲ...ଅଥ ଶ୍ୟାମକୁ ଦେବି...ଇ...
ମନ ତୋଷିବି... ଇଇଇ...।

ଦୁମ୍ !

ମଲ୍ଲି...ଇ...ଇଇ...ମାଲ...ଅଥ...

ଦୁମ୍ ! !

ମଲ୍ଲି... ଇ ଇଇ...

ଦୁମ୍ ! ! !

ମଲ୍ଲି...ଇ...

ଦୁମ୍ !

ଛିଣ୍ଡିଗଲା ମାଲ। ହାର୍‌ମୋନିୟମ୍ ସହିତ ଆଲାପ ବନ୍ଦ
ହୋଇଗଲା। ଦୁମ୍‌ଦୁମ୍ ବି ନାହିଁ। ଖାଲି ପାଟି ଶୁଭୁଛି। ବାପର
ପାଟିକୁ ପୁଅର ପାଟି। ସକାଳୁ ସକାଳୁ ଆରମ୍ଭ ହୋଇଗଲା
ତାଣ୍ଡବ। ଅନିମା ଚଟାଣକୁ ଆଶ୍ରାକରି ଉଠିବାକୁ ଚେଷ୍ଟାକଲେ।
କିନ୍ତୁ ଉଠି ନପାରି ପୁଣି ସେଠି ବସି ପଡ଼ିଲେ। ନିଜ ମୁଣ୍ଡଟା ବି

ବେଲ ଦେଖ୍ ଦାଉ ସାଧୁଛି। ବିନ୍ଦୁ ନାହିଁ ତ, ତାଲୁ ଉପରେ ଯେମିତି ହେମଦସ୍ତା ଥୋଇ କିଏ କୁଟୁଛି।

ମିଟୁ ପାଇଁ କାଲି ମୁଗ ବଟୁରେଇ ପାରିନଥିଲେ ସେ। ତେଣୁ, ସକାଳୁ ତା'ର ମଗଜ ବିଗିଡ଼ିଛି। ଓଜନ ଉଠାଇବା ବାହାନାରେ ଲୁହାଗୁଡ଼ାକୁ ଖାଲି କଚାଡୁଛି। ତା'ର ଏ କଚଡ଼ାକଚଡ଼ି ସାଙ୍ଗେ ଇଶ୍ୱର ସଙ୍ଗୀତ ଚର୍ଚ୍ଚାରୁ ହଟୁନାହାନ୍ତି। ତାଙ୍କ ଆଗ ହାକିମ ଅନୁକୂଳଚନ୍ଦ୍ରଙ୍କର ଭକ୍ତ ଥିଲେ। ସେତେବେଳେ ଇଶ୍ୱର ସତ୍‌ସଙ୍ଗରେ ମାତିଥିଲେ। ଏବର ହାକିମଙ୍କର ଗୀତ ସଉକ। ସେଥିପାଇଁ ଚାଲିଛି ମଲ୍ଲିମାଳ। ହାର୍‌ମୋନିୟମ୍ ତା' ବାଟେ। ଗୀତ ତା' ବାଟେ। ଗଳାରେ ଯେମିତି କିଏ ରଶି ବାନ୍ଧି ଭିଡୁଛି।

ଅନିମା ନିଜ ବେକରେ ହାତ ମାରିଲେ। ଦେହଟା ବୋଧେ ତାତିଛି। କାଲିଠୁ ତାଙ୍କୁ ଜ୍ୱରଜ୍ୱର ଲାଗୁଥିଲା। ସଞ୍ଜବେଳକୁ ମୁଣ୍ଡ ବିନ୍ଧିଲା। ଭାବିଲେ ରାତିରେ କାମ ସାରି ଶୋଇଲାବେଳକୁ ମୁଣ୍ଡରେ ଟିକିଏ ଅମୃତାଞ୍ଜନ ଘଷିବେ। ଶିଶି ଆଶି ପାଖରେ ଥୋଇଲେ। ମୁଣ୍ଡବିନ୍ଧା କଷ୍ଟଠୁ ନିଜ ମୁଣ୍ଡରେ ନିଜେ ଅମୃତାଞ୍ଜନ ଘଷିବା ଚିନ୍ତା ତାଙ୍କୁ ବେଶୀ ବାଧିଲା। ଡବାଟାକୁ ସେଇମିତି ମୁଣ୍ଡ ପାଖରେ ଥୋଇ ସେ ଶୋଇପଡ଼ିଲେ।

ଅଭ୍ୟାସ ଅନୁସାରେ ଭୋର ପାଞ୍ଚଟାରେ ତାଙ୍କର ନିଦ ଭାଙ୍ଗିଗଲା। ତା'ପରେ ଅନିମା ଧଡ଼୍‌କରି ଉଠିପଡ଼ିବା କଥା। ମୁହଁ ଧୋଇଦେଇ ରୋଷେଇ ଘରକୁ ପଶିଯିବା କଥା। କାଲି ମୁଗ ବଟୁରା ହୋଇପାରି ନାହିଁ। ହୋଇଥିଲେ, ଗଜାମୁଗ ସାଙ୍ଗରେ କଟା କାକୁଡ଼ିକୁ ଗିନାରେ ସଜେଇ ଟେବୁଲ୍ ଉପରେ ଥୋଇଦେବା କଥା। ଜଳଖିଆ କରି ପିଣ୍ଡୁକୁ ଖୋଇପେଲ ଟିଉସନ୍ ପଠେଇବା କଥା। ନ ହେଲେ ଏଥର ବି ସେ ଷଷ୍ଠରେ ଫେଲ୍ ହେବ। ତା'ପରେ ଚା' ତିଆରି କରି ଇଶ୍ୱରଙ୍କୁ ଗୀତ ଘରେ ପରଷିଦେବା କଥା। ଘର ଖରକା, ବିଛଣା ଝଡ଼ା, ବାସନ ମଜା, ଲୁଗାକଚା, ରୋଷେଇ ବାସ, ବଢ଼ାବଢ଼ି, କା'ର କଂସା କଚଡ଼ା, ୟାର ଗାଳି, ତା'ର ରୁଷା ଭିତରେ ଦିନଟାକୁ ପାରି ହୋଇଯିବା କଥା।

ନ ଉଠିଲେ ନ ଚଲେ। ଅନିମା କଷ୍ଟେ ମଷ୍ଟେ ଉଠିଲେ। ଜଳଖିଆ ତିଆରି କରିଦେଇ ଚା' ପାଇଁ ପାଣି ଫୁଟେଇଲେ। ଚିନି ଡବାଟାକୁ ଧରିଛନ୍ତି, ଆଖି ପଡ଼ିଲା ଜଦାଙ୍କର ଲମ୍ବ ଧାଡ଼ି ଉପରେ। ଅନିମାଙ୍କର ଦେହ ଶିରଶିର ହେଲା। କାନମୂଲ ତାତିଗଲା। ଦେହ ଚୋଇଲା।

ଜନ୍ଦା ପ୍ରତି ତାଙ୍କର ବିକାର। କାହିଁକି ଓ କେବେଠୁ– ତା' ମନେ ନାହିଁ। କିନ୍ତୁ, ଜନ୍ଦା ଦେଖିଲା ମାତ୍ରେ ତାଙ୍କୁ ବାନ୍ତି ଉଠାଏ। ସେ ତା'ଠୁ କୋଶେ ବାଟ ଦଉଡ଼ନ୍ତି।

ଅନିମା ଦଉଡ଼ି ପାରିଲେ ନାହିଁ। ରୋଷେଇଘର ଦୁଆର ପାଖରେ ବସିପଡ଼ିଲେ।

ଥାକଟା ଝଡ଼ାହେବା ନିହାତି ଦରକାର। ମିଣ୍ଟୁ ଯେଉଁ ମୂର୍ଭି ଧରିଛି ତାକୁ ସେ କଥା କହିହେବ ନାହିଁ। ଝାଟୁ ଦି'ଦିନ ହେଲା ଘରେ ନାହିଁ। କେବେ ସେ ଥାଏ କି? କେବଳ ଟଙ୍କା ନେବା ପାଇଁ ଘରକୁ ଆସେ। ବାପ ପକେଟ୍ରୁ ଜବରଦସ୍ତ ନିଏ। ତା'ନାଲି ଆଖି ଡରରେ ତା' ଆଗରେ ପାଟି ନ ଖୋଲି ତା' ପଛରେ ସେଇଟାକୁ ଅନ୍ୟମାନେ ଚୋରି ବୋଲି କହନ୍ତି। ପ୍ରଥମେ ପ୍ରଥମେ ଇଶ୍ୱର ତାକୁ ତାଗିଦ୍ କରୁଥିଲେ। ଦିନେ ସେ ଭୀମ ମୂର୍ଭି ଧରି ବାପ ଆଡ଼କୁ ମାଡ଼ି ଆସିଲା, 'ଶଳା, ବେଶୀ ନବରଙ୍ଗ ଦେଖାନା। ଟଙ୍କା ତାଡ଼ା ପଶିଛି ପକେଟ୍ରେ। କୋଉ ଝାଲ ବୁହା ପଇସା।' ତା'ପରେ ସେ ଏମିତି ଦୃଷ୍ଟିରେ ଅନେଇଲା ଯେ, ସେଥିରେ ଘରସାରା ସମସ୍ତଙ୍କୁ ସନ୍ନିପାତ ଘୋଟିଗଲା।

ରାନୁ ଉଠିଲାଣି କେତେବେଲୁ! ଅନିମା ଡାକିଲେ, "ରାନୁ, ରାନୁ!" ପୂରା ସଜବାଜ ହୋଇ ରାନୁ ଆସିଲା।

ଅନିମା କହିଲେ, "ମା! ଟିକିଏ ଥାକଟା ଝାଡ଼ିଦେଲୁ। ଜନ୍ଦାଗୁଡ଼ାକ ସାଲୁବାଲୁ ହେଉଛନ୍ତି। ରୋଷେଇ ଏଯାଏ ଆରମ୍ଭ ହେଇନି।"

"ଆଉ କାହା କଥା କେତେବେଲେ ତୋ ମୁଣ୍ଡରେ ପଶୁଛି? ସବୁବେଲେ ଖାଲି ନିଜ କଥା ଭାବୁଥା। ତିନିଦିନ ହେଲା କହିଛି, ଆଜି ମୋ ସାଙ୍ଗର ବାହାଘର। ମୁଁ ଯାଉଛି। ବିଉଟି ପାର୍ଲୋରରୁ ସେଠିକି ଯିବି। କାଲି ଆସିବି।" ଦୟାକରି ଏତିକି କହିଲା ରାନୁ। ତା' ସାଙ୍ଗମାନେ ଜଣକ ପରେ ଜଣେ ଭଲ ଜାଗାରେ ବାହା ହୋଇ ଯାଉଛନ୍ତି ବୋଲି ଇଏ ଖାଲି ମା' ଉପରେ ଗରଗର ହେଉଛି। ଅନିମା ଜାଣନ୍ତି ସେ କଥା।

"ଥାକଟା ଟିକିଏ ଝାଡ଼ିଦେ।"

"ମତେ ରଗାନା କହୁଛି।"

"ତୋ ବାପାଙ୍କୁ କହିକି ଯା।"

"ବେଶୀ ଢଙ୍ଗ କାଢ଼ନା। ଯାକୁ କହ ତାକୁ କହ, ଯାହାକୁ କହିବା କଥା ତୁ କହିଦବୁ। ଦୁଇଶ' ଟଙ୍କା ଦବୁକି? ନା ମତେ ବି ଭାଇ ଭଳିଆ ଟଙ୍କା ନେବାକୁ ହେବ।"

"ରୋଷେଇ ହେଇନି । ଦେହଟା ବି ମୋର ଚଳୁନି । ସେଥୁକୁ ଜଦାଗୁଡ଼ାକ... ଟିକିଏ ସଫା କରି ନ ଦେଲେ...।"

"ତା'ହେଲେ ଦବୁନି ତ । ହଉ ।" ରାନୁ ଆଉ ଅପେକ୍ଷା ନ କରି ଚାଲିଗଲା ।

ଅନିମା ଧୀରେଧୀରେ ଉଠିଲେ । ସେ ଡାକିଲେ, "ପିଣ୍ଟୁ ! ପିଣ୍ଟୁ ।" ରବିବାରରେ ପିଣ୍ଟୁର ତିନିଟା ଟିଉସନ୍ । ସକାଳୁ ତାକୁ ଉଠେଇ ଠେଲିପେଲି ପଠେଇବା ଦାୟିତ୍ୱ ତାଙ୍କର । ସେତକ କରିପାରି ନାହାଁନ୍ତି ବୋଲି ସେ ବସି ଟିଭି ଦେଖୁଛି ।

ଅନିମା ପୁଣି ଥରେ ଡାକିଲେ, "ପିଣ୍ଟୁ !"

ପିଣ୍ଟୁ ମୁହଁରେ ବିରକ୍ତି, "କାହିଁକି ଚିଲ୍ଲ୍ଲାଉଛୁ ?"

"ଭାଇକୁ ଟିକେ ଡାକିଲୁ ।"

"ସେ ନାହିଁ । ରାଗିକି ପଲେଇଲା ।"

"ତୁ ଶୁଣ । ବାପାଟା ପରା ! ରୋଷେଇ ଥାକରେ ଜଦାଗୁଡ଼ାକ । ଟିକିଏ ଝାଡ଼ିଦେଲୁ ।"

"ଘରେ ଏତେ ଲୋକ ଅଛନ୍ତି । ତୁ ଆଉ କାହାକୁ କୁହୁନୁ ।" ପିଣ୍ଟୁ ମୁହଁ ବୁଲେଇ ପୁଣି ଟିଭି ଘରକୁ ପଶିଗଲା ।

"ପିଣ୍ଟୁ ! ପିଣ୍ଟୁରେ...! ମୋ ସୁନାଟା ପରା...।" ବୋଲି ଡାକିଡାକି ଅନିମା ଟିଭି ଘରଯାଏ ଆସି ଆଉ ଚାଲି ନପାରି ସେଇଠି ବସିଗଲେ । ତାଙ୍କ ଡାକୁ ନ ଶୁଣିବା ପାଇଁ ପିଣ୍ଟୁ ଟିଭି ସାଉଣ୍ଡ ବଢ଼େଇ ଦେଲା । ସେ ଜାଣେ, ଅନ୍ୟମାନେ ଘରେ ନାହାଁନ୍ତି ମାନେ ସେ ନିଶ୍ଚିନ୍ତ । ନା' ଟିଉସନ୍ ଯିବ, ନା ଘରେ ପାଠ ପଢ଼ିବ ।

ଜଦାଗୁଡ଼ାକୁ କେହି ଜଣେ ନ ଝାଡ଼ିଲେ... ଅନିମା ବସି ନପାରି ସେଇଠି ତଳେ ଗଡ଼ିପଡ଼ିଲେ । ତା' ଟିକିଏ ପିଠିଥଲେ ବୋଧେ ଭଲ ଲାଗିଥାନ୍ତା । କିନ୍ତୁ... ଜଦା...! ଅନିମାଙ୍କ ଆଖି ବନ୍ଦ ହୋଇଗଲା ।

ଏତିକିବେଳେ ସେ ଆସିଲା । ଅନିମାଙ୍କ ପାଖରେ ବସି ତାଙ୍କ କପାଳରେ ହାତ ରଖିଲା । ସ୍ପର୍ଶଟିକୁ ଧରି ରଖିବାକୁ ଅନିମା ଟିକେ ଜାକି ହୋଇଗଲେ । ସେ ହସିବାକୁ ଚେଷ୍ଟା କଲେ । ମାତ୍ର ହସି ପାରିଲେ ନାହିଁ । ଆଗରୁ ତାକୁ ଦେଖିଲା ମାତ୍ରେ ଅନିମା ହସି ଦେଉଥିଲେ । ସେ ବି ସେତେବେଳେ ବରାବର ଆସୁଥିଲା । ବେଳ ଅବେଳ ତା'ର କିଛି ନ ଥିଲା । ଅନିମାଙ୍କ ହସରେ ତା' ହସ ମିଶି ଯାଉଥିଲା । ସୁଲୁସୁଲିଆ ପବନରେ ଭାସିଭାସି

ସେମାନେ କୁଆଡ଼େ ନାହିଁ କୁଆଡ଼େ ବୁଲୁଥିଲେ । ଅନିମା ଥକିପଡ଼ିଲେ ସେ ତାଙ୍କୁ ହାତରେ ଉଠେଇ ନେଇ ଘରକୁ ଫେରେଇ ଆଣୁଥିଲା । ରୋଷେଇଘରେ ସେ ଅନିମାଙ୍କ ପଛେପଛେ ବୁଲୁଥିଲା । ଥାକରେ କାଲେ ଜନ୍ଦା ହୋଇଯିବେ ସେଥିପାଇଁ ସେ ଥାକଗୁଡ଼ିକୁ ବାରମ୍ବାର ଝାଡ଼ିଦେଉଥିଲା । ଅନିମା ମୁରୁକି ହସୁଥିଲେ । ସେ ତାଙ୍କ ଗାଲରେ ଓଠ ଛୁଇଁ ଦେଉଥିଲା । ଲଜ୍ଜା ଭାରରେ ଅନିମା ଝରକା ପାଖକୁ ଚାଲିଯାଇ ବାହାରକୁ ଅନେଉଥିଲେ । ସେ ବି ତାଙ୍କ କାନ୍ଧରେ ଓଠ ରଖି ସେଆଡ଼କୁ ଚାହୁଁଥିଲା । ବାହାର ବଗିଚାରେ ଠେକୁଆ ପରି ଦିଓଟି କୁନିକୁନି ପିଲା । ସେ ତାଙ୍କୁ ଡାକେ, 'ଏ !' ପିଲା ଦିଓଟି ଦୌଡ଼ି ଦୌଡ଼ି ଘରକୁ ଚାଲିଆସନ୍ତି । ଅନିମା ସେମାନଙ୍କୁ କୋଳେଇ ନିଅନ୍ତି । ପିଲାଏ ଥାକ ଝଡ଼ାରେ ତାକୁ ସାହାଯ୍ୟ କରନ୍ତି ।

ଅନିମା କାଗଜ ଖଣ୍ଡକରେ ଗାରୋଇ ଗାରୋଇ ଗୋଟେ ଘରର ନକ୍ସା ଆଙ୍କି ଦେଉଥିଲେ । ସେ କାଗଜଖଣ୍ଡକ ତାଙ୍କ ହାତରୁ ଟାଣିନେଇ ଦେଖୁଥିଲା, "ଏଇମିତି ଘରଟେ କରିବା ଆମେ ।"

ଅନିମା ହଠାତ୍ ଆଖି ଖୋଲିଦେଲେ, 'ମୋ କାଗଜ ?' ହାତରେ ଭରା ଦେଇ ସେ ଉଠିବସିଲେ । ଅନିମା ଆଖି ଖୋଲିବା ପରେ ସେ ନ ଥିବା କଥା । ନ ଥିଲା । କାଗଜ ଖଣ୍ଡକ ବି ମିଳିବ ନାହିଁ ସେ ଜାଣନ୍ତି ।

ଅନିମା ଛିଡ଼ାହେଲେ । ଲୁଗାକାନିକୁ ଟାଣି ସେ ଅଣ୍ଟାରେ ଗୁଡ଼େଇ ଦେଲେ । ସେଇଠୁ ଛିଡ଼ାହୋଇ ସେ କେତେଟା ଲମ୍ବା ନିଃଶ୍ୱାସ ନେଲେ । ଦେହଟାକୁ ଟାଣି ନେଇ ହେବ ନିର୍ଭର କଲାଭଳି ଏଠି କେହି ନାହାନ୍ତି । ତାଙ୍କୁ ହିଁ ଜନ୍ଦାଗୁଡ଼ାକୁ ସଫା କରିବାକୁ ପଡ଼ିବ । ଜନ୍ଦା କଥା ମନକୁ ଆସିବା ମାତ୍ରେ ଦେହଟା ତାଙ୍କର ପୁଣି କେମିତି କେମିତି ଲାଗିଲା । ତା' ସଙ୍ଗେ ସେ ଠିଆ ଠିଆ, 'ଜନ୍ଦା ! ଜନ୍ଦା ! ଜନ୍ଦା !! ଜନ୍ଦା !!' ବୋଲି ଉଚ୍ଚାରଣ କରିବାକୁ ଲାଗିଲେ ।

ଟିଭି ପୂରା ଦମ୍‌ରେ ଚାଲିଛି ସେ ଘରେ । ଅନିମା ଚିତ୍କାର କଲେ, "ପିଣ୍ଟୁ !" ପିଣ୍ଟୁ ସମସ୍ବରରେ ପାଲଟା ଜବାବ ଦେଲା, "କ'ଣ ?" ସେ ଜବାବ ଦେଲା ଓ ଆଶ୍ଚର୍ଯ୍ୟ ହେଲା ଯେ, ମା' କେବେ ଏତେ ବଡ଼ ପାଟି କରେ ନାହିଁ । ସାନ ହେଉ କି ବଡ଼ ହେଉ ନେହୁରା ହେବା ଛଡ଼ା ଦ୍ୱିତୀୟ କଥା ସେ ଜାଣେ ନାହିଁ । ଟିଭି ଆଡୁ ସେ ଦୁଆରକୁ ମୁହଁ

ବୁଲେଇଲା। ଅନିମା ଦୁଆର ଦେଇ ପଶି ଆସିଲେ। ଟିଭି ବନ୍ଦ କରିଦେଇ ସେ ଚଢ଼ା ଗଳାରେ କହିଲେ, "ଯା, ଟିଉସନ୍ ଯା।"

ପରିବେଶଟା ପିଣ୍ଟୁକୁ ବଡ଼ ବେଖାପ ଲାଗିଲା। ସେ ମା'କୁ ଜୋର କରି ଭୁରୁଡ଼ିଟେ ପକେଇ ଆଉଥରେ ଟିଭି ଖୋଲିଦେବା କଥା ଚିନ୍ତାକଲା।

"ଉଠୁନା ନାହିଁ?" ଅନିମାଙ୍କ ସ୍ୱର ଥରୁଥିଲା। ପିଣ୍ଟୁ ତା' ପୂର୍ବ ଯୋଜନା କଥା ଭୁଲିଯାଇ ଖାତା ଧରି ଟିଉସନ୍ ଉପଲକ୍ଷେ ବାହାରିଗଲା। ଅନିମା ଭିତରୁ କବାଟ ଦେଇଦେଲେ। ରୋଷେଇ ଘରକୁ ଆସିଲେ। ହଠାତ୍ କାଳିଶି ଲାଗିଲା ପରି ଥାକରୁ ଡବାଗୁଡ଼ାକୁ ତଳକୁ କାଢ଼ି ପକେଇଲେ। ଘର ସାରା ଜନ୍ଦା। ସେଥିରୁ କେତେଟା ତାଙ୍କ ହାତ, ଗୋଡ଼ ଓ ଦେହରେ। ସେଥିକି ଭୃକ୍ଷେପ ନ କରି ପହଁରା ଆଣି ସେ ଜନ୍ଦାଗୁଡ଼ାକୁ ଓଲେଇବାରେ ଲାଗିଲେ।

ତୃଷ୍ଣା

ନିଜ ମନଟା ତାଙ୍କ ସହ ଏମିତି ପ୍ରତାରଣା କରିବ ବୋଲି ଦୀନକୃଷ୍ଣ କେବେ ଭାବି ନ ଥିଲେ । ସେ ମନକୁ ବୁଝେଇଲେ, ଆଉଁଶିଲେ, ଆକଟ କଲେ; କିନ୍ତୁ, ମନ ବୁଝିଲା ନାହିଁ । ଶେଷରେ ତା' ତଣ୍ଡି ଚିପି ନିଜ ଭିତରେ ତାକୁ ଦାବି ଦେବାର ପ୍ରୟାସ କଲେ । ମାତ୍ର ସେ ତାକୁ ଯେତେ ଦାବିଲେ ସେ ସେତେ ଫାଁ କରି ଉଠିଲା । ଆଶ୍ଚର୍ଯ୍ୟ ! ତାଙ୍କ ନିଜ ମନ, ଅଥଚ ତାଙ୍କ ବୋଲ ମାନୁନାହିଁ । ବାଧ୍ୟହୋଇ ସେ ତା' ସହ ତା' ସର୍ଉରେ ସନ୍ଧି କରିବା ଆରମ୍ଭ କରିଛନ୍ତି । ମାନେ, ମନକୁ ସେ ଡରୁଛନ୍ତି ଓ ମନ ତାଙ୍କୁ ଡରେଇ ଚାଲିଛି । ମନ ଦେଖାଦେଖି ଏବେ ଆକାଶ, ବତାସ, ମଣିଷ, ଜନ୍ତୁ, ରାସ୍ତାଘାଟ ବି ତାଙ୍କୁ ଡରେଇବାରେ ଲାଗିଛନ୍ତି । ଇଏ ନିଶ୍ଚୟ ତାଙ୍କ ବିରୁଦ୍ଧରେ ଗୋଟେ ଷଡ଼ଯନ୍ତ୍ର । କାହାକୁ ବା ବିଶ୍ୱାସ କରିବେ ? ନା' ଘର ନା' ବାହାର । ସମସ୍ତେ ଜଣେ ଜଣେ ଆତତାୟୀ ପରି ଦିଶୁଛନ୍ତି ।

ଏସବୁ ସତ୍ତ୍ୱେ ଦୀନକୃଷ୍ଣ ଦ୍ୱିପ୍ରହରେ ଘରୁ ବାହାରି ଆସନ୍ତି । ରାସ୍ତାରେ ଅଚିହ୍ନା ଲୋକମାନଙ୍କୁ ଦାନ୍ତ ଦେଖେଇ ହସିବାର

ଚେଷ୍ଟା କରନ୍ତି । ପାର୍କର ସେଇ କ'ଣ ବେଞ୍ଚଟିରେ ଯାଇ ସେ ବସନ୍ତି । ବେଞ୍ଚର ପଛ ବାଡ଼ା ଭାଙ୍ଗିଯାଇଥିବାରୁ ସେଠି ପ୍ରାୟ ଆଉ କେହି ବସନ୍ତିନି ।

ଦୀନକୃଷ୍ଣ ଅତି ସତର୍କଭାବେ ଜାକିଜୁକି ହୋଇ ବସିଥିଲେ । ତାଙ୍କ ପାଖରେ ଖସ୍‍ଖସ୍‍ ଶବ୍ଦ ଶୁଣି ସେ ଚମକି ଚାହିଁଲେ– କିଏ, କିଏ ଏ ଲୋକଟା ? ଏଠି ବସିବ ନା' କ'ଣ ? ହଁ ତ, ବସିଗଲା ।

"ଆଜ୍ଞା । ଏଠି ବସି ହବନି । ପଛଟା ଫାଙ୍କା ।"

"ଜାଣିଛି ।"

"ହଉ, ତା'ହେଲେ ଆପଣ ବସନ୍ତୁ", ଦୀନକୃଷ୍ଣ ଉଠିଲେ ।

"ଆପଣ କାହିଁକି ଉଠିଗଲେ, ଯେତେହେଲେ ଆପଣଙ୍କ ଜାଗା ଏଇଟା ।"

"ମୋ ଜାଗା ?"

"ମାନେ, ଆପଣ ପ୍ରାୟ ବସନ୍ତି ତ ଏଠି ।"

ଦୀନକୃଷ୍ଣ ଚମକିଲେ ସତ, କିନ୍ତୁ ଛାତିରେ ଛେପ ପକାଇଲେ ନାହିଁ । ଲୋକଟା ତା'ହେଲେ ଲୁଚିଲୁଚି ତାଙ୍କୁ ଅନୁସରଣ କରୁଛି । ସେ ରହିବେ ନା' ପଳେଇବେ ଠିକ୍‍ କରିପାରିଲେ ନାହିଁ ।

"ବସନ୍ତୁ ନା ।"

ମୁଁ ବସିଲି ନ ବସିଲି ତୋ ବୋପାର କ'ଣ ଗଲା ବେ ? ମନକୁ ମନ କହିଲେ ଦୀନକୃଷ୍ଣ । ତା'ପରେ କୁଞ୍ଚେଇ ହେଇ ବସିଲେ, "ଆପଣ କ'ଣ ମୋର ଚିହ୍ନା ?"

"ଏଇଟା ଗୋଟାଏ କି ପ୍ରଶ୍ନ ! ଚିହ୍ନା ହେଲେ ବସିବେ, ନ ହେଲେ ନାହିଁ– ନା' କ'ଣ ?"

"ତା' ନୁହେଁ ଯେ, ଏମିତି ପଚାରୁଥିଲି ।"

"ତା' ହେଲେ ହଁ, ନା' ବି ।"

"ବୁଝିପାରିଲିନି ।"

"ଏଇଯେ ଆମେ ଏତେ ସମୟ ଧରି କଥାବାର୍ତ୍ତା ହେଉଛନ୍ତି, ଯାକୁ କ'ଣ ଚିହ୍ନା ବୋଲି କହିବାନି ? ତେଣୁ ହଁ । ଏତେ ପରେ ଯଦି ଆପଣ ଚିହ୍ନା ଅଚିହ୍ନା କଥା ପଚାରୁଛନ୍ତି ତା' ପାଇଁ ନା ।"

ଏତେ ରହସ୍ୟ କ'ଣ ? ଦୀନକୃଷ୍ଣଙ୍କର ଡରିବା କଥା। ସେ ସଂକୁଚିତ ହୋଇଗଲେ। ତଥାପି ଲୋକଟିକୁ ଚାହିଁଲେ। ଇଏ କ'ଣ ? ତା' ଡାହାଣ ଆଖ୍ୟପତା ଦି' ଫାଳ ହୋଇଗଲା ପରି ଲାଗୁଛି। ହଠାତ୍ ତାଙ୍କ ପାଟିରୁ ବାହାରିଗଲା, "ଆପଣଙ୍କ ଆଖ୍ୟପତା...?"

"ସେଇଟା ଫାଟି ଯାଇଥିଲା।"

"କେମିତି ?"

"ପୁଲିସ୍ ବାଡେଇଥିଲା।"

"ପୁଲିସ୍ !!! କାହିଁକି ?"

"ମୋ ମା'ର ହତ୍ୟା କରିଥିଲି ବୋଲି।"

"ଆଁ ! ନିଜ ମା'କୁ...।"

"ସତ କହିଲେ, ମତେ ଦେଖ୍ ବିଶ୍ୱାସ ହେଉଛି ? ମାରିଥିବି ମୋ ନିଜ ମା'କୁ ?"

"ନା ଯେ, ହଁ ଯେ, ନା– ମାନେ ମୁଁ କେମିତି କହିବି ?"

"ସତ କହିବାକୁ ଗଲେ ଆପଣ ହିଁ କହିପାରିବେ।"

ଏକେ ତ ଲୋକଟା ଗୋଟେ ଦାଗୀ ପରି ଦିଶୁଛି, ତା' ସହିତ ପୁଲିସ୍ ବାଡ଼େଇବା କଥା। ମା'କୁ ହତ୍ୟା ଓ ତା' କଥାବାର୍ତ୍ତା ! କିଏ ଜାଣେ, ହେଇଥିବ। "ଆଜିକାଲି ଯୋଉ ଯୁଗ– କାହାକୁ ବା ବିଶ୍ୱାସ ! ଖବରକାଗଜ ଦେଖୁନାହାନ୍ତି– ସେଇ ହଣାକଟା ଖବର ତ ସବୁ ବାହାରୁଛି।" ହଠାତ୍ ଯେମିତି ପ୍ରକୃତିସ୍ଥ ହୋଇ ଉଠିଲେ ସେ, "ଓଃ ! ନା, ମୁଁ ଆପଣଙ୍କ କଥା କହୁନି।"

"ମୁଁ କିନ୍ତୁ ମୋ କଥା ପଚାରୁଥିଲି।"

"ମୁଁ କେମିତି କହିବି ସେ କଥା ?" ଟିଡିଉଠି ସାମାନ୍ୟ ଉଚ୍ଚସ୍ୱରରେ କହିଲେ ଦୀନକୃଷ୍ଣ। ଲୋକଟା କାହିଁକି ଏମିତି ଲାଗିଛି ତାଙ୍କ ପଛରେ ? ସେ ଅନେଇଲେ ତା' ମୁହଁକୁ। ଆଖ୍ୟପତାର ଫଟାଦାଗ ଓ ଅସଜଡ଼ା ପରିପାଟିକୁ ଛାଡ଼ିଦେଲେ ତାକୁ ସୁନ୍ଦର ହିଁ କୁହାଯିବ। ସେହି ସୌନ୍ଦର୍ଯ୍ୟ ଅବଲୋକନ କରୁକରୁ ଦେହଟା ତାଙ୍କର ବାଇବିଛ ପରି ଲାଗିଲା। ମନ ତାଙ୍କର ଅସ୍ଥିର ହୋଇଉଠିଲା।

"କ'ଣ ହେଇଛି ଆପଣଙ୍କର ? ଏତେ ଅସ୍ଥିର ଜଣା ପଡୁଛନ୍ତି ?"

ସାମାନ୍ୟ ସହଜ ହେବାକୁ ଚେଷ୍ଟା କଲେ ଦୀନକୃଷ୍ଣ, "ଦେହ ଭଲ ନାହିଁ। ଡାକ୍ତର

ଦେଖେଇବି। ଆପଣ ସେତିକି କଥା ନ ବୁଝି ମତେ ବ୍ୟସ୍ତ କରୁଛନ୍ତି।"

"ବୁଝିଛି। ଆପଣଙ୍କ ଦେହ ଭଲ ନାହିଁ ମୁଁ ଜାଣି ପାରୁଛି।"

"ଆପଣ ଜାଣି ପାରୁଛନ୍ତି ଟି! ଏତିକି କଥା ମୋ ପୁଅ କି ମୋ ଡାକ୍ତର କେହି ଜାଣିପାରୁ ନାହାନ୍ତି। ଝାଡ଼ା, ପରିଶ୍ରା, ରକ୍ତ, ମୁଣ୍ଡ, ଗଣ୍ଠି ସବୁ ପରୀକ୍ଷା କରି ପକୋଉଛନ୍ତି। ତା'ପରେ କହୁଛନ୍ତି ରୋଗ ନାହିଁ। କିନ୍ତୁ, ମୁଁ ଜାଣିଛି ମୋର ରୋଗ ଅଛି। ଭୟଙ୍କର ରୋଗ। ମୋ ଦେହଟା ମୋର ପରି ଲାଗୁନାହିଁ, ମୋ ମନଟା ମୋ ଭିତରେ ରହୁନାହିଁ। ସବୁବେଳେ ସର୍‌ସର୍ ହୋଇ କ'ଣ ଗୋଟେ ଗୋଡ଼ରୁ ମୁଣ୍ଡଯାଏ ଚଢ଼ିଯାଉଛି, ଓହ୍ଲ‍ ପଡ଼ୁଛି। ଦେହରେ ଖାଲି କଣ୍ଢା ଫୋଡ଼ିଲା ଭଳି ଫୋଡ଼ି ହୋଇ ଯାଉଛି। ସବୁବେଳେ କେମିତି ଗୋଟେ... ଆଁ!" ହଠାତ୍ ସଚେତନ ହୋଇ ଉଠିଲେ ସେ। ଗୁପ୍ତ କଥା ପଦା ଲୋକ ପାଖରେ କହିଦେଇଛନ୍ତି ଭାବି ସାଙ୍କୁଡ଼ି ଗଲେ। ବାଟ କାଟି କେମିତି ପଳେଇବେ ସେହି କଥା ଚିନ୍ତା କଲେ।

"ଆପଣଙ୍କ ଦେହ ଅପେକ୍ଷା ଆପଣଙ୍କ ମନଟା ବେଶୀ ଅସୁସ୍ଥ ଅଛି।"

ଇଏ ଗୋଟେ ଗୁପ୍ତଚର ନା' କ'ଣ? ସେ ପୁଣିଥରେ ତାକୁ ଅନେଇଲେ। ତା' ଆଖି ଦି'ଟା ସତେ ଅବା ଭେଦି ଯାଉଛି ତାଙ୍କ ଭିତରକୁ। ସେ ବାଧ୍ୟହୋଇ ମୁହଁ ଫେରାଇଲେ। ପଳେଇଯାନ୍ତେ ଯେ ଲୋକଟା ତାଙ୍କ ବାଟ ଓଗାଳି ଛିଡ଼ା ହୋଇଛି। ଉପାୟ ନ ପାଇ ସେ ପଚାରିଲେ, "ଆପଣ କ'ଣ ଜଣେ ଡାକ୍ତର?"

"ବିଶେଷ କରି ଯେବେଠୁ ଆପଣଙ୍କ ସ୍ତ୍ରୀ ଚାଲିଗଲେଣି ସେବେଠୁ ଆପଣ ଆହୁରି ଅସୁସ୍ଥ ହୋଇ ପଡ଼ିଛନ୍ତି – ବେଶୀ ମାନସିକ ସ୍ତରରେ।"

ଚଣ୍ଡାଳ ସେ କଥା ବି ଜାଣେ! "କିଏ ବେ ତୁ?" ବୋଲି ପଚାରିଦେବାକୁ ଇଚ୍ଛା ହେଉଥିଲା ତାଙ୍କର। କିନ୍ତୁ ଝିମ୍‌ଝିମ୍ ଦେହ, ଛଟପଟ ମନ ଓ ଅଳସୁଆ ଜିଭ ତାଙ୍କୁ ପଛକୁ ଟାଣିଲା। ସେ ଦୁଇହାତ ଯୋଡ଼ି ଲୋକଟିକୁ କହିଲେ, "ଆଜ୍ଞା! ଦୟାକରି ମତେ ଟିକେ ଏକୁଟିଆ ଛାଡ଼ିବେ। ମୁଁ ଆପଣଙ୍କ ସହ ଆଉ କଥା ହେବାକୁ ଚାହୁଁନାହିଁ।" ତା'ପରେ ସେ ବିଛା କାମୁଡ଼ିଲା ପରି ତା' ଆଗରୁ ଏକମୁହାଁ ହୋଇ ପଳେଇଗଲେ।

କିଏ ହୋଇପାରେ ଲୋକଟା? ତାଙ୍କୁ ଚିହ୍ନିଛି, ସୁଜାତାକୁ ଜାଣିଛି, ତା' ମରିବା ଖବର ବି ରଖିଛି। ଆଉ କ'ଣ ଜାଣିଛି ସେ ତାଙ୍କ ବିଷୟରେ? କ'ଣ ତା'ର ଉଦ୍ଦେଶ୍ୟ?

ପୁଲିସ୍ ହେଇ ନ ଥିବ। ନିଜେ ପୁଲିସଠୁ ମାଡ଼ ଖାଇଟି ବୋଲି କହୁଛି। କାଲେ ନିଜ ମା'କୁ ମାରି ଜେଲ୍ ଯାଇଛି। ୩୪! ମୁଣ୍ଡଟା ଆଉ ତାଙ୍କ ସାଙ୍ଗରେ ଆଗକୁ ଯିବାକୁ ରାଜି ନୁହେଁ। ତାକୁ ଦେହରୁ କାଢ଼ି ଅଲଗା ରଖ୍ ଦେଇ ହୁଅନ୍ତାନି କିଛି ସମୟ ପାଇଁ। ନା, ଥଣ୍ଡା ପାଣି କିଛି ମୁଣ୍ଡରେ ନ ଢାଲିଲେ ନ ଚଳେ। ସ୍ଥାନ ଓ ପାତ୍ରଙ୍କୁ ଭୁଲି ସେ ପାଖ ଟ୍ୟାପରୁ ପାଣି ନେଇ ମୁହଁରେ ଛାଟିଲେ ଓ ମୁଣ୍ଡକୁ ଧୋଇଲେ। ତା'ପରେ ପାଖରେ ଥିବା କରଞ୍ଜ ଗଛଟିକୁ ଆଉଜି ବସିଗଲେ।

ତାଙ୍କ ପଛେ ପଛେ ଆସୁନାହିଁ ତ ଚଣ୍ଡାଳଟା! ରୁମାଲ୍‌ରେ ମୁଣ୍ଡ ଓ ମୁହଁ ପୋଛି ଅନେଇଲେ ସେ ରାସ୍ତାକୁ। ଜାଲଜାଲୁଆ ଆଖିରେ କିଛି ଦିଶୁ ନାହିଁ। ହଁ, ଦିଶିଲା, ଲୁଗା କାନିଟିଏ। ଉଡ଼ିଉଡ଼ି ତାଙ୍କରି ପାଖକୁ ଆସୁଛି। ତା' ସାଙ୍ଗରେ ଠେଲି ହେଇହେଇ ଆସିଲା ଦଳକାଏ ଶୀତଳ ପବନ। ବାଜିଲା ତାଙ୍କ ଦେହରେ। କି ଶାନ୍ତି! ସେ ଆଖି ମଲି ଚାହିଁଲେ। ସୁଜାତା! କାନି ଉଡ଼େଇ ଦୌଡ଼ିଦୌଡ଼ି ଆସୁଥିଲା। ଦୀନକୃଷ୍ଣଙ୍କୁ ଦେଖି ତା' ଓଠକୁ ସ୍ୱତଃ ଡେଇଁ ପଡ଼ିଥିବା ହସଟି ସହିତ ତା'ର ବ୍ୟଗ୍ର ବିବ୍ରତ ଭାବ ଜମା ଖାପ୍ ଖାଉ ନ ଥିଲା। ସୁଜାତାଠୁ ଆହୁରି ବ୍ୟସ୍ତ ଥିଲା ତା' କାନର ଫୁଲ ଦୁଇଟି। ଖୁବ୍ ବିଚଳିତ ହୋଇ ଦୋହଲୁଥିଲେ ସେ ଦୁଇଟି। ଦୀନକୃଷ୍ଣ ସେତେବେଳେ ମେସ୍ ବାରଣ୍ଡାରେ ବସିଥିଲେ। ତତ୍‌କ୍ଷଣାତ୍ ଠିଆ ହୋଇ ପଡ଼ିଲେ। ତା'ପରେ ଆଲିଙ୍ଗନ। ସ୍ଥାନ, କାଲ ଓ ପାତ୍ରଙ୍କ ଉର୍ଦ୍ଧ୍ୱରେ ଆନନ୍ଦ, କେବଳ ଆନନ୍ଦ। ଆନନ୍ଦର ସେଇ ପ୍ରଲମ୍ବିତ ତରଙ୍ଗଟି ତାଙ୍କ ଦେହ ଭିତରେ ଯେଉଁ କମ୍ପନ ସୃଷ୍ଟି କଲା ତା' ତାଙ୍କ ଜୀବନର ସର୍ବଶ୍ରେଷ୍ଠ ମୁହୂର୍ତ। ସର୍ବଶ୍ରେଷ୍ଠ ସମ୍ପଦ ବି।

ସୁଜାତା ଘର ଛାଡ଼ି ପଳେଇ ଆସିଥିଲା। ଦି'ଖଣ୍ଡ ଶାଡ଼ି, ହଲେ କାନଫୁଲ, ଗୋଟେ ହାର ଓ ମୁଠେ ଟଙ୍କା ଥିବା ବେଗ୍‌କୁ ତାଙ୍କ ହାତରେ ଧରେଇ ଦେଇ କହିଥିଲା, "ଏତିକି ମୋର ସମ୍ବଲ। ନିଅ। ଆଉ ଜଲ୍‌ଦି ବାହାର। ଭାଇ ହରିକା ଜାଣିବା ଆଗରୁ ଆମକୁ କୁଆଡ଼େ ପଳେଇଯିବାକୁ ପଡ଼ିବ। ନ ହେଲେ ନିଶ୍ଚେ ସେମାନେ ଆମକୁ ମାରିଦେବେ।"

ସୁଜାତା କଥାରେ ଅବିଶ୍ୱାସ କରିବାର କିଛି ନ ଥିଲା। ତା' ଭାଇମାନଙ୍କର ଦୁର୍ଦ୍ଦାନ୍ତ ପଣକୁ ସେ ଜାଣିଥିଲେ। ତାଙ୍କର ବି ଆଗକୁ ପଛକୁ କେହି ନ ଥିଲେ। ତାଙ୍କୁ ପାଲିଥିବା ବୁଢ଼ୀମା ଗତ ବର୍ଷ ମରି ଯାଇଥିଲା। ତେଣୁ, ସେ ସମ୍ପୂର୍ଣ୍ଣ ମୁକ୍ତ ଥିଲେ। ପାଖରେ ଯାହା ଯେତିକି ସମ୍ବଲ ଥିଲା ତାକୁ ଧରି ଦୁହେଁ ବାହାରିଗଲେ।

ଆଶଙ୍କା ଓ ପ୍ରେମ। ଏ ସହରରୁ ସେ ସହର। ଗୋଲାପୀ ଗୋଲାପୀ ନିଶା ଭିତରେ କେହି ଚିହ୍ନି ପକେଇବାର ଭୟ! ରହିବାକୁ ବାସଟିଏ ଲୋଡ଼ା। ପ୍ରେମକୁ ତା'ର ପୂର୍ଣ୍ଣ ରଙ୍ଗରେ ଅନୁଭବିବାକୁ ଦରକାର ଗୋଟେ ଅବଲମ୍ବନ। ଅସ୍ଥିର ଜୀବନ ପେଣ୍ଡୁଲମଟିଏ ପରି ଏ ପଟରୁ ସେପଟକୁ ଦୋହଲୁଥିବା ବେଳେ ଅଚାନକ ଯୋଟିଥିଲେ ରାଧା ମାଉସୀ। ସେ ଘର ଦେଲେ, ସ୍ନେହ ଦେଲେ, ଆଶ୍ୱାସନା ଦେଲେ, ଧନ ବି ଦେଲେ। ଆଉ କ'ଣ ଖୋଜୁଥିଲେ ସେ? ଓଃ! ପୁଣି ସେଇ ଦୁଷ୍ଟ ଯନ୍ତ୍ରଣା!

ଜୀବନ କ'ଣ ଆଉ ପ୍ରକାରେ ହୋଇପାରି ନଥାନ୍ତା? ବଞ୍ଚି ନ ଥାନ୍ତେ ରାଧା ମାଉସୀ! ବଞ୍ଚି ନ ଥାନ୍ତା ସୁଜାତା!! କାହିଁକି ଏମିତି ହେଲା? ସୁଜାତା ଅଟକାଇ ନ ଥାନ୍ତା ତାଙ୍କୁ? ଓଲଟି ସହଯୋଗ କଲା। ଉଁ... ହୁଁ... ଏ ଦେହ... ମୁଣ୍ଡ... ମନଟା...।

ମନକୁ ଭିଡ଼ିଭାଡ଼ି ନିଜ ନିୟନ୍ତ୍ରଣକୁ ଆଣିବା ଚେଷ୍ଟାରେ ଦୀନକୃଷ୍ଣ କେତେବେଳେ ଘରେ ପହଞ୍ଚ କବାଟ ଠକ୍‌ଠକ୍‌ କରିଛନ୍ତି, ତା' ନିଜେ ଜାଣିପାରି ନାହାନ୍ତି। ନିରୁ କବାଟ ଖୋଲିଲା ଓ ତାଙ୍କୁ ଚମକେଇ ଦେଇ ପଚାରିଲା, "ଆମ ଘରକୁ କିଏ ଆସିଛନ୍ତି କହିଲ ଜେଜେ?"

"ପୁଣି ଗୋଟେ କିଏ ଆସିଲାଣି?" ଚିତ୍କାର କଲା ପରି ହଠାତ୍‌ କହି ପକାଇଲେ ଦୀନକୃଷ୍ଣ। ତାଙ୍କ ପାଟି ଶୁଣି ମଦନ ଘରୁ ବାହାରି ଆସିଲା, "କ'ଣ ହେଲା ବାପା?"

"ଉଁ, ନା।" ପୁଅ ଓ ନାତୁଣୀଙ୍କୁ ସମ୍ମୁଖରେ ଦେଖ୍ ପ୍ରକୃତିସ୍ଥ ହେଲେ ସେ। ସେମାନଙ୍କ ସହ ଘର ଭିତରକୁ ଆସିଲେ। ସେଠି ତାଙ୍କର ନଜର ଝୁଣ୍ଟିଲା ସେହି ଲୋକଟିକୁ।

"କୁଆଡ଼େ ରହିଗଲ ଭାଇ!" ରହସ୍ୟବାନ୍ଟି ତା'ର ଦି'ଭାଡ଼ି ଯାକ ଦାନ୍ତ ଦେଖେଇ ପଚାରିଲା।

ଆହାଃ! ମା' ପେଟ ଭାଇଟା ତ! ତାଙ୍କର ଇଚ୍ଛା ହେଲା ଲୋକଟାର ଆଖ୍‌ପତାରେ ଯୋଉଠି ପୁଲିସ୍‌ ପାହାର ବାଜି ଦି' ଭାଗ ହୋଇଯାଇଛି ଠିକ୍‌ ସେହି ଜାଗାରେ ମୁଥ ମାରି ତା' ମୁହଁକୁ ଦି'ଫାଳ କରିଦେବାକୁ। ନା, ଆଉ ସହିହେବନି। ଦୀନକୃଷ୍ଣ ସିଧା ଲୋକଟିର ସାମନାକୁ ଆସି ତା' ମୁହଁ ଉପରେ ନିଜ ଦୃଷ୍ଟି କଟାଡ଼ିଦେଲେ, "ସେତିକିବେଳୁ ମୋ ମୁଣ୍ଡକୁ ଖାଇ ଚାଲିଛ। ସତରେ କହିବ କି ତମେ ମୋର କେମିତିକା ଭାଇ।"

"ଏବେ ବି ଚିହ୍ନି ପାରିଲନି ମତେ?"

"ସେ ନବରଙ୍ଗ ଛାଡ଼ ହୋ। ବହୁତ ସହିଲିଣି ତମ ବକ୍‌ବକ୍। କୁହ, ତମେ କିଏ, କାହିଁକି ଲାଗିଛ ମୋ ପଛରେ ?"

"ରାଧା ମାଉସୀଙ୍କ କଥା ତମର ମନେ ଅଛି, ନା' ତାଙ୍କୁ ଭୁଲିଗଲଣି ? ଭାଉଜଙ୍କୁ ଧରି ପଳେଇ ଆସିଥିଲ। ଭାଉଜଙ୍କ ଭାଇମାନେ ପାଇଥିଲେ ତମକୁ ଜୀବନରୁ ମାରି ଦେଇଥାନ୍ତେ। ତମ ପାଖରେ କିଛି ନ ଥିଲା। ସେ ତମକୁ ରହିବାକୁ ଘର ଦେଲେ, ଟଙ୍କା ପଇସା ଦେଲେ, ପୁଅ ବୋହୂ ଭଲି ସ୍ନେହ ବି ଦେଲେ।"

"ତୁ, ତୁ କିଏ, ତୁ କେମିତି ଜାଣିଲୁ ରାଧା ମାଉସୀଙ୍କୁ ?"

"ମୁଁ ତା' ପୁଅ ଚଗଲା। ଦୁଷ୍ଟ ଥିଲି ବୋଲି ବୋଉ ମତେ ଘରୁ ବିଦା କରି ତମକୁ ପୁଅ କରିଥିଲା।"

ଦୀନକୃଷ୍ଣ ଲଥ୍‌କରି ବସିପଡ଼ିଲେ ସେଇଠି। ତା'ପରେ ଅଖଣ୍ଡ ନିରବତା। ତା'ଭିତରେ ଛଟପଟ ହେଉଥିବା ସମୟ। ସେହି ସମୟକୁ ଉଖୁରେଇ ଦେଇ ଚଗଲା କହିଲା, "କାହିଁକି ଏମିତି କଲ ଭାଇ! ବୋଉ ଭଲିଆ ଲୋକର ତଣ୍ଟି ଚିପି ତାକୁ ମାରିଦେଇ ପାରିଲ! ଖାଲି ତା' ଟଙ୍କାବାକୁ ପାଇଁ ତ !"

"ମିଛ କଥା। ତୋର ଫନ୍ଦି ଇଏ।" ଚିତ୍କାର କଲେ ଦୀନକୃଷ୍ଣ! ତାଙ୍କ କଥାକୁ ଆଦୌ ଧ୍ୟାନ ନ ଦେଇ ଚଗଲା କହିଲା, "ଭାଉଜ ତମକୁ ଅଟକାଇବା କଥା। କିନ୍ତୁ ସେ ସହଯୋଗ କଲେ। ତମେ ତା' ତଣ୍ଟି ଚିପିଲା ବେଳେ ସେ ବୋଧେ ବୋଉର ଗୋଡ଼କୁ ମାଡ଼ି ବସିଥିଲେ। ବୋଉ ଗୋଡ଼ରେ ଭାଉଜଙ୍କ ଚୁଡ଼ି ଭାଙ୍ଗି ଟିକେ ଲାଖ୍‌କରି ରହିଯାଇଥିଲା।"

"ସୁଦୁ ମିଛ, ମିଛ, ସୁଦୁ ମିଛ।"

"ଓଲଟି ମତେ ବନ୍ଧେଇ ଦେଲ। ତଦନ୍ତ ପରେ ଅସଲ କଥା ଜଣା ପଡ଼ିବା ବେଳକୁ ତମେ କୁଆଡ଼େ ପଳେଇଲଣି। ମୁଁ ଛାଡ଼ ପାଇଲା ପରଠୁ ତମକୁ ଖୋଜୁଛି।"

ଦୀନକୃଷ୍ଣ ଆଉଜିବାକୁ ଭାରାଟିଏ ଖୋଜୁଥିଲେ। ସମସ୍ତଙ୍କ ଆଖି ତାଙ୍କ ଉପରେ ଲାଖି ରହିଥିଲା। ସେ ଟିକିଏ ପଛକୁ ଘୁଞ୍ଚିଯାଇ କାନ୍ଥକୁ ଆଉଜି ବସିଲେ।

"ତମକୁ ବହୁତ ଦିନ ହେଲା ମୁଁ ଠାବ କଲିଣି। ସେବେଠୁ ମୁଁ ଏଇ ସହରରେ ଅଛି। ଶେଷରେ ତମେ ଭାଉଜଙ୍କୁ ବି ଛାଡ଼ିଲନି ? ତାଙ୍କର ମୁଣ୍ଡଦୋଷ ବାହାରିବାରୁ ତମେ

ଉରିଲ– କାଲେ କେତେବେଲେ ତାଙ୍କ ପାଟିରୁ କଥା ବାହାରିଯିବ। ଖାଇବାରେ ବିଷ –
ଛି୪।"

ମଦନ ହତଭମ୍ୟ ହୋଇ ଛିଡ଼ା ହେଇଥିଲା, "ବୋଉ ତା'ହେଲେ ଆତ୍ମହତ୍ୟା କରି ନ
ଥିଲା ?"

ଚଗଲା, ମଦନ ପାଖକୁ ଆସିଲା ଓ ଦୀନକୃଷ୍ଣଙ୍କୁ ଚାହିଁ କହିଲା, "ନା, ମୁଁ ପୁଲିସକୁ
ଏ ଖବର ଦେବି ନାହିଁ।" ସେ କେବଲ ଏତିକି କହିଲା ଓ ଘରୁ ବାହାରିଗଲା। ଦୀନକୃଷ୍ଣ
କାଠ ଭଲି ସେମିତି କାନ୍ଥକୁ ଆଉଜି ରହିଥିଲେ। ସ୍ତବ୍ଧ ପରିବେଶ ଓ ଚଗଲାର ଧୀର
ପ୍ରସ୍ଥାନ ଭିତରେ ଘରେ ରୁନ୍ଧି ହୋଇ ପଡ଼ିଥିବା ପବନ ଟିକକ ବି ଅନ୍ୟମାନଙ୍କ ସହ
ଛଟପଟ ହେବାରେ ଲାଗିଥିଲା।

ପେଟ

ସେ ଅନେଇ ଦେଉଥିଲେ, ମୁରୁକି ହସୁଥିଲେ ଏବଂ ଟାଉଟାଉ କରି ଗିଲି ପକେଉଥିଲେ। ଅତି ସୂକ୍ଷ୍ମ ଭାବେ, ନିପୁଣ କଳାକାରଟିଏ ପରି। ଧୁରନ୍ଧର ସବୁକିଛି ଗିଲି ପାରୁଥିଲେ। ଇଟା-ସିମେଣ୍ଟ, ବାଲି-ଗୋଡ଼ି, ଘର-ଦିହ, ସୁନା-ଲୁହା, ମଣିଷ-ପଣସ, ବନ୍ଧ-ବାଡ଼, ରାସ୍ତା-ଘାଟ, ବିଜୁଲି-ପାଣି, କାଗଜ-ହିସାବ, ପଶୁ-ଫସଲ, ହସ-ଆଶା, ସ୍ନେହ-ସୌଜନ୍ୟ, ଅଭାବ-ବିଭବ, ନୀତି-ନିୟମ, ଠାକୁର ଆଉ ଖଟୁଲି।

ଲୋକେ ପ୍ରଥମେ ଧୁରନ୍ଧରଙ୍କ ଗିଲିବା ଦେଖି ହସିଲେ। ତା'ପରେ ସେମାନେ ତାଟକା ହୋଇ ଚାହିଁଲେ, ରାମ୍ଭିବିଦାରି ହେଲେ, କାନ୍ଦିଲେ, କୁଦିଲେ, କମ୍ପିଲେ ଓ ଶେଷକୁ ତୁନି ପଡ଼ିଗଲେ। ଯେଉଁ ପୁଞ୍ଜାକ ତାଙ୍କ ଆଗରେ ପ୍ରତିକ୍ରିୟା ପ୍ରକାଶ କରିବାର ସାହସ କରିଥିଲେ ଧୁରନ୍ଧର ଜିଭ ବୁଲେଇ ତାଙ୍କୁ ସଫା କରିଦେଲେ। ତା' ବୋଲି ସେ ଯେ କେବଳ ଗିଲୁଥିଲେ ତା' ନୁହେଁ। ସେ ମଳତ୍ୟାଗ ବି କରୁଥିଲେ। ତାଙ୍କ ମଳ ସହିତ ସେ ଗିଲିଥିବା

ନାନାଦି ଜିନିଷର ତସ୍ତୁ ସବୁ ବାହାରୁଥିଲା । ସେଥରେ ଟଙ୍କାପଇସା, ଧାନଗହମ, ରୁପାସୁନାଠୁ ଆରମ୍ଭ କରି ବେଲେବେଲେ କୋଠାବାଡ଼ି ବି ଗଲି ପଡ଼ୁଥିଲା । ତାଙ୍କ ସେବାକାରୀ ଓ ପ୍ରଶଂସକମାନେ ମଲରୁ ସେସବୁ ଛାଣି ନେଉଥିଲେ ।

ମଲ ଛଣାବେଲେ ଛଣାଲିଙ୍କ ଭିତରେ ପ୍ରତିଦ୍ୱନ୍ଦ୍ୱିତା ହେଉଥିଲା । ଟଣାଭିଡ଼ା, ଛଡ଼ାଛଡ଼ି, ଫୋପଡ଼ାଫୋପଡ଼ି ହେଉଥିଲା । ଫଳରେ ସେମାନଙ୍କ ହାତ, ଗୋଡ଼, ଦେହ, ମୁହଁ ଓ ମୁଣ୍ଡରେ ମଲ ଭର୍ତ୍ତି ହୋଇଯାଇଥିଲା । କିନ୍ତୁ ସମସ୍ତେ ମଲମୟ ହୋଇଯାଇଥିବାରୁ ତାଙ୍କୁ ମଲ ଗନ୍ଧାଉ ନ ଥିଲା ।

ଅତ୍ୟଧିକ ଚକୁଟା ଘଣ୍ଟା, ଫିଙ୍ଗା ଫୋପଡ଼ାରେ ମଲର ଉତ୍କଟ ଗନ୍ଧ ବାହାରେ ଖେଲେଇ ହୋଇ ଯାଉଥିଲା । ଦିନକୁ ଦିନ ଅଧିକରୁ ଅଧିକ ଲୋକ ଗନ୍ଧ ଶୁଙ୍ଘୁଥିଲେ, ମଲ ବିଷୟରେ ଆଲୋଚନା କରୁଥିଲେ, ମଲରୁ ମୁକ୍ତ୍ତା ଖୁଣ୍ଟିବାର ଯୋଗ୍ୟତା ତଥା ଅଧିକାର ତାଙ୍କର ଅଛି ବୋଲି ଜିଦିକରି ଯାଇ ଧାଡ଼ିରେ ଛିଡ଼ା ହେଉଥିଲେ ।

ଧୁରନ୍ଧରଙ୍କ ଚେଲାଙ୍କ ସଂଖ୍ୟା ହୁହୁ ହୋଇ ବଢ଼ିଲା । ଦିନେ ସେମାନେ ଧୁରନ୍ଧରଙ୍କ ବେକରେ ଫୁଲମାଲ ଲମ୍ବେଇ, ତାଙ୍କୁ ପଟୁଆରରେ ନେଇ ରାଜ୍ୟମୁଖ୍ୟଙ୍କ ପାଖରେ କଟାଲ କଲେ, "ଆଜ୍ଞା ! ଆପଣଙ୍କ ପରି ଗରିମାବନ୍ତଙ୍କ ଶାସନରେ ଯଦି ଗୁଣୀର ଆଦର ନ ହୁଏ ତା' ହେଲେ ବିଦ୍ରୋହ ହେବ !"

ମୁଖ୍ୟଙ୍କ ନାକରେ ପାଦରା ପୋକଟେ ପଶିଗଲା । ସେ କୁହେଇକୁହେଇ ଛିଙ୍କିଲେ, "କିସ ?"

"ବିଦ୍ରୋହ ହେବ ।"

"କାହିଁକି ?"

"ଆମ ଓସ୍ତାଦଙ୍କୁ ମନ୍ତ୍ରୀ କରନ୍ତୁ ।"

"ତାଙ୍କ ଯୋଗ୍ୟତା ?"

"ଗିଲିବା ।" ଜନତାର ଉଚ୍ଚାଟନରେ ଗଗନପବନ କମ୍ପି ଉଠିଲା । ଏତିକିବେଲେ ଯାଇ କଥାର ମଞ୍ଜିକୁ ମୁଖ୍ୟ ଧରିପାରିଲେ । ଇଏ ତା' ହେଲେ ସେଇ ଗିଲାଲି ଯାହା ବିଷୟରେ ସେ ଗତ କିଛିଦିନ ହେବ ଶୁଣି ଆସୁଛନ୍ତି ।

"ଆଚ୍ଛା, ଆପଣ କ'ଣ କ'ଣ ସବୁ ଗିଲିପାରିବେ ?" ପଚାରିଲେ ମୁଖ୍ୟ ।

ନୂଆବୋହୂ ପରି ସରମିଗଲେ ଧୁରନ୍ଧର । ମନେମନେ କହିଲେ, "ସବୁ । ତତେ ବି ।"

ମୁଖ୍ୟଙ୍କ ପାଟି ମେଲା ହୋଇଯାଇଥିଲା । କହିଲେ, "ଆଁ ।"

ଜନତା କହିଲେ, "ସବୁ । ସବୁ । ଟଙ୍କାପଇସାଠୁ ଫାଇଲପତ୍ର, କଣ୍ଟ୍ରାକ୍ଟ, ଅଫିସ୍, ଚାଲ, ଛାତ ସବୁ ।"

ମୁଖ୍ୟ ଥରେ ଜନତା ଉପରେ ଆଖି ବୁଲାଇ ନେଇ ଫୁସଫୁସ କରି ଧୁରନ୍ଧରଙ୍କ କାନ ପାଖରେ କହିଲେ, "ଦି' ତିନିଟା ବାରବଂଜା ଭାରି ଉପ୍ଲାତ କରୁଛନ୍ତି । ମୋରି ହାତରେ ଗଢ଼ିଥିଲି, ଏଇନେ ମୋ ମୁଣ୍ଡରେ କୁଦୁଛନ୍ତି । ଗିଲିପାରିବ ?"

"ଖାଲି ଆଙ୍ଗୁଲି ଦେଖେଇ ଦିଅନ୍ତୁ ।" ସେଇମିତି ମୁରୁକି ହସି କହିଲେ ଧୁରନ୍ଧର ।

"ହେଲା ହେଲା ।"

ଧୁରନ୍ଧରଙ୍କୁ ମନ୍ତ୍ରୀପଦ ମିଲିଲା । ତାଙ୍କ ଚେଲାମାନେ ତାଙ୍କୁ ନୂଆନୂଆ ଲୋଭନୀୟ ଜିନିଷମାନ ଦେଖେଇ ଗିଲିବାର ଅନୁରୋଧ କଲେ । ଚେଲାମାନଙ୍କର ପ୍ରେମପୂର୍ଣ୍ଣ ଆଗ୍ରହକୁ ସେ ଉପେକ୍ଷା କଲେନାହିଁ । ସେ ଆହୁରି ଆହୁରି ଗିଲିଲେ ଏବଂ ଅଧିକ ମଲତ୍ୟାଗ କରିବାର ଚେଷ୍ଟା କଲେ । ତାଙ୍କ ଚେଲାମାନେ ସାଙ୍ଗରେ ଟୋକେଇ ଧରି ଚଲପ୍ରଚଲ ହେଉଥିଲେ । ଓସ୍ତାଦ୍ କେତେବେଳେ ବସି କୁଣ୍ଟେଇଦେବେ କିଏ ଜାଣେ ?

ସେଇସେଇ ଜିନିଷ ଗିଲିଗିଲି ଧୁରନ୍ଧରଙ୍କୁ ଚିଟା ଲାଗିଲା । ମନ ତାଙ୍କର ଖୋଜୁଥିଲା ଟିକିଏ ପରିବର୍ତ୍ତନ । ଆଖି ଦେଖୁଥିଲା ସପନ । ସବୁବେଳେ ତାଙ୍କ ଆଗରେ ନାଚୁଥିଲା ମୁଖ୍ୟଙ୍କର ଆସନ । ଆଉ କେଉଁ ଚିଜ ପ୍ରତି ସେ କେବେ ଏତେ ଆକର୍ଷିତ ହୋଇନଥିଲେ ।

ଆକର୍ଷଣ । ଆକର୍ଷଣରୁ ମୋହ । ମୋହରୁ ମନରେ ଯେତେସବୁ ବିଭ୍ରାଟ । ଆସନ ନୁହେଁ ତ, ସିଂହାସନ । ତା' ଉପରେ ବସିହେବ, ଶୋଇହେବ, ନାଚି ହେବ, ସେଠି ବସି ଖଟେଇ ହେଇହେବ, ଛେପ ପକେଇହେବ, କୁତୁରେଇ-ଟିମୁଟି ଲୋକଙ୍କୁ ବେଦମ୍ କରିହେବ । ସବୁଠୁ ବଡ଼ କଥା ହେଉଛି ତା' ଉପରେ ବସି ବେଦରେ ଗାର ଟାଣିହେବ ।

ମୁଖ୍ୟ କେତେଦିନ ହେବ ଭାରି ବିବ୍ରତ ଥିଲେ । ତାଙ୍କରି ଅନୁଗ୍ରହରେ ବଡ଼ ଉଠିଥିବା ଗୋଟେ ଉପ୍ଲାତିଆ ତାଙ୍କୁ ବଡ଼ ହରକତ କରୁଥିଲା । ସେ ଯେତେବେଳେ ଢୋଲେଉଥିଲେ ଉପ୍ଲାତିଆ ତାଙ୍କ ନାକରେ କାଠି ଭର୍ତ୍ତିକରି ଦେଉଥିଲା । ସେ ଛିଙ୍କିଛିଙ୍କି ନ୍ୟାନ୍ତ ହୋଇ

ଯାଉଥିଲେ। ତାଙ୍କ ଭାଷଣ ସମୟରେ ସେ ତାଙ୍କୁ ନୃଶଂସକ ପରି କୁତୁରୋଉଥିଲା। ଅକାରଣେ ହସିହସି ମୁଖ୍ୟଙ୍କର ମୁହଁ ବିକୃତ ହୋଇଯାଇଥିଲା। ସେ ଧୁରନ୍ଧରଙ୍କୁ ଡାକି କହିଲେ, "ସଇତାନ୍ଟାର ଜଲଦି ବ୍ୟବସ୍ଥା କର।"

ଧୁରନ୍ଧର ମୁଣ୍ଡ ଟୁଙ୍ଗାରି ମୁଖ୍ୟଙ୍କୁ ଅନେଇଲେ ଓ ମୁରୁକି ହସିଲେ। ତାଙ୍କ ମୁରୁକିହସା ଦେଖି ମୁଖ୍ୟ ହାଉଲି ଖାଇଲେ 'ଇଲୋ, ମୋ ବୋଉଲୋ...।' ତା'ପରେ ସେ, "ମତେ..." ବୋଲି କହିଛନ୍ତି ଧୁରନ୍ଧର ଜିଭ ବୁଲେଇ ମୁଖ୍ୟଙ୍କୁ ସଫା କରିଦେଲେ। ସଙ୍ଗେସଙ୍ଗେ ଚେଲାମାନେ 'ଜୟଶ୍ରୀ ଧୁରନ୍ଧର' ଧ୍ୱନି ଦେଇ ତାଙ୍କୁ କାନ୍ଧରେ ନେଇ ସିଂହାସନ ଉପରେ ବସେଇଦେଲେ।

ବଡ଼ ଫର୍ଶା ଆସନ। ଧୁରନ୍ଧର ସେଥିରେ ଗୋଡ଼, ହାତ ଲମ୍ବେଇ ବସିଲେ ଓ ହିହି... ହିହି... ହସିଲେ।

ଏତେ ଆରାମ! ସିଂହାସନରେ ବସିବା ମାତ୍ରେ ତାଙ୍କର ଶୋଇବାକୁ ଇଚ୍ଛା ହେଲା। ସେ ନ ଶୋଇ ପ୍ରଥମେ ବସିବସି ଖାଲି ଢୋଲେଇଲେ। ଆବ୍ରୁଜାବ୍ରୁ ଗିଲିବାକୁ ଧୁରନ୍ଧରଙ୍କର ଆଉ ଇଚ୍ଛା ହେଲାନାହିଁ। ଅତି ସୌଖୀନ ଦ୍ରବ୍ୟଟିଏ ଆଖିରେ ପଡ଼ିଲେ ଯାଇ ସେ ଗିଲୁଥିଲେ। ଫଳରେ ତାଙ୍କ ମଳତ୍ୟାଗର ପରିମାଣ କମିଗଲା। ଏମିତି ବି ହେଲା ଯେ ତାଙ୍କ ପ୍ରିୟତର ଓ ପ୍ରିୟତମ ଚେଲାଙ୍କ ପାଇଁ ସେ ଅନେକ ସମୟ ଧରି ବସି କୁନ୍ଥେଇଲେ ବି କିଛି ବାହାରିଲା ନାହିଁ। ଫଳରେ ଚେଲାମାନଙ୍କ ଭିତରେ ଅଶାନ୍ତି ବ୍ୟାପିଲା।

ଚେଲାଙ୍କର ମୌନ ଅଭିମାନକୁ ଧୁରନ୍ଧର ବୁଝିଥିଲେ, କିନ୍ତୁ ତାଙ୍କୁ ଆସନ ଉପରେ ଶୋଇ ରହିବାକୁ ଏତେ ଭଲ ଲାଗୁଥିଲା ଯେ କାହା ମାନ ଅଭିମାନରେ ବିବ୍ରତ ନ ହୋଇ ସେ ବର୍ଷେକାଳ ଶୋଇଗଲେ। ଧୁରନ୍ଧରଙ୍କ ଘୁଙ୍ଗୁଡ଼ିରେ ଘରର ଛାତ ଉଠୁଥିଲା ପଡୁଥିଲା। ତାଙ୍କ ଘୁଙ୍ଗୁଡ଼ି ସହ ତାଲଦେଇ ବାହାରେ ପ୍ରବଳ ପାଟିତୁଣ୍ଡ ଶୁଭୁଥିଲା। ଧୁରନ୍ଧରଙ୍କର ଚେଲା ଦି'ଜଣ ତାଙ୍କ ପାଦ ପାଖରେ ଆଛେଇ ପଡ଼ି କୁହାଟ ଛାଡୁଥିଲେ, "ଛାମୁ! ଛାମୁ।"

ଧୁରନ୍ଧରଙ୍କର ଆଖି ଖୋଲିଗଲା। ସେ ବିଲିବିଲେଇଲେ, "କିଏ, କିଏ?"

"ଛାମୁ, ବିଭ୍ରାଟ।" ଚେଲାଦ୍ୱୟ ତାଙ୍କୁ ମୁଣ୍ଠିଆ ମାରିବା ଭିତରେ ଗୁହାରି କଲେ।

"ବିଭ୍ରାଟ? ମୋ ରାଜ୍ୟରେ? କୋଉଠି?"

"ଦରବାର ବାହାରେ ମହାପ୍ର ।"

ଧୁରନ୍ଧର ସିଂହାସନରୁ ଡେଇଁପଡ଼ିଲେ । ବଡ଼ବଡ଼ ପାହୁଣ୍ଡ ପକେଇ ସେ ଦରବାର ବାହାରକୁ ଆସିଲେ ।

ବାହାରେ ଜନତାର ସମୁଦ୍ର । ଜନତା ଗୋଟାଏ ମେଲିକରି ଛିଡ଼ା ହୋଇଛି ଓ ଚିତ୍କାର କରୁଛି । ମେଲି ମଝିରେ ଯେଉଁ ଦୃଶ୍ୟଟି ଧୁରନ୍ଧରଙ୍କ ଆଖିରେ ପଡ଼ିଲା ତା'ଦେଖି ତାଙ୍କ ହୃତପିଣ୍ଡ କମ୍ପିବାକୁ ଲାଗିଲା । ମେଲି ମଝିରେ ତାଙ୍କରି ପାରିଷଦବର୍ଗ । ମନ୍ତ୍ରୀ, ସେନାପତି, କଟୁଆଳ ଓ ରାଜପୁରୋହିତ । କଟୁଆଳ ଗିଲି ଦେଇଛନ୍ତି ସେନାପତିଙ୍କ ମୁଣ୍ଡ, ରାଜପୁରୋହିତ ଗିଲିଛନ୍ତି ମନ୍ତ୍ରୀଙ୍କର ମୁଣ୍ଡ । ମୁଣ୍ଡ, ତା'ପରେ ବେକ ଏବଂ ହାତ କହୁଣିଯାଏ ସେମାନେ ଗିଲିଲେ, କିନ୍ତୁ ଗଣ୍ଡିଗୁଡ଼ାକୁ ଗିଲି ପାରୁନାହାନ୍ତି । ମନ୍ତ୍ରୀ ଓ ସେନାପତିଙ୍କର ଜୀଅନ୍ତା ଗଣ୍ଡି ଦୁଇଟା ଭୀଷଣ ଯନ୍ତ୍ରଣାରେ ଛଟପଟ ହେଉଛି । ଧୁରନ୍ଧର କ୍ରୋଧରେ ଅସ୍ଥିର ହେଲେ । ସେ ଭାବିଲେ ତଳକୁ ଡେଇଁବେ ଓ ରାଜ୍ୟଦ୍ରୋହୀଗୁଡ଼ାଙ୍କୁ ଏକାଠରେ ଚଲୁ କରିଦେବେ । ଧୁରନ୍ଧର ମୁଣ୍ଡ ସଜାଡ଼ି ଡେଇଁବାକୁ ଉଦ୍ୟତ ହେଲେ । ମୁରୁକିହସା ମୁହଁଟିଏ ତାଙ୍କର ଅତି ନିକଟରେ । ଏ ଅସମୟରେ ମୁରୁକି ହସ ? ଧୁରନ୍ଧର ତା' ଆଡ଼କୁ ଉଙ୍କି ଆସିଲେ । ମୁରୁକିହସାର ପାଟି ଆଁ ହେଲା । ମସ୍ତବଡ଼ ଆଁ । ମୁହୂର୍ତ୍କ ଭିତରେ ସେ ଆଁ ଭିତରୁ ଜିଭଟିଏ ଆସି ଧୁରନ୍ଧରଙ୍କୁ ତା' ଭିତରକୁ ଘୋଷାରି ନେଲା ।

ପ୍ରତିଦ୍ୱନ୍ଦୀ

ଗଗନ ରାଉତ ବସିଥିଲେ ବସିଥିଲେ ଚମକି ପଡ଼ିଲେ। ଏଁ, ପକ୍ଷାଘାତ ରୋଗ ! ଗଲା ! ମନୁ ମହାପାତ୍ରଟା ଚାରି ପାଞ୍ଚିରୁ ଗଲା। ଭାବୁ ଭାବୁ ସେ ନିଜେ ଡରିଗଲେ। ଉଁ, ପକ୍ଷାଘାତ ରୋଗ ! ସାଂଘାତିକ !! ସେ ମନକୁମନ କହିଲେ, ନା, ତାଙ୍କୁ କାହିଁକି ହବ ? ସେ ସୁସ୍ଥ। ନିଜ ସୁସ୍ଥତାକୁ ପରୀକ୍ଷା କରିବାକୁ ସେ ଚୌକିରୁ ଉଠି ପଡ଼ିଲେ, ଗୋଡ଼ ହାତକୁ ଜୋରରେ ହଲାଇଲେ ଓ ବିଭିନ୍ନ ପ୍ରକାର ଆସନ କରିବା ଭଙ୍ଗିରେ ଭିଡ଼ିମୋଡ଼ି ହେଲେ। ହଠାତ୍ ତାଙ୍କର ମନେ ପଡ଼ିଲା ସେଇଟା ଦିନ ଦ୍ୱି-ପ୍ରହର, ଦୋକାନ ଭିତରେ ଗ୍ରାହକଙ୍କ ଭିଡ଼, ରାସ୍ତାରେ ଲୋକ ସାଲୁବାଲୁ, ତା'ଛଡ଼ା ସେ କର୍ତ୍ତବ୍ୟରତ ଓ ତାଙ୍କ ବୟସ ପଞ୍ଚାବନ। ପଞ୍ଚାୟତରେ କୈଫିୟତ ଦେଲାଭଳି ସେ ଶୂନ୍ୟକୁ ଚାହିଁ କ୍ଷୀଣ ସ୍ୱରରେ କହିଲେ, '୪! ଦେହଟା ଝିମ୍ଝିମ୍ ହୋଇଗଲା।' ସେ ଏତକ କହିଲେ ଓ ଚୌକିରେ ବସିପଡ଼ିଲେ।

ଗଗନ ରାଉତଙ୍କ କଥା କହିଲେ ମନୁ ମହାପାତ୍ରଙ୍କ କଥା ଉଠିବ ହିଁ ଉଠିବ ଓ ଜୟ ଶିବ ଶଙ୍କର ଲୁଗା ଦୋକାନ ବିନା ମନୁ ମହାପାତ୍ରଙ୍କ ବିଷୟରେ କିଛି କହିହେବ ନାହିଁ କି ମା' ଦୁର୍ଗା ବସ୍ତ୍ର ଭଣ୍ଡାରକୁ

ବାଦ୍‌ଦେଲେ ଜୟ ଶିବ ଶଙ୍କର ଲୁଗା ଦୋକାନ ଉପାଖ୍ୟାନ ସଂପୂର୍ଣ୍ଣ ହେବ ନାହିଁ। ମା'ଦୁର୍ଗା ବସ୍ତ୍ର ଭଣ୍ଡାର ଓ ଜୟ ଶିବ ଶଙ୍କର ଲୁଗା ଦୋକାନକୁ ପୃଥକ କରେ ଛଅ ଇଞ୍ଚିଆ କାନ୍ଥଟିଏ। ନହେଲେ ଦୁଇ ଦୋକାନର ସରଞ୍ଜାମ ପ୍ରାୟ ଏକା ଧରଣର ଓ ବ୍ୟବସାୟ ଶୈଳୀ ମଧ୍ୟ ଗୋଟିଏ ରକମର। ତେଣୁ ଦୁଇ ଦୋକାନ ମଧ୍ୟରେ ପ୍ରତିଦ୍ୱନ୍ଦିତା ହେବା ସାଧାରଣ କଥା। ସମୟକ୍ରମେ ଏଇ ସାଧାରଣ ପ୍ରତିଯୋଗିତା ତୀବ୍ର ଆକାର ଧାରଣ କରିଛି। ଗ୍ରାହକମାନଙ୍କୁ ବିଭିନ୍ନ ଉପାୟରେ ଆକର୍ଷିତ କରି ନିଜ ଦୋକାନକୁ ଟାଣି ଆଣିବାକୁ ବ୍ୟବସ୍ଥା କରାଯାଇଛି। ସେଥିପାଇଁ ଦୁଇ ଦୋକାନର ଜଣେ ଲେଖାଏଁ ପ୍ରତିନିଧି ଚୌକିଟିଏ ଲେଖା ପକାଇ ଦୋକାନ ଦ୍ୱାର ପାଖରେ ବସନ୍ତି। ଅତ୍ୟନ୍ତ କୁଶଳୀ ନ ହେଲେ ସେ କାର୍ଯ୍ୟ ସମାପନ କରିବା ସମ୍ଭବ ନୁହେଁ। ଗତ ତିରିଶ ବର୍ଷ ଧରି ଜୟ ଶିବ ଶଙ୍କର ଦୋକାନର ବାହାର ଚୌକି ସମ୍ଭାଳୁଥିଲେ ମନୁ ମହାପାତ୍ର ଓ ମା' ଦୁର୍ଗା ବସ୍ତ୍ର ଭଣ୍ଡାରର ଚୌକି ଉପରେ ବସୁଥିଲେ ଗଗନ ରାଉତ।

ମନୁ ମହାପାତ୍ରଙ୍କ ସହିତ ତିରିଶି ବର୍ଷ ଏଇଠି କଟେଇଛନ୍ତି ଗଗନ ରାଉତ। ତାଙ୍କର ମନେଅଛି ସେଦିନର କଥା, ଯେଉଁଦିନଠାରୁ ପକ୍ଷାଘାତ ରୋଗରେ ଆକ୍ରାନ୍ତ ହୋଇ ମନୁ ମହାପାତ୍ର ଆଉ ଦୋକାନ ଆସିପାରି ନାହାନ୍ତି। ସେଦିନ ପାଗ ଥଣ୍ଡା ଥାଏ। ମନୁ ମହାପାତ୍ର ଗଗନ ରାଉତଙ୍କୁ ବିଡ଼ି ଯାଚିଲେ। ଗଗନ ଜାଣିଥିଲେ ରାସ୍ତା ଉପରୁ ତାଙ୍କ ଆଖି ହଟାଇ ଆଣିବାର ପ୍ରଚେଷ୍ଟା ଥିଲା ମହାପାତ୍ରଙ୍କ ବିଡ଼ି ଯାଚିବା ଭିତରେ। ତଥାପି ପାଗ ଥଣ୍ଡା ଥିବାରୁ ଗଗନ ବିଡ଼ିର ଲୋଭ ସମ୍ବରଣ କରି ପାରି ନ ଥିଲେ ଓ ଯାତ୍ରୀ ଅଭାବରେ ଅରକ୍ଷିତ ଭଳି ପଡ଼ି ରହିଥିବା ରାସ୍ତା ଉପରୁ ଆଖି ହଟାଇ ଆଣି ବିଡ଼ିରେ ନିଆଁ ଧରାଇଥିଲେ। ମନୁ ମହାପାତ୍ରେ କହିଥିଲେ, "ବୁଝିଲ ରାଉତେ, କାଲି ଯାଇଥିଲି ଆମ ନାୟକ ଭାଇନାଙ୍କ ପାଖକୁ। ଭାଇନା ମୋ ମୁଣ୍ଡଟା ଖରାପ କରିଦେଲେ।" "କ'ଣ କହିଲେ କି ?" ରାଉତଙ୍କର ବିଡ଼ିରେ ନିଆଁ ଲାଗି ସାରିଥିଲା ଓ ସେ ପୁଣି ରାସ୍ତାକୁ ଅନାଇ ରହିଥିଲେ।

"ଭାଇନା ତ ପାଞ୍ଜି ଉପରେ ହାତ ବାଡ଼େଇ କହିଲେ, ଆଜିଠାରୁ ଠିକ୍ ପାଞ୍ଚବର୍ଷ, ସାତ ମାସ, ଛଅ ଦିନ ପରେ ଗୋଟେ ଭୟଙ୍କର କଥା ଘଟିବ।"

"କ'ଣ ?" ଗୋଟେ ପ୍ରଳୟର ଆଶଙ୍କା କରି ରାଉତେ ପଚାରିଲେ।

"ଗଛମାନେ ଚାଲିବା ଆରମ୍ଭ କରିଦେବେ।" ଏତକ କହିଦେଇ ମହାପାତ୍ରେ ଆଁ

କରି ଚାହିଁ ରହିଲେ ଓ ଦମ୍ ନେଇ ପୁଣି କହିଲେ "ଧର ତମେ ଗୋଟେ ଗଛ ଲଗାଇଛ। ତା'ର ଯଦି ତମ ପାଖରେ ରହିବାକୁ ଇଚ୍ଛା ନହେଲା ତା'ହେଲେ ତମେ ରାତିରେ ଶୋଇଥିବ, ସକାଳୁ ଉଠି ଦେଖିବା ବେଳକୁ ଗଛଟା ଆଉ କାହା ବାଡ଼ିକୁ ଚାଲିଯାଇଥିବ।"

"ହେଁ... ହେଁ... ହେଁ... ଠକଟା ପାଖକୁ କାହିଁକି ଯାଇଥିଲ ହେ ?"

"ତାକୁ ଠକ କହିବନି ହୋ ରାଉତେ। ମତେ କହିଥିଲା, ଏ ବର୍ଷଟା ବେଳା ଭଲନାହିଁ। ଶୂନ୍ୟରୁ ବିପଦ ମାଡ଼ି ଆସିବ। ସୁନା ଧଇଲେ ମାଟି ହବ। ଅକ୍ଷରେ ଅକ୍ଷରେ ଫଳୁଛି। ମୁଁ ଭୋଗୁଛି। ଆହୁରି ଦି'ମାସ ଅଛି ଖରାପ ବେଳା।"

"କ'ଣ ପାଇଁ ଯାଇଥିଲ ?" ପଚାରି ଦେଲେ ରାଉତେ।

"ଉଁ, ଏମିତି ଯାଇଥିଲି। ତାଙ୍କ କଥା ଶୁଣି ତ ମୋ ମୁଣ୍ଡ ଖରାପ। ଆଠ ଦିନ ତଳେ କଲମି ଆମ୍ବଗଛ ଦି'ଟା ଲଗାଇଛି। ଫଳିବା ବେଳକୁ ଯଦି ମୋ ଗଛମାନଙ୍କର ବୁଲିବାକୁ ଇଚ୍ଛା ହୁଏ, ମୁଁ କ'ଣ କରିବି ?"

ରାଉତେ ଜାଣିଲେ ମହାପାତ୍ରେ କଥା ଲୁଚାଉଛନ୍ତି। ସେ କହିଲେ, "ତମେ ଜମା ବ୍ୟସ୍ତ ହୁଅନି। ଏତେ ଯତ୍ନରେ ଯେଉଁ ଗଛ ଲଗାଇଛ ସେ ଜମା ତମ ବାଡ଼ିରୁ ଯିବନି। ଯଦି କେବେ ତା'ର ଯିବାକୁ ଇଚ୍ଛାହୁଏ ତା'ହେଲେ ତମକୁ ନିଶ୍ଚୟ ସାଙ୍ଗରେ ଡାକିନେବ।"

"ଏଇ ଯେ ସାର, ନମସ୍କାର।" ସେ ଆଡ଼କୁ ଆସୁଥିବା ଏକମାତ୍ର ଆଗନ୍ତୁକଙ୍କୁ ମହାପାତ୍ରେ ବିନୟ ସମ୍ଭାଷଣ ଜଣାଇଲେ। ରାଉତେ ବୁଝିପାରିଲେ ସେ ପ୍ରତାରିତ ହୋଇଛନ୍ତି। ଯା ଭିତରେ ମହାପାତ୍ରେ ତାଙ୍କୁ ଅନ୍ୟମନସ୍କ କରାଇ ଦେଇଛନ୍ତି। ତଥାପି ସେ ଚେଷ୍ଟାରୁ ନିବୃତ୍ତ ହେଲେନାହିଁ। କୃପଣ ମହାଜନଟିର ସର୍ବସ୍ୱ ଲୁଣ୍ଠିତ ହୋଇଗଲା ପରି ସେ ଚୌକିରୁ ଉଠି ଦାନ୍ତ ନେଫେଡ଼ି କହିଲେ, "ସାର ତ ଆମର ସବୁଦିନିଆ।"

"ଆଗଥର ଲୁଗାଟା କେମିତି ପଡ଼ିଲା ଆଜ୍ଞା ?" ରାଉତଙ୍କୁ ମହାପାତ୍ରେ ହେୟଜ୍ଞାନ କଲେ। ଗ୍ରାହକ ଜଣକ ଜୟ ଶିବ ଶଙ୍କର ଲୁଗା ଦୋକାନକୁ ଆଗଉଥିବାର ଦେଖି ଗଗନ ରାଉତ କହିଲେ, "ଦୋ ନମ୍ବରୀ ଲୁଗା-ରଙ୍ଗ ଧୋଇଥିବ, ଲମ୍ବ ଛୋଟ ହୋଇଥିବ। ଜମା ସିଆଡ଼େ ଯିବେନି ଆଜ୍ଞା।" ଗ୍ରାହକ ଜଣକ କ'ଣ ମନେ ପକାଇବା ଭଳି ହୋଇ ଛିଡ଼ା ହୋଇଗଲେ। ମା' ଦୁର୍ଗା ବସ୍ତ୍ରଭଣ୍ଡାର ଓ ଗଗନ ରାଉତଙ୍କୁ ଥରେ ଥରେ ଚାହିଁଲେ। ମହାପାତ୍ର ଆଗେଇ ଆସି ଗ୍ରାହକଙ୍କ କାନ ପାଖରେ କହିଲେ, "ଦାମ୍‌ରେ ଠକିଯିବେ

ଆଖ୍ଖା । ତା'ଛଡ଼ା ସେଟା ବଡ଼ ରୋଗୀଟା ।" ଗ୍ରାହକ ଏଥର ସିଧା ଜୟ ଶିବ ଶଙ୍କର ଲୁଗା ଦୋକାନକୁ ପଶିଲେ । ଫୁସ୍‌ଫୁସ୍‌ କରି କହିଥିଲେ ମଧ୍ୟ ରାଉତଙ୍କୁ ଶୁଭିଥିଲା ମହାପାତ୍ରଙ୍କ କଥା । ଗ୍ରାହକ ଦୋକାନ ଭିତରେ ପଶିଯିବା ଉତ୍ତାରୁ ମହାପାତ୍ରେ ରାଉତଙ୍କୁ ଆଉ ଗୋଟାଏ ବିଡ଼ି ଯାଚିଥିଲେ ଓ ରାଉତେ ବିଡ଼ିଟାକୁ ଦାନ୍ତରେ କାମୁଡ଼ି ଟୌକିରେ ବସିଗଲେ । ମନେମନେ କହିଲେ, 'ଶଳା, ମତେ କୁଷ୍ଠ ହୋଇଛି ବୋଲି ମିଛରେ କହୁଛୁ । ସତରେ ତୋ'ର ଅକାଳ ମୃତ୍ୟୁ ହୋଇଯାଉରେ ମନୁ ମହାପାତ୍ର ।'

ସମସ୍ତେ, ଏପରିକି ରାଉତଙ୍କ ମାଲିକ ମଧ୍ୟ କହନ୍ତି ଯେ ମହାପାତ୍ର, ରାଉତଙ୍କଠୁ ଅଧିକ ପାରିବାର । ତେଣୁ ରାଉତଙ୍କ ଦରମା କେବେଠାରୁ ଛଅ ହଜାର ପାଞ୍ଚ ଶହରେ ଝୁଲୁଛି । କାରଣ ମହାପାତ୍ରଙ୍କୁ ତାଙ୍କ ଦୋକାନରୁ ମିଳୁଛି ସାତହଜାର । ଟଙ୍କା ଛଅ ହଜାର ପାଞ୍ଚଶହରୁ ବାକିଆ କରଜ ଶୁଝାଯିବ, ବାପ ଝିଅ ଚଳିବେ, ଝିଅଟାର ବାହାଘର ହେବ, ନାନାଦି କଥା । ଯାହାହେଉ ସେ ବଡ଼ଟାକୁ କୌଣସି ପ୍ରକାରେ ଉଠାଇ ଦେଇଛନ୍ତି । କେବଳ ରମାଟିକୁ (ସାନଝିଅ) ଉଠାଇ ଦେଲେ ଯାଏ । ସେ ହିଁ ତାଙ୍କର ସବୁ । ଭଗବାନ ବୋଧହୁଏ ଜାଣିଶୁଣି ତାଙ୍କ ସଂସାରକୁ ଛୋଟେଇ ଦେଇଛନ୍ତି । ପୁଅ ନାହିଁ । ରମା ଜନ୍ମରୁ ମା'କୁ ଖାଇଛି । ତେଣୁ ଆନୁଷ୍ଠାନିକ ଶତ୍ରୁତା ଛଡ଼ା ରାଉତଙ୍କର ମହାପାତ୍ରଙ୍କ ଉପରେ ଭିତିରି ରାଗ ବି କମ୍ ନାହିଁ । ତା' ପରେ ବି ମନୁ ମହାପାତ୍ର ତାଙ୍କୁ ଅପମାନିତ କରୁଛି, କୁଷ୍ଠ ରୋଗୀ ବୋଲି କହି । ଓଃ ! ଭଗବାନ କରନ୍ତୁ ସେ ଆଉ ସକାଳ ନ ଦେଖୁ । କ୍ରୋଧରେ ପୁଣି ଥରେ ନୀରବ ଅଭିଶାପ ଦେଲେ ରାଉତ ।

ତା'ପରଦିନ ଖବର ମିଳିଥିଲା, ମନୁ ମହାପାତ୍ର ଘର ଭିତରେ ପଡ଼ିଯାଇ ଉଠି ପାରୁନାହାନ୍ତି । ସେଥିରେ ଗୋଡ଼ ହାତ ତାଙ୍କର ଅଚଳ ହୋଇଯାଇଛି । ସେ ଭଲ ହୋଇଯିବା ଆଶାରେ ତାଙ୍କ ମାଲିକ ପ୍ରଥମ ଦୁଇଦିନ ଲୋକ ଓ ଡାକ୍ତର ବ୍ୟବସ୍ଥା କରିଥିଲେ । କିନ୍ତୁ ଡାକ୍ତରଙ୍କ ସହ ଗୁପ୍ତ ମନ୍ତ୍ରଣା ପରେ ସେସବୁ ସ୍ଥଗିତ ରଖିଛନ୍ତି ।

ମନୁ ମହାପାତ୍ରଙ୍କ ପୁଅ ବାହା ହୋଇଯିବା ପରେ ତାଙ୍କଠାରୁ ଅଲଗା ହୋଇଯାଇଛି । ବଡ଼ଝିଅର ଶାଶୁଘର ଅବସ୍ଥା ବି ଭଲ ନୁହେଁ । ସବୁବେଳେ ଖୁଟ୍‌ଖାଟ୍‌ ଶୁଣିବାକୁ ମିଳେ । ସାନଝିଅଟା ପାଇଁ ମହାପାତ୍ରେ ବୁଝାବୁଝ କରୁଥିଲେ । ବୁଝାବୁଝ ନୁହେଁ ସବୁ ଠିକ୍‌ କରି ସାରିଥିଲେ । କିନ୍ତୁ ଲୁଚେଇ ରଖିଥିଲେ ସେ କଥା । ବୁଢ଼ୀ ତ ବାଟ କାଟିଛି ଆଗରୁ । ବିଚରା ମନୁ ମହାପାତ୍ର !

ଗଗନ ରାଉତ ପ୍ରଥମେ ଖୁସୀ ହୋଇଥିଲେ ଖବରଟା ଶୁଣି। ଯେତେବେଳେ ସେ ଜାଣିଲେ ମନୁ ମହାପାତ୍ରଙ୍କର ରୋଗ ଆଉ ଭଲ ହେବାର ନୁହେଁ ଓ ତାଙ୍କ ଆଗରୁ ମସ୍ତବଡ଼ ପ୍ରତିବନ୍ଧକଟାଏ ଚିରଦିନ ପାଇଁ ହଟିଗଲା ସେତେବେଳେ ସେ ଆହୁରି ଖୁସୀ ହେଲେ। ତାଙ୍କୁ ଚରମ ଆନନ୍ଦ ମିଳିଥିଲା ଯେତେବେଳେ ତାଙ୍କ ମାଲିକ ତାଙ୍କ ବିନା ଅନୁରୋଧରେ ବି ତାଙ୍କ ଦରମା ଛଅ ହଜାର ପାଞ୍ଚଶହରୁ ସାତ ହଜାର ପାଞ୍ଚଶହ କରିଦେଲେ।

କିନ୍ତୁ ଦିନ ଦି'ଟା ପରେ ତାଙ୍କର ସେ ଆନନ୍ଦ ଆପେ ଆପେ କୁଆଡ଼େ ହଜିଗଲା। ଗ୍ରାହକଟିଏ ଦେଖିବାମାତ୍ରେ ତାଙ୍କର ମନେ ପଡ଼ିଲା ମନୁ ମହାପାତ୍ରଙ୍କ କଥା। ପାଖ ଚୌକିଟି ସବୁବେଳେ ତାଙ୍କ ଦୃଷ୍ଟିକୁ ଆକର୍ଷିତ କଲା, ଯେଉଁଠି ଜୟ ଶିବ ଶଙ୍କର ଲୁଗା ଦୋକାନର ନୂଆ କର୍ମଚାରୀଟିଏ; ରାଜୀବ ବସୁଛି ଆଜିକାଲି। କିଛି ନ ଥିବ ରାଉତଙ୍କୁ ଲାଗିବ ଯେମିତି ମହାପାତ୍ରେ ତାଙ୍କୁ ବିଡ଼ି ଯାଚୁଛନ୍ତି। ଗ୍ରାହକଙ୍କୁ ସେ ଡାକିବାକୁ ପ୍ରସ୍ତୁତ ହବା ଆଗରୁ ଯେମିତି ମନୁ ମହାପାତ୍ର ଡାକି ଦେଉଛନ୍ତି, 'ଏଇ ଯେ ସାର୍, ନମସ୍କାର।'

ସଂପର୍କ ଗୋଟିଏ ମାରାତ୍ମକ ବ୍ୟାଧି। ତା' ମିତ୍ରତା ହେଉ ବା ଶତ୍ରୁତା ହେଉ। ଗଗନ ରାଉତ ସେ ବ୍ୟାଧିର ଶିକାର ହୋଇଛନ୍ତି। ପନ୍ଦର ଦିନ ହୋଇଗଲା ଲୋକଟା ପଡ଼ିଛି। ଗଗନ ରାଉତ ଯାଇ ନାହାନ୍ତି ଦେଖିବାକୁ। ଲୋକେ କ'ଣ କହିବେ?

ମା'ଦୁର୍ଗା ବସ୍ତ୍ର ଭଣ୍ଡାରରେ ଗ୍ରାହକଙ୍କ ଭିଡ଼ ଖୁବ୍ ବଢ଼ିଛି। ଗଗନ ରାଉତ ପାଖ ଚୌକିକୁ ଚାହିଁଲେ। ରାଜୀବ ଭକୁଆଙ୍କ ଭଳି ବସିଛି। କାମ ଜଣା ନାହିଁ। ଡାକି ପାରୁନି ଗ୍ରାହକଙ୍କୁ। ମାଲିକ ବିରକ୍ତ ହେଉଛି ସବୁବେଳେ। ହୁଁ! କାଳିକା ଟୋକା। ଗଗନ ରାଉତ ବିଡ଼ିରେ ଜୋର ଟାଣଟାଏ ଦେଲେ ଓ ନ ଜାଣିବା ଭଳି ଧୂଆଁଟିକ ରାଜୀବର ମୁହଁକୁ ଛାଡ଼ିଲେ।

କାହିଁ ମନୁ ମହାପାତ୍ର କାହିଁ ଲମ୍ବ। କଳିଆ ରାଜୀବ। ଶିଲା, ମହାପାତ୍ରଟା ପରମ ଘୁଣ୍ଟିଏ। ତାଙ୍କ ହାତ ଗୋଡ଼ ବାନ୍ଧି ଦେଇଥିଲା ହୋ। ଏଇନେ ନିଜେ ପଡ଼ିଥିବ ହାତ ଗୋଡ଼ ଜାକି। ଗଗନ ରାଉତ ତା'ଘରକୁ ଯିବେ, ତାକୁ ଟିକେ ଦୟା ଦେଖାଇବେ, ସେ କୃତକୃତ୍ୟ ହବ–ଗଗନ ରାଉତ ଫେରି ଆସିବେ।

ଦୋକାନ ବନ୍ଦ ହେବାର ଟିକିଏ ଆଗରୁ ଗଗନ ରାଉତ ଚାଲିଗଲେ। ସାଙ୍ଗରେ ନେଲେ ଅଧକିଲୋ ସେଓ, ଦୁଇଶହ ଗ୍ରାମ ଅଙ୍ଗୁର ଓ ଛଅଟା କଦଳୀ।

ମନୁ ମହାପାତ୍ର ଆଉ ମନୁ ମହାପାତ୍ର ହୋଇ ନାହାନ୍ତି। ଛଅ ଫୁଟ ଲମ୍ବ ଓ ତିନି ଫୁଟ

ଓସାର ଖଟିଆ ଖଣ୍ଡକ ତାଙ୍କ ଚାରଣଭୂମି। ତା'ରି ଭିତରେ ଘୁଷୁରୁଛନ୍ତି ମନୁ ମହାପାତ୍ର ଗୋଟେ ଚିତ୍‌ପଟଟାଙ୍କ ମାରିଥିବା ଅସରପା ଭଳି। ଅଭିବାଦନ କରିବା ପାଇଁ ହାତ ଉଠାଇବାକୁ ଚେଷ୍ଟାକରି ହାତ ଉଠାଇ ପାରୁ ନ ଥିଲେ ସେ। ଗଗନ ରାଉତ ନମସ୍କାରଟାଏ ପକାଇଲେ ଓ ମନୁ ମହାପାତ୍ରଙ୍କର ଅସହାୟତାରେ ମୁଗ୍‌ଧ ହେଲେ। ମନୁ ମହାପାତ୍ର ଖଣ୍ଟିଆ ସ୍ୱରରେ କହିଲେ, 'ବସ'। ଗଗନ ରାଉତ ବସୁ ବସୁ ମନକୁ ମନ କହିଲେ, 'ଭାଇ! ଆଉ ବୋଧେ ମୁଁ ରହିବି ନାହିଁ। ସବୁ ଯେମିତି ସରିଗଲା ପରି ଲାଗୁଛି।'

"ଆରେ! ବେହିପୁଅର ବହ୍ୱ ଦେଖ? ଯମ ମୁହଁରୁ ଖସି ଆସିବାକୁ ଇଚ୍ଛା। କି ହୋ? ବେଳକାଳ ହେଲା। ଷାଠିଏ ବର୍ଷ ଧରି ମହୀ ଭୋଗକଲ। ଆଉ କ'ଣ ମରନ୍ତ ନାହିଁ?" ନିଜ ମନକୁ କହିଲେ ଗଗନ ରାଉତ। ଠୁଆରୁ ଅଙ୍କୁରଟିଏ କାଢ଼ି ଜବରଦସ୍ତ ମନୁ ମହାପାତ୍ରଙ୍କ ପାଟିରେ ପୂରାଇ ପୂରାଇ କହିଲେ, "ସେମିତି ଭାବନି ମହାପାତ୍ରେ। ତମର କିଛି ହବନି। ଆଉ ଦି'ଟା ଦିନପରେ ତମେ ଭିଡ଼ିମୋଡ଼ି ହୋଇ ଉଠିବ। ପୁଣି ଯାଇ ବସିବ ଜୟ ଶିବ ଶଙ୍କର ଦୋକାନ ଦୁଆରେ। ଗ୍ରାହକଟିଏ ଆସିଲେ ଆମେ ଦି'ଜଣ ତା' ଦି' ହାତକୁ ଧରି ପୁଣି ଦୁଇ ଆଡ଼କୁ ଟିଙ୍କିବା।" ଗଗନ ରାଉତ ଏତକ କହି ହୋ ହୋ ହୋଇ ହସିଲେ।

ମନୁ ମହାପାତ୍ର କିଛି କହିଲେ ନାହିଁ। ତାଙ୍କ ଦି' ଆଖିରୁ ଟିକିଟିକି ଲୁହ ଦି'ବୁଦା ବୋହି ଆସୁଥିଲା ଶୁଖ୍ ଆସୁଥିବା ଝରଣାର ଦିଓଟି ମରଣାନ୍ତକ ଧାର ପରି। ସେହି ନିହାତି କ୍ଷୁଦ୍ର, ମୃତବତ୍ ଲୁହଧାର ଦୁଇଟିର ଶକ୍ତି କିନ୍ତୁ ଅପରିସୀମ ଥିଲା। ଗୋଟାଏ ତଡ଼ିତ୍ ପ୍ରବାହିତ ହୋଇଗଲା ଗଗନ ରାଉତଙ୍କ ଦେହସାରା। ମନରେ ତାଙ୍କର ଚାଉଁକିନା ଆଘାତ ଲାଗିଲା। ତାଙ୍କୁ ପ୍ରଣାମ କଲା ମନୁ ମହାପାତ୍ରଙ୍କ ଝିଅ ପ୍ରଭା। 'ହଁ ଥାଉ, ଉଠ୍ ମା'। ତା' ମୁଣ୍ଡ ଥାପୁଡ଼ାଇ ଭାରୀ କଣ୍ଠରେ କହିଲେ ଗଗନ ରାଉତ।

'ଯା ପ୍ରଭା। ମୋ ଭାଇ ପାଇଁ ଟିକେ ଚା' କର।' ମନୁ ମହାପାତ୍ର ଝିଅକୁ କହିଲେ।

'ନା ମହାପାତ୍ରେ। ଥାଉରେ ମା'।' ଗଗନ ରାଉତ ବାରଣ କଲେ। ମନୁ ମହାପାତ୍ର ତାଙ୍କ ଅବାଧ୍ୟ ହାତ ଓ ରୁଗ୍‌ଣ ମୁହଁରେ ଝିଅକୁ ଚା' କରିବାକୁ ଏମିତି ବାଧ୍ୟ ଇସାରାତେ ଦେଲେ ଯେ ଗଗନ ରାଉତଙ୍କର ପ୍ରତିବାଦ କରିବାର ସମସ୍ତ ଶକ୍ତି ଲୋପ ପାଇଗଲା। ସେ ଶକ୍ତିହୀନ ପରି ହଁ କି ନା କିଛି କହି ନପାରି ସେମିତି ବସି ରହିଲେ। ତାଙ୍କ ଆଖି ସ୍ଥିର ହୋଇଗଲା ସାମନା କାନ୍ଥରେ। ମଳିଭର୍ତ୍ତି କାନ୍ଥଆକ ନାମଜାଦା ଠାକୁରମାନଙ୍କ ଫଟୋ

ଝୁଲୁଛି । ସବୁ ଠାକୁର ସ୍ଥିର, ସବୁ ଫଟୋ ସ୍ଥିର, ସ୍ଥିର କାନ୍ତଟା ଭଳି । ୟା ଭିତରେ ଗଗନ ରାଉତ, ମନୁ ମହାପାତ୍ରଙ୍କୁ ଚାହିଁବାର ଶକ୍ତି ବି ହରେଇ ବସିଥିଲେ । କିନ୍ତୁ ତାଙ୍କ ଡାହାଣ ହାତ ମନୁ ମହାପାତ୍ରଙ୍କ ଡାହାଣ ହାତକୁ ଗଭୀର ଆବେଗରେ ଚିପି ଦେଇଥିଲା । ମନୁ ମହାପାତ୍ର କହିଲେ, "ଭାଇ, ମୋ ଭୁଲ ପାଇଁ କ୍ଷମା ଦବନି ମତେ ?"

"କି ଭୁଲ ମହାପାତ୍ରେ ?" ଶଢ଼ଗୁଡ଼ା ଅପ୍ରତ୍ୟାଶିତ ଭାବେ ବାହାରିଗଲା ଗଗନ ରାଉତଙ୍କ ମୁହଁରୁ । କଥାଟାରେ ଏତେ ପରିମାଣରେ ଆତ୍ମୀୟତା ଥିଲା ଯେ ତାଙ୍କୁ ଲାଗିଲା ମନୁ ମହାପାତ୍ର ଯେମିତି ଆଉ କେହି ନୁହନ୍ତି; ତାଙ୍କ ନିଜ ମା' ପେଟର ଭାଇ । ମନୁ ମହାପାତ୍ର କହିଲେ, "ତମକୁ ବହୁତ କଥା ଲୁଚାଇଛି ଭାଇ । ବହୁ ମିଛ କହିଛି । ଛୁଆଙ୍କ ଭଳି ଭୁଲେଇବାକୁ ଚେଷ୍ଟା କରିଛି ।"

"ପଛ କଥା ଛାଡ଼ । ଭଗବାନ କରନ୍ତୁ, ତମେ କେମିତି ଭଲ ହୋଇଯାଅ ।"

"ତମ ପାଖକୁ ମୁଁ ପ୍ରଭାକୁ ପଠାଇଥାନ୍ତି । ଯା ହେଉ ତମେ ଆସିଗଲ । ସବୁ ତାଙ୍କରି ଇଚ୍ଛା ।"

ପ୍ରଭା ଚା' ଦେଲା । ମନୁ ମହାପାତ୍ର ପୁଣି କହିଲେ, "ଆଜିଠୁ ପ୍ରଭା ମୋର ନୁହେଁ, ତମରି ଝିଅ ଗଗନ । କନ୍ୟାଦାନ ତମେ କରିବ । ଅଖିଳ ସାଙ୍ଗରେ ଠିକ୍ କରିଛି ବାହାଘର । ଭେରାଇଟି ଷ୍ଟୋର ଗୁମାସ୍ତା । ତମକୁ କହି ନ ଥିଲି । ସବୁ ଠିକ୍ ସରିଛି । ସାଇକେଲ, ଟି.ଭି, ଆଉ ଯାହା ଅଗଡ଼ଂ ବଗଡ଼ଂ କିଣି ସାରିଛି । ଆଗ ମାସ ବାଇଶିକୁ ବାହାଘର ଠିକ୍ ହୋଇଛି । ଶୁଣୁଛି ମୋ କଥା ଶୁଣି ସେ କାଲେ ଆଉ ରାଜି ହେଉନି । ସେ ପ୍ରଭାକୁ ବାହାହେଲେ ମୁଁ କାଲେ ଝିଅ ଜ୍ୱାଇଁଙ୍କ ଉପରେ ବୋଝ ହେବି । ତାକୁ ଟିକିଏ ବୁଝାଇବ ଗଗନ । ମୁଁ ନିଶ୍ଚୟ ୟା ଭିତରେ ମରିଯିବି । ମୋତେ ବୋଝ ହେବିନି ତାଙ୍କ ଉପରେ । ଝିଅଟାର କରଜ ମୋ ଉପରେ । ମୋ ଥିବାରେ ତା' କାମ ସାରି ନ ଗଲେ... । ତମେ ହିଁ ମା' ଛେଉଣ୍ଡ ମୋ ପ୍ରଭାର ବାପା ଗଗନ । ଟିକେ ମତେ ପାରି କରେଇ ଦିଅ ।" ମନୁ ମହାପାତ୍ର ଗୋଟେ ଲମ୍ବା ନିଃଶ୍ୱାସ ନେଲେ । ପ୍ରଭା ଧୀରେ ଧୀରେ କାନ୍ଦୁକାନ୍ଦୁ ଜୋରରେ କାନ୍ଦିବା ଆରମ୍ଭ କରିଦେଲା । ଗଗନ ତାକୁ ବୁଝାଇବାରୁ ସେ ଆଉଜି ପଡ଼ିଲା ତାଙ୍କ ଛାତି ଉପରେ । ପ୍ରଭାକୁ ଧରି ତା' ମୁଣ୍ଡରେ ହାତ ବୁଲେଇ ତାକୁ ଆଶ୍ୱାସନା ଦେଉଦେଉ ସେ ନିଜେ କାନ୍ଦି ପକାଇଲେ । ସେ ଭାବୁଥିଲେ ସେ କ'ଣ କିଛି ଭୁଲ କରିଦେଲେ କି ଆଉ ?

ଅଖିଳ ସହ ପ୍ରଭାର ବାହାଘର ସ୍ଥିର ହବା କଥା ଗଗନ ଭିତିରି ସୂତ୍ରରୁ ଜାଣି ପାରିଥିଲେ। ନିଜ ଝିଅ ରମା ପାଇଁ ବୁଲିବୁଲି ଥକି ଯାଇଥିଲେ ସେ। ମନୁ ମହାପାତ୍ରଙ୍କ ଅସୁସ୍ଥ ହେବାପରେ ସେ ଅଖିଳ ସହ ରମାର ବାହାଘର ଠିକ୍ କରି ଦେଇଛନ୍ତି, ଯା ମନୁ ମହାପାତ୍ରଙ୍କୁ ଜଣା ନାହିଁ। ରମାର ରଙ୍ଗ ଟିକେ ନୀରସା ବୋଲି ଅଖିଳର ଅଧିକ ଯୌତୁକ ଦାବିକୁ ବି ସେ ମାନି ନେଇଛନ୍ତି। ଏମିତି ପରିସ୍ଥିତିରେ ଗଗନ କ'ଣ ନ କହିବେ କ'ଣ କହିବେ କିଛି ଠିକ୍ କରି ନ ପାରି ଗୁମ ମାରି କିଛି ସମୟ ରହିଲେ ଓ ତା'ପରେ କୋହଭରା କଣ୍ଠରେ କହିଲେ "କାଲି ଛୁଟି ଅଛି। ବୁଝିବି। ସବୁ ବୁଝିଦେବି। ତମେ ଜମା ବ୍ୟସ୍ତ ହୁଅନି।" ଗଗନ ଫତେଇ ପକେଟରୁ ଶହେ ଟଙ୍କା ବାହାର କରି ପ୍ରଭା ହାତରେ ଦେଲେ, "ରଖ୍ଥା ମା'।" ପ୍ରଭା ନେଉ ନ ଥିଲା। ଗଗନ ରାଉତ ଅଧିକାର ସାବ୍ୟସ୍ତ କଲେ, "କହିଲି ରଖ।" ସେଠାରେ ଆଉ ମୁହୂର୍ତ୍ତାଏ ବି ରହିବା ପାଇଁ ଧୈର୍ଯ୍ୟ ନ ଥିଲା ତାଙ୍କର।

ଫେରିବା ରାସ୍ତାରେ ଗଗନଙ୍କ ମନରେ ଭାସି ଉଠୁଥିଲା ପ୍ରଭାର ମୁହଁ। ବେଲେବେଲେ ପ୍ରଭା ସହ ଯୋଡ଼ି ହୋଇ ରମାର ମୁହଁଟି ବି ଦେଖାଯାଉଥିଲା। କିଛି ବାଟ ପରେ ତାଙ୍କୁ ଲାଗିଲା ଯେମିତି ତାଙ୍କ ପଛେ ପଛେ କିଏ ଚାଲିଛି। ବୁଲି ଦେଖିଲେ କେହି ନାହିଁ। କିନ୍ତୁ ଥରେ ଆଗକୁ ଚାହିଁ ଚାଲିବା ଆରମ୍ଭ କଲେ ପୁଣି ସେମିତି ଜଣା ପଡ଼ିଲା। ତାଙ୍କୁ ଲାଗିଲା ଯେମିତି ମନୁ ମହାପାତ୍ର ତାଙ୍କ ପଛେ ପଛେ ଗୋଡ଼େଇଛନ୍ତି। ମନୁ ମହାପାତ୍ରଙ୍କୁ ତ ସେ ଛାଡ଼ି ଆସିଲେ ତାଙ୍କ ଘରେ। ଅକର୍ମଣ୍ୟ ମନୁ ମହାପାତ୍ର। ତେବେ ତାଙ୍କ ପ୍ରେତ କ'ଣ ଗୋଡ଼ାଇଲା ତାଙ୍କ ପଛରେ? ଗଗନ ରାଉତ ଡରିଗଲେ, ଛାତିରେ ଛେପ ପକାଇଲେ ଓ ଜୋର୍ ଜୋର୍ ପାଦ ପକାଇ ଦୌଡ଼ିବା ଭଳି ଚାଲିବାକୁ ଲାଗିଲେ।

ଘର କବାଟକୁ ଥୋ ଥୋ କରି ପିଟିଲେ ଗଗନ। ରମା ଡରି ଡରି ଭିତରୁ ପଚାରିଲା, "କିଏ?" ଗଗନ "ମୁଁ" ବୋଲି ଜବାବ ଦବା ପରେ କବାଟ ଖୋଲିଲା। ସେତେବେଲକୁ ଗଗନ ବୋଧହୁଏ କବାଟକୁ ଆଉଜି ଛିଡ଼ା ହୋଇଥିଲେ। କବାଟ ଖୋଲିବା ମାତ୍ରେ ସେ ଭୁସ୍ କରି ତଲେ ପଡ଼ିଗଲେ। ସେ ପଡ଼ିଗଲେ ଓ ଅଚେତ ହୋଇଗଲେ। ରମା ହାଉଲି ଖାଇଲା, ବାପ ଉପରେ ପାଣି ଛାଟିଲା ଓ ପଡ଼ିଶାଙ୍କୁ ଡାକିଲା।

ପଡ଼ିଶା ଡାକ୍ତର ବହୁ ପରୀକ୍ଷା ପରେ ଗମ୍ଭୀର ହୋଇ କହିଲେ, "ଡାକ୍ତରଖାନା ନେବାକୁ ପଡ଼ିବ।"

ନଖଦର୍ପଣ

ଯୋଜନା। ଯୋଜନାରୁ ସଫଳତା। ତା'ପରେ ସଫଳତା ଓ ସଫଳତା। ସେଥିରେ କିଛି ଅବଦାନ ତା' ବାପାଙ୍କର। ଉତ୍ତମର ଜନ୍ମ ପରଠାରୁ ବାପା ଯୋଜନା କରିଦେଇଥିଲେ। ସେ କ'ଣ ପଢ଼ିବ, କେତେବେଳେ ପଢ଼ିବ, କେମିତି ପଢ଼ିବ, କେତେବେଳେ ଶୋଇବ, କେତେବେଳେ ଉଠିବ, କ'ଣ ଖାଇବ କି ନ ଖାଇବ ଇତ୍ୟାଦି। କଲେଜ ବେଳକୁ ବାପ ପୁଅ ମିଶି ନିଷ୍ପତ୍ତି ନେଲେ। ଚାକିରି ପରେ ଉତ୍ତମର ନିଷ୍ପତ୍ତି ତା' ନିଜର। କେଉଁ ଚାକିରି ସେ କେତେ ବର୍ଷ ପାଇଁ କରିବ, ତା'ପରେ କିପରି ସୁଯୋଗ ତାକୁ ଅପେକ୍ଷା କରୁଥିବ ଏବଂ ସେ କାହାକୁ ଗ୍ରହଣ କରିବ ଓ କାହାକୁ ପ୍ରତ୍ୟାଖ୍ୟାନ କରିବ ଆଦି ନିଷ୍ପତ୍ତି ତା' ଯୋଜନାକୁ ଅନୁସରଣ କରିଥିଲା।

ଯେଉଁଦିନ ଉତ୍ତମକୁ ତିରିଶ ଚାଲିଲା ସେଦିନ ତା'ର ଦୀପାନ୍ୱିତା ସହ ହୋଟେଲ ସି ଭିଉରେ ଭେଟ ହେଲା। ଉତ୍ତମ କହିଲା, "ମୁଁ ଆପଣଙ୍କ ସହ କଥା ହେବାକୁ ଚାହୁଁଛି।"

“ମୋର ଆପତ୍ତି ନାହିଁ !” ଦୀପାନ୍ବିତାର ସରୁ ହସ ମଧ୍ୟରେ ଗୋଟେ ନୂଆ ବ୍ରହ୍ମାଣ୍ଡ ।

“ଆପଣ ବୋଧେ ଜାଣନ୍ତି ମୁଁ ଇନ୍‌ଫୋସିସ୍‌ରେ ଚାକିରି କରୁଛି ।”

“ମୁଁ ଉଇପ୍ରୋରେ ।”

“ପାଖାପାଖି ଅଫିସ୍ ।”

“ଏକା ରାସ୍ତାରେ ଆମେ ଆସନ୍ତି । ଅନେକ ଥର ରାସ୍ତାରେ ଦେଖାଦେଖି ।”

“କିନ୍ତୁ ଆମେ କେବେ କଥା ହେଇନାହାନ୍ତି ।”

“ଅଫିସ୍ ପରେ ଆପଣ ଏ ହୋଟେଲକୁ ବେଳେବେଳେ ଆସନ୍ତି ।”

“ଆପଣ ବି ।”

“ହୋଟେଲ ପରିବେଶଟା ଭଲ ଲାଗେ ।”

“ମତେ ବିଶେଷ ଭଲ ଲାଗେ ଏଠିକାର ଧୀର, ମଧୁର ସଙ୍ଗୀତ ଓ ତାଜା କଡ଼ା କଫି । ମନ ହାଲୁକା ହେଇଯାଏ ।”

“କଫି ତ ପିଇବା । ତା’ ପୂର୍ବରୁ କିଛି ଖାଇବା ।”

“ମୋର କେବଳ କଫି ।”

“ଠିକ୍ ଅଛି । ତା’ ହେଲେ ଆଜି କେବଳ କଫି ।”

“ମୁଁ ଯୋଜନା କରିଥିଲି ତିରିଶ ବର୍ଷରେ ପ୍ରେମ କରିବି । ଆଜି ମତେ ତିରିଶୀ ଧରିଲା ।”

ଦୀପାନ୍ବିତାର ହସର ଓସାର ଟିକିଏ ଚଉଡ଼ା ହେଲା । ଗାଲ ଦିଓଟି ଖାଲ ହୋଇ ଭିତରକୁ ପଶିଗଲା, “ମତେ ସଢେଇଶ ।”

“ତମ ଭାଇ କାନାଡ଼ାରେ ଅଛନ୍ତି ନା ?”

‘ଓଃ ! ପ୍ରେମିକ ପ୍ରବର ତା’ହେଲେ ସବୁ ଖବର ରଖିଛନ୍ତି ! ଭଲ ।’ –ଦୀପାନ୍ବିତା ମନକୁ ମନ କହିଲା । ‘ତମ ଭଉଣୀ ପରା ବାହା ହେଇଛନ୍ତି ଆମ କଲୋନିରେ ! ମୁଁ ବି ଜାଣେ ସବୁ । ତମ ବାପା ରିଟାୟାର କଲେ ଏବେ । ତମେ ବହୁତ ଭଲ ଛାତ୍ର ଥିଲ । ଚାକିରିରେ ପ୍ରଗତି କରିଚାଲିଛ ଶିଘ୍ର ଗତିରେ ।’ ମନକୁମନ ଏତକ କହି ସେ ସଶବ୍ଦେ ଉଚ୍ଚାରଣ କଲା, “ହଁ ।”

“ମୋର ଆଠ ବର୍ଷର ଚାକିରି । ଦଶଲକ୍ଷ ସଞ୍ଚୟ କରିଛି । ତିନୋଟି ଜୀବନବୀମା, ତିରିଶ ଲକ୍ଷ ମ୍ୟାଚୁରିଟି ମୂଲ୍ୟର । ଘରଟିଏ କିଣିଛି । ପେନ୍‌ସନ୍ ଯୋଜନାରେ ମଧ୍ୟ ସଞ୍ଚୟ କରୁଛି ।”

"ମୋର ଛଅ ବର୍ଷ ଚାକିରି । ପାଞ୍ଚଲକ୍ଷ ସଞ୍ଚୟ । ଦୁଇଟି ବୀମା ।"

କଥାଗୁଡ଼ିକ ମୁକ୍ତା ପରି ସ୍ୱଚ୍ଛ, ସ୍ପଷ୍ଟ ଓ ବାସ୍ତବ । ଏପଟୁ ଓ ସେପଟୁ । ପ୍ରେମ ଆଉ ନୂଆ ନୁହେଁ । କଫି ପିଆ ସରିବାବେଳକୁ ପ୍ରେମ ପାକଳ ହୋଇଗଲାଣି ।

ପ୍ରତିବନ୍ଧକ କିଛି ନ ଥିଲା । ଦୁଇମାସ ପ୍ରେମ । ତା'ପରେ ବିବାହ ।

ବର୍ଷେ । ଦି'ବର୍ଷ । ତିନି ବର୍ଷ ।

ପ୍ରଥମ ବର୍ଷ ଜୀବନକୁ ମିଳିତଭାବେ ଉପଭୋଗ କରାଗଲା ।

ଦ୍ୱିତୀୟ ବର୍ଷ ଭବିଷ୍ୟତ ପାଇଁ ପୁଞ୍ଜି ସୁରକ୍ଷିତ କରି ଉତ୍ତମ ଚାକିରି ଛାଡ଼ିଲା ଓ ନିଜ ବ୍ୟବସାୟ ଆରମ୍ଭ କଲା ।

ତୃତୀୟ ବର୍ଷ ଦୀପାନ୍ୱିତା ଗୋଟେ ଅଭାବ ଅନୁଭବ କଲା । ତା'ପରେ ଅଭାବଟା ତାକୁ ଘାରିଲା । ସେ କହିଲା, "ଆଉ ଡେରି କରିବା ନାହିଁ । ଏଥର ପିଲାଟିଏ ଆଣିବା ସଂସାରକୁ ।"

ଏ ଅଭାବ ବିଷୟରେ ଉତ୍ତମ ଅବଗତ ଥିଲା । କିନ୍ତୁ ତା' ଯୋଜନା ଥିଲା ଅନ୍ୟପ୍ରକାର । ଯୋଜନାଟିକୁ ସେ ଗୁପ୍ତ ରଖିଥିଲା । ଆଲୋଚନାବେଳେ ସେ କହିଲା, "ପିଲାଟିଏ ତ ଲୋଡ଼ା । ସେଥିପାଇଁ ଆମକୁ ଆଉ କିଛି ଦିନ ଅପେକ୍ଷା କରିବାକୁ ହେବ ।"

ପ୍ରଥମେ ପ୍ରଥମେ ଅପେକ୍ଷାଟା ବେଶୀ କଷ୍ଟ ଦେଉନଥିଲା । ପରେ ବାଧିଲା । ତା'ପରେ ଯନ୍ତ୍ରଣା ତୀବ୍ର ହେଲା । 'ନା, ଆଉ ମୋ ଦ୍ୱାରା ଅପେକ୍ଷା ସମ୍ଭବ ନୁହେଁ', ଦୀପାନ୍ୱିତା କହିଲା । ସେ ଦେଖିଛି, ଏଇ ପ୍ରସଙ୍ଗ ଉଠିଲାବେଳେ ଉତ୍ତମଙ୍କ ମୁହଁରେ ଦ୍ୱନ୍ଦ୍ୱ ଥାଏ । ବିବାହ ପରଠୁ ଅନ୍ୟ କୌଣସି ବିଷୟରେ ତାଙ୍କ ଭିତରେ ସେ ଦ୍ୱନ୍ଦ୍ୱ ପାଇନଥିଲା । ସବୁ ଯୋଜନାବଦ୍ଧ । ପରିଷ୍କାର । ଭାବିବା ମୁତାବକ, ଚାହିଁବା ମୁତାବକ ଫଳ । କିନ୍ତୁ, ଏଥରେ କାହିଁକି ଏତେ କୁନ୍ଥୁକୁନ୍ଥୁ! ସ୍ପଷ୍ଟ ଉତ୍ତରର ଆଶା ଓ ଅଭ୍ୟାସଗତ କୁନ୍ଥୁକୁନ୍ଥୁର ଭୟ ନେଇ ସେ ଉତ୍ତମଙ୍କ ମୁହଁକୁ ଚାହିଁଲା । ନା, ଉତ୍ତମଙ୍କ ମୁହଁରେ ହସ, ସ୍ମିତ ହସ । ଯାହାକୁ ସେ ଖୋଜୁଥିଲା । ପାଉ ନ ଥିଲା । ଚମକି ପଡ଼ିଲା ଦୀପାନ୍ୱିତା । ସତେ ତ! ଏ ସ୍ମିତ ହସଟି ପୂର୍ବେ କେବେ ଦେଖିଥିଲା ସେ ଉତ୍ତମଙ୍କ ମୁହଁରେ ? ଦୀର୍ଘଦିନର କଥା ସିଏ । ଓଠ ଅଳ୍ପ ମେଲା ହୋଇଛି । ଚାମୁଦାନ୍ତ କେଇଟାର ଅଳ୍ପଅଳ୍ପ ଅଂଶ ଦିଶୁଛି । ଧଳା ଚକ୍‌ଚକ୍‌ । ବେଶ୍ ପରିଚ୍ଛନ୍ନ । ଉତ୍ତମଙ୍କ ପରିଧାନ ପରି । ତାଙ୍କ ଚିନ୍ତା ପରି । ତାଙ୍କ ଯୋଜନା ପରି । ଦୀପାନ୍ୱିତା

ଉକ୍ରୁଣ୍ଠିତ ହୋଇ ହସ ବଦଳ କଲା। ଉତ୍ତମ ଖଣ୍ଡେ କଟା ଖବରକାଗଜ ବାହାର କଲା ଫାଇଲ ଭିତରୁ। ଦୀପାନ୍ଵିତାକୁ ବଢ଼େଇଦେଲା ସେଇଟା। ଦୀପାନ୍ଵିତା ପଢ଼ିଲା–

ଡିଜାଇନର ବେବି

ଆପଣଙ୍କ ସନ୍ତାନ, ଆପଣଙ୍କ ଦ୍ୱାରା, ଆପଣ ଚାହିଁବା ମୁତାବକ

ଏବେ ସମ୍ଭବ।

“ସତରେ ଇଏ ସମ୍ଭବ ?” ପଚାରିଲା ଦୀପାନ୍ଵିତା।

“ସମ୍ଭବ। ମୁଁ ପରାମର୍ଶ କରିଛି। ଡଃ ମିଶ୍ର ମତେ ତାଙ୍କ ଲାବୋରେଟୋରି ନେଇ ଦେଖେଇଛନ୍ତି। ଆମ ଆବଶ୍ୟକତା ତାଙ୍କୁ ଠିକ୍ କରି ଜଣେଇଲେ ସେ ତା’ପରେ ଯେମିତି ପରାମର୍ଶ ଦେବେ ସେହିପରି ଆଗେଇବାକୁ ହେବ।”

“ଯେମିତି ରୂପ ଚାହିଁବ– ପୁଅ ଝିଅ ଯାହା ଚାହିଁବ ?”

“ସେଥିରେ ବେଶୀ ସମସ୍ୟା ନାହିଁ। ଗୁଣ ବି ଚାହିଁବା ମୁତାବକ।”

“ତମେ କ’ଣ ଭାବିଛ ?”

“ଆମ ଦୁହିଁଙ୍କ କଥା। ଉଭୟଙ୍କୁ ଭାବି ଠିକ୍ କରିବାକୁ ହେବ।”

“ମୁଁ କହୁଛି ପୁଅ।”

“ମୁଁ ମଧ ସେଇଆ ଭାବିଛି।”

“ଡେଙ୍ଗା ହେବ, ଅମିତାଭ ବଚନ ପରି ଛଅଫୁଟ... ନା ଆହୁରି ବେଶୀ ?”

“ଗୁଡ଼ାଏ ଡେଙ୍ଗା ହେଲେ ଚଳପ୍ରଚଳ ଅସୁବିଧା ହେବ। ସାଧାରଣ ଉଚତା ଭଲ।”

“ରଙ୍ଗ... ? ତୋଫା ଗୋରା ନୁହେଁ... ଦୁଧ ଅଲତା ମିଶାମିଶି... ଆଖ୍ ? କାନ ?”

“ସେସବୁ କମ୍ପ୍ୟୁଟରରେ ବସି ଠିକ୍ କରିବା। ମୁଁ କେତେଗୁଡ଼ିଏ ଡିଜାଇନ୍ ବାହାର କରିଛି। ପୃଥିବୀର ସୁନ୍ଦରତମ ମଣିଷମାନଙ୍କର ଚେହେରା କମ୍ପ୍ୟୁଟରରେ ସଞ୍ଚୟ କରି ରଖିଛି। ତା’ଭିତରୁ ଡିଜାଇନ୍‌ଟିଏ ତିଆରି କରିବା। କିନ୍ତୁ, ଆମେ ତାକୁ କରିବା କ’ଣ ? କି ପ୍ରକାର ଗୁଣ ରଖିବା, କେଉଁ ପ୍ରକାର ମସ୍ତିଷ୍କ ପାଇଁ କହିବା...?”

ଦୀପାନ୍ଵିତା ବିହ୍ୱଳ ହୋଇ ପଡ଼ିଥିଲା। ସେ ଭାସିଭାସି ଯାଉଥିଲା। ଦେଖୁଥିଲା ତା’ ପୁଅକୁ– ଛଅ ଫୁଟ, ପାଞ୍ଚ ଫୁଟ ଆଠ, ପାଞ୍ଚଫୁଟ ଛଅ...? ଉଚତା ଠିକ୍ କରି ହେଉନଥିଲା। ରଙ୍ଗ...? ଦୁଧ ଅଲତା, ନା ଆଉ ଟିକେ ଗୋରା... ନା ଶାବନା... ଜଣେ ଜଣେ ଶାବନା

ଲୋକ ବି ଭାରି ଭଲ ଦିଶନ୍ତି...। ନା, କିଛି ଠିକ୍ କରିହେଉନି। କିନ୍ତୁ, ଆଖିରେ ଆନନ୍ଦ, ମନରେ ଉଲ୍ଲାସ, ଚିତ୍ତ ଅସ୍ଥିର...। ତା' ପୁଅ– ତା' ଇଚ୍ଛା ମୁତାବକ... କମ୍ପ୍ୟୁଟର ମାଇଣ୍ଡ... ନା, ଦିନରାତି କମ୍ପ୍ୟୁଟର ଆଗରେ ବସିବା ଭଲ ନୁହେଁ..., "ଆଛା! ଡାକ୍ତର କରିବା ତାକୁ?"

"ଶାନ୍ତି ମିଳିବ ନାହିଁ କିନ୍ତୁ। ବେଲ ଅବେଲ କିଛି ନାହିଁ ସେ କାର୍ଯ୍ୟରେ।"

"ଏତେ କଥା ଯଦି ହୋଇପାରିବ, ତା'ହେଲେ ଅମର ସନ୍ତାନ ତ ନିର୍ମାଣ ହୋଇପାରିବ?"

"ନା, ସେ ସମୟ ଆସିନାହିଁ।"

"କ'ଣ କରିବା ତାକୁ ତା'ହେଲେ?"

"ପୃଥିବୀର ସଫଳତମ ଶ୍ରେଷ୍ଠ ମଣିଷ ଯେମିତି ସେ ହେବ। ବିଶ୍ଲେଷଣାତ୍ମକ ମୁଣ୍ଡ, ଜ୍ଞାନ ଆହରଣ କରିପାରୁଥିବ, ସମ୍ବେଦନଶୀଳ କେତେ ପରିମାଣରେ... ତମକୁ ସବୁଠୁ ଅଧିକ କିଏ ଭଲ ଲାଗେ କହିଲ...।"

"ମତେ?" ଦୀପାନ୍ବିତାର ଉନ୍ମାଦନା ଟିକିଏ ଥମିଗଲା। ସେ କିଞ୍ଚିତ ଭାବିଲା। କାରଣ, ସେ ଭଲପାଇବା ନ ପାଇବା ଭିତରେ ନ ଥିଲା। ହଠାତ୍ ସେ ଚିକ୍ରାର କଲାପରି କହିଲା, "ମୋ ବୋଉ!" ତା'ପରେ ସେ କ'ଣ ଭାବି କହିଲା, "ତମେ ମୋ ବୋଉକୁ ଭଲ କରି ଜାଣିନ। ସମସ୍ତଙ୍କଠୁ ଗାଲି ଖାଉଥିବ, ସମସ୍ତଙ୍କୁ ଶ୍ରଦ୍ଧା କରୁଥିବ। ଏତେ ସ୍ଥିର, ମୁଁ ତାକୁ କେବେ ରାଗିବାର ଦେଖିନି। ହସେ, କାନ୍ଦେ, କିନ୍ତୁ ରାଗେନି। ମୁଁ ଟିକିଏ ବୋଉକୁ ଫୋନ୍ କରିବି। କେତେଦିନ ହେବ ଦେଖିନି ତାକୁ।" ଦୀପା ଉଠିଗଲା ଫୋନ୍ ପାଖକୁ।

ମକଟି ହେଇଗଲା ଉତ୍ତମର ମନ। ସେ କିଛି ନ ଭାବି ଦୀପାକୁ ଏ କଥା ପଚାରିଥିଲା। ଦୀପା ତ ତା' ନାଁ କହିପାରିଥାନ୍ତା। ଉତ୍ତମ ବିମର୍ଷ ଦିଶିଲା। ଏମିତି ଗମ୍ଭୀର ଆଲୋଚନା ମଝିରୁ ଉଠିଯାଇ ଦୀପାର ତା' ବୋଉଙ୍କୁ ଫୋନ୍ କରିବା ଉତ୍ତମକୁ ବିରକ୍ତ ମଧ କଲା। ସମସ୍ତଙ୍କଠୁ ଗାଲି ଖାଇ ସମସ୍ତଙ୍କୁ ଭଲ ପାଇବ ତାଙ୍କ ପୁଅ – ଇଏ କି ଗୁଣ?

ଦୀପାର ବୋଉ ଫୋନ୍‌ରେ କ୍ୱାଇଁକୁ ଖୋଜିଲେ। ଦୀପା 'ଦୋଉଛି' ବୋଲି କହି ଅନେଇଲା ବେଲକୁ ଉତ୍ତମ ସେଠି ନାହିଁ। ଉତ୍ତମ ସେଠି ନାହିଁ କି ଘରେ ବି ନାହିଁ। କମ୍ପ୍ୟୁଟର ତଲେ କାଗଜଟୁକୁରା ଖଣ୍ଡକରେ ଲେଖାହୋଇଛି, "ତମେ ଯାହା ଭାବୁଛ ନୋଟ୍ କରି ରଖ। ମୁଁ ଘଣ୍ଟେ ଭିତରେ ଫେରିବି।"

“ଇଏ କି ଗୁଣ ମ ? ବୋଉ ସାଙ୍ଗରେ କଥା ହବାକୁ ପଡ଼ିବ ବୋଲି ଚାଲିଗଲେ ।” ଦୀପା ମନେମନେ ଭାବିଲା ଓ ଗୁଣୁଗୁଣେଇଲା, “ନା, ଇଏ ଭଲ ଗୁଣ ନୁହେଁ ।” ମନେମନେ ବିରକ୍ତ ହେଲେ ବି ଦୀପାର ଉତ୍କଣ୍ଠା କମିଲା ନାହିଁ । ସେ ଫୋନ୍ ପାଖକୁ ଫେରିଆସି କହିଲା, “ଉତ୍ତମ ତଳକୁ ଯାଇଛନ୍ତି ବୋଉ । ତୁ ଜାଣିଛୁ? ଆମର...।” ତା’ପରେ ହଠାତ୍ ସେ ଚୁପ୍ ହୋଇଗଲା– ଆରେ ଏକଥା ବୋଉକୁ କେମିତି କହିବ– ପୁଣି ଫୋନ୍‌ରେ ?

“କ’ଣ ହେଲା କହ ?” ବୋଉ ପଚାରିଲା ।

“ନାଇଁ, ଆଉ ଗୋଟେ ଘର କିଣିବୁ ।”

“ଦି’ଜଣ ଲୋକ, କେତେଟା ଘର ତମକୁ ଦରକାର ? ଛୁଆଟେ...” ବୋଉର ନିତ୍ୟ ଅଭିଯୋଗ ଆରମ୍ଭ ହେଇଗଲା । ଦୀପା କହିଲା, “ତୋ ସାଙ୍ଗରେ ଦେଖାହେଲେ କଥା ହେବି । ବହୁତ କଥା ଅଛି । ଏବେ ଜମା ଛୁଟି ନାହିଁ । ଉତ୍ତମଙ୍କର ବି ନୂଆ ବ୍ୟବସାୟ । ତେଣୁ ବ୍ୟସ୍ତ ରହିବାକୁ ପଡୁଛି । ଛୁଟି ପାଇଲେ ମୁଁ ଯିବି ।” କୌଣସି ପ୍ରକାରେ କଥା ସାରିଲା ଦୀପା ।

ବୋଉ ସାଙ୍ଗରେ କଥା ହେଲେ ଖୁସୀ ଲାଗେ । ମନ ଉଲ୍ଲସି ଉଠେ । କିନ୍ତୁ, ଦୀପା ଆଖି ଜକେଇଲା କାହିଁକି ? ଦୀପା ଲୁହ ପୋଛିଦେଲା । ଯାହା ହେଉ ନ ହେଉ ଛୁଆଟାର ମୋ ବୋଉଭଳି ଭଲପାଇବା ଗୁଣ ରହୁ । ରହିବ । ଅଲବତ୍ ରହିବ ।

“କ’ଣ କଥା ସରିଲା ?” ଅଧାଜଳା ସିଗାରେଟ୍‌ଟିଏ ହାତରେ ଧରି ଉତ୍ତମ ଫେରିଲା ।

“ବୋଉ ତମକୁ ଖୋଜୁଥିଲା ।”

“ଜାଣେ । କ’ଣ କଥା ହେଇଥାନ୍ତି ଆଉ ? ଦେହ ପା, ଅଫିସ୍, ଘର– ଏଇସବୁ ଚାଲୁଗପ କେତେ ଗପିବ ? ମୋ ଦ୍ୱାରା ହେବ ନାହିଁ ସେସବୁ ।”

“ତମେ ସେ ସିଗାରେଟ୍‌ଟା ପକେଇଲ କାହିଁକି ସେଗୁଡ଼ା ଟାଣୁଛ କହିଲ ?” ଦୀପା କହିଲା ଏବଂ ସେ ଜାଣିଲା ଯେ ତା’ କଣ୍ଠ ରୁକ୍ଷ ହୋଇଯାଇଛି । ବୋଧେ ଉଚିତ ହେଲାନାହିଁ ଏପରି କହିବା ! କାରଣ, ଆଗରୁ ସେ କେବେ ଉତ୍ତମଙ୍କୁ ସିଗାରେଟ୍ ଟାଣିବାକୁ ବାରଣ କରିନାହିଁ । ବରଂ ତାଙ୍କ ସିଗାରେଟ୍ ଟାଣିବାର ଠାଣିଟା ଦୀପାକୁ ଭଲ ଲାଗେ । ଲାଗେ ଜଣେ ଟାଣୁଆ ପୁରୁଷ ଭଳି । ଆଜି ସେ ଏମିତି କାହିଁକି କହିଲା ? ଅନ୍ୟ ପ୍ରକାରେ

କହିପାରିଥାନ୍ତା । ଉଉମ, ଦୀପାକୁ ଚାହିଁଲା କେବଳ । ରାଗଟା ସିଗାରେଟ୍ ଉପରେ ଶୁଝେଇଲା ସେ । ଶକ୍ତ ଟାଣ କେତେଟା ଲଗେଇ ସିଗାରେଟ୍ ଶେଷ କଲାପରେ ତା' ଲାଞ୍ଜିକୁ ପାଉଁଶ ଡବାରେ ମକଚିଦେଲା, "ଗୋଟେ ଗମ୍ଭୀର ସମସ୍ୟା ବିଷୟରେ ଆମେ ଆଲୋଚନା କରୁଥିଲେ ।"

"ସମସ୍ତଙ୍କୁ ଭଲପାଇବା ଗୁଣଟା ତା'ପାଖରେ ରହୁ", ଦୀପା କହିଲା ।

"ଧ୍ୱଂସ ହେବାପାଇଁ ସେତିକି ତ ଯଥେଷ୍ଟ ।"

"ମାନେ ?"

"ସବୁବେଳେ ଭଲପାଇବ ତ ଆଗକୁ ବଢ଼ିବ କେତେବେଳେ ?"

"ତା'ହେଲେ ମୋ ବୋଉ ଧ୍ୱଂସ ହୋଇଯାଇଛି ?"

"ତମ ବୋଉ ଅନ୍ୟଠୁ ଗାଳି ଖାଇ ତାକୁ ଭଲପାଉଛନ୍ତି । ତେଣୁ ରକ୍ଷା ପାଇଯାଇଛନ୍ତି ।" ପରିହାସଛଲରେ ଏତକ କହିଦେଇ ଉଉମ ହସିଦେଲା । ହସଟା କିନ୍ତୁ ମୁହଁକୁ ମାନିଲା ନାହିଁ । ଦୀପା ସେ ହସରେ ସନ୍ତୁଷ୍ଟ ହେଲା ନାହିଁ ବୋଲି ସେ ବୁଝିଲା । ସେଥିକୁ ଅଧିକ ଗୁରୁତ୍ୱ ନ ଦେଇ ସେ ପୁଣି କହିଲା, "ସିଏ ଶ୍ରେଷ୍ଠ ହେବା ଦରକାର । କିନ୍ତୁ, କୋଉଥିରେ- ସେଇଟା ଆମକୁ ଠିକ୍ କରିବାକୁ ପଡ଼ିବ ।"

ଆଲୋଚନା ରାତି ପର୍ଯ୍ୟନ୍ତ ଲମ୍ବିଲା । ଦୀପା କହିଲା, "ତମେ ମତେ ଭଲ ପାଉନ । ମୋ କଥାକୁ ଗୁରୁତ୍ୱ ଦେଉନ ।"

"ବାଜେ କଥା । କେମିତି ଜାଣିଲ ?" ଉଉମ ବିରକ୍ତ ହେଲା

"ମୋ କହିବା ସଙ୍ଗେ ତମେ ସିଗାରେଟ୍ଟା ଛାଡ଼ି ପାରୁନ ।" ଦୀପା ଭାବିଲା ଗୋଟେ କଥା କହିଲା ଆଉ ଗୋଟେ କଥା ।

"କେବେ ମତେ କହିଲ ସିଗାରେଟ୍ ଛାଡ଼ିବାକୁ ? ହଠାତ୍ ତମେ କାହିଁକି ଏମିତି କଥା କହୁଛ ମୁଁ ବୁଝି ପାରୁନି । ଆମର ଜ୍ଞାନ ଅଛି । ବୁଦ୍ଧି ଅଛି । ଆମେ ଏମିତି ଅଯଥା କଥାରେ ସମୟ ନଷ୍ଟ କରିବା ଉଚିତ ନୁହେଁ । ଯେଉଁ ପ୍ରସଙ୍ଗଟି ଆମପାଇଁ ସବୁଠାରୁ ଗୁରୁତ୍ୱପୂର୍ଣ୍ଣ ତମେ ତାକୁ ଛାଡ଼ି ଅନ୍ୟଆଡ଼କୁ ମୁହାଁଇଲଣି ।"

"ତମେ ଏକା ପିଲା ଜନ୍ମ କରିପାରିବ ନାହିଁ । ମୋର ଅଂଶ ରହିବ ସେଥରେ । ମୁଁ ତାକୁ ଧାରଣ କରିବି । ମୁଁ ତାକୁ ଜନ୍ମ ଦେବି । ତେଣୁ ମୋ ମତ ବି ରହିବା କଥା ।"

“ତମେ ଉତ୍ତେଜିତ କାହିଁକି ହେଉଛ ? ସେଇଟା ତ ତମର ଅଧିକାର। ପିଲାଟି ମୋର ଏକା ହେବ ବୋଲି ମୁଁ କେବେ କହିନାହିଁ। ପିଲା ଆମ ଦୁହିଁଙ୍କର। ସେଥିପାଇଁ ତ ତମ ସାଙ୍ଗରେ ଆଲୋଚନା କରୁଛି।”

“ତମେ ଆଲୋଚନା କରୁନ। ତମେ ନିଷ୍ପତ୍ତି ନେଇସାରିଛ। ତମ ଯୋଜନା ଭିତରେ ମତେ କେବଳ ଭର୍ତ୍ତି କରିବାକୁ ଚାହୁଁଛ।”

“ତମ ମୁଣ୍ଡ ଠିକ୍ ନାହିଁ। ଏ ବିଷୟରେ ଆଲୋଚନା କରିବାର ଯୋଗ୍ୟତା ମଧ୍ୟ ତମର ନାହିଁ।”

“ଓଃ! ମୁଁ ତା’ହେଲେ ତମ ପାଇଁ ଅଯୋଗ୍ୟ ?”

“ବୋଧହୁଏ।”

“ଏ ଶବ୍ଦ ତମ ଉପଯୁକ୍ତ ନୁହେଁ। ତମର ସବୁଥିରେ ରୋକ୍ ଠୋକ୍ କଥା। ହଁ ନ ହେଲେ ନା।”

“ତା’ହେଲେ ହଁ। ତମେ ଅଯୋଗ୍ୟ।”

“ବାସ୍! ପ୍ରସଙ୍ଗ ଏଇଠି ସରିଯିବା ଦରକାର।”

“ଠିକ୍ ଅଛି।” ଉତ୍ତମ ଗୋଟେ ସିଗାରେଟ୍ କାଢ଼ି ଜଳାଇଲା।

ରାତିର ତାତି ପରେ ସକାଳର ବିଶୃଙ୍ଖଳା। ଉତ୍ତମକୁ ବ୍ୟଥା ଯେତିକି ଦେଲା ତା’ର କ୍ରୋଧ ମଧ୍ୟ ସେତିକି ବଢ଼େଇଲା। ଯୋଜନା ଓ ଶୃଙ୍ଖଳାକୁ ନେଇ ତା’ର ଜୀବନ। ସେଥିରେ ଆଜି ଘୋର ବ୍ୟତିକ୍ରମ! ସେ ଉଠିଲା ବେଳକୁ ଦୀପା ଉଠିନଥିଲା। ତେଣୁ, ସେ ଉଠି ଶୋଇବାଘରୁ ବାହାରକୁ ଆସିବା ପରେ ଯାଇ ପୂଜାରୀ ତାକୁ ଚା’ ଦେଲା। ବାସ୍ତବରେ ଦୀପା ଚା’କରି ତାକୁ ଉଠେଇବା କଥା। ସେ ଗାଧୋଇ ସାରିବା ପରେ ମଧ୍ୟ ଦୀପା ଉଠିନଥିଲା। ତେଣୁ ତା’ର ପୋଷାକ କଡ଼ା ହୋଇନଥିଲା। ସେ ନିଜେ ପୋଷାକ କାଢ଼ି ପିନ୍ଧିଲା। ସେ ଖାଇବା ଟେବୁଲକୁ ଆସିବା ପରେ ମଧ୍ୟ ଦୀପା ଉଠିନଥିଲା। ସେ ଏକା ଖାଇବାକୁ ବାଧ୍ୟ ହେଲା। ବାବୁ କାଲେ ଆଉ କ’ଣ ଖୋଜିବେ ବୋଲି ପୂଜାରୀ ଟେବୁଲ ପାଖରେ ଛିଡ଼ାହୋଇ ରହିବାରୁ ଉତ୍ତମ ତା’ ଉପରେ ବିରକ୍ତ ହେଲା। ସେ ଅଫିସ ବାହାରିବାବେଲକୁ ମଧ୍ୟ ଦୀପା ଉଠିନଥିଲା। ତେଣୁ ତା’ର ରୁମାଲ ଓ ଟାଇ ଠିକ୍ ଜାଗାରେ ନଥିଲା। ସେ ଶୋଇବା ଘରକୁ ଯାଇ ପଚାରିଲା, “କ’ଣ ହୋଇଛି ?”

ଦୀପା ଶୋଇରହି ଉତ୍ତର ଦେଲା, "କିଛି ନାହିଁ।"

"ଦେହ ଠିକ୍ ଅଛି ?"

"ହଁ।"

"ଅଫିସ୍ କେତେବେଳେ ଯିବ ? ସାଢ଼େ ଆଠ ହେଲାଣି।"

"ଆଜି ଯିବିନି। ଫୋନ୍ କରିଦେଇଛି।"

"କାହିଁକି ?"

"ଇଚ୍ଛା ହେଉନି।"

"ଇଚ୍ଛାକୁ ନିୟନ୍ତ୍ରଣରେ ରଖ।" କହି ସେ ବାହାରିଗଲା।

ଦୀପା ଉଠିଲା। ଅଳସ ଭାଙ୍ଗିଲା। ଚା' ପିଇଲା ଓ ମନକୁ ମନ ମୁରୁକି ହସିଲା। ଆରେ ବାଃ ! ମଗଜକୁ ଭିଡ଼ି ଧରିଥିବା ଗଣ୍ଠିଟା ଏତିକିରେ ଖୋଲିଗଲା ଆପେ ଆପେ।

ସେତେବେଳେ ସେ କୁନିଝିଅ ଥିଲା। ଭବିଷ୍ୟତ କଥା ଭାବିନଥିଲା। ଜୀବନ ପାଇଁ ଯୋଜନା କିଛି ନ ଥିଲା। ବର୍ତ୍ତମାନ ହିଁ ଥିଲା ତା' ପାଇଁ ସବୁକିଛି। ତେଣୁ ଛୋଟ ଛୋଟ କଥାରୁ ଆନନ୍ଦ ମିଳୁଥିଲା। ପ୍ରଚୁର ଆନନ୍ଦ। ନୂଆ ପୋଷାକ ଖଣ୍ଡେରେ ଆନନ୍ଦ। ସାଙ୍ଗ ଜନ୍ମଦିନରେ ଆନନ୍ଦ। ବାପା ଗେଲ କରିଦେଲେ ଆନନ୍ଦ। ବୋଉ କୋଳେଇନେଲେ ଆନନ୍ଦ। ଫୁଲ ଦେଖିଲେ ଆନନ୍ଦ, ଗୀତ ଶୁଣିଲେ ଆନନ୍ଦ। ପର୍ବପର୍ବାଣିରେ ଆନନ୍ଦ। ମେଘରେ ଓଦା ହେଇଗଲେ ଆନନ୍ଦ। ବେଶ୍ ପ୍ରୀତିକର ଥିଲା ସେଇ ମୁହୂର୍ତ୍ତଗୁଡ଼ା।

ପରେ ଯେତେବେଳେ ସେ ବଡ଼ ହେଲା ଭବିଷ୍ୟତ କଥା ଭାବିଲା, ନିଜ ପାଇଁ ଯୋଜନା ପ୍ରସ୍ତୁତ କଲା, ସେତେବେଳେ ଏଇ ଛୋଟଛୋଟ କଥାଗୁଡ଼ିକ ତାକୁ ଆଉ ସେତେ ଖୁସୀ ଦେଲେ ନାହିଁ। ସେ ବର୍ତ୍ତମାନ କଥା ପ୍ରାୟ ଭୁଲିଗଲା। ସେଗୁଡ଼ିକ ଅତ୍ୟନ୍ତ ଧରାବନ୍ଧା ପରି ହୋଇଗଲା। ସେ କେବଳ ଭବିଷ୍ୟତକୁ ଅନେଇଲା। ଭବିଷ୍ୟତରେ ତା'ର କ'ଣ କ'ଣ ହେବ, କ'ଣ କ'ଣ ସବୁ ହୋଇସାରିଛି, ଆଉ କ'ଣ କ'ଣ ହେବା ଉଚିତ – ସେଥିରେ ସେ ବୁଡ଼ି ରହିଲା।

ଭବିଷ୍ୟତ କି ବର୍ତ୍ତମାନ ନୁହେଁ, ଦିନଟାଯାକ ଅତୀତରେ ରହିଲା ଦୀପା। ଏତେ ପ୍ରଗତି ସତ୍ତ୍ୱେ ଯେଉଁ ମୁହୂର୍ତ୍ତଗୁଡ଼ିକ ତାକୁ ତଥାପି ଛାଡ଼ିଯାଇନଥିଲେ ତାଙ୍କରି ସାଙ୍ଗରେ ଦିନ କାଟିଲା ସେ।

ଉତ୍ତମ ଫେରିବାବେଳକୁ ଦୀପା ପୁଣି ଫେରିଆସିଲା ଶୃଙ୍ଖଳା ମଧ୍ୟକୁ। ତା'ର ଗତକାଲିର
ବ୍ୟବହାର ପାଇଁ ସେ ଅନୁତାପ କରୁଥିଲା। ସେଥିପାଇଁ ରାତିରେ ସେ ଉତ୍ତମକୁ କ୍ଷମା
ମାଗିନେବାକୁ ଚିନ୍ତା କରିଥିଲା। ଉତ୍ତମ ଘରେ କମ୍ପ୍ୟୁଟର ଆଗରେ ବେଶୀ ସମୟ ବସିଲା
ନାହିଁ। ପ୍ରକୃତରେ ସେ ବସିପାରିଲା ନାହିଁ। ଚିନ୍ତାରେ ବିଭ୍ରାଟ। ପ୍ରଗତିର ଗତିରେ ବାଧା।
ଇଏ ସମୟର ଅପଚୟ। ଶକ୍ତିର କଣ୍ଠରୋଧ। ଏହାର ତୁରନ୍ତ ଉପଚାର ଆବଶ୍ୟକ।
ତେଣୁ, ବିଳମ୍ବ ନକରି ସେ ସିଧା ପ୍ରସଙ୍ଗ ଉପରକୁ ଆସିଲା। 'ତମେ କ'ଣ ଚାହୁଁଛ
ତା'ହେଲେ ?' ସେ ଦୀପାକୁ ପଚାରିଲା।

ଅତୀତ ଫେରେଇଥିବା ଆନନ୍ଦରୁ କେରାଏ ଆଖିରେ ଲଗେଇ ଦୀପା ଚାହିଁଲା ଉତ୍ତମକୁ,
"ତମେ ଦି' ଦିନଖଣ୍ଡ ଛୁଟି ନିଅ।"

"ମତେ ଅଟକାଇବାକୁ ଚାହୁଁଛ ତମେ ?"

"ନା, ଟିକିଏ ବିଶ୍ରାମ, ଟିକିଏ ସ୍ଥିରତା, ଟିକିଏ ଆନନ୍ଦ।"

"ତମେ ଖୁସୀ ହେଇପାରୁନା ମୋ ସାଙ୍ଗରେ, ମୁଁ ବୁଝୁଛି।"

"ଖମ୍ୟଆଲୁ ବୁଝୁଛ ତମେ।" ଦୀପାର ଦିନୟାକର ପ୍ରସ୍ତୁତି ମୁହୂର୍ତ୍ତକରେ ଅସଜଡ଼ା
ହୋଇଗଲା।

"ଆମେ ପାକଲ ମଣିଷ। ଅଯଥା କଥାରେ ଆଉ ସମୟ ନଷ୍ଟ କରିବା ନାହିଁ। ଆମେ
ଆଉ ସାଙ୍ଗ ହୋଇ ରହିପାରିବା ନାହିଁ। ତେଣୁ ଭଲ ବୁଝାମଣା ଭିତରେ ଅଲଗା ହୋଇଯିବା
ଦରକାର।"

ଏକାଥରେ ଦେହର ସବୁତକ ରକ୍ତ ନିଗିଡ଼ିଗଲା ଦୀପାର। ସେ ହତଭମ୍ୟ ହୋଇ
ଉତ୍ତମକୁ ଅନେଇଲା, "କ'ଣ କହିଲ ? ଏତିକି ଟିକିଏ କଥାରେ...।"

"ଥରେ ସମ୍ପର୍କରେ ଦାଗ ପଡ଼ିଗଲେ ସେଠୁ ଭିନ୍ନ ହୋଇଯିବା ଭଲ। ନ ହେଲେ
ତାକୁ ଖାଲି ଉଖ୍ରୁରେଇବାକୁ ମନ ହେବ।"

"ସମ୍ପର୍କ କ'ଣ ତମେ ଜାଣିନା। ସମ୍ପର୍କ ଯଦି ଏତେ ଭଙ୍ଗୁର ହୋଇଥାଆନ୍ତା ତା'
ହେଲେ ମୋ ବାପା ବୋଉ ଏତେଦିନ ହେଲା ଏକାଠି ରହିନଥାନ୍ତେ।"

"ତୁଳନା କରନା। ମୁଁ ଯାହା କରିଛି ତମ ବାପା ବୋଉ ତା' କରିନାହାନ୍ତି। ମୋର ଯେଉଁ
ସନ୍ତାନଟିକୁ ମୁଁ ଗଢ଼ିବାକୁ ଚାହୁଁଛି ତମ ବାପାବୋଉ ସ୍ୱପ୍ନରେ ମଧ୍ୟ ତା ଭାବିପାରିବେ ନାହିଁ।"

"ଓଃ! ତମେ ଗଢ଼ିବ ସନ୍ତାନ– ଏକା ଏକା। ମୋର ଆଉ ଲୋଡ଼ା ନାହିଁ ସେଥିରେ। ତମେ ଚେଷ୍ଟାକର ତା'ହେଲେ। ମୁଁ ବୋଉ ପାଖରେ ରହିବାକୁ ଚାହୁଁଛି କିଛିଦିନ। ଯଦି ତମର ଇଚ୍ଛାହୁଏ ମତେ ଡାକିବ।"

ବାସ୍! ସେତିକିରେ ସଂସାର ଦି'ଫାଳ। ଅତି ସହଜରେ। କିନ୍ତୁ ବିନା ଯୋଜନାରେ। ଦୀପା ଚାଲିଗଲା ବୋଉ ପାଖକୁ। ଘର, କମ୍ପ୍ୟୁଟର, ଚାକର, ପୂଜାରୀ ସହିତ ଏକା ହୋଇଗଲା ଉତ୍ତମ।

ମଣିଷ ଅମର ହେବାର ତତ୍ତ୍ୱ ଏଯାଏ ମିଳିନାହିଁ। ତେଣୁ, ସମୟ ସୀମା ବାନ୍ଧିଦେଇଛି। ସମୟର ସୀମାକୁ ତାକୁ ଟପିଯିବାକୁ ପଡ଼ିବ। ପାହାଚଗୁଡ଼ିକୁ ଅତିକ୍ରମ କରିଯିବାକୁ ହେବ। ସେ ଉଦାହରଣଟିଏ ସୃଷ୍ଟି କରିବ। ନିର୍ମାଣ କରିବ ତା' ଇଚ୍ଛାର ସନ୍ତାନ। ସେଥିପାଇଁ ସ୍ତ୍ରୀ'ଟିଏ ଲୋଡ଼ା। ଦୀପା ତାକୁ ଏମିତି ଦଗା ଦେବ ବୋଲି ସେ ଭାବିନଥିଲା। ସଲଖ ସୁନ୍ଦର ଯୋଜନାବଦ୍ଧ ଜୀବନକୁ ସେ ଅସ୍ତବ୍ୟସ୍ତ କରିଦେଇଗଲା। ପୁନଶ୍ଚ ଯୋଜନା ଭିତରେ ଆବଶ୍ୟକ ସ୍ତ୍ରୀ'ଟିଏ। ଇଚ୍ଛାଗତ ସନ୍ତାନଟିଏ। ପ୍ରଥମେ ସ୍ତ୍ରୀ ଯୋଗାଡ଼ ନା ପ୍ରଥମେ ଇଚ୍ଛାର ସ୍ୱରୂପ ସନ୍ଧାନ!

କେମିତି ସନ୍ତାନଟିଏ ଚାହୁଁଛି ତା'ହେଲେ ସିଏ? ବିଜ୍ଞାନୀ, ଯୋଦ୍ଧା, ରାଜନେତା, କଳାକାର-ନା, ମିଶାମିଶି! ବିଶିଷ୍ଟ ବ୍ୟକ୍ତିମାନେ ମନକୁ ଆସିଲେ। ମନେପଡ଼ିଲା ତାଙ୍କର ଜୀବନଚର୍ଯ୍ୟା! ପ୍ରାୟ ସମସ୍ତଙ୍କ ଜୀବନରେ ଭରିରହିଛି ଯନ୍ତ୍ରଣା ଓ ଜଞ୍ଜାଳ। ଏ ପଦାର୍ଥ ଦୁଇଟି ତାଙ୍କ ଜୀବନରୁ ଖୁସୀ ଓ ଆନନ୍ଦ ଛଡ଼େଇ ନେଇଛି। କ'ଣ ତାତ୍ପର୍ଯ୍ୟ ବିନା ଖୁସୀ ଓ ଆନନ୍ଦର ଜୀବନରେ? ସେ ନିଜେ ଖୁସୀ ପାଇଛି ତ ଜୀବନରେ? ସତେ ତ! ସେ ବିଷୟରେ ସେ କେବେ ଭାବିନାହିଁ। ଭାବିବାକୁ ସମୟ ପାଇନାହିଁ। ତେବେ, ତା' ସନ୍ତାନ ଯନ୍ତ୍ରଣା ଓ ଜଞ୍ଜାଳରେ ବୁଡ଼ିରହୁ ଏପରି କାମନା ସେ କରିପାରିବ ନାହିଁ। ତା'ହେଲେ? ଭବିଷ୍ୟତଠୁ ଆହୁରି ଜଟିଳ ଲାଗୁଛି ବର୍ତ୍ତମାନ। ନିଷ୍ଠୀ କାର୍ଯ୍ୟକାରୀ କରିବାର ପଥ ଏପରି କଣ୍ଟକିତ ହୋଇପଡ଼ିବ ବୋଲି ସେ ଚିନ୍ତା କରିନଥିଲା। ଆଗେ କାହା ବିଷୟରେ ସେ ଭାବିବ? ସନ୍ତାନ ନା ସ୍ତ୍ରୀ, ସ୍ତ୍ରୀ ନା ସନ୍ତାନ? ସିଗାରେଟ୍‌ଟିଏ ଜଳେଇ ଉତ୍ତମ ଦର୍ପଣ ସାମନାକୁ ଆସିଲା। ତା' ପ୍ରତିବିମ୍ବଟି ତାକୁ ଭଲ ଲାଗିଲା ନାହିଁ। ମୁହଁରେ ଏକାସାଙ୍ଗରେ ଦୃଢ଼ତା ପୁଣି ବିଚଳିତ ଭାବ। ଚିହ୍ନା ମୁହଁଟିର ଅନେକାଂଶ ତାକୁ ଅଚିହ୍ନା ଅଚିହ୍ନା ଲାଗିଲା। ନା, ବିଶ୍ରାମ ଦରକାର।

ସ୍ଥିର କରିବାକୁ ହେବ କନ୍ୟା । ନିଶ୍ଚିତ କରିବାକୁ ହେବ ସନ୍ତାନର ଗଠନ ଓ ଜୀବନ । ନିଜ ଇଚ୍ଛାମତେ ସନ୍ତାନ ନିର୍ମାଣ କରିପାରିବାର ଭରସା ପାଇଲାବେଳେ ଯେଉଁ ଉଦ୍ଦୀପନାର ଅନୁଭବ ସେ କରିଥିଲା ତା' ଏବେ ବିଚଳନରେ ପରିଣତ ହୋଇ ଯାଇଥିଲା । କି ପ୍ରକାର ସନ୍ତାନ କାମନା କରିବ ସେ ? ଖୁସୀ ଓ ଆନନ୍ଦର ଜୀବନ ? ପ୍ରଶଂସା ଓ ପ୍ରାପ୍ତିର ଜୀବନ । କି କର୍ମ ତା'ର କରିବା ଉଚିତ ! କେଉଁ କର୍ମରେ ଅଛି ନିରୋଳା ଆନନ୍ଦ ! ଦୁଃଖଶୂନ୍ୟ ଜୀବନ ଗୋଟେ । ଡାକ୍ତର, ଇଞ୍ଜିନିୟର, ବ୍ୟବସାୟୀ... ସବୁଥିରେ କଷ୍ଟ ଅଛି । ଚିନ୍ତା ପାଇଁ ନିରୋଳା ସମୟ ଦରକାର । ସେ ଆଉ ସମୟ । ଦୀପା କ'ଣ ଏଇକଥା କହିଥିଲା ? ମୂର୍ଖ !

ବାପା ଆସିଥିଲେ । ସେହିକଥା ପଚାରିଲେ । ଉତ୍ତମ ସ୍ପଷ୍ଟ ଉତ୍ତର ଦେଇଦେଲା, "ଦୀପା ସହ ସଂସାର କରିବା ସମ୍ଭବ ନୁହେଁ ।" 'ତେବେ ?' ପଚାରିଲେ ବାପା । "ଏବେ ବିଶ୍ରାମ ଦରକାର ।" "ତୋ ଉପରେ ମୋର ଭରସା ଅଛି ।" ବାପା କହିଲେ, "ତଥାପି, ଆଉ ଟିକେ ଚିନ୍ତା କର ।"

ନିଜେ ସପ୍ତାହଟିଏ ଛୁଟି ନେବା ସହିତ କେବଳ ନିଧି ଓ ମାଲିକୁ ଛାଡ଼ି ଘରୁ ଅନ୍ୟମାନଙ୍କୁ ସପ୍ତାହେ ଛୁଟି ମଞ୍ଜୁର କରିଦେଲା ଉତ୍ତମ । ଏହା ମଧ୍ୟରେ ସେ ଅନେକ ଜୀବନୀ ବହି ସଂଗ୍ରହ କରିଥିଲା । ସେଥିରୁ କିଛି ସେ ପଢ଼ି ସାରିଥିଲା । କିନ୍ତୁ କୌଣସି ଜୀବନୀ ତାକୁ ସନ୍ତୁଷ୍ଟ କରିପାରି ନ ଥିଲା ।

ଉଡ଼ାଉଡ଼ା ଖବର ଖେଳେଇ ହେଇଯାଇଥିଲା ଚାରିଆଡ଼େ । ସେଇ ଖବର ଉପରେ ସବାର ହୋଇ ଶ୍ୱେତା ଆସିଲା । ନିଜ ହାତରେ କଫି ତିଆରି କଲା । ସେମାନେ କଫି ଧରି ବଗିଚାକୁ ଆସିଲେ । ଘର ଓ କମ୍ପ୍ୟୁଟରଠୁ ଏବେ ବଗିଚାରେ ବେଶୀ ସମୟ କଟାଉଛି ଉତ୍ତମ । ଅନେକଗୁଡ଼ିଏ ଗଛ ଓ ଫୁଲକୁ ଚିହ୍ନିଗଲାଣି ସେ । ଫୁଲଗଛଗୁଡ଼ିକରେ ସେ ନିଜେ ଆଜି ପାଣି ଦେଇଛି ।

"ସତ କଥା ଏସବୁ ?" ପଚାରିଲା ଶ୍ୱେତା ।

"ସତ ।" ଉତ୍ତମର ଉତ୍ତର ।

"ତା'ହେଲେ ?"

"ମୁଁ ଦ୍ୱିତୀୟ ବିବାହ ପାଇଁ ଝିଅଟିଏ ଖୋଜୁଛି ।"

“ମତେ ବିଚାର କରିପାର।”

“ଭଲରେ ଚିନ୍ତାକର, ତା'ପରେ କହିବ।”

“ଏ ପ୍ରସଙ୍ଗରେ ମୁଁ ପ୍ରକୃତରେ ଭାରି ଗମ୍ଭୀର।”

“ପିଲାପିଲି ବିଷୟରେ କିଛି ଯୋଜନା?”

“ନା।”

“ନିଜ ଇଚ୍ଛା ମୁତାବକ ସନ୍ତାନ ଜନ୍ମ କରିହେବ।”

“ତମେ ପାଗଳ ହୋଇଯାଇଛ।”

“ହେଇପାରିବ। ସେଥିପାଇଁ ମୁଁ ଏତେ ଡେରି କଲି।”

“ସତ କହୁଛ?”

“ସତ।”

“ସମ୍ଭବ ଏମିତି?”

“ସମ୍ଭବ।”

“ତା'ହେଲେ ଆମ ପୁଅକୁ ଶାହାରୁଖ୍ ଖାଁ ପରି କରିବା।”

“ମୂର୍ଖ।”

“କିଏ?”

“ତମେ ନୁହଁ, ଶାହରୁଖ ଖାଁ।”

“ସତରେ ତମ ମୁଣ୍ଡ ଖରାପ ହେଇଗଲାଣି।”

“ମୋ ଶାହରୁଖ ମନ୍ତବ୍ୟ ପାଇଁ ତମର ଏ ଟିସ୍ପଣୀ ତ!”

“ଏତେ ସଫଳ ମଣିଷକୁ ତମେ କେମିତି ମୂର୍ଖ ବୋଲି କହୁଛ?”

“ଆମେ ଅନ୍ୟ ପ୍ରସଙ୍ଗରେ ଆଲୋଚନା କରୁଥିଲେ।”

ଶ୍ୱେତାର ପୂର୍ବ ଆବେଗ ହଠାତ୍ ଟୁନି ପଡ଼ିଗଲା। ଇତଃସ୍ତତଃ ମନକୁ ସଜାଡ଼ିବାକୁ ଚେଷ୍ଟାକରି ସେ କହିଲା, “ସେମିତି ହେଇପାରୁଥିଲେ ଅନ୍ୟମାନେ ବି ତାଙ୍କ ଇଚ୍ଛାମତେ ସନ୍ତାନ ଜନ୍ମ କରନ୍ତେ।”

“ସାଧାରଣ ଲୋକେ ଏ ବିଷୟରେ ଜାଣିନାହାନ୍ତି। ଯେଉଁମାନେ ଜାଣନ୍ତି ତାଙ୍କର ହୁଏତ ଏଥରେ ବିଶ୍ୱାସ ନାହିଁ ବା ସାହସ ନାହିଁ।”

"ହଉ, ମତେ ଟିକିଏ ଚିନ୍ତା କରିବାକୁ ସମୟ ଦିଅ।"

ଶ୍ୱେତା ବିଦାୟ ନେବାକୁ ଯେତିକି ବ୍ୟଗ୍ର ହେଲା ଉତ୍ତମ ତାକୁ ବିଦାୟ ଦେବାକୁ ତା'ଠାରୁ ଅଧିକ ଇଚ୍ଛୁକ ଥିଲା।

ନିବିଡ଼ ସମ୍ପର୍କଟିଏ ଗଢ଼ା ଓ ଭଙ୍ଗା ହୋଇଗଲା ଅତି କ୍ଷୁଦ୍ର ସମୟଖଣ୍ଡଟିଏ ଭିତରେ। ଶ୍ୱେତା ଉଠିଲା, ହସିଲା, କହିଲା, "ପରେ ଆସିବି।" ଉତ୍ତମ ଛିଡ଼ା ହେଲା, ହସିଲା, ଶ୍ୱେତାକୁ ବଳେଇଦେବାକୁ ଫାଟକଯାଏ ଆସିଲା।

ଶ୍ୱେତା ବାଁ ହାତରେ ଗାଡ଼ି ଦରଜା ଖୋଲୁଖୋଲୁ ଉତ୍ତମ ସହ ଡାହାଣ ହାତ ମିଶେଇଲା ଏବଂ ଔପଚାରିକତାକୁ ସଂକ୍ଷିପ୍ତ କରି ଗାଡ଼ି ଷ୍ଟାର୍ଟ କଲା।

ଅଳ୍ପ ଧୂଳି। ଟିକିଏ ଧୁଁଆ। ଉତ୍ତମ ଫେରିଲା। ସେ ବଗିଚାକୁ ଆସିବାକୁ ଭାବିଲା। କିନ୍ତୁ ଘର ଭିତରକୁ ପଶିଲା। ତା'ର ପୋଷାକ ବଦଲେଇବାର କିଛି କାରଣ ନ ଥିଲା। ତଥାପି ସେ ପଞ୍ଜାବୀ ପାଇଜାମା ବଦଲେଇ ସୁଟ୍ ପିନ୍ଧିଲା। ଟାଇ ବାନ୍ଧିବାବେଳକୁ ଜଣାପଡ଼ିଲା ଯେ ସେଇଟା ସେ ସୁଟ୍‍ର ନୁହେଁ। ମ୍ୟାଚିଂ ଟାଇ ନ ମିଳିବାରୁ ସେ ଆଉ ହଳେ ସୁଟ୍ କାଢ଼ିଲା। କିନ୍ତୁ ଟାଇଗୁଡ଼ିକ ଏପଟ ସେପଟ ହୋଇ ଯାଇଥିଲା। ନିଧିକୁ ସେଇ ମୁହୂର୍ତ୍ତରେ ସେ ବାହାର କରିଦେବାକୁ ଭାବିଲା। କିନ୍ତୁ, ସେଥିପାଇଁ ଧୈର୍ଯ୍ୟ ନ ଥିବାରୁ ସେ ଚୁପ୍ ରହିଲା। ଦେହରୁ ସୁଟ୍ କାଢ଼ିଦେଇ ପୁଣି ଢିଲା ପଞ୍ଜାବୀ ଓ ପାଇଜାମା ପିନ୍ଧି ସେ ଶୋଇପଡ଼ିଲା।

ନିଦ। ନିଦରେ ସ୍ୱପ୍ନ। ମସୃଣ ନୁହେଁ, ଆବୁଡ଼ା ଖାବୁଡ଼ା, ବଙ୍କା ତେଢ଼ା। ଢେଉ ଢେଉକା ସ୍ୱପ୍ନ ସାଗର ଭିତରେ କେତେ ମୁହଁ। ତା'ବାପା, ଦୀପା, ଶ୍ୱେତା, ଇନ୍‌ଫୋସିସ୍‍ର ଚିଫ୍ ଜେନେରାଲ ମ୍ୟାନେଜର– କହିଥିଲେ, ତୁମର ତୀକ୍ଷ୍ଣ ମୁଣ୍ଡ, ଉପଯୁକ୍ତ ବ୍ୟବହାର କଲେ ଅସମ୍ଭବକୁ ସମ୍ଭବ କରିପାରିବ। ଦୀପାର ବୋଉ। ଦି'ଥର ଯାକ ଏକା ଆସିଥିଲେ। ତାଙ୍କଠୁ ଖସିଯିବାର ଚେଷ୍ଟାକରି ମଧ ସେ ଖସିଯାଇ ପାରିନଥିଲା। ଉତ୍ତମ ଯେତେ ଭାବୁଥିଲା ସେ ଏଇନେ ସେ ଦୀପା କଥା କହିବେ, ଶେଷପର୍ଯ୍ୟନ୍ତ ଦୀପା କଥା କହି ନ ଥିଲେ ସେ ତା' ଦେହକୁ ନେଇ ବ୍ୟସ୍ତ ହୋଇଥିଲେ। ମନକୁ ଶାନ୍ତ ରଖିବାକୁ କହିଥିଲେ। ବୁଲେଇ ବଙ୍କେଇ ବାରମ୍ବାର କହିଥିଲେ– ତୁମେ ବାପା ଟିକିଏ ବିଶ୍ରାମ ନିଅ, ହସ, ଭଲ ଲାଗିବ। ଯିବାବେଳେ ତା' ମୁଣ୍ଡରେ ହାତ ବୁଲେଇଦେଇ ଯାଇଥିଲେ। ସେତେବେଳେ ତାକୁ

ଲାଜ ମାଡ଼ିଥିଲା ସତ, କିନ୍ତୁ, ପରେ ସ୍ୱର୍ଶଟିର କଥା ତା'ର ବାରମ୍ୱାର ମନେ ପଡ଼ୁଥିଲା । ସେ କଥା ମନେ ପଡ଼ିଲାବେଳେ ନିଜକୁ କୁନି ପିଲାଟିଏ ଭଳି ଲାଗୁଥିଲା । ସେଇ ସାନ ପିଲାଟି ଭଳି ! କେତେ ବର୍ଷ ହେବ ତାକୁ ? ପାଞ୍ଚ କି ଛଅ । ଡଉଲ ଡାଉଲ । ଆଖି ଲାଖି ଯିବା ଭଳି, ମନକୁ ତୃପ୍ତ କରିଦେବା ଭଳି ଚେହେରା । ଉତ୍ତମର ବି ଆଖି ଲାଖିଯାଇଥିଲା ସେଠି । ଓମ୍‌ଫେଡ ଛକରୁ ବାଁ ପଟକୁ ଗାଡ଼ି ବୁଲେଇଲା ପରେ ରାସ୍ତାକଡ଼ ପ୍ରଥମ ଘର । ଫାଟକ ପାଖରେ ପିଲାଟି ଛିଡ଼ା ହୋଇଥିଲା । ବୋଧହୁଏ ପିଲାଟିର ପରିବାର ନୂଆ ସେ ଘରକୁ ଆସିଥିଲେ । କାରଣ, ଉତ୍ତମ ତାକୁ ଆଗରୁ କେବେ ଦେଖିନଥିଲା । ଆଖି ପଡ଼ିବା ମାତ୍ରେ ଉତ୍ତମ ବୋଧେ ହସି ଦେଇଥିଲା । ପିଲାଟିର ନାଲି ଓଠରେ ମୁଗ୍ଧ ହସର ତରଙ୍ଗ । ତା' ଗାଡ଼ି ଆଗେଇଗଲା ସିନା, କିନ୍ତୁ ମନ ଅଟକିଯାଇଥିଲା ସେଇ ଅପରିଚିତ ବା ଅତି ପରିଚିତ ମୁହଁଟି ପାଖରେ । ପରଦିନ ଅଫିସ ଯିବା ବାଟରେ ଉତ୍ତମର ଆଖି ସ୍ୱତଃ ପହଁରିଗଲା ସେଇ ଘରର ଫାଟକ ଆଡ଼କୁ । ମୁହଁରେ ହସର ଜୁଆର ଛୁଟେଇ ପିଲାଟି ଛିଡ଼ା ହୋଇଥିଲା । ଉତ୍ତମ ଫାଟକ ଆଗରେ ଗାଡ଼ି ରଖିଲା । ତା'ର ଆକର୍ଷଣରେ ସେ ଗାଡ଼ିରୁ ଓହ୍ଲେଇ ତା' ପାଖକୁ ଆସିବାକୁ ବାଧ୍ୟ ହେଲା । ଫାଟକ ଏ ପଟରୁ ହାତ ବଢ଼େଇ ସେ ତା' ଓଠକୁ ଛୁଇଁଲା । ପିଲାଟି ପରଶି ଦେଇଥିବା ହସରୁ ମୁଠାଏ ଉଠେଇ ଆଣିବା ବେଳେ ତା' ଦେହ ଶିହରି ଉଠିଲା । ପିଲାଟାର ଡାହାଣ ହାତ ନାହିଁ । କାନ୍ଧରୁ କଟିଯାଇଛି । ଈଏ କି ପ୍ରକାର ନିର୍ମାଣ ? ସୌନ୍ଦର୍ଯ୍ୟର ଏଇ ଚଳନ୍ତ ମୂର୍ତ୍ତି ନିଖୁଣ ହେବାର ଥିଲା । ଉତ୍ତମର ମଗଜକୁ କିଏ ଯେମିତି କଣ୍ଟାରେ ଉଷ୍ଣୁରୋଉଥିଲା । ପିଲାଟିକୁ ସେ ପଚାରିବାକୁ ଭାବିଥିଲା ତା' ଡାହାଣ ହାତ ଜନ୍ମରୁ ନାହିଁ ନା ପରେ କିଛି ଦୁର୍ଘଟଣାରେ... । ନା, ତା' ବାପା, ମା', କି ଆଉ କେହି ପରିବାର ଲୋକଙ୍କୁ ପଚାରିବ ? କିନ୍ତୁ, ପିଲାଟି ଛଡ଼ା ଆଉ କେହି ବାହାରେ ନ ଥିଲେ । ପଚାରିବ ସେ ତା'ର ନିର୍ମାଣକର୍ତ୍ତାଙ୍କୁ- କାହିଁକି ଏପରି କଲେ ସେ ? ଏ ଶରୀରରେ ଦୁଇଟି ନିଖୁଣ ହାତ ରହିବା ଉଚିତ । କାହିଁକି ହେଲାନି ସେମିତି ? କାହିଁକି ? କାହିଁକି ଏତେ ତ୍ରୁଟିପୂର୍ଣ୍ଣ ଯୋଜନା ! ବିଲିବିଲେଇ ନିଦରୁ ଉଠିପଡ଼ିଲା ଉତ୍ତମ । ବାହାରକୁ ଆସିଲା ସେ । ବଗିଚାକୁ । ମହଲନ ଖରାର ପତଲା ଆସ୍ତରଣଟି ଧୀରେଧୀରେ ଅପସରି ଯାଉଥିଲା । ଅଳସୁଆ ପବନର କାନି ଧରି ଉତ୍ତମ ଖରାକୁ ଧରିବାକୁ ହାତ ବଢ଼େଇଲା । ଖରା ଘୁଞ୍ଚିଗଲା । ସେ ବସିପଡ଼ିଲା ବଗିଚା ମଝିରେ । ମଲ୍ଲି ଡାଲଟିଏ ପବନରେ ଉଙ୍କୁଁ

ଆସିଲା ତା' ଆଡ଼କୁ। ଡାଲର ଫୁଲ କେଇଟା ମତେ ଛୁଁ ମତେ ଛୁଁ କହି ତା' ଆଡ଼କୁ ନଇଁ ଆସିଲେ, ପୁଣି ଫେରିଗଲେ। ତା'ସହିତ ଖେଳେଇ ଦେଲେ ମଧୁର ମହକ। ମଲ୍ଲିର ମହକରେ ତା' ମନର ଅବସାଦ ଲୋପ ପାଇଗଲା। ହାତ ବଢ଼େଇ ଉତ୍ତମ ମଲ୍ଲି ଫୁଲଟିଏର ପାଖୁଡ଼ାକୁ ସ୍ପର୍ଶ କଲା। ଯ଼ାର ଜୀବନ ଅଛି। ଗୋଟିଏ ଦିନର ଜୀବନ। ମାତ୍ର ଗୋଟିଏ ଦିନ! ବିଶ୍ୱ ଦେଉଛି ବାସ୍ନା, ଖେଳେଇ ଦେଉଛି ଆନନ୍ଦ। ମାଗୁନି ତ କିଛି! କେମିତି ଉତ୍ପତ୍ତି ହେଲା ଏ ଫୁଲର! କିଏ ଯ଼ାର ଯୋଜନା କରିଥିବ? ଏଇ ବାସ୍ନା ତ ମଣିଷ ଦେହରୁ ବାହାରି ପାରନ୍ତା? ସବୁଠୁ ଶ୍ରେଷ୍ଠ ଜୀବନର ଦେହ ମଲ୍ଲି ପରି ବାସେ ନାହିଁ କାହିଁକି?

ମେଞ୍ଚେ ଫୁଟିଛି ଅପରାଜିତା ଫୁଲ। ଫୁଲ ମୂଳରୁ ଟିକିଏ ଧଳା, ଅବଶିଷ୍ଟାଂଶ ଗାଢ଼ ନୀଲ। ରଙ୍ଗର ଅପୂର୍ବ ମିଶ୍ରଣ। କାହାର ପରିକଳ୍ପନା ଇଏ? ଗୋଲାପ ଫୁଲ। କିସମ କିସମର। କିସମ କିସମ ରଙ୍ଗ। ପଣସ ଗଛ ଡାଲରେ ବସି କୋଇଲିଟିଏ ଗୀତ ଗାଉଛି। ଉତ୍ତମ ବୁଲିପଡ଼ିଲାରୁ ଗୁଣ୍ଠଟି ମୂଷା ଦିଓଟି ଦୌଡ଼ି ପଳେଇଲେ ସେଠୁ। ସେଇ ଚଢ଼େଇଟି ଆସିଛି। ଉତ୍ତମ ତା' ନାଁ ଜାଣିନାହିଁ। ଜାଣିବାର ଚେଷ୍ଟା କରିନାହିଁ। ଥଣ୍ଟଟି ନୀଲ, ବେକ ହଳଦିଆ, ନାରଙ୍ଗୀ ରଙ୍ଗର ଡେଣାରେ ଧଳା ଛିଟ ସବୁ। ନିପୁଣ କଲାକାରଟିଏର ଅପୂର୍ବ କାରିଗରୀ। ଉତ୍ତମ ତା' ବଗିଚାକୁ ଏପରି କେବେ ଉପଭୋଗ କରିନଥିଲା। ବେଳ ମିଳିଲେ ସେ ଏଠାକୁ ଅମ୍ଳଜାନ ଖାଇବାକୁ ଆସୁଥିଲା। ପାଦ ଆଉ ହାତକୁ ହୁଗୁଲା କରୁଥିଲା। ମାଲୀକୁ ତାଗଦା କରୁଥିଲା। ଏ ବିଶାଲ ଓ ରଙ୍ଗିନ୍ ଭଣ୍ଡାରକୁ ସେ ଏଯାବତ୍ ଠାବ କରିପାରିନଥିଲା। କେବଲ ସେ ହରରଙ୍ଗୀ ଚଢ଼େଇଟା କଥା ତା'ର ମନେଥିଲା ଯାହା। ତା' ବଗିଚାଟା ଗୋଟେ ବ୍ରହ୍ମାଣ୍ଡ। ତାରି ଆଖି ଆଗରେ ଠାଇ ମଧ କେମିତି ଏତେଦିନ ଭିତରେ ତା' ଦୃଷ୍ଟି ପଡ଼ିନଥିଲା ତା' ଉପରେ? ସବୁଜ ଘାସର ନରମ ଆସ୍ତରଣ ଉପରେ ସେ ହାତ ପହଁରେଇ ଆସିଲା। ଏମାନେ ସମସ୍ତେ ଗୋଟିଏ ଗୋଟିଏ ଜୀବନ ବଞ୍ଚୁଛନ୍ତି। କ'ଣ ଚାହୁଁଛନ୍ତି ସେମାନେ ତାଙ୍କ ଜୀବନରୁ? ଉତ୍ତମ ନିଜେ କ'ଣ ଚାହୁଁଛି ତା ଜୀବନରୁ? ତା' ଜୀବନକୁ ନେଇ ସେ କରୁଛି କ'ଣ?

ଉତ୍ତମ ଉଠି ଛିଡ଼ାହେଲା। ପବନ ଓ ଗଛମାନଙ୍କୁ ଆଉଁଶି ଆଉଁଶି ସେ ଘରକୁ ଫେରିଲା। ତା'ପରେ ସେ ଗାଡ଼ି ବାହାର କରି ରାସ୍ତାକୁ ଆସିଲା।

ଦୀପା ଉଉମକୁ ଦେଖି ଆଷ୍ଚର୍ଯ୍ୟ ଯେତିକି ହେଲା ତା'ଠୁ ଅଧିକ ବ୍ୟସ୍ତ ହୋଇପଡ଼ିଲା । ଏତେ ଅଚାନକ- ଅବିନ୍ୟସ୍ତ ବେଶ- ବୋଉ ଠିକ୍ କହୁଥିଲା, ଶୁଖ୍ୟାଇଛନ୍ତି ଅନେକ- ଜୋତା ମୋଜା ନାହିଁ, ଖାଲି ଚପଲ- ସୁଟ୍ ନାହିଁ, ଘର ପିନ୍ଧା ପଞ୍ଜାବୀ ପାଇଜାମା- ଏଥିରେ ଶ୍ୱଶୁର ଘର, ମୁଣ୍ଡ ବି କୁଣ୍ଡେଇ ନାହାନ୍ତି ନା କ'ଣ, ଦାଢ଼ି କଟାହେଇନି- କ'ଣ ପାଇଁ ଏସବୁ ? ଉଉମକୁ ହଠାତ୍ ଦେଖିବାର ଖୁସୀ, ତା' ମନର ଅଭିମାନ ଓ ଆଶଙ୍କାର ଫେଣ୍ଡ ଆଖିବାଟେ ଚିପୁଡ଼ି ହୋଇ ବାହାରି ଆସିଲା । ସେ ଉଉମକୁ ସ୍ୱାଗତ କଲା ନାହିଁ, ଭର୍ତ୍ସନା କଲା ନାହିଁ କି ତା' ମୁହଁର ବିବଶଭାବ ପାଇଁ ତାକୁ ଦୟା ଦେଖେଇଲା ନାହିଁ । ସେ କିଂକର୍ତ୍ତବ୍ୟବିମୂଢ଼ ହୋଇ ସେମିତି ଛିଡ଼ା ହୋଇ ରହିଲା- ନା' ତାକୁ ବସିବାକୁ କହିଲା, ନା ତା' ପାଖକୁ ୫ପଟି ଆସିଲା । ଦୀପାର ବୋଉ ବୈଠକ ଘରଟିକୁ ସହଜ କରିବାକୁ ଯାଇ ସୋଫାକୁ ଟିକିଏ ସଜାଡ଼ିଦେଲେ । ଉଉମକୁ 'ବସ ବାପା' ବୋଲି କହି ଭିତରକୁ ଚାଲିଆସିଲେ ।

ଦୀପା ପ୍ରକୃତିସ୍ତ ହେଲା ଏବଂ ଉଉମ ଉପରେ ତା'ର ଦାବି ଅଛି ବୋଲି ତା'ର ମନେପଡ଼ିଲା । ସେ ଉଉମ ପାଖକୁ ଆସି ତା' ପଞ୍ଜାବୀରେ ଲାଗିଥିବା ଘାସ ସହ ମାଟିକୁ ଝାଡ଼ିଦେଇ କହିଲା, "ଇଏ କି ବେଶ କରିଛ ?" ଉଉମ ମନ୍ତର ପାଦରେ ସୋଫା ପାଖକୁ ଆସିଲା ଏବଂ ନିଜକୁ ସୋଫା ଉପରେ ଥୋଇଦେଲା, "ମୁଁ ତମକୁ ନବାକୁ ଆସିଛି ଦୀପା !"

ସବୁ କେମିତି ଜାଲଜାଲୁଆ ଦିଶିଲା ଦୀପାକୁ । କିଛି ସ୍ୱଷ୍ଟ ନୁହେଁ । ନା, ଉଉମଙ୍କ ପଞ୍ଜାବୀର ମାଟି ଦାଗ, ନା ତାଙ୍କ ବେଶ, ନା ତାଙ୍କ ମୁହଁ! ବୋଉ କହିଥିଲା ତାକୁ- ଉଉମକୁ ଏକା ଛାଡ଼ି ପଳେଇ ଆସି ସେ ଭୁଲ କରିଛି । ବିଭ୍ରାନ୍ତି ବେଳେ ସ୍ତ୍ରୀ ସର୍ବଦା ସ୍ୱାମୀ ପାଖରେ ରହିବା ଉଚିତ! ଦୀପା ତା' ଆଖିକୁ ଭଲକରି ପୋଛିଦେଲା ।

ତା'ପରେ ସମୟ, ଶୀତଲତା ଓ ଶାନ୍ତି ।

"ଜୀବନରେ ବୁଝିବାକୁ ଯେ ଏତେକଥା ବାକି ଅଛି...!" ଉଉମର ବାକ୍ୟ ସମ୍ପୂର୍ଣ୍ଣ ନ ହୋଉଣୁ ଦୀପା କହିଲା, "ଚାଲ ।"

ଦୁହେଁ ଉଠିଲେ । ପଛରେ ଦୀପାର ବୋଉ ଟା' ଧରି ଛିଡ଼ା ହେଇଥିଲେ । ଉଉମ ବୁଲିପଡ଼ି ତାଙ୍କ ପାଦ ସ୍ପର୍ଶ କଲା । ଦୀପା କହିଲା, "ଯାଉଛି ବୋଉ !"

ବୋଉ ସେମିତି ଚା' ଥାଲି ଧରି ଛିଡ଼ାହେଇ ରହିଲେ। ଚା'ଟାର ସେତେ ମହତ୍ତ୍ୱ ନ ଥିଲା ସେତେବେଳେ। ତେଣୁ ନିରବରେ ସେ ଗାଡ଼ି ଚକ ଗଡ଼ିବାକୁ ଅନେଇ ରହିଲେ।

ଘର। ଉଉମ ଓ ଦୀପାର ଘର। ଅମୃତ ସମାନ। ଅସଜଡ଼ା। ତଥାପି ବୈକୁଣ୍ଠ। ଏଇଠି ଥିଲା। ତଥାପି ସେମାନେ ଖୋଜି ଚାଲିଥିଲେ। ଏବେ ସନ୍ଧାନ ପାଇଲେ। ପରସ୍ପର ସ୍ନେହ ନ ଥିଲା। ଘର ପାଇଁ, ଜୀବନ ପାଇଁ, ନିଜ ପାଇଁ ସ୍ନେହର ଏତେ ଆବଶ୍ୟକତା କଥା ଜଣା ବି ନ ଥିଲା। ବୋଧହୁଏ ସେମାନେ ଖୋଜୁଥିଲେ, କିନ୍ତୁ କ'ଣ ଖୋଜୁଛନ୍ତି ଜାଣିନଥିଲେ। ଏବେ ସ୍ନେହ ମିଳିଛି। ସ୍ନେହ ରହିବା ଉଚିତ। ନିରନ୍ତର ସ୍ନେହ।

ଶୋଇବାଘରେ ସ୍ନେହ ବର୍ଷାବନ୍ଧ୍। ସ୍ନେହରୁ ସୁଖ। ଗରମ ନିଃଶ୍ୱାସ। ଦେହରେ ଝାଳ। ଓଃ! ଏ.ସି. ଚଲେଇବା କଥା ମନେନାହିଁ। ତଥାପି ସୁଖ। ତଥାପି ଆନନ୍ଦ। ତଥାପି ଶିହରଣ। ତଥାପି ଉତ୍କଣ୍ଠା। ତଥାପି... ତଥାପି...।